教育部人文社会科学研究青年基金项目
"古钞《文选集注》研究"（15YJCZH161）研究成果

中州问学丛刊　刘志伟　主编

《文选集注》研究

王翠红　著

图书在版编目(CIP)数据

《文选集注》研究/王翠红著.--上海:上海古籍出版社.2019.11
(中州问学丛刊)
ISBN 978 - 7 - 5325 - 9420 - 7

Ⅰ.①文… Ⅱ.①王… Ⅲ.①《文选》-古典文学研究 Ⅳ.①I206.2

中国版本图书馆 CIP 数据核字(2019)第 249114 号

中州问学丛刊

《文选集注》研究

王翠红 著

上海古籍出版社出版发行

(上海瑞金二路 272 号 邮政编码 200020)

(1) 网址: www.guji.com.cn
(2) E-mail: gujil@guji.com.cn
(3) 易文网网址: www.ewen.co

浙江临安曙光印务有限公司印刷

开本 890×1240 1/32 印张 12.625 插页 2 字数 283.000
2019 年 11 月第 1 版 2019 年 11 月第 1 次印刷
印数: 1—1,300
ISBN 978 - 7 - 5325 - 9420 - 7

Ⅰ·3446 定价: 52.00 元
如有质量问题,请与承印公司联系

《中州问学丛刊》总序

中州自古风流。

中州以"宅兹中国",于华夏文明的发祥与发展,居功至伟;中州是华夏"天人合一"视野格局中的"天下"观、世界观、宇宙观的重要文化支撑坐标;中州是中华民族建构审美心灵,追寻超越性精神家园归宿的象征符号;中州是诞育思想家与其他各类文化巨人、学术文化流派的摇篮……

21世纪以来,地球已成村落,中国与世界的联系空前紧密,重构当代中州图式以继往开新,正是文化、文明发展新局的题中应有之义。

兹发愿筹划《中州问学丛刊》,旨在重构21世纪学术文化研究系统,助力华夏与人类文明发展,培育、催生中州学术文化流派。

本丛刊之"学",必有"问"于中州。姑以古例之:或出生并成就于中州者,如老子、庄子、墨子、玄奘,居中州而以世界为"心";或生于中州而游居华夏者,如杜甫、韩愈,终生回望故乡月明;或祖籍中州,亦在中州留下深重人生足迹者,如孔子,集成研究中州本原之学,钦叹中州"古之遗爱";或籍贯非在中州而定居于中州者,如白居易、欧阳修、司马光,仰观"嵩高维岳,峻极于天";或中州非其故乡而游历、盘桓中州者，如李白、苏轼、苏辙，他们或思中州风云倡大雅，或钟情中州青山埋忠骨；或足迹未至而神游中州者，书写天下学术佳篇，此类作者众多，无论海之内外。融会众家，继往开新，今之作者，凡有意于回望中州"圣贤"与"英雄"之气，均热忱欢迎加入本丛刊之团队。

本丛刊崇尚创新而以学术为本，研究内容包括：中州本源文化、"圣贤""英雄"文化与"人类新轴心时代"；21世纪学术文化研究系统、学科发展体系重构；华夏文物考古、非物质文化遗产的保护及其与当代文学、艺术创作融合研究；人文社会科学领域及其与自然科学、新兴学科交融的专题性原创研究及集成性文献整理；以文献学为坚实基础的思想与学理研究；东西方学术文化巨匠的访谈对话；海外汉学著作翻译、研究；思想史、学术史与科学史研究等。

中州古"学"源远流长，精深广大；中州未来之"学"，前途远大。谨将初步构想芹献于读者诸君，敬请指教，并诚邀同规蓝图，共襄盛事。

是为序。

刘志伟于中州德容斋

己亥年十月初十

引　言

　　"文选学"肇自隋唐,复兴于有清,其间虽有浮沉,然一直延绵不绝。盛唐文化高潮、宋代文化的高度发达以及清代乾嘉文化的鼎盛,可以说都与《文选》的传播、整理与研究密切相关。二十世纪以来,受益于全球一体化、学术交流与研究日益国际化的时代氛围,《文选》研究又逐渐成为我国古典文学与文献研究中颇为兴旺且成就卓然的领域之一,研究成果广泛,涉及版本、校勘、编撰、成书、注释、评点、文体、文学批评等方方面面。港台地区及海外也都兴起了"文选学"研究的热潮,如台湾地区出版的《选学丛刊》,东邻日本九州大学《文选》学史研究会编印的《文选研究论著目录》等,这些均为"选学"的再兴提供了条件。特别是在思想学术的转型中,中外学者不约而同地以新方法、新眼光研究《文选》,从而促成了"新文选学"①的诞生。

---

　　①　二十世纪六十年代,日本学者提及"新文选学",清水凯夫提出"新文选学"的范围为六个问题:《文选》的编者、《文选》的撰录标准、《文选》与《文心雕龙》《诗品》关系、沈约声律论、简文帝萧纲《与湘东王书》、对《文选》的评价,非常具体,失之于琐碎而不成体系。俞绍初、许逸民二先生主编《文选学研究集成》,其序中论及提出"新文选学",包括:文选注释学、文选校勘学、文选评点学、文选索引学、文选版本学、文选编纂学、文选文艺学,眼界开阔,含吐宏大。许逸民先生说:"以'新选学'为说,确有推陈出新,(转下页)

尤其值得关注的是，多种长期湮没、罕为人知，抑或保存于海外的珍稀、精良的《文选》写本、旧钞本、刻本的陆续发现和流布，为"文选学"的复兴提供了新的契机和大量珍贵的第一手资料。诸如法国东方学学者伯希和于二十世纪初在敦煌石室发现的《文选》残卷四种①、日本发现的天下孤本古钞《文选集注》残卷、日藏古钞无注三十卷《文选》②、中国国家图书馆及台湾故宫博物院分藏北宋天圣年间国子监刻李善注《文选》残卷（以下简称：监本）、韩国奎章阁藏韩国李氏王朝世宗十年（1428）活字翻北宋元祐年间秀州州学编刻六家注《文选》（以下简称：奎章阁本）、日本足利学校遗迹图书馆后援会影印的南宋绍兴二十八年（1158）明州刻六臣注《文选》（以下简称：明州本）、台北"国家图书馆"藏南宋绍兴三十一年（1161）建阳陈八郎崇化书坊五臣注《文选》③（以下简称：陈八郎本）等，这些珍贵版本的面世、印行与流布，可以说为"文选学"的研究和发展提供了空前的机遇，推动了二十世纪以来形成的"新选学"更广阔、深入地发展。故对这些新面世《文选》版本的研究，也

（接上页）后出转精之意，而无割断历史、自我作故之心。一则尊重传统，师承前贤，一则开拓视野，独发新意。"其"新文选学"界说"也成为"新文选学"理论自觉的标杆。

① 《文选》敦煌写本分藏于法、俄、英等国，饶宗颐《敦煌吐鲁番本〈文选〉》搜罗最备。

② 清末杨守敬在日本得之于森立之所藏，并将此卷影写后带回中国，其《日本访书志》（清光绪丁酉邻苏园刻本）卷十二著录"古抄文选一卷"，卷子本"，书中引森立之《经籍访古志》云卷中"标记、旁注及背记引有陆善经、善本、五臣本、《音决》、《钞》、《集注》诸书及'今按'云云。考其字体、墨光，当是五百许年前旧钞本。"森立之《经籍访古志》认为其是从李善注本中抽出而为无注面目的，而据杨守敬《日本访书志》的研究，此本虽为元、明间本，仍是从无注古卷中抄出。今藏台湾故宫博物院，被公认为是唐钞本的传抄本，属于最接近萧统原貌的文本，中国国家图书馆藏有傅增湘校本。

③ 傅刚云："台湾陈八郎本为现存唯一的宋刊五臣注全本，对于《文选》研究具有李善本和六臣本不可替代的作用。"见《文选版本研究》，北京：北京大学出版社，2000年，第167页。

代表了国际"文选学"界的前沿方向，俞绍初、许逸民在《中外学者文选学论集》中的《文选学研究集成序》中提出，"文选学"研究集成丛书拟涵盖十二大选题，其中《文选》集校、《文选》汇注、《文选》唐注考、《文选》版本学等集成类项目，均与这些陆续面世的新材料密不可分。利用新面世的珍稀精良《文选》版本进行比勘研究，依然是当代"选学"研究的重要学术课题和热点领域之一，同样也是"新文选学"的基础。

《文选集注》是"流传至今保存着浓厚唐代钞本面貌的极珍贵的文献"（冈村繁语），日本政府将其列为国宝。因其编纂所据底本系唐人钞本，对于追溯、复原《文选》白文及注释的旧貌，考辨《文选》版本源流及演变之迹，订正诸宋明刻本的讹衍误倒现象，发掘《文选》作品的真义，廓清"选学"历来纠缠不清的一些疑难问题，及研究"选学"发展史等都具有重要意义。遗憾的是，如此珍贵的古钞本，不见于《旧唐书·经籍志》《新唐书·艺文志》以及其他官私书志目录，《日本国见在书目录》①亦未著录。至森立之《经籍访古志》卷六绍介前止，堪称秘籍，几未为人所知。故许逸民对《唐钞文选集注汇存》的印行盛加褒赞，云："我以为上海古籍本为'新选学'发展史树立了一座里程碑。它标志着'新选学'研究在资料的占有上，达到了一个前所未有的新高度。对于今后的中国文学史研究，特别是'新选学'研究来说，《唐钞文选集注汇存》必将永远是弥足珍贵、取之不竭的史料宝藏，其影响之巨大和深远，想来不会在李善注、五家注、六臣注等各类版本以下。我们在这里之所以称赞上

---

①　日人藤原佐世编，专门著录在日本所见到的汉籍文献，其成书年代相当于我国唐朝。

海古籍本为'选学'史上的一座里程碑,其实还出于对《文选集注》自身价值的考虑。从版本学与文献学方面说,《文选集注》既为唐代写本,则如同敦煌写卷一样,乃属于国之重宝。加以《文选集注》堪称隋唐'选学'的集大成之作,其学术成就代表着千年'选学'所曾有过的辉煌,这本来就有着里程碑的意义。"①

　　古钞《文选集注》的发现与辑印,可谓是现代"文选学"研究史上最为辉煌的篇章之一。其对"文选学"研究的价值主要体现在:

一、《文选》版本方面

　　《文选集注》集李善注、《文选钞》(以下简称《钞》)、《文选音决》(以下简称《音决》)、五家注(即五臣注②,先记五家音注,再记其疏解)和陆善经注等唐时诸家注解为一书,是关于《文选》注释的一部集成式著作。并且,这种荟萃诸家注本为一体的纂辑形式,在诸《文选》版本系统中只此一例,尤为珍贵。《文选集注》的发现,使学术界对《文选》版本的认识大为改观,始知存世《文选》诸版本除了李善注单行本系统(如监本、尤本、胡刻本等)、五臣注单行本系统(如陈八郎本、正德本等)、六臣注(先李善注、后五臣注,如赣州本、建州本等)系统、六家注(先五臣注、后李善注,如奎章阁本、明州本等)系统及白文无注本系统之外,尚有集注本系统流传,对研究《文选》版本以及《文选》的会校会释都有着非常重要的参考价值。

---

　　①　许逸民:《文选学上的一座里程碑——推介〈唐钞文选集注汇存〉》,《古籍整理出版情况简报》2003 年第 4 期。
　　②　在具体行文中论及集注本中的五臣注时,为遵其原貌,称为"五家注"。而指称诸宋明刻本中的五臣注时,则依照"选学"界的通行说法,称为"五臣注"。

二、《文选》注释方面

据两《唐志》及《日本国见在书目录》著录，唐人撰写的《文选》注释学论著有十余种，诸如：萧该《文选音》十卷，曹宪《文选音义》十卷①，许淹《文选音义》十卷②，李善《文选注》六十卷③、《文选辨惑》十卷④、《文选音义》十卷⑤，公孙罗《文选注》六十卷、《文选钞》六十九卷⑥、《文选音》十卷⑦、《文选音决》十卷（案：《文选音决》与

① 《日本国见在书目录》有"《文选音义》十三（案，'十三'疑是'十卷'之误），曹宪撰"的记载，可知此书早在平安时期业已传入日本。

② 《旧唐书·儒学上·曹宪传》附《许淹传》："许淹者，润州句容人也。少出家为僧，后又还俗。博物洽闻，尤精诂训，撰《文选音》十卷。"而《旧唐书·经籍志》载录"《文选音义》十卷，释道淹撰"。《新唐书·儒学上·曹宪传》附《许淹传》亦曰："句容许淹者，自浮屠还为儒，多识广闻，精故训，与罗等并名家。"而《新唐书·艺文志》一曰"僧道淹《文选音义》十卷"，又"许淹《文选音》十卷"。学者多疑道淹、许淹为一人，二书当即一书，只是称名有异。由其本传可知，许淹"少出家为僧"，故有称"释道淹"、"僧道淹"或"淹师"者，如日本东方文化学院京都研究所影印武进藏氏《拜经堂丛书》所收沙门慧苑《华严经音义录·净行品第十》"猗觉"下云："于宜反。淹师《文选音义》云：猗，美也。"

③ 《旧唐书·儒学上·曹宪传》附《李善传》曰："尝注《文选》，分为六十卷，表上之，赐绢一百二十匹，诏藏于秘阁。"见〔后晋〕刘昫：《旧唐书》，北京：中华书局，1975 年，第 4946 页。《旧唐书·文苑中·李邕传》曰："李善者，扬州江都人。方雅清劲，有士君子之风……寓居汴、郑之间，以讲《文选》为业。年老疾卒。所注《文选》六十卷，大行于时。"见〔后晋〕刘昫：《旧唐书》，北京：中华书局，1975 年，第 5039 页。《新唐书·文艺中·李邕传》附《李善传》曰："为《文选注》，敷析渊洽，表上之，赐赍颇渥。……居汴、郑间讲授，诸生四远至，传其业，号'《文选》学'。"〔宋〕欧阳修、宋祁：《新唐书》，北京：中华书局，1975 年，第 5754 页。

④ 《新唐书·艺文志》著录"李善《文选辨惑》十卷"。

⑤ 《日本国见在书目录》著录"《文选音义》十，李善撰"。

⑥ 学界一般认为日本古钞本及《文选集注》所引《钞》等同于两《唐志》所著录公孙罗六十卷《文选》注本，本文观点与此不同，详见第三章第一节的相关论述。

⑦ 一说《文选音义》，《旧唐书·儒学传》："公孙罗，江都人也。……撰《文选音义》行于代。"

《文选音》恐是一书），佚名《文选钞》三十卷，佚名《文选抄韵》一卷，五臣注《文选》三十卷。此外，尚有收藏于俄罗斯科学院东方文学研究所圣彼得堡分所的唐钞本《文选》某氏注残篇（起自束广微《补亡诗》"明明后辟"句，至曹子建《上责躬应诏诗表》"驰心辇毂"句，凡一百八十五行，是一不同于李善和五臣的注本）①，以及《文选集注》所汇录陆善经《文选注》和日本永青文库藏纯注本（起自司马相如《喻巴蜀檄》，至司马相如《难蜀父老文》）等，开创了《文选》注释学的鼎盛时代。惜诸书多已亡佚。

　　《文选集注》的发现，人们始知唐人《文选》注释除李善注及五臣注行世外，尚有《钞》、《音决》和陆善经注存世、传播。《钞》、《音决》与陆善经注，我国典籍、书目一无著录、引用，亦无传世之本，亡佚已久，藉《文选集注》而部分留存。这些佚注佚说都是名副其实的稀世文献，价值很高。不仅有助于对《文选》的理解，也为认识唐代的治《选》面貌、注释风气打开了门径，大大丰富了我们对于隋唐时期《文选》注释学的认识和了解。这些珍贵文献资料的发现，开拓了"选学"研究的新领域和新方面，同时也促生了《〈文选〉会校会释》、《〈文选〉唐注汇考》等新的研究课题。

三、《文选》校勘方面

　　《文选集注》所参据李善注和五家注之底本系唐钞本，出现于

<hr>

① 孟列夫主编《俄藏敦煌汉文写卷叙录》云："手卷，368×28，首尾缺。九纸。纸色白，纸质薄。两面均有经文"，"画行很细。楷书大字，有小字双行注释，捺笔画粗，笔道苍劲有力"，"题字佚失，仅有经典标题"。上海：上海古籍出版社，1999年，第577—578页。

诸宋明刻本之前，对认知二者古本旧貌，厘清李善注与五臣注相羼乱的情况，正定《文选》白文异文，匡正历来旧本之讹衍误倒现象，并据此以纠谬补苴等方面提供了重要的版本依据和考证的资料。且透过《文选集注》编者案语，也间接可以认知唐时诸家《文选》注本的面貌，可藉此对李善注、五臣注、《钞》、《音决》、陆善经注相淆乱的现象作一次全面的清理，以便于考察诸家注性质及其相互间的传承、补苴、吸纳关系。

《文选集注》所参据之李善注，既甚古，讹误亦鲜，"最得李善注之真"（斯波六郎语），其校勘价值不容小觑，可藉此追溯、复原李善注旧貌。本文就通过集注本与监本、尤本李善注的系统比勘，发现宋刻李善注中与《钞》相混者九十余条，与五家相混者二十余条，与陆善经注相混者十余条，旁注阑入者更是数量不菲。此外，通过集注本五家注与陈八郎本、正德本五臣注的全面勘校，又结合集注本中诸家唐人注解的横向比勘研究，发现五家注注解多袭取、隐括前注如李善注、《钞》而成文，音释部分又多采自《音决》，这对研究五臣注的特点、性质及成书等具有重要参考价值。同时可藉助集注本五家注以补诸刻本五臣注之缺漏，订正其讹衍误倒之现象。

四、文献价值方面

《文选集注》保存了大量我国今日古籍不见的文献资料，史料价值很高，诸如关涉作家、作品的遗闻逸事、历史典章、文化史料等，对研究先唐文学史、文化史具有重要参考价值。特别是《钞》之注引有不少是今已失传而又不见于他引的唐前典籍，如《隐录》、

《杂说》、《古贤集目》、《俗语》、《文录》等等,有着重要的文献和辑佚价值。早在二十世纪初,著名学者余嘉锡、高步瀛、鲁迅、黄侃等就已利用《文选集注》从事研究。民国初余嘉锡《四库提要辨证》卷三考《晋书》时引《钞》考证许询的生平仕履,补充了一些鲜为人知的重要史料,取得了不少成绩。又,余嘉锡的《世说新语笺疏》仅"文学篇"就利用《文选集注》多达 10 处,如"刘伶著《酒德颂》"条,余嘉锡在沈涛《交翠轩笔记》的基础上,得出刘伶之"伶"当为"灵"之误,今"伶"者皆出宋人所改的结论,确定了刘伶的本名,并援引《钞》的记述补充了《名士传》中刘伶的事迹。又如"左太冲作《三都赋》初成"条注引《钞》所征引的王隐《晋书》"吴事访于陆机",也是不见他书的珍贵材料。也有学者据《钞》引檀道鸾《论文章》"至江左李充尤盛",迥异于现存其他文献"至过江佛理尤盛"的记载,进而重新审视玄言诗的发展等①,《钞》的史料价值和辑佚价值由此可见一斑。黄侃《文选平点》亦曾参综利用罗振玉《唐写文选集注残本》十六卷,对"选学"研究助益良多。可以说《文选集注》所保留的许多文史材料,都具有重要的研究价值,应当进行充分的发掘和利用。

综上所述,我们可以利用《文选集注》及其研究成果来为"新文选学"服务,深化对《文选》版本学、《文选》注释学、《文选》校勘学、《文选》文献学的认识和了解,甚且可藉之推动《文选》编纂学、《文选》辨伪学、《文选》名物学等方面的研究。反过来讲,我们也可以借助"文选学"的研究成果来推动《文选集注》的研究,如《文选》学界对李善注与五臣注的注释特点、价值,以及文本流变等方面研究

---

① 　详参杨明《读〈文选集注〉札记二则》,载《文选与文选学——第五届文选学国际学术研讨会论文集》,学苑出版社,2003 年。

得已经相当深入和全面，这对研究《文选集注》所汇录的《钞》、《音决》和陆善经注具有重要的参考价值。本文就依循其既成的研究模式来揭示《钞》、陆善经注的内容、特点和价值。再者，可以利用李善注义例研究成果来审视、探究、归纳、总结《钞》的注例，揭示其有"补阙"、"订误"、"考辨"、"未详"、"再见从省"等注释体例和内禀义例。同时，通过诸家注解如李善注、《钞》、《音决》、五家与陆善经注的横向比勘，也使得我们对各家注的性质、特色、意义和价值，有了更为清晰、明确的认识和了解。

　　目前学界对《文选集注》的研究和利用极为重视，业已取得不少成果，但因相关资料的匮乏，投入力量的不足，所涉很多课题，诸如现存《文选集注》残卷是保存了其编纂旧貌的古写本，还是删节誊抄本；是唐土文献后由日人"赍"至日本，还是日本学者据中土传入之各《文选》注本汇编、誊录之本；其成书于唐末、五代、南宋时期，还是日本平安时期；集注本所参据李善注本与诸宋刻李善注单行本之间的关系；对超出集注本与宋刻本李善注中相同部分的文字，或是互异的李善注应该如何认识和考辨；《文选集注》所汇录《钞》是否为《日本国见在书目录》著录之公孙罗《文选钞》；《钞》与《音决》是否皆出自公孙罗之手；《钞》及《音决》的成书年代；陆善经《文选注》的流播始末等，众说纷纭，莫衷一是，迄今未有定论，尚有广阔的研讨空间。

　　本文以《文选集注》为底本，广泛参研诸精良珍稀的《文选》版本，如上文所提及的敦煌本、监本、奎章阁本、明州本①、陈八郎本，

―――――

　　①　今参用人民文学出版社 2008 年影印日本足利学校藏宋刊明州本六臣注《文选》。

以及日本宫内厅书陵部藏南宋绍兴三十二年(1162)赣州州学刻宋元递修本六臣注《文选》(以下简称:赣州本)、南宋淳熙八年(1181)池阳郡斋尤袤刻李善注《文选》(以下简称:尤本)、日本东京大学东洋文化研究所藏朝鲜正德四年(1509)五臣注《文选》(以下简称:正德本)、清嘉庆十四年(1809)胡克家重刻宋淳熙本李善注《文选》(以下简称:胡刻本)、《四部丛刊》初编影印南宋建阳刻本六臣注《文选》(以下简称:《四部丛刊》影宋本)等①,在版本比勘的基础上,深入探讨了李善注"增注"(即超出集注本与宋刻本李善注中相同部分的文字)的来源,发现除了李善本人的增益外,有相当部分内容是自《钞》、五家及陆善经注阑入,并对其间淆乱情况作了全面的钩稽和整理。又结合李善注一些内裛义例如"取用旧注体例"、"再见从省体例"、"依正文序次作注体例"、"释文语义连贯体例"等的深入解读,详细考索和梳理了旁注阑入的情况。同时还发现集注本与监本、尤本等宋刻李善注单行本正文及李善注之间存在大量的差异、悬隔现象,通过对这些悬隔现象的分析、考证,补充证实了冈村繁所提出的"李注复线说",证实二者当非同一单线上的流传。又利用内证与外证相结合的方法,补充考证《文选集注》汇录之《钞》当系《日本国见在书目录》著录佚名三十卷本《文选钞》。对《文选集注》汇录之《钞》的底本来源提供了有价值的参考。最后,对"选学"界鲜少论及的《文选集注》的编纂体例和编者案语进行了较为深入全面的论述,可补当下研究之不足。在具体论述过程中,力求既尊重传统、师承前贤,又开拓视野、独发新意。

---

　　① 版本方面之所以选择这几种,是因为他们各自最忠实地保存了李善单注本、五臣单注本、六家本(五臣李善注本)、六臣本(李善五臣注本)的原貌。

尽量杜绝主观臆测、人云亦云所易造成的违背客观实际、以偏概全之流弊,但史文阙略,文本浩繁,资料庞杂,兼之时间和学力的双重约束,行文论述仍然难免有疏漏和欠妥之处,希望能够就正于方家。

目　　录

第一章　《文选集注》研究概述

　　《文选集注》①是佚名者所编纂汇抄的一部关于《文选》注释的集成式著作，依次援引有李善注、《钞》、《音决》、五家注（又称五臣注，先记五家音注，再记其疏解）②和陆善经注等众家唐人注解，而殿以纂集者据唐本所作的校语（遍检《文选集注》残卷，存"今案"凡

---

　　① 可参看罗振玉《嘉草轩丛书》影印《唐写〈文选集注〉残本》16 卷，1918 年；日本京都帝国大学文学部《影印旧钞本丛书》所收《文选集注》23 卷（第三集至第九集），1942年；周勋初先生辑《唐钞文选集注汇存》25 卷，上海：上海古籍出版社，2011 年。下为行文方便，除非特别需要指出全名的，一般简称为《集注》或集注本。

　　② 开元六年唐工部侍郎吕延祚上表，宋陈八郎刻本五臣注《文选》存此表文，题作《进文选集注表》，是唐人以"集注本"称之，而有五家集注，故唐钞《文选集注》引曰"五家本"。以"臣"叩题者，盖始于宋。《直斋书录解题》卷十五有"六臣《文选》六十卷"（案，此乃《六臣注文选》最早见录于书目者），《崇文总目》卷十一有《文选》三十卷，吕延济注（案，不加臣字），又《文选六十卷》，原释：谨按《东观余论》云《文选》李善注在五臣前，《崇文总目》云因五臣而自为注，非是。《郡斋读书志》卷四下有《五臣注文选三十卷》，云："右唐吕延祚集注。延祚以李善上引经史，不释述作意义，集吕延济、刘良、张铣、吕向、李周翰五人注，延祚不与焉。复为三十卷，开元六年延祚上之，名曰五臣注。"凡此皆可见宋人以"五臣"称之。而吕延祚实未自称五臣集注者，凡臣字称者，当自刻本始，韩国奎章阁藏翻刻北宋哲宗元祐九年（1094）秀州州学本书末详引天圣四年（1026）沈严的《五臣本后序》一文，云："《文选》之行，其来旧矣，若夫变文之华实，匠意之工拙，梁昭明序之详矣。制作之端倪，引用之典故，唐五臣注之审矣。"可知，北宋刻本五家注已称五臣矣。值得注意的是，宋代亦有六家本《文选》，参朱彝尊《宋本六家注文选跋》，载《曝书亭集》卷五十二，《四部丛刊》本。

504 条），主要是标明诸家注本正文与《文选集注》所参据的李善注底本的异文（亦遵循其《文选集注》排列次序，依次交代《钞》、《音决》、五家本、陆善经本正文异文，若前者与李善本无异，则顺次提及后者），或交待各家注本的篇次编排、亡佚情况①，偶有编者自己所作的考辨和识断，足以发唐宋以来"选学"之秘。

《文选集注》所援引诸家注解，其中李善是初唐人，其《文选注》初稿成于唐高宗显庆三年（658）；五臣及陆善经皆为唐玄宗开元时期人，五臣注《文选》表上于开元六年（718）；陆善经《文选注》据日本学者新美宽推定当作于天宝元年（742）至乾元元年（758）之间②。《钞》与《音决》作者及其撰作年代迄今众说纷纭，未有定论，学界多据《日本国见在书目录》的著录认为二书均系初唐公孙罗著述，亦有学者对此观点提出反驳，认为《钞》与《音决》正文颇有不同，绝非出自同一人之手。但《钞》中有六处引及"李"、"李本"、"李生言"，经考证当为李善无疑③，可知，《钞》大概成书于李善注之后④，五家、陆善经之前，亦即是在初唐时。而日人狩野充德《文选

---

① 如卷六十一江文通《杂体诗三十首》篇题下，编者案语："以后十三首《钞》脱。"又，卷六十三屈平《离骚经一首》篇题下，编者案语："此篇至《招隐篇》，《钞》脱也。五家有目无书。"

② 见虞万里《唐陆善经行历索隐·后记》，载《中华文史论丛》第六十四辑（2000年）。汪习波《隋唐文选学研究》，亦有载录。

③ 详参本文第三章第一节相关内容。

④ 傅刚则认为《钞》也许要早于李善："如《集注》卷五十九谢玄晖《郡内登望》'言税辽东田'句注，《钞》曰：'辽东田未详。或云李繁后汉末时为太守，弃官避难归辽东也。'李善则解为管宁典故：'《魏志》曰：管宁闻公孙度令行海外，遂至于辽东。皇甫谧《高士传》曰：民或牛暴宁田者，宁为牵牛着凉处自饮食。'由此可见《钞》早于李善。因为《钞》首先对此典出处不详，所引'或曰'也无善注，如果后出，当应参考善注。五臣注后出，即用善注。类似的情况很多……显然李善注较《钞》准确、完整，《钞》如后出，当于善注有所参考。"见《文选版本研究》，北京：北京大学出版社，2000 年，第 139 页。但《文选集注》中亦有多处李善注"未详"，《钞》则详加注解的现象，故而此说实可商榷。

音决研究》则推定公孙罗《文选音决》撰成于七世纪后半叶①。由此可大体推知《文选集注》注例基本上是依时代先后次序引录众家注的。如日本学者森野繁夫、富永一登等人就认为《文选集注》是按照作注者的生卒年代来进行排列的②。此书编排有序、体例严谨、卷帙庞大，对《文选》注释学、"选学"发展史、"选学"辑佚及中古音研究等意义重大。

第一节　《文选集注》的发现与辑印

《文选集注》原为日本金泽文库旧藏③，后流散各地，散佚甚多，一度湮没不彰。据中日学者研究，《文选集注》大抵以李善本为底本④，将李善注六十卷本《文选》每卷复析为二，凡一百二十卷，如《经籍访古志》云："就今本考之，是书似分为百二十卷者。"但山崎诚《中世学问史的基底与展开》之《式家文选学一斑——〈文选集注〉的使用——》章引《云州往来》云："集注百二十卷，"曰："岂非加目录二卷是为百二十二卷欤。"⑤可备一说。而现存可见者仅二十

---

① ［日］狩野充德：《文选音决研究》，溪水社，2000年，第168页。

② 参［日］森野繁夫《关于〈文选集注〉所引〈钞〉》，载《日本中国学会报》第二十九集，1977年。

③ 明郑舜功《日本一鉴》卷四："中国书籍流彼多珍藏山城，大和下野文库及相模金泽文库，以为聚书之渊薮。"转引自严绍璗《日本藏汉集珍本追踪纪实·在足利学校遗迹图书馆访"国宝"》，上海：上海古籍出版社，2005年，第210页。

④ 笔者在与宋椠尤本所附《李善与五臣同异》及六臣注诸本校语相比勘的过程中发现集注本正文大体与李善注本相同，但与其所谓诸本合而与其所谓李善本不合之处亦多，这说明编者在汇抄时有自己的裁断。当然也不能排除是后出刻本互相羼乱所致。

⑤ ［日］山崎诚：《中世学问史的基底与展开》，和泉书院，1993年。《清水凯夫〈诗品〉、〈文选〉论文集》之《有关日本〈文选〉古文献诸种及其它》对此亦有引录，北京：首都师范大学出版社，1995年，第302页。

五卷,计:卷七、卷八、卷九、卷四十三、卷四十七、卷四十八、卷五十六、卷五十九、卷六十一、卷六十二、卷六十三、卷六十六、卷六十八、卷七十一、卷七十三、卷七十九、卷八十五、卷八十八、卷九十一、卷九十三、卷九十四、卷九十八、卷百二、卷百十三、卷百十六。且大多为残卷残篇,或缺首,或失尾,或中央阙断,又多遭磨损、水渍或是虫蛀过,漫漶难辨。虽十不存二,然信为海内外孤本,于《文选》版本、注释、校勘研究上堪称鸿宝,极为贵重。现今这些残卷分别藏于日本金泽文库、东洋文库以及中日公、私藏书家手里。其中卷七(存二片断简)、卷八、卷九为东山御文库藏本(九条家旧藏),源有宗认为此乃平安后期的抄写本,其余诸卷多是镰仓时代旧金泽文库藏的抄本,乃日本平安中期所抄写。殊为遗憾的是,本书首卷阙失,亦不存前后序及跋文,致使《文选集注》编者、成书年代、编辑原则、编纂体例、编纂目的、正文所用底本、各家注本来源及其性质、《钞》及《音决》之撰者、成书年代等问题均悬而未决。

关于古钞《文选集注》的重现经过与传播历程,前人时贤已多有阐述①。今在承继、总结、整合前人研究成果的基础上,对此作一系统考索梳理,并对相关说解作相应的补充和佐证,以期对现有的观点进行理性的反思。学界一般认为《文选集注》最早著录于日本孝明天皇安政三年(1856)刊行的澁江全善(1805—1858)、森立之(1807—1885)《经籍访古志》②,该书卷六"总集类"著录赐庐文

① 参看傅刚《〈文选集注〉的发现、流传与整理》(《文学遗产》2011 年第 5 期)、王立群《〈文选集注〉研究——以李善注为中心的一个考察》(《汉语言文学研究》2011 年第 3 期)、刘志伟师《文选集注》成书众说平议》(《文学遗产》2012 年第 4 期)、邹明军《古抄本〈文选集注〉残卷研究》(四川师范大学 2004 年硕士学位论文)等。

② 明黄虞稷《千顷堂书目》卷三十一中,录有"张所望《文选集注》"(未记卷数)。张所望,字叔翘,万历辛丑进士(据《四库全书总目提要》卷一百二十八),黄氏所录,如确为张所望所撰,当系同名异书。

库所藏古钞卷子本《文选集注》零本三卷,提要云:

> 见存第五十六、第百十五、第百十六,合三卷。每卷首题
> "《文选》卷第几",下记"梁昭明太子撰"及"集注"二字,界长七
> 寸三分,幅九分,每行十一字,注十三四字。笔迹沈着,墨光如
> 漆。纸带黄色,质板坚厚。披览之际,古香袭人,实系七百许
> 年旧抄。注中引及李善及五臣、陆善经、《音决》、《钞》诸书,注
> 末往往有"今案"语,与温故堂藏旧抄本标记所引合。就今本
> 考之,是书似分为百二十卷者。但《集注》不知出于何人,或疑
> 皇国纪传儒流所编著者与?其所引陆善经、《音决》、《钞》等书
> 逸亡已久。(原注:陆善经注《文选》,遍检史志,不载其目。考
> 《见在书目》:《文选音决》十卷,公孙罗撰,《文选钞》六十九卷,
> 公孙罗撰,又载《文选钞》三十卷缺名氏,未知孰书,第百十五
> 卷首题云,今案:钞为郭林宗。)今得藉以存其崖略,岂可不贵
> 乎?小岛学古云,此书曾藏金泽称名寺。往岁狩谷卿云、清川
> 吉人一阅归来,为余屡称其可贵,而近岁已归于赐芦之堂,故
> 得纵览。此本曾在金泽,而无印记。当是昔时从他假借留连
> 者矣。近日小田切某又得是书零片二张于称名寺败篋中,一
> 为第九十四卷,一不知卷第。今归僧彻定架中。闻某氏亦藏
> 第百二卷,他日当访求之①。

---

① [日]澁江全善、森立之:《经籍访古志》卷六,《解题丛书》本,图书刊行会,
1916 年。此处文字与《古逸丛书》本略有出入。又见于贾贵荣辑《日本藏汉籍善本书
志书目集成》第 1 册,北京:北京图书馆出版社,2003 年,第 421—423 页。屈守元《文
选导读》、周勋初《唐钞文选集注汇存·序》、刘志伟师《〈文选集注〉成书众说平议》等
皆有转录。

此处提到了《文选集注》的成书年代与编者问题。森立之认为其乃"实系七百许年旧抄",而对其编者,虽称"不知出于何人",又云"或疑皇国纪传儒流所编著者",即有人疑其为日本儒生所编,而森立之本人对此观点却颇为迟疑,只是在此提出了这样一种可能性,殆臆测之词,但无疑为后来学者提供了宝贵的线索和参研的依据。澁江全善、森立之言赐庐文库藏旧抄卷子本《文选集注》零本三卷系从金泽文库流出,现存《文选集注》某些残卷上确有金泽文库印章,可证其确为金泽文库旧藏。据严绍璗《汉籍在日本的流布研究》中《金泽文库与汉籍"金泽本"》一节记载,金泽文库《文选集注》残存十九卷,计卷四十七、卷六十一(上、下)、卷六十二、卷六十六、卷七十一、卷七十三(上、下)、卷七十九、卷八十五(上、下)、卷九十一(上、下)、卷九十四(上、中、下)、卷百二、卷百十六。另有同一抄本七卷,藏于东洋文库,系卷四十八、卷五十九(上、下)、卷八十八、卷一百一十三(上、下)。两处收藏共存二十六卷①。

值得注意的是,赐庐文库乃伊贺守源朝臣新见正路(1791—1848)藏书,《赐庐书院储藏志》前有新见正路于天保戊戌(1838)所撰序。该志卷八"总集类"亦著录有《文选集注》残本三卷,署"金泽文库卷子旧钞本",提要云:

卷子旧钞本,现存卷第五十六、卷第百十五、卷第百十六

---

① 案,严绍璗先生所列举之数,金泽文库所藏乃十八卷,东洋文库所藏为六卷,共存二十四卷。不知是否统计有误,或有其他残卷片羽? 俟考。另严先生将卷五十九、卷六十一、卷七十三、卷八十五、卷九十一、卷百十三分为上、下,计两卷,又将卷九十四分为上、中、下,计三卷,实与《文选集注》一百二十卷计卷方法有违。以一百二十卷计,金泽文库藏十二卷,东洋文库藏四卷,共存十六卷。

三卷。高九寸六分,以薄墨画界。内框长七寸二分,框外上下均一寸二分,行界宽一寸。(卷五十六)每行十字,注双行十三字。卷百十五,行十三字,注双行十五字、十六字不一。卷百十六,行十一字,注双行十四字。三卷皆异。均用黄纸,如古写经卷。其纸质精坚,字画古体,墨色如漆。编次体例,甚异李善注本、六臣注本。诸本卷数止六十卷,而此本记作百十五、百十六等,意其分卷甚多。试以通行本校之,诸本卷二十八,此本五十六;诸本卷五十八,(此本)卷百十五、百十六卷,分卷迥异。虽为残本,以此可推知全书大概。卷首标题作"《文选》卷第五十六 梁昭明太子撰 集注",下同。其注似李善注,然非李注。又与六臣注异。集注所记名氏:李善、李周翰、吕延济、张铣、刘良、吕向,虽所谓六臣注,多引李善注,间及其他。其外注引"《钞》曰",又间引《音决》,则诸本注所未载也。按,藤佐世《见在书目》载"《文选钞》六十九,公孙罗撰、《文选音决》十,公孙罗撰",此本注所引"钞"、"音决",当即公孙罗所撰之二书。然今世未闻其书流传,盖久佚也。据此注可窥公孙二书之一斑,堪称珍贵。三卷虽均未记书写年月,然以纸质、字体考之,当为五百年前之古钞也①。

据此件译者金程宇称该书序作于天保九年(1838),其中偶有弘化年间(1844—1847)事,故日本学者认为该书完成在弘化年间,仍早于《经籍访古志》。当为今知关于《文选集注》之最早著录和研

---

① 转引自傅刚《〈文选集注〉的发现、流传与整理》,《文学遗产》2011 年第 5 期。《唐钞文选集注汇存》(2011 年增补本)将之补录入"附录"中。

究。针对学界所普遍认同的《文选集注》最早著录于森立之《经籍访古志》的说法,提供了别种说解,可备一说。又,新见正路"以纸质、字体考之,当为五百年前之古钞也"的说法亦与森立之"七百年"说不同。周勋初认为该书(新见正路《赐庐书院储藏志》)刊行年代尚待论定,故难以遽从,只材料至可宝贵,故将之置于所辑《唐钞文选集注汇存》之"附录"横山弘《文选集注研究论著目录》之末,以飨国内外学者。

《文选集注》的残卷在日本发现后,光绪、宣统之际,董康使日访求,得三十二卷,称:"《文选集注》者,吾国五代时写本,除六臣注外,兼收曹宪等注,即六臣注亦较通行本为长,以分卷计之,当有一百廿卷,森立之《经籍访古志》言金泽称名寺藏有零本。余于光、宣之际,偕岛田前往物色之,得卅二卷。曾以语内藤博士,白诸政府,列入国宝。时吾国公使署田参赞购得残本数卷,余从田君收得谍词一卷。"①董氏认为是我国五代时写本,但未阐明缘由。此中所提及的"田参赞""田君"即田潜,字潜山,号伏侯。曾任留日学生监督,清廷驻日公使馆参赞,故能就近购得《文选集注》数卷。王重民对此考之甚详。今中国国家图书馆藏《文选集注》卷七十三曹子建《求自试表一首》残页上附有田潜题记,云:"日本金泽文库所藏唐写《文选》,彼中定为国宝。予督学时得有《七启》、五《颂》、《晋纪总论》各卷,首尾完全,极为可贵,今均归之他人。此虽断简残编,亦足珍也。"②案:曹

---

① 《书舶庸谭》卷八下民国二十四年(1935)五月十三日日记,台湾广文书局,1981年再版。《书目丛编》影印民国十九年大东书局印本。又,《董康东游日记》亦载此许内容,石家庄:河北教育出版社,2000年,第334页。

② 转引自《唐钞文选集注汇存》(第三册)之"附录",上海:上海古籍出版社,2011年,第885页。

子建《七启八首》位属于集注本卷六十八,五《颂》①位属于集注本卷九十三、干令昇《晋纪总论》位属于集注本卷九十八,确知田潜所得有此三卷。周勋初《〈文选集注〉上的印章考》一文②对田潜所获《文选集注》零卷的来龙去脉考之甚详,云田氏所得共计六卷,除了上文所提及的三卷,还有卷七十三、卷八十八和卷百十三。周勋初所辑《唐钞文选集注汇存》此六卷均在其中,应无散佚。

后宣统初罗振玉得《文选集注》残本二卷,视如珍宝。后又托友人于金泽文库摹写了十五卷,去除摹本中与海盐张氏所得二卷之重复部分,共辑得十六卷,题为《唐写文选集注残本》,于1918年影印行世③。此乃《文选集注》残卷在我国的首次辑印本,为《文选集注》的流传和研究做出了杰出贡献,对"文选学"研究推助颇多。如高步瀛《文选李注义疏》就充分利用了罗氏影印集注本。傅增湘、向宗鲁校《文选》、黄侃《文选平点》、骆鸿凯《文选学》等,亦曾参考该辑本。新美宽《新获文选集注断简》亦云:"使《文选集注》广为流传者,实应归功罗叔言翁。"④罗氏所印,其中卷四十八(上半

---

① 即:王子渊《圣主得贤臣颂》、杨子云《赵充国颂》、史孝山《出师颂》、刘伯伦《酒德颂》、陆士衡《汉高祖功臣颂》。

② 参见周勋初《〈文选集注〉上的印章考》,载赵福海等主编《〈昭明文选〉与中国传统文化》,长春:吉林文史出版社,2001年。

③ 此书被收入《嘉草轩丛书》。周勋初辑《唐钞文选集注汇存》(第三册)之"附录"中收有罗振玉《日本古写本文选集注残卷跋》,可参看。另《续修四库全书》集部"总集类"亦有收录。此序文也为骆鸿凯《文选学》、屈守元《文选导读》等多部论著所转录。罗氏在此所称海盐张氏及楚中杨氏所得之三卷,存佚已不可知。近年,由日人阿部隆一的调查,谓其中之一卷即卷九十八(首有残缺)已被台湾"国立"中央图书馆收藏。(见阿部隆一《中国访书志》)周勋初《唐钞文选集注汇存·前言·余论》亦称《文选集注》第九十八卷当是海盐张氏遗物。

④ 〔日〕新美宽:《新获文选集注断简》,《东方学报》第八册,东方文化学院京都研究所,1937年。

卷）、卷五十九据原本影印,其余诸卷如卷六十二、卷六十三、卷六十六、卷六十八、卷七十一、卷七十三、卷七十九、卷八十五、卷八十八、卷九十一、卷九十三、卷九十四、卷百二、卷百十六乃据摹本影印。此书因系摹写,字划多有失真,抄写过程中会亦难免会出现鲁鱼亥豕之误。而摹写者又往往以意改记,间有误录,有的还只是作了过录,且原件有的已漫漶难辨,难免讹误舛错。特别是卷百十六前半,罗氏称"据东友所藏誊写小字本钞补"者,距离《文选集注》的原貌甚远。摹写者遇到字迹模糊难辨之处,每径行略去,故脱漏之处甚多。"如卷八十五,罗本仅有嵇叔夜《与山居源绝交书》和孙子荆《为石仲容与孙皓书》,而卷八十五下全脱。又如卷七十三,罗本仅有曹子建《求自试表》和《求通亲亲表》,日本影印却自诸葛孔明《出师表》起。再如卷八十八,罗本仅司马长卿《难蜀父老》(脱题目),而日本影印本此前却还有陈孔璋《檄吴将校部曲文》(脱题目),和钟会的《檄蜀文》。"①尽管如此,据原本影印的前两卷清晰度较之上海古籍影印本要高,且原件漫漶难辨处亦可参照雪堂公摹写本,仍有其价值所在,其筚路蓝缕之功概不可没。又,《罗雪堂全集》(台湾文华出版公司出版)第六编录入《文选集注》二十一卷,辑录卷帙超过罗氏首次辑印本,盖罗振玉1918年以后又有所搜集、影写所得。

1919年罗振玉将他京都北白川的一所寓宅捐赠给京都帝国大学,所得捐资作为影印日本所藏中国古写卷子的费用,并委托内藤虎次郎、狩野直喜二人经办此事②。二人于大正十年(1921)至

① 傅刚:《文选版本研究》,北京:北京大学出版社,2000年,第136页。
② 《京都帝国大学文学部景印旧钞本》(第一集)有狩野直喜"大正辛酉之月"的题跋,可参看。京都帝国大学文学部,1922年影印本。

昭和十七年(1942)编成《京都帝国大学文学部影印旧钞本丛书》，凡十集，其中第三集至第九集，网罗该时期所可判明集注本残卷乃至零页断简之全部，凡二十三卷①。其中包括罗氏所印十六卷，又有罗氏未收的卷八、卷九、卷四十三(断简)、卷四十七(断简)、卷五十六、卷六十一(首部残破)、卷百十三等七卷，凡二十三卷，较之早先摹写影印本在数量和资料占有上都有飞越。且与罗氏所印《唐写文选集注残本》相较，京都帝国大学的影印本在质量上有了很大提高。因其全系据原书影印，且开本宽大，印刷精美，比较完好的保存了原貌，对于研究《文选集注》的流传，具有重要意义，但仍存在前后重出或颠倒的毛病。兼之山海悬隔，中土学者难得一见，其影响难免受限。《经籍访古志》所记赐庐文库藏的古钞卷子本《文选集注》零本三卷之第百十五卷并不在其中，或已散佚。

　　由于罗氏影印本多有失真之处，文献价值大为降低，其卷帙又

---

　　① 1935年京都大学文学部以"线装、帙入"的形式，将部分《文选集注》旧钞本影印行世，凡7集27册。其中，第三集：卷第四十七(残)、卷第六十一上(残)、卷第六十一下(残)、卷第六十二(残)、卷第六十六、卷第七十一(皆影金泽文库藏本)；第四集：卷第七十三上(残)、卷第七十三下、卷第七十九(残)、卷第八十五上(残)、卷第八十五下(皆影金泽文库藏本)；第五集：卷第五十六(影东京渡边氏藏本)、卷第九十一上(残)、卷第九十一下(残)(影金泽文库藏本)、卷第九十四上(残)(影长崎元山氏金泽文库本)；第六集：卷第九十四中、卷第九十四下、卷第百二上(残)、卷第百二下(皆影金泽文库藏本)、卷第百十三上、卷第百十三下(影东洋文库藏本)；第七集：卷第八、卷第九(影东京九条公藏本)、卷第五十九上(残)、卷第五十九下(影东洋文库藏本)；第八集：卷第六十三(影京都小川氏藏本)、卷第八十八(残)(影金泽文库京都小川氏东洋文库藏本)、卷第百十六(残)(影东京何阪氏金泽文库东京德富氏藏本)；第九集：卷第四十三残一叶(影长崎元山氏藏本)、卷第四十八上首叶阙(影上野氏藏本)、卷第四十八下残一叶(影佐佐木氏藏本)、卷第六十一残二叶(影里见氏藏本)、卷第六十八(影东洋文库藏本)、卷第九十三(影京都小川氏藏本)、卷第百十六残一叶(影某氏藏本)。参见《京都大学文学部汉籍分类目录·第一》的著录情况。并参考王立群《现代〈文选〉学史》，北京：中国社会科学出版社，2003年，第309页。

少，兼之缺损颇多，而国内学者又难以见到日本京都大学影印本①，有鉴于此，周勋初于 1994 年在日讲学期间，翻印了全部《京都帝国大学文学部影印旧抄本丛书》，携回了《文选集注》的复印件。归国后，又多方访求，得《文选集注》二十四卷②，陈尚君悉依《文选》原来的叙次重行编定，且拟篇名目录，题为《唐钞文选集注汇存》，于 2000 年由上海古籍出版社影印出版③。进入二十一世纪之后，日本又陆续发现了《文选集注》的一些残帙，如日本国立奈良女子大学横山弘教授藏卷七张平子《南都赋》开端一页（自"于显乐都既丽且康"至"陪京之南"句及注），东京庆应义塾大学佐藤道生教授藏卷七张平子《南都赋》残片（存《南都赋》冒头部分，自"体爽垲以闲敞"至注文"难详难"，系东山御文库藏本之僚卷）及卷六十一刘休玄《拟古二首》（全诗完整），东京莲念寺藏卷六十一江文

---

①　据傅刚《〈文选集注〉的发现、流传与整理》一文介绍，原燕京大学于美日尚未开战时曾得到过一部京都大学影印本。1952 年燕京大学合并入北京大学，该书随之被北京大学图书馆收藏，但为学者所罕见。

②　依周勋初先生说，他所辑存的是"唐钞本"《文选集注》中传世的卷子，对于古代典籍中"标记旁注及背记所引"的《文选集注》中文字，或是后人传抄、摹写、迻录的文字，因与原文常有出入，性质有别，故不予采纳。见周勋初、余历雄：《师门问学录》，南京：凤凰出版社，2004 年，第 41 页。

③　其中既包括日本京都大学文学部影印旧钞本《文选集注》，还收录有台北"中央"图书馆藏卷九十八（全卷）、天津市艺术博物馆藏周暹捐卷四十八后半部分、中国国家图书馆藏卷七十三中 2 页、日本御茶之水图书馆成簣堂文库藏卷六十一中江文通《杂体诗》潘黄门（悼亡）中二十五行。周勋初先生在《唐钞文选集注汇存·前言·余论》中对此交待甚明："当年罗振玉影印此书时，尚有海盐张氏所藏二卷、楚中杨氏一卷未曾印入，今得台湾汉学研究中心提供胶卷，印入《文选集注》第九十八卷，当是海盐张氏遗物。又得天津市艺术博物馆所藏周叔弢捐献的《文选集注》第四十八卷，并入原京都帝国大学影印本后，此卷已近完帙。又京都帝国大学影印本第七十三卷中原缺二页，今得北京图书馆帮助，提供残页胶卷，恰好可以补足；同书第六十一卷江文通《杂体诗》潘黄门（悼亡）中原缺二十五行，经日本国立奈良女子大学横山弘教授联系，得到日本御茶之水图书馆成簣堂文库支持，提供残页照片，此诗始告完整。"

通《杂体诗三十首》内《李都尉陵》残片（自"万里结发不相见"至注文"以达师旷"），周勋初又与之多方联系，得其原帙的复印件，于2011年出版了唐钞《文选集注》目下最为完整的增补本。《唐钞文选集注汇存》保留了京都本的优点，一切据原卷影印，辑录卷帙较前增多，编次体例也更趋完善，是目前资料收集最完备，印刷最精良的《文选集注》版本，为中国学者研究《文选集注》提供了珍贵的文献资料，也为推动"文选学"研究提供了新的基础和版本依据，有助于推进学术研究的全面开展，可藉此解决"文选学"史上许多悬而未决的学术问题，并且促进了海内外的文化学术交流。嘉惠学林，洵为盛举，使得奇书共赏，功莫大焉。在"文选学"史上，诚堪大书特书之。

古钞《文选集注》的发现、影印和流传可谓是十九世纪以来现代"文选学"研究史上最为辉煌的篇章之一，也是当今"选学"研究不可多得的巨大宝藏，其学术成就代表着唐代《文选》注释学的辉煌，同时也为我们研究唐人"治《选》"面貌打开了门径。而其残帙亦应有尚存于天壤间者，庶待中日两国学者戮力搜寻，则异日必有可观也。又，旁书所引《文选集注》条目亦多在，如日本天理图书馆藏观智院本《文选》残一卷（卷二十六），白文无注，眉上行间所记校语、释义、音注中屡现《文选集注》汇录之唐代旧注佚文。其旁注大多为音注，标注有《钞》、《音决》及五臣向（吕向）、济（吕延济）之注，疑是从《文选集注》中引来。日本书陵部藏古钞《文选》断简纸背中所记的《钞》、陆善经注等，亦或是采自《文选集注》。另日本凤来寺旧藏《和汉朗咏集》①的批注中亦发现引录有三条《文选集注》文

---

① 凤来寺旧藏的《和汉朗咏集》是菅原长成于建长三年（1251）成为时年（转下页）

字：一是卷上女郎花 279 关于《蒸栗》的注释，云："集注《文选》八十三曰：'美玉之黄侔蒸栗。'注：刘良曰：'栗，木实。烝之，其色鲜黄。言美玉有如此色。'"二是卷上初冬 352 对"春华"的注释，云："集注《文选》八十九曰：'摛如春华。'吕延济曰：'发文如春物之华。'"三是卷下饯别 637"石火向风敲"的注解，云："《文选》卷十六（引者案：疑脱漏'二'字，当为《文选》卷二十六潘安仁《河阳县作二首》其一）潘安仁诗曰：'人生天地间，百年孰能要。颍如敲石火，暂（瞥）君（若）截道飙。'《钞》曰：'敲石出火不能久也。论百年之寿，亦复如此耳。'"其注引用了《文选钞》，据前两条推知，疑第三条亦系从《集注文选》中摘出①。

第二节 《文选集注》研究概况

日藏古钞《文选集注》（下为行文简便，多简称为《集注》或集注本）的研究是国际汉学界研究的热点和前沿课题。自其流散零卷被发现及残本印行以来，极受学界重视，业已取得了不少成果，其研究正处于方兴未艾的阶段。但由于资料的匮乏，投入力量的不足，目前研究尚处于发轫阶段，主要聚焦于《集注》编者及成书年代，集注本李善注与宋刻李善注之关系，《钞》与《音决》的撰者，《音决》音系以及陆善经本事等方面，亦有借助《集注》独特的文献价值

（接上页）9 岁的后深草天皇的侍读时讲授《和汉朗咏集》期间所用的抄本，这一抄本是藤原师英于历应二年（1339）抄写的。藤原师英是出身于式家的儒者，作为所谓九条家本《文选》的抄写者为人所周知。佐藤道生《平安时期的〈文选集注〉的受容》一文认为《和汉朗咏集》的这几条批注乃南家儒者藤原孝范（1158—1233）所著。

　① 参见［日］佐藤道生《平安时期的〈文选集注〉的受容》，载佐藤道生所编《注释书的古今东西》，庆应义塾大学出版会株式会社，2011 年，第 107—108 页。

进行某一作家、某一文类或是某一阶段文学的研究。大体来看，现有研究成果多是就《集注》所涉某一问题所进行的专题研究、局部研究，或是抽样个案研究，少有整体关照，对古今研究成果亦缺乏全面而系统的梳理，有时难免会以偏概全，"只见树木，不见森林"，陷入主观臆测的泥淖。即如浙江大学金少华的博士学位论文《古抄本〈文选集注〉研究》(2011 年)也称"并不打算对《集注》作全面的研究，而以《文选》校读为中心，分专题讨论集注本所录五家《选》注。"①金少华蒐集日本文献较为丰富，在证实《集注》现存残卷系删节誊抄本以及解读李善注引书"各依所据本"、"再见从省"两条核心体例等方面有较多创发，不乏真知灼见，但主要是以《集注》研究中的薄弱环节"校读"为中心，并非对《集注》的全面研究，且其所校多以胡刻本为依据立说，其结论难免受限。可以说全面、深细的考察尚付阙如，故在点的深入和面的铺开上，还有广阔的拓展空间。

现有的研究成果主要涉及以下五个方面：

一、《文选集注》编者及成书年代考辨

《集注》一书，我国存世的古代典籍中从无记载，在其流散零卷发现之前，亦不见于中外历代著录。今存残本首卷缺失，兼无书尾序跋，年代出处不详，故学人对其成书年代及编者众说纷纭，争议不断：日人新见正路称"以纸质、字体考之，当为五百年前之古钞也"(《赐庐书院储藏志》)；森立之《经籍访古志》称"实系七百许年

---

① 金少华：《古抄本〈文选集注〉研究》，浙江大学 2011 年博士学位论文，第 14 页。该论文 2015 年已由浙江大学出版社出版。

前旧钞……但《集注》不知出于何人,或疑皇国(日本)纪传儒流所编著者欤"①,推测此书是日本王朝时期的儒流所编次。此后,日本学者大抵沿承森立之观点(即此书乃"皇国纪传儒流所编著"),又依据其抄写书体,认为《集注》当系日本某一《文选》专家所编著,如新美宽所说:"《文选集注》其成于本邦人之手,乃现今一般人所公认。其抄写年代,谓之天历年自无不可,然就今存大半残卷观之,殆属平安朝末期之书体,无疑也。"②影响所及,台湾"中央"图书馆善本书目亦曾著录曰:"日本古写卷子本《文选集注》,卷第九十八。"日本学者虽主张《集注》抄自日人之手(旧王朝时人所抄),甚或认为就是日邦先贤所修述,然乏确实证据,难以让人信服。(狩野直喜《唐钞本文选残卷跋》云:"检书中帝讳渊字、世字、民字、显字阙笔,隆基字不阙笔,则在玄宗以前矣。"③因谓其为"唐钞本"。案:狩野氏此跋虽为俄藏敦煌 L.1502 左太冲《吴都赋》残卷所作,其避讳情况亦同样适用于集注本。)董康认为是我国五代时写本(《书舶庸谭》卷八,但无证据和具体考证文字);罗振玉虽称"其写自海东,抑出唐人手,不能知也"④(《唐写文选集注残本序》),但据其避唐帝讳,故在刊行《唐写文选集注残本》时径题为

---

① 此处首次提及《文选集注》的成书年代与编者问题。自安政三年上溯七百许年,相当于我国的南宋高宗绍兴年间。对其编者,森立之虽明指"不知出于何人",但怀疑其为日本儒生所编。此观点后来成为持"日人编写说"的学者参研的依据。斯波六郎博士则认为《文选集注》是平安时期的作品,参《李善文选注引文义例考》,载《古典文献研究》(第十四辑《文选》学专辑),南京大学古典文献研究所主办,南京:凤凰出版社,2011 年。

② 〔日〕新美宽:《新获文选集注断简》,《东方学报》京都第八册。

③ 〔日〕狩野直喜:《唐钞本文选残卷跋》,日本《东洋学丛编》第一册。

④ 见罗振玉《唐写文选集注残本序》,载《罗雪堂全集·初编》第一册,台湾文华出版社,1968 年。

"唐写"。并且，罗氏在为田潜所购《集注》卷六十八曹子建《七启八首》所作跋文中亦称："日本金泽文库藏唐写《文选集注》残，唐人所著传入彼土者。"汪大燮云："此卷（卷七十三）虽系断简，而笔意颇近钟太傅，洵为初唐人手笔，良可宝也。"①杨守敬则据《集注》不收唐时最有名的萧该、曹宪、许淹等人的《文选音义》，而推测"或此本为日本人所纂集耶"②。屈守元则认为《集注》是在南宋书坊大刊"六臣注本"的风气下产生的，"是以南宋书坊刻经书的'注疏释文三合本'、史书的'三家注本'、集部的什么'千家注'、'五百家注本'，这种风气为其时代背景的"③。即谓编于南宋坊刻"六臣注本"一类本子之后。此观点不太符合南宋版本之体例，已为多数学者所否定。台湾学者邱棨鐍根据写本避唐帝讳及每用唐代俗体书写之特点，又结合藤原道长《御堂关白记》长保六年（1004）九月二十一日条和宽弘三年（1006）十月二十日条的记载④，证此为唐人钞本。斯波六郎曾论及九条本旁注引录有《集注》，则公元948年，《集注》已在日本有所流传。而关于"《御堂关白记》长保六年九月二十一日条"这条史料，日本学界也多有关注。多数学者如冈井慎吾⑤、花房英树⑥等人认为这里所出现的"集注文选"等同于《文选

---

① 见汪大燮1918年于《文选集注》卷七十三零页上所作题记，载周勋初辑《唐钞文选集注汇存》之"附录"，上海：上海古籍出版社，2011年。

② 见杨守敬为田潜所得《文选集注》卷六十八零页所作跋文的补跋。

③ 屈守元：《〈文选〉导读·导言》，成都：巴蜀书社，1993年，第144页。

④ 参邱棨鐍《〈文选集注〉所引〈文选钞〉研究》，载俞绍初、许逸民主编《中外学者文选学论文集》，北京：中华书局，1998年，第711—712页。

⑤ 参见［日］冈井慎吾《文选集注的零片》，载《柿堂存稿》，有七绝堂，1935年，第260—266页。

⑥ 参见［日］花房英树《关于〈文选〉卷第九十八》，载《小尾博士退休纪念中国文学论集》，第一学习社，1976年，第379—408页。

集注》,亦谓王朝人称"集注文选"与"五臣注文选"或"摺本文选"有别,三名俱见于道长日记。且疑"其(集注)编纂早在中国唐代之际,宋代或尚得见其一部分"①。正如山崎诚所说的那样,"在源乘方献给道长的《文选集注》是否就是现存的《文选集注》这一问题上,我持慎重意见,但如果认同的话也应该不会错的"②。小尾郊一也认为道长既在同书而分别记于两条,名称不同,则"集注文选"当谓《文选集注》,而非《五臣注文选》,故对《集注》一书持"中土舶来说"。而持"日本编写说"的学者,则有意或无意地回避了这个问题,或者对此条另作他解,认为1004年传入日本的"集注文选",很可能是五臣集注本(斯波六郎即尝疑此两处同指一书)。但据日本学者岛田翰《古文旧书考》卷一《旧钞本考·小引》"有若《左氏集解》、《群书治要》及《集注文选》者,皆是当日使臣所赍而来,装成卷子,体样古朴"③。及卷二《宋椠本考·六臣注文选六十卷》"《文选》注本之出于隋唐人者有数家……其余一书则陆善经、郭林宗、公孙罗诸人注本,但存之于旧钞卷子本《集注文选》中"④。可知,岛田翰所谓《集注文选》即今日所见之《集注》无疑,持日人"赍来"说。岛田翰系日本著名版本目录学家,其观点当具有一定的说服力。中日学者如岛田翰、冈井慎吾、花房英树、邱棨鐬等人所提出

<hr>

① 参见[日]花房英树《关于〈文选〉卷第九十八》,载《小尾博士退休纪念中国文学论集》,第一学习社,1976年。
② 参见[日]山崎诚《式家文选学一斑——〈文选集注〉的使用——》,载《中世学问史的基底与展开》,和泉书院,1993年,第417页。
③ [日]岛田翰《古文旧书考》,见《日本藏汉籍善本书志书目集成》第3册,北京:北京图书馆出版社,2003年,第38页。
④ [日]岛田翰《古文旧书考》,见《日本藏汉籍善本书志书目集成》第3册,北京:北京图书馆出版社,2003年,第378页。

的"中土舶来说"在海内外产生了很大影响。学界一般认为《集注》成书于唐末，持"唐人编写说"。如周勋初称："从避讳的角度来看……可证此书所据之本出于唐代，为唐中期之后的某一唐代《文选》专家所编。"①傅刚亦认同《集注》系唐代写抄本，云：

> 第一，《文选集注》所集《音决》、《钞》、陆善经本，唐以后已不见著录，南宋时期更没有编《集注》的条件；第二，《文选集注》所存《文选》旧貌颇有与宋刻本不同者，如产生于南宋，不应与宋刻有太大的差异；第三，《文选集注》反切注音均用"某某反"……这也证明《集注》并非产生于南宋时。②

此外，学界对《集注》是从我国传入的原本，还是日本学者据中土传入之各《文选》注本汇编、誊录之本的问题上，亦是众说纷纭，迄今未有定论。斯波六郎基于卷九十三刘伯伦《酒德颂》"无思无虑，其乐陶陶"下，"今案"中"皆当除之"之语③，对"日本编写说"提出了质疑，认为《集注》很可能是来自中国的唐末传本。森野繁夫又对斯波六郎的观点做了进一步的补充与考证④。童岭根据卷九十三的这条案语，提到"根据日本史料，可以发现奈良、平安早期的日本文化人对于《文选》的译注，只是停留在训读上，如《文选读》等

---

① 周勋初辑：《唐钞文选集注汇存·前言》，上海：上海古籍出版社，2011年，第3页。

② 傅刚：《文选版本研究》，北京：北京大学出版社，2000年，第137页。

③ ［日］斯伯六郎编、李庆译：《文选索引·文选诸本研究》，上海：上海古籍出版社，1997年，第114—115页。

④ ［日］森野繁夫《关于〈文选〉李善注——集注本李善注和刊本李善注的关系》，载俞绍初、许逸民主编《中外学者文选学论集》，北京：中华书局，1998年。

等,无法对汉籍作如此深入的考证性案语。此外,作为日本汉学史上的一个校勘法惯例,是单单根据他本的文字给出旁注,而不给出自己的意见。这种习惯在宋本导入日本之后依旧保持了很长一段时间"①。并以此来推测,《集注》编者当为具有作出断语可能性的中国人。

　　《集注》为"唐土文献说"影响颇大,其为中土流入海东说几成定论,如上文所提及的岛田翰、田潜、罗振玉、汪大燮、斯波六郎、森野繁夫、邱棨鐍、屈守元、周勋初、傅刚、童岭等皆主此说,只是在其编纂年代上有唐末、五代、南宋之异。但也有学者坚持"日人编写说",如范志新《关于〈文选集注〉编纂流传若干问题的思考》据集注本不避唐中宗李显、唐玄宗隆基名讳及唐时庙讳准故事迁祧之制②,兼之《集注》所援录之五臣注本竟为残阙之本,若其果为中土所编,这在唐中晚期至宋初五臣注颇为盛行的情况下是很难理解的,而日本所传入的五臣注本极为罕见,从而推测其编者不是中土人,而是海东学者。常思春《读〈文选集注〉管见三则》通过字体、复杂的避讳现象③、所引《钞》、五家本残损以及未见流传之事实等多

　　① 童岭:《隋唐时代"中层学问世界"研究序说——以京都大学影印旧钞本〈文选集注〉为中心》,载《古典文献研究》(第十四辑·《文选》学专辑),南京大学古典文献研究所主办,南京:凤凰出版社,2011 年,第 135 页。

　　② 范志新:《文选版本论稿》,南昌:江西人民出版社,2003 年,第 251 页。

　　③ 常思春针对邱棨鐍、周勋初等所依据的避讳缺笔情况提出了异议,认为如果是日本学者顺从中土原本的避讳缺笔,那么也可能会出现此种情况。童岭云:"由于隋唐与日本之间并非实质上的朝贡关系,故而日本奈良、平安两朝的文人不会有意避唐朝皇帝的讳",称"这些缺笔避讳虽然对于确定抄手是哪国人无济于事,但却可以据此否认编者为日本人。"参童岭《隋唐时代"中层学问世界"研究序说——以京都大学影印旧钞本〈文选集注〉为中心》,载《古典文献研究》(第十四辑·《文选》学专辑),南京大学古典文献研究所主办,南京:凤凰出版社,2011 年,第 135—136 页。

方面问题考察,质疑"中土舶来说",提及日本具有编《集注》的人才和资料条件,认为:"《文选集注》绝大可能是日本平安朝中后期日本某一《文选》学家采集日本所藏诸唐写《文选》注本汇编而来,似是一个未及细校的初编稿本。……《文选集注》或即是当我国北宋时代或南北宋之际日本教《文选》的某学者集日本尚存唐钞《文选》注本编的一部《文选》教材。"①而据日本平安朝藤原佐世《本朝见在书目录》记载,陆善经著述中亦未见及其《文选注》,若《集注》是日人所编,其陆善经注何来? 这也是一个无法回避和解释得通的问题。另,陈翀根据藤原道长《御堂关白记》和藤原行成《权记》的记载,又结合平安大学寮为历代天皇侍读《文选》的相关史料,提出《集注》是"日本平安中期大学寮大江家纪传道之代表人物大江匡衡(953—1012)②为一条天皇侍讲《文选》时受敕命所编撰的《集注文选》的转抄残卷"③。此观点如果可以证实,将是《集注》研究的重大突破,也为解决这个困扰学界近百年的难题提供了一个新的突破口。但其将日记中提到的《集注文选》不加区分的等同于《文选集注》来理解,又直接将《文选集注》和"仰注文选"视为一书,且回避了"持来"二字,就现有材料而言,其结论仍待商榷,容有进一

---

①　常思春:《读〈文选集注〉管见三则》,《河南大学学报》2005 年第 3 期。

②　大江匡衡出身平安大学寮大江一家。大江维时之孙,右京大夫重光之子。天延三年(974)二十五岁文章得叶生,天元二年(979)二十八岁对策及第。永祚元年(989)三十八岁文章博士。前半生极受冷遇。长德三年(997)始被藤原道长提拔为东宫学士兼越前权守,旋又被升为式部大卿充帝师,许升殿讲学,是藤原道长集团中最重要的人物之一,亦是被称为平安儒学中兴期之宽弘期儒学代表人物。其妻赤染卫门与其女江侍从均为平安文学史上有名的才女。现存《江吏部集》一部,此外还有很多文章散见于各种典籍。其具体生平事迹可参考后藤昭雄著《大江匡衡》,吉川弘文馆,2006 年。

③　陈翀:《〈文选集注〉之编撰者及其成书年代考》,见张伯伟编《域外汉籍研究集刊》第六辑,北京:中华书局,2010 年,第 503 页。

步探讨的余地。佐藤道生《平安时期的〈文选集注〉的受容》认为从藤原行成《权记》中看不出有大江匡衡所作注释书的存在，能确定的只是一条天皇想要其进奉《文选》，将此"仰注文选"视为大江匡衡所作太过牵强，故陈翀推测《文选集注》为大江匡衡所撰一说恐怕很难成立①。另，南京大学域外汉籍研究所的金程宇对这两条日记的理解亦与佐藤道生相合，认为大江匡衡实未编纂《集注》，此乃陈氏误读《权记》所致②。此外，王立群《〈文选集注〉研究——以李善注为中心的一个考察》通过对《集注》的发现、递藏、印章、避讳等方面考证，认为其出自日本平安时代，乃东瀛学者以唐代诸本为底本而成。"又集注本中校补之文有自左至右书写者，亦不合中土习惯，中土目录著作均无一记载，由此看来，《集注》当为日本研究学习《文选》者编纂而成，非出中土，其时代不当晚于泰定三年（1326），其时间或许更早。"③确实，无论是唐朝、五代还是宋朝，中土人编写总集、集注之类的书籍，如果其参据的底本存在残缺，一般的操作方法当是从他处借以配补，比如陈八郎本五臣注《文选》等就是这样操作的，而《集注》所参据的《钞》、五家本都采用了残本，而不予配补，很不可思议，当时《钞》找不到完本尚可理解，五家本《文选》无论是唐末还是宋初找完本皆非难事，若果为中土所编撰，此点确实很难解释得通。再者，中国现存典籍中记载公孙罗的《文选》注和音义之作，均无《钞》、《音决》之称呼，其他唐人《文选》

---

① ［日］佐藤道生：《平安时期的〈文选集注〉的受容》，见佐藤道生所编《注释书的古今东西》，庆应义塾大学出版会株式会社，2011年。

② 详参刘志伟师《〈文选集注〉成书众说平议》，《文学遗产》2012年第4期。

③ 王立群：《〈文选集注〉研究——以李善注为中心的一个考察》，《汉语言文学研究》2011年第2卷第3期。

注释的典籍也无此叫法,而《日本国见在书目录》中却有《文选钞》、《文选音决》之称谓,难道此称呼是日本人为区别于李善注《文选》而为公孙罗的《文选注》特起之名? 这个可能性还是存在的。但正如日本学者冈村繁所说:"该《文选集注》无论是中国编集的,还是我国编集的,总之,毫无疑问是流传至今保存着浓厚唐代抄本面貌的极珍贵的文献。"①

大要而言,学界大多认为《集注》是中国人纂集的,约成书于晚唐,成书不久就流传到了日本,而在中国本土却散佚、失传了。但是由于直接证据缺失,兼之间接的考证资料有限,无论是"中土舶来说"还是"日人编写说"都无法让人完全信服,尚需进行更为全面、深入的研究。据笔者看来,在没有史料的铁证时,只能采用严密的逻辑推理来考证,所确立观点的说服力、信服力得靠强而有力的逻辑证明来支撑,而正确的逻辑证明中的每一个链条当是没有任何争议的,即必须是单线的因果关系,否则其论点就不可靠,欠缺说服力。

《集注》既以"唐人编撰"为通说,而关于该抄本之现存本的抄者及其抄写年代(在抄本时段,编者层面和抄者层面两者绝不可混为一谈。而"现存《文选集注》残卷存在众多脱文校补及误衍之处,这些内部证据证明残卷为誊抄本而非初编稿本"②),是中国国人转抄本,还是日本平安朝抄本,尚需要进一步的深入探讨。范志新《关于〈文选集注〉编纂流传若干问题的思考》一文尝举四例集注本讹夺错行的情况,认为"今所见钞本《集注》为誊抄本"。金少华《古

---

① [日]冈村繁:《〈文选集注〉与宋明版本的李善注》,载俞绍初、许逸民主编《中外学者文选学论集》,北京:中华书局,1998年,第981页。

② 金少华:《〈文选集注〉残卷的来源与编纂体例》,《文学遗产》2012年第4期。

抄本〈文选集注〉研究》又增补残卷衍文及校补之脱文 11 例,证明现存《集注》确系誊抄本。据日人阿部隆一考察,称:"似应定在平安前期,迟则亦为中期之国人所钞。每每避唐帝讳而缺笔,且六朝、唐之异体字多用,观其笔法,其底本必唐钞本无疑。"(见《遗稿集》卷二《金泽文库汉籍》)新美宽《新获文选集注断简》认为"就今存大半残卷观之,殆属平安时期末期之书体,无疑也"①。故而日本的国宝著录,均称其为平安钞本。学界一般认为卷八、卷九为九条家旧藏,两卷卷末都有"校了,源有宗"的字样,生活在白河朝到堀河朝时期的源有宗认为这是平安后期的抄写本。而最近发现的与第八卷、第九卷有姊妹卷关系的第七卷的断简的书体却带有平安前期的书写风格。这与新美宽所指出的"九条家秘藏的卷八、卷九这两卷与其他卷的书写风格不同,可以认为这两卷是现存卷中最早的"②之说相符。乃东山御文库旧藏,本是源乘方献给藤原道长的平安前期的抄本,后传至藤原道长的直系子孙九条家的,而非金泽文库本,其余诸卷均是镰仓幕府时代旧金泽文库藏的转抄本。学界一般认为金泽文库本抄写于东山御文库本时期之后平安中期,其中卷六十一和卷百十六被公认为是平安朝(994—1192)中期写本。台湾学者邱棨鐊《今存日本之〈文选集注〉残卷为中土唐写旧藏本》一文据《集注》卷六十八首页残存的三方印章等物,有"□州田氏藏书之印"的钤记,认为其乃宋初著名的藏书家田伟旧藏,

---

① 《文选集注》残存 25 卷中,除卷六十一和卷百十六被公认为是平安朝(994—1192)中期写本,其余均为后来不同时期的钞本。既多为后人转抄本,其书体就似难以为据。

② [日]新美宽:《新获文选集注断简》,《东方学报》京都第八册,1937 年。

乃中土文献无疑，只是后来流至日本①。邱文发表后，潘重规《日本藏〈文选集注残卷〉缀语》②一文指出此乃邱棨鐻误判，谓"田伟后裔"、"景伟廔"、"七启盦"、"伏侯"等皆一人，此田氏当是指清末驻日公使署的参赞田潜，多为田潜所作钤记。但潘氏认为"□州田氏藏书之印"及"博古□□□"二印当为原书藏主田伟钤印。周勋初则认为三方印章均系近代篆刻风格，应与宋人田伟无关，当为田潜印章，以"夸耀远祖藏书之荣"③。范志新《关于〈文选集注〉编纂流传若干问题的思考》一文尝检核王重民《中国善本书目提要》"八·四书类"所载《论语集解十卷》条：

> 日本正平间刻本……即《经籍访古志》所谓"又有一本，删去正平跋文者，版今尚藏在日本桥书肆千钟房"者是也。卷内有"有宋荆州田氏七万五千卷堂"、"荆州田氏藏书"、"景伟廔印"、"后博古堂所藏善本"、"潜山读本"、"田伟后裔"、"伏侯得之日本"等印记……第一册末有跋云：己酉（1909）秋。游京都若林书肆，得正平《论语》木板一方，书贾出对照，一一符合，以其索价过昂置之。庚戌（1910）春重游此肆，询之尚在，遂持归，改蝴蝶装，古味盎然，洵可珍之秘笈也。潜山题记。下钤"景伟廔主人读书记"方印。④

---

① 参邱棨鐻《今存日本之〈文选集注〉残卷为中土唐写旧藏本》，载 1974 年 10 月 30 日台湾《中央日报》副刊。

② 参见潘重规《日本藏〈文选集注残卷〉缀语》，载 1975 年 1 月 12 日台湾"《中央日报》"副刊。

③ 详参周勋初《〈文选集注〉上的印章考》，见《周勋初文集》第七卷，南京：江苏古籍出版社，2000 年，第 182 页。

④ 转引自范志新《文选版本论稿》，南昌：江西人民出版社，2003 年，第 253 页。

就此问题提出相应佐证,认为"田伟旧藏"之说不足采信。傅刚亦说道:"田潜此印不仅钤于《文选集注》中,今见田氏于宣统元年在日本用金属版所印《广唐贤三昧集》,钤有田氏多方藏印,其中'荆州田氏藏书之印'与《文选集注》所钤印相同,可以证明周勋初先生的怀疑是正确的。"①由上可知,邱氏据藏印认为《集注》是北宋田伟的藏书一说就难以为据了。而目前关于此抄本的抄写年代大多是凭纸质、笔法、抄写字体、墨光等所作的推测,并无充足的材料和证据能够确切证明此抄本的成书年代,庶待日后有新材料的发现,以推进该问题的研究。

二、《文选集注》中李善注的版本校勘价值及与刻本李善注之关系

《文选》李善注自问世之日起,就出现了很多差异很大的本子,注文详略不等,科段也互有不同。考李匡乂《资暇集》:"李氏《文选》有初注成者,有覆注,有三注、四注者,当时旋被传写。其绝笔之本皆释音训义,注解甚多。"②而《集注》所据底本源自唐代抄本,相较于诸后出之宋明刻本,当最接近李善注原貌,为《文选》研究提供了宝贵的文本校勘和考证的资料,亦可补正历代各本校勘之失。斯波六郎经过考察,认为《集注》"自李善注本身至类目、篇题、正文,最存李善本之旧。自此本问世,谓之庐山真面乃

① 傅刚:《〈文选集注〉的发现、流传与整理》,《文学遗产》2011 年第 5 期。
② 李匡乂:《资暇集》,影印文渊阁《四库全书》本,第 850 册,台北:商务印书馆,1986 年,第 148—149 页。

明，亦非虚言"①。对其推崇备至，且但凡遇到集注本与宋刻本间有不相合字句，只要不是明显的舛误，斯波六郎皆以集注本为是。此后冈村繁对此观点撰文反驳，认为"以往那种以集注本为绝对依据标准的片面看法，那种将集注本中有而版本中无的李善注一概定为后者由后人脱误所致的武断解释，实在使我们难以服膺接受"②，认为此书所引的李善注应该是经过特别增补改订而作成的，是第二次才产生的注。称"当初的李善注正如前述唐永隆钞本中所见那样极为简素。此后以该简素的李善注为底本编纂的补订李善注至少有两种，它们分别成不同系统。其一是《文选集注》所收李善注，另一是后来成为宋明刊本之祖本的李善注。如此，集注本李善注与现存版本李善注之关系就不是以往所认为的那种单线上的前后关系，而毋宁说是复线的、各处不同系统位置的关系。又就李善注的承传过程而言，它并非是由完整向不完整的脱落方向延续，而毋宁说是由简素向繁复的增殖方向发展"③。森野繁夫并不认同冈村繁关于《集注》与宋明刊本中的李善注分属两个系统之说，根据宋明刊本中的李善注多与集注本所援引李善注不合而转合于《钞》、陆善经注的现象，认为刊本李善注系"从《文选集注》中抽出李善注，利用《钞》、陆善经注等加以补充订正，再编成李注本。

---

① ［日］斯波六郎：《对〈文选〉各种版本的研究》，见《中外学者文选学论集》，北京：中华书局，1998年，第953页。其说可商。斯波六郎仅对《文选集注》作抽样调查，并未全盘通观，其观点有失偏颇。《文选集注》卷八、卷九中所援引的李善注较之于诸宋刻本而言，确实存留最夥，但《文选集注》中亦大量存在李善注少于后出刻本的情况，不可一概而论。

② ［日］冈村繁著、陆晓光译：《文选之研究·〈文选集注〉与宋明版行的李善注》，见《冈村繁全集》（第二卷），上海：上海古籍出版社，2009年，第359页。

③ ［日］冈村繁著、陆晓光译：《文选之研究·〈文选集注〉与宋明版行的李善注》，见《冈村繁全集》（第二卷），上海：上海古籍出版社，2009年，第359页。

这一再编的李注本似乎直接或间接地与北宋国子监刊本相联系着"①。并进一步对集注本李善注与诸刻本李善注的关系作出了推测:"从集注本中抽出李注再编成李注本,并据此刊行了北宋国子监刻李注本。……可以认为,此李注本与南宋尤袤刻本有密切的传承关系。"②以此来附和斯波六郎"刊本李注是从六臣注中抽出李注编纂而成"的观点。傅刚则认为,"李善《注》的写本、抄本与刻本间的关系极为复杂。……由于各抄写者情况不同,嫌李善《注》繁琐者,可能有所删减;而嫌李善《注》简略者,可能有所增添;因此现行刻本的善《注》并不一定是李善原貌。而抄写本虽时代较早,但也仍然有可能是改变过了的善《注》"③,赞同冈村繁所提出的"应改变以同一单线的前后传承关系考察集注本(还应包括其他写本、抄本)与刻本间的关系"④。又,冈村繁《文选之研究》第八章《宋刊〈李善文选注〉对五臣注的"盗用"》,同样通过集注本李善注与宋刊本李善注的比勘,发现宋刊本所增多的李善注往往与五臣注相合,认为"在北宋和南宋三百年间中国各地陆续刊刻的《李善注文选》,令人颇感意外地有着长段的、露骨的,而且是有意识的对《五臣注文选》的剽窃利用"⑤,以补李善注之缺漏,便飨读者。诸人所论皆言之成理,持之有故。但关于集注本所采录的李善注到

---

① 〔日〕森野繁夫:《关于〈文选〉李善注》,载俞绍初、许逸民主编《中外学者文选学论集》,北京:中华书局,1998年,第1023—1024页。

② 〔日〕森野繁夫:《关于〈文选〉李善注》,载俞绍初、许逸民主编《中外学者文选学论集》,北京:中华书局,1998年,第1027页。

③ 傅刚:《文选版本研究》,北京:北京大学出版社,2000年,第140页。

④ 傅刚:《文选版本研究》,北京:北京大学出版社,2000年,第141页。

⑤ 〔日〕冈村繁著、陆晓光译:《文选之研究·〈文选集注〉与宋明版行的李善注》,见《冈村繁全集》(第二卷),上海:上海古籍出版社,2009年,第390页。

底是李善的初注本、复注本、三注本、四注本，抑或是其"绝笔"之本，其与宋明刻本中的李善注之间到底存在何种关联，众说纷纭，莫衷一是，仍待进一步探讨。

三、《钞》、《音决》作者考辨及其史料价值的研讨

《钞》、《音决》在中土无著录，亦无传世之本，亡佚已久，藉《集注》而部分保存。二书最早见录于藤原佐世作于宽平年间的《日本国见在书目录》，该书在"总集家"中著录《文选钞》六十九卷，《文选音决》十卷，皆云公孙罗撰。但公孙罗的著作，两《唐志》只著录其《文选注》六十卷、《文选音义》（《旧唐志·经籍志》作"《文选音》"）十卷（二书自宋以降皆未见著录，当已散佚）。遍检我国诸史志目录，皆未见《文选钞》、《文选音决》之名，故其作者仍有异议。但"《日本国见在书目录》作于日本宽平年间（889—897），相当于晚唐昭宗时期，此书所记不应有假，因此一般认为《文选集注》所录《音决》和《钞》就是公孙罗之书"①。并且《钞》、《音决》并次相接，学界多认为皆系公孙罗所著。如骆鸿凯《文选学·源流》曰："《唐写本〈文选集注〉》所引《文选钞》与《音决》即《唐志》所载公孙罗之《文选注》与《文选音义》。"②屈守元在《〈文选〉导读》中引向宗鲁说，认为"《钞》即两《唐志》的六十卷本，《音决》即两《唐书》的十卷本。《见在书目》称《文选钞》六十九卷，所多九卷，或为后人附益，或'九'字误衍。"③周勋初《唐钞文选集注汇存·前言》亦赞同此说，认为《文

---

① 傅刚：《文选版本研究》，北京：北京大学出版社，2000年，第138页。
② 骆鸿凯：《文选学》，北京：中华书局，1989年，第49页。
③ 屈守元：《文选导读》，北京：中国国际广播出版社，2008年，第57页。

选钞》是公孙罗所作"殆无可疑"。这些观点也颇具影响力,为学界多数学人所认同。

而据近人研究,《音决》与《钞》矛盾颇多,既然《音决》乃公孙罗所撰,《文选钞》的撰者当另有其人。台湾学者邱棨鐊《〈文选集注〉所引〈文选钞〉研究》一文深入探讨了《钞》的撰者、撰作年代以及注释义例等,并且在列表研究了《钞》与《音决》的互异之处后,认为"《钞》与《音决》注之有无、存缺,不相一致,亦可证两者原非一秩,盖其原本各自为卷帙,且其为注为音,各有其人,殆非同出一人之手也"①,且"《音决》之书当非李善所撰。其撰者为较萧、曹、许、骞稍晚之公孙罗,殆无可疑矣。吾人若可推定《集注》所引《音决》撰者为公孙罗无疑,则愚见以为《集注》、《钞》当不可能同为公孙罗"②。"此《钞》之撰作,自非扬州江都(吴地)之人而受业于当代'选学'大师之李善弟子辈,不能也。"③藤原佐世《日本国见在书目录》在公孙罗《文选钞》下亦著录《文选钞》三十卷,缺名氏,未知孰书。亦有森野繁夫、富永一登、常思春等中日学者怀疑《集注》中所引《钞》或为此书。

日人森野繁夫、富永一登《关于〈文选集注〉所引〈钞〉》一文对《钞》的作者、成书年代以及体裁、内容等方面均作了详细的考察,认为是唐高宗时代(649—683),尤其以显庆年间为中心,扬州江都的某位《文选》学者编写了《钞》,称"考虑到当时以扬州为中心的《文选》讲座非常盛行,这部《钞》可能是学生的听课笔记抑或老师

---

①　邱棨鐊:《〈文选集注〉所引〈文选钞〉研究》,见俞绍初、许逸民主编《中外学者文选学论文集》,北京:中华书局,1998年,第717页。

②　邱棨鐊:《〈文选集注〉所引〈文选钞〉研究》,见俞绍初、许逸民主编《中外学者文选学论文集》,北京:中华书局,1998年,第718页。

③　邱棨鐊:《〈文选集注〉所引〈文选钞〉研究》,见俞绍初、许逸民主编《中外学者文选学论文集》,北京:中华书局,1998年,第721页。

的备课笔记。虽然不能确定是两者中的哪一种,但可以推测,它极具讲座实录的性质"①。《钞》撰者意图补足李善注,故内容方面则主要表现为对李善注的补充,其特色乃以详尽、简明字句以释语意。又,长谷川滋成《〈文选钞〉的引书》②及《〈文选钞〉引书引得》③二文对《文选钞》的引书按照经史子集的顺序加以整理,并作了索引,称:"经部方面,《毛诗》的引用次数最多,超过了两百次;《钞》中《尚书》、《论语》、《春秋左氏传》等随处可见。另外,史部方面,《汉书》、《三国志》、《史记》等书的引用较多,而史部其他引书里,有将近半数和谢承《后汉书》、《魏略》、《汉晋春秋》一样,仅引用一次而已。子部方面,引用的作品只有三十余种,在四部中最少,引用的次数总计也不过一百一十多次。最后,集部方面,除了《楚辞》被征引三十多次外,其他的基本上只引用一次。"④并着重阐述了《文选钞》的辑佚价值和史料价值。胡大雷《读〈唐钞文选集注汇存〉中之〈文选钞〉》⑤对《钞》的史料价值、文献价值,以及"注重创作缘起或过程"、"注重概括题旨的'释义'"的特点都作了阐释。王书才《论公孙罗〈文选钞〉的价值与阙失》,对《钞》的特色、缺陷及亡佚原因都做了简明扼要的探讨。此外,徐之明《〈文选音

---

① [日]森野繁夫、富永一登:《关于〈文选集注〉所引〈钞〉》,载《日本中国学会报》第 29 集,1977 年。

② [日]长谷川滋成:《〈文选钞〉的引书》,载《日本中国学会报》第 32 集,1980 年。转载于《古典文献研究》(第十四辑《文选》学专辑),南京大学古典文献研究所主办,南京:凤凰出版社,2011 年,第 120 页。

③ 载《中国中世文学研究》第 15 期,广岛大学中国中世文学会,1981 年。

④ [日]长谷川滋成:《〈文选钞〉的引书》,见《古典文献研究》(第十四辑《文选》学专辑),南京大学古典文献研究所主办,南京:凤凰出版社,2011 年,第 156—157 页。

⑤ 胡大雷:《读〈唐钞文选集注汇存〉中之〈文选钞〉》,《中国典籍与文化》2007 年第 5 期。

决〉反切韵类考》①一文采用系联法与比较归纳法,整理出《音决》的韵类为 52 个,共 176 韵。并据其韵系特点,如支、脂不混,鱼、虞不杂,洽、狎分明,指出《音决》所反映的音系应为当时的江南读书音,为研究《音决》音韵系统提供了新解。另,徐之明《〈文选音决〉反切异音与〈文选〉校读》②一文又选取了六条《音决》中的"异音",即与《音决》声韵系统出入较大的音切,以探讨、解决《文选》的一些校读问题,亦有益于"选学"。

四、陆善经本事及其《文选注》之考评

两《唐书》皆无陆善经传,其《文选》注也未见中日公私书目著录。《集注》残卷发现后,学者们始对陆善经的生平、行历及其注《文选》事宜进行考证,日人新美宽《陆善经事迹》③、向宗鲁《书陆善经事——题〈文选集注〉后》④勾索了陆善经的生平事迹及其注释《文选》的事略,为研究陆善经其人及其《文选注》提供了宝贵的线索。另有虞万里《〈唐写文选集注残本〉中陆善经行事考略》⑤与《唐陆善经行历索隐》⑥、汶讷《补唐书陆善经传》⑦等研究成果问

---

① 　徐之明《〈文选音决〉反切韵类考》,《贵州大学学报》1999 年第 6 期。

② 　徐之明《〈文选音决〉反切异音与〈文选〉校读》,《贵州教育学院学报》2002 年第 6 期。

③ 　[日]新美宽:《陆善经事迹》,见《支那学》第 9 卷第 1 号,支那学,1937 年。又马导源译文,见《日本汉学研究论文集》,中华丛书编审会。

④ 　向宗鲁:《书陆善经事——题〈文选集注〉后》,《斯文半月刊》1943 年第 3 卷第 2 期,后收入俞绍初、许逸民主编《中外学者文选学论集》。

⑤ 　虞万里:《唐写〈文选集注〉残本中陆善经行事考略》,《文献》1994 年第 1 期。

⑥ 　载《中华文史论丛》第 64 辑,上海:上海古籍出版社,2000 年。

⑦ 　汶讷:《补唐书陆善经传》,载《说文月刊》第二卷合订本,1940 年。

世，对陆善经的生平、行状、职官及著述情况考证相当详明。饶宗颐《楚辞书录》亦曾辑要《集注》卷六十三陆善经注说。另藤井守《〈文选集注〉中所见的陆善经注》①、森野繁夫《论陆善经〈文选注〉》②、富永一登《〈文选〉陆善经注考》③等文对陆善经的经历、业绩及其成书过程、内容特征、施注方式、价值等均进行了深入而全面的探讨。王书才《从〈唐钞文选集注汇存〉论陆善经〈文选〉注的特色与得失》一文则主要探讨了陆善经《文选注》的价值，对陆善经注的特色、得失及其亡佚原因都做了探讨。其后，刘群栋《〈文选〉陆善经注简论》一文④在梳理总结前人研究成果的基础上，又进一步对陆善经注的注释特色作了阐释。另刘纪华《〈文选集注〉陆善经注研究》对陆善经注的性质（如"喜欢对名物、事件、史实和典章制度的坐实；注重文本的探求，对语义的串讲；在疏通文意的基础上，注重创作缘由的探究"等⑤）及其与前此注家的关系进行了较为全面的研究，同时又探讨了陆善经《史记注》和《文选注》的关系。又以陆善经注为切入点，论述《集注》的成书和流传，在许多方面都有所开拓和创发。

五、对于《文选集注》中留存的作家作品的专题研究

刘志伟师《〈唐钞文选集注〉陆机诗注的价值》，首次对《集注》

---

① ［日］藤井守：《〈文选集注〉中所见的陆善经注》，载《广岛大学文学部纪要》第37卷，1977年。
② ［日］森野繁夫：《论陆善经〈文选注〉》，载《中国中世文学研究》第21期，广岛大学中国中世文学会，1991年。
③ ［日］富永一登：《〈文选〉陆善经注考》，载《古田教授颂寿纪念中国学论集》，汲古书院，1997年。
④ 刘群栋：《〈文选〉陆善经注简论》，《中州学刊》2011年第6期。
⑤ 刘纪华：《〈文选集注〉陆善经注研究》，郑州大学硕士学位论文，2011年。

中的陆机诗注给予专门的整理研究,对《钞》、《音决》及陆善经注的史料价值、校勘价值作了阐释,揭示三家注的特色及成就。并注重于"《文选》学"理论研究及方法论意义上的探索,以阐发其所包蕴的重要思想文化意义。其他研究成果多聚焦于《集注》残卷中《楚辞》作品(《集注》残卷存卷六十三"骚一",为屈平《离骚经》自"小序"至"恐导言之不固"部分;卷六十六"骚四",为宋玉《招魂》及刘安《招隐士》两篇)的校勘价值阐释方面,主要有熊良智《〈文选集注〉骚类残卷在〈楚辞〉研究中的价值》、王德华《日本金泽文库〈文选集注〉骚类残卷〈离骚经·小序〉解辨》、黄灵庚《楚辞异文辩证》等,多将集注本与其他版本相校勘,以是正文字,补正历代版本之失。

　　尤为值得注意的是,因《集注》传存于日本,日本学人以此为契机,利用他们在文献和版本方面的优势,在许多方面都有非常深入的研究,对《文选》研究之进展的推助尤为卓著。中日学者皆举推早在古天皇时(593—637)圣德太子制定的《十七条宪法》中已言及《文选》[①],正仓院藏古文书中亦有《文选》、《文选音义》及李善注的断简[②]。杨守敬《日本访书志》卷十二云:"盖日本所得中土古籍,自五经外,即以《文选》为首重,故其国唐代曾立《文选》博士。"进入平安朝以后,在学术文化方面仍积极地向唐朝学习,所编集《本朝文粹》即以《文选》为标准,《枕草子》亦将《文选》与《白氏文集》并称,故《文选》、《尔雅》、《白氏文集》等汉籍遂成为日本贵族文人的基本读物。早在养老二年(718)颁布的《养老律令》就规定:"凡进

---

　　① 《十七条宪法》第五条有文曰:"有财之讼,如石投水;乏者之讼,似水投石。"语出《文选》卷五十三李萧远《运命论》。另第十四条曰"无有嫉妒","千载以难待一圣",语出《文选·三国名臣传序》。这是日本古文献中最早运用《文选》的记录。

　　② 参[日]神田喜一郎《东洋学文献丛说》,二玄社,1969年,第291页。

士试时务第二条,贴所读《文选》上帙七贴,《尔雅》三贴。"①且对于
江户时代的操觚者来说,《文选》依然是其必读书目。由于日本藏
有丰富的关于《文选》的古钞旧椠,如古钞无注本《文选》残一卷(卷
二十六,藏日本天理图书馆)、《五臣注文选》残一卷(卷二十,三条
公爵家旧藏,1937年东方文化学院影印)等,其中最为名贵和难得
的就是古钞《文选集注》。这些早期的写本、抄本及刻本具有很高
的学术价值和版本价值,而对版本的研究也成为日本"选学"研究
的一大特色。兼之几所著名学府都有研究《文选》的传统,知名学
者薪尽火传,代代不绝,就此作出了许多有价值的研究成果,日本
亦得以成为海外"选学"研究的重镇。

日本学界的"《文选》学"研究成果显著,著名的治"选学"者有
铃木虎雄、吉川幸次郎、冈井慎吾、斯波六郎、冈村繁、清水凯夫、新
美宽、关靖等,特别是日本广岛大学的诸位教授,如小尾郊一、斯波
六郎、古田敬一、横田辉俊、森野繁夫、狩野充德、富永一登、白木直
等人关于《集注》的研究专著、论文相当丰富,并且成立了"《文选集
注》研究小组",他们利用这些珍贵的文献资料,并将之与诸刻本作
比勘研究,对《集注》本身和诸家注本的内容等进行了分门别类的
研究,得出了许多新的结论,有力地推动了《集注》的研究。最早对
之进行较为深入的研究且成就卓著的学者无疑当推日本现代"《文
选》学"研究的先驱斯波六郎博士,斯波氏致力于《文选》诸版本的
比较校勘及考证性研究,将当时所能见到的《文选》各种旧钞本、古
刻本都网罗涉及,加以细密考证,于1937—1938年间写成《文选诸
本的研究》,其间就收录有《关于〈文选集注〉》(又题《旧钞文选集注

---

① 转引自傅刚《〈文选集注〉的发现、流传与整理》,《文学遗产》2011年第5期。

残卷》)一文,初步探讨了《集注》的体例、编纂者及成书年代等问
题,又据《文选钞》、《文选音决》所据之《文选》正文、篇章多不相合
等疑点,不赞同上揭二注皆系公孙罗所撰的观点,最后又举 38 例
以说明《集注》残卷的校勘价值实优于诸传世刻本。斯波氏又从
1949 年开始,历时十年,编成《文选索引》一书,其中就附有《旧钞
本〈文选集注〉卷八校勘记》,此《校勘记》以集注本为底本,取日藏
旧钞本中的"九条本",刻本中的胡刻本、袁本、赣州本、明州本、《四
部丛刊》影宋本对校,以比勘《文选》正文和李善注。从七十年代后
期起,继承斯波氏遗志的广岛大学师生们陆续发表了分析《集注》
的文章,从而掀起了日本《集注》研究的热潮。如冈井慎吾《关于
〈文选集注〉的零片》①、关靖《关于金泽文库本旧钞〈文选集注〉第
百十六卷之发现》②及《庄内访书录》③、新美宽《新获〈文选集注〉断
简》④、花房英树《关于〈文选〉卷第九十八》⑤及《文选集注残二卷
(卷六十一断简、卷一百十六)解说》⑥、阿部隆一《文选集注零本(存
卷九八)唐人集注平安写一卷》等,论及《集注》残卷断简零片的发现、
流传、收藏与整理情况,甚而对其编者及其写本的抄写年代亦进行
了探讨,对于全面了解此书至关重要,有助于《集注》散失、存藏及整
理之研究。又如森野繁夫、富永一登《关于〈文选集注〉所引〈钞〉》⑦、

---

①　见《书志学》1933 年第 1—4 期。

②　见《书志学》1935 年第 4 卷第 1 号,日本书志学会。

③　见《书志学》1936 年第 6 卷第 3 号,日本书志学会。

④　见《东方学报》第八册,东方文化学院京都研究所,1937 年。

⑤　见《小尾博士退休纪念中国文学论集》,第一学习社,1976 年。

⑥　见《文选·赵志集·白氏文集》(《天理图书馆善本丛书汉籍之部》第 2 卷,八木
书店),1980 年。

⑦　见《日本中国学会报》二九,1977 年。

东野治之《〈文选集注〉所引〈文选钞〉》①、长谷川滋成《〈文选钞〉的引书》、②富永一登《关于〈文选集注〉所引〈钞〉的撰者》③等一系列论文,对《文选钞》的撰者、成书年代以及内容、注释特质、所引典籍等方面均作了较为详细的考察和论证。又,狩野充德撰写了一系列关于《文选音决》的文章,如:《关于〈文选集注〉所引〈音决〉撰者的考察》④、《〈文选集注〉所引〈音决〉中所见的诸注》⑤、《〈文选集注〉所引〈音决〉中所见的诸注(续)》⑥、《〈文选音决〉的研究——资料篇(一) 音注总表——》⑦,后结集《文选音决研究》,2000 年由溪水社发表,对《文选音决》的撰者、所引旧音注等均进行了较为全面而深入的探讨,进而系统研讨了《文选音决》中所见之约 5 300 个反切、直音和声调注,阐明了其反切结构的特点及其音韵体系(见书末所附《要旨》)。关于《集注》中陆善经注的研究,共有新美宽《陆善经の事迹に就いて》、藤井守《〈文选集注〉中所见的陆善经注》、森野繁夫《论陆善经〈文选注〉》、富永一登《〈文选〉陆善经注考》等,上文已论及,不赘述。这些成果大体沿承斯波氏“《文选》学”,使其更趋精密。总的看来,这些研究成果对《集注》残卷的辑佚及《文选钞》、《文选音决》、陆善经注的特色、得失及引书等均做了较为深入地考察和分析,并将其与宋刊本作比勘研究,以揭示集

---

① 见《神田喜一郎博士追悼中国学论集》,二玄社,1986 年。
② 见《日本中国学会报》三二,1980 年。又转载于《古典文献研究》(第十四辑《文选》学专辑),南京大学古典文献研究所主办,南京:凤凰出版社,2011 年,
③ 见《中国研究集刊》洪号,大阪大学文学部中国哲学研究室,1989 年。
④ 见《小尾博士退休纪念中国文学论集》,第一学习社,1976 年。
⑤ 见《山阳女子短期大学研究纪要》第 9 号,1983 年。
⑥ 见《山阳女子短期大学研究纪要》第 10 号,1984 年。
⑦ 见《广岛大学文学部纪要》第 47 卷特辑号 2,1988 年。

注本的史料价值和校勘价值,成就相当突出。对斯波氏"《文选》
学"提出不同意见的是冈村繁1979年发表的《〈文选集注〉与宋明
版行的李善注》①(后收入其专著《文选之研究》第七章),以《蜀都
赋》为例,将集注本和尤本、胡刻本、明州本、袁本进行比勘研究,
认为"集注本李善注与现存版本李善注之关系就不是以往所认
为的那种单线上的前后关系,而毋宁说是复线的、各处不同系统
位置的关系"②。不赞同斯波六郎所认为的李善注单行本和《集
注》中的李善注都出于同一祖本,即"李善注单线说"。对此见解,
森野繁夫《关于〈文选〉李善注——集注本李注和板本李注的关
系》③、《宋代的李善注文选》④提出反对意见而支持斯波氏的学说,
上文已论及此,不赘述。又,森野繁夫《文选杂识》六册⑤就是对这
本书全面地勘校,是"关于现存《文选集注》的札记和校勘记"⑥,实
为研究《集注》所必参考之书。广岛大学的池渊质实也正在从事更
深入地研读。

　　综上所述,目前"《文选》学"界对《集注》的校勘、整理与研究,
尚处于发轫阶段,其所涉很多课题如《集注》编者与成书年代、编撰

　　① 见《加贺博士退官纪念中国文史哲论集》,讲谈社,1979年。转录于俞绍初、许
逸民主编《中外学者文选学论文集》,北京:中华书局,1998年,第978—999页。
　　② [日]冈村繁著,陆晓光译《文选之研究》,上海:上海古籍出版社,2002年,第
369页。
　　③ 见《日本中国学会报》第31集,1979年。曾发表于赵福海主编《文选学论集》
(第二届文选学国际学术研讨会论文集),长春:时代文艺出版社,1992年。后转载于俞
绍初、许逸民主编《中外学者文选学论文集》,北京:中华书局,1998年。
　　④ 载《东方学》,1982年第64期。
　　⑤ [日]森野繁夫:《文选杂识》,第一学习社,1981年至1989年分册出版。
　　⑥ [日]牧角悦子:《日本研究〈文选〉的历史与现状》,载俞绍初、许逸民主编《中外
学者文选学论著索引》,北京:中华书局,1998年,第213页。

目的、编纂体例,各家注底本来源、性质及其相互之间的传承、补苴与吸纳关系,集注本所存李善注本与宋刻李善注单行本之关系,《钞》撰者及其编写年代,《音决》撰者及其音系,陆善经《文选注》流播始末等等,尚有广阔的研讨空间,有待于学者们去发掘和探索。

第二章　《文选集注》之李善注研究

唐时"《文选》学"极一时之盛，与宋元明时期"《文选》评点学"①及清时"《文选》考据学"②不同，主要是"《文选》注释学"，注释家

---

①　宋神宗熙宁、元丰以后，"选学"渐趋衰微，但著述未辍。考异评骘之文兴起，其中明章句故实，评体制优劣之"选学"专著有苏易简《文选菁英》《文选双字类要》，刘攽《文选类林》、周明辨《文选汇聚》《文选类聚》，王若《选腴》，曾发《选注摘遗》，高似孙《选诗句图》，尤袤《李善五臣同异》，张元幹《文选精理》，黄简《文选韵粹》，陈仁子《文选补遗》等，然诸书大多亡佚，其仅存者，传本亦稀，大抵或胪类典，或摘辞藻，只供词章家捃摭之用，实多无当于"选学"耳。金元二代，"选学"衰落，但仍为士子所师习，多有评点之作，如方回《文选颜谢鲍诗评》、虞集《文选心诀》等，诸书瑕瑜互见，《四库全书总目》提要论之甚详。另刘履《风雅翼》中亦含有《选诗补注》八卷、《选诗补遗》二卷、《选诗续编》四卷，其诠释、评论较为详赡。又，李冶《敬斋古今黈》以考证佐其议论，其中涉及《文选》者亦有十余条。明代《文选》之学益废，有关《文选》的研究佳作较少，"选学"家或辑注释、或施评点，或摘腴词，增广门类，芟削篇章，但只是略涉藩篱，未窥堂奥。如张凤翼《文选纂注》、林兆珂《选诗约注》、陈与郊《文选章句》、王象乾《文选删注》、邹思明《文选尤》、闵齐华《文选瀹注》、凌濛初《合评文选》、张溥《文选删》《广文选删》、胡文焕《文选粹语》、杨慎《选诗外编》、郭正域《选赋》、冯惟讷《选诗约注》等，虽甚简约，但罕有灼见，亦少新解，且多为制艺而设，非所以辨章学术，扬榷群言也。其间，亦有广、续《文选》之作，如刘节《广文选》、周应治《广广文选》、马继铭《广文选》、胡震亨《续文选》、汤绍祖《续文选》等问世。杨慎《丹铅总录》考订《文选》者五十五条，然不免疏舛；方以智《通雅》论及《文选》者七十八条，考据精核；顾炎武《日知录》旁涉《文选》者五十六条，皆极精审，足以沾溉后学。

②　清代"选学"昌明，一洗元明空疏之习，枕经葄史，钩稽勘校、辑佚考证之作迭出，举凡校订补证、音义训诂、评文字会、考异旁证之书，一时俱作，逐渐形成了现在蔚为大观的"选学"。张之洞《书目答问》附录二《国朝著述诸家姓名略总目》曰：（转下页）

“广释事类,搜讨幽冥,援毛郑虫鱼之勤,达向郭筌蹄之表,非唯萧氏之功臣,实亦百家之肴馔”[①],以注释为主体,将注释作为治《选》的任务、宗旨和主要内容。

《文选》音训注释之业滥觞于隋代萧该《文选音》[②],萧该继承汉魏六朝以来音书注释体例,开创了为《文选》注音的先例,为唐代

(接上页)“国朝汉学、小学、骈文家皆深‘选学’。”举其有论著校勘者之《文选》学家就有十五人。黄侃云:“清初校《文选》者,有潘稼堂、钱陆粲,其后则有何义门评定本,余萧客之《文选音义》、《文选记闻》、汪师韩之《文选补注》、王荨之《文选李注拾遗》,胡克家《文选考异》、张云璈之《选学胶言》、梁章钜之《文选旁证》、朱珔之《文选集释》、薛传均之《文选古字通疏证》、胡绍煐之《文选笺证》、朱铭之《文选拾遗》、许巽行之《文选笔记》等。”

① 骆鸿凯《文选学》,北京:中华书局,1989 年,第 42 页。

② 《隋书·经籍志》四“《文选音》三卷,萧该撰”,《旧唐书·经籍志》上“《文选音》十卷,萧该撰”;《新唐书·艺文志》四“萧该《文选音》十卷”,《通志》“《文选音》十卷,萧该集撰”。近人丁福保《文选类诂·自序》云:“隋兰陵萧该与陆法言同撰《切韵》,盖最初为‘选学’者。三卷或作十卷,或有增纂也。”但在宋代官私书目中已不见著录,当是唐末五代时亡佚。法藏敦煌卷 P.2833《文选音》,近人王重民以书中王子渊《圣主得贤臣颂》“清水淬其锋”之“淬”字注音“之对子妹二反”,与《文选集注》所引《音决》“曹,七对反;萧,子妹反”中的萧该音注相合,遂认定此卷即萧该《文选音》,见其《巴黎敦煌残卷序录》(《敦煌丛刊初集》第 9 册,台湾新文丰出版公司,1985 年,第 193—194 页);而周祖谟《论〈文选音〉残卷之作者及其方音》(《汉语音韵论文集》,商务印书馆,1957 年,第 9—7 页。)认为王说非允恰之论,例举《离骚》“路曼曼其修远兮”,《集注》引《音决》“曼音万,萧:武半反”,而此残卷“漫”凡二见,均为“万”音,而不作“武半反”。又残卷“重”字三见,均作“直工反”,按《汉书·扬雄传》上萧该《音义》“重音直龙反”,“直龙”、“直工”韵殊有别,若果为萧该之作,不当背戾若是,且从语言学的角度来看,唐本《文选音》残卷所作音,大致与江都“选学”诸大师所作音合,而卷中摘字记音,不为义训,且不避讳“民”字、“治”字,只避“国”字,主其为许淹音。王重民见周文后便放弃萧该音说,但并不同意是许淹音。见其著《敦煌古籍叙录》,北京:中华书局,1979 年,第 323 页。饶宗颐《敦煌吐鲁番本文选》对其评论说:“周祖谟从《广韵》音切,校其与此卷之违合,谓曹宪、公孙罗皆江都人,许淹则为句容人,江都、句容地相迩,故语音亦近,因定此卷为许淹音,理据未甚充分,尚待研究。”故当代学者多存疑,《文选音》残卷作者的问题至今尚无定论。日藏旧钞《文选集注》所录《音决》中存留有萧该音 21 条。《隋书》卷七五《儒林传》“该后撰《汉书》及《文选》音义,咸为当时所贵。”萧该《文选音》是《文选》学研究的发轫之作,开唐人《文选》音义和注释训诂研究之先河,为唐代《文选》学的兴起奠定了基础。

"《文选》学"的兴起奠定了基础。隋唐之际,继萧该之后治《文选》为作音注者,以曹宪为魁首,所著《文选音义》,颇为时人所重,亦开后儒注《选》家法,惜久已散佚。清人赵翼《廿二史札记》云:"梁昭明太子《文选》之学,亦自萧该撰《音义》始。入唐则曹宪撰《文选音义》,最为世所重,江淮间为'选学'者悉本之。又有许淹、李善、公孙罗相继以《文选》教授,由是其学大行。淹、罗各撰《文选音义》行世,善撰《文选注解》六十卷,表上之,赐绢一百二十匹。至今言《文选》者,以善本为定。"①李善在继承汉魏六朝以来的经、史注释传统基础上,开创了集部注释的典范,"'选学'之得名,始自曹宪而成于李善"②,骆鸿凯《文选学》亦称"《文选》之学,曹氏开其朔,李氏集厥成"。③李善《文选注》④一书,奄有众家之长,独擅千古。

　　《集注》所参据李善注底本,除音释部分外,几乎全存其唐时旧貌,为认知李善本《文选》的原初形态,正定《文选》正文及注释异文,匡正历来旧本之衍误,提供了坚实的版本依据。同时也在敦煌写本与诸刻本李善注之间提供了一个重要的参照标本,为考察写抄本时代李善注的文本变迁提供了珍贵的文献资料,同时也为研究《文选》李善注写本与刻本之关系及其演变历程,提供了最为直

---

　　①　〔清〕赵翼著,王树民校证:《廿二史札记校证》,北京:中华书局,1984 年,第440—442 页。

　　②　详见许逸民《论隋唐"〈文选〉学"兴起之原因》,《文学遗产》2006 年第 2 期。

　　③　骆鸿凯:《文选学》,北京:中华书局,1989 年,第 45 页。

　　④　《旧唐书·儒学上·曹宪传》附《李善传》"尝注《文选》,分为六十卷,表上之,赐绢一百二十匹,诏藏于秘阁"。《旧唐书·文苑中·李邕传》曰:"李善者,扬州江都人。方雅清劲,有士君子之风……寓居汴、郑之间,以讲《文选》为业。年老疾卒。所注《文选》六十卷,大行于时。"见《旧唐书》第 5039 页。《新唐书·文艺中·李邕传》附《李善传》"为《文选注》,敷析渊洽,表上之,赐赉颇渥。……居汴、郑间讲授,诸生四远至,传其业,号'《文选》学'"。

接、丰富的第一手材料,其版本及文献价值很高。

第一节 李善注文本流变

李善《文选注》初稿成于唐高宗显庆三年(658)九月①,见李善《上文选注表》。据《新唐书》卷二百二《李邕传》记载:"始善注《文选》,释事而忘义。书成以问邕,邕不敢对。善诘之。邕意欲有所更。善曰:试为我补益之。邕附事见义。善以其不可夺,故两书并行。"②有人据此认为今存事义兼释本《文选》李善注,当经过李邕补益改定,宋人晁公武《郡斋读书志》③、清人张云璈《选学胶言》④即此例。但除《新唐书》外,李邕补益李善《文选注》之事未见诸其他记载。四库馆臣从唐人李济翁说,认为此说不足凭信,《四库全书总目·文选李善注提要》云:

> 今本事义兼释,似为邕所改定。然传称善注《文选》在显庆中,与今本所载进表题"显庆三年"者合。而《旧唐书》邕传

---

① 《唐会要》卷三十六"修撰"条载,上《李善文选注》在"显庆六年正月二十七日",今据李善《上文选注表》"臣善言:……故勉十舍之劳,寄三余之暇,弋钓书部,愿言注缉,合成六十卷。……显庆三年九月十七日文林郎守太子右内率府录事参军崇贤馆直学士臣李善上表"。见正文社影印奎章阁本《文选》,1983年,第3—4页。

② 〔宋〕欧阳修、宋祁撰:《新唐书》,北京:中华书局,1975年,第5754页。

③ 见晁公武《郡斋读书记》"李善初为辑注,博引经史,释事而忘其义。书成上进,问其子邕,邕无言。善曰非邪,尔当正之。于是邕更加以义解,精于五臣。今释事加义者两存焉。"

④ 见张云璈《选学胶言》卷一"李善注有数本"条下引黄士珣曰:"李注中如刘孝标《广绝交论》、王简栖《头陀寺碑》,皆先释意而后疏典,其体例特异于它篇。此外如《北征》、《东征》、《西征》、《天台》、《叹逝》诸赋,及颜延年《陶征士诔》、陆士衡《吊魏武文》,间亦附事见义,其诸邕所补益者乎?"

称天宝五载坐柳勣事杖杀，年七十余，上距显庆三年凡八十九
年，是时邕尚未生，安得有助善注书之事。且自天宝五载上推
七十余年，当在高宗总章、咸亨间，而《旧书》称善《文选》之学
受之曹宪，计在隋末，年已弱冠，至生邕之时，当七十余岁，亦
决无伏生之寿，待其长而著书。考李匡乂《资暇录》曰："李氏
《文选》有初注成者，有覆注，有三注、四注者，当时旋被传写。
其绝笔之本皆释音训义，注解甚多。"是善书定本本事义兼释，
不由于邕。匡乂唐人，时代相近，其言当必有征。知《新唐书》
喜采小说，未详考也。①

高步瀛认同此说，云："《四库书目》从李济翁说，以今本事义兼释者
为李善定本，其说甚是，足证《新传》之诬。然显庆三年表上之本，
必非其绝笔之本。书目既以今本为定本，则虽冠以显庆三年上表，
其书为晚年定本固无妨也。"②又称"集《文选》大成者，断推李氏
矣。盖以毕生之力，改至二四，乃成定本。"可知，今事义兼释本《文
选》李善注经李邕补益一说尚有疑义，仅可备一说③。史言其自崇
贤兰台，谪居汴、郑之间，以讲习《文选》为业，则于释义串讲、解说
义理，必当研习有素，以适应设帐授学之需要，不能因"事义兼释"
而质疑其非李善所作。总的来看，李善注如李匡乂《资暇集》所称

---

① 〔清〕永瑢等撰：《四库全书总目》，北京：中华书局，1996年，第2599页。

② 高步瀛著，曹道衡、沈玉成点校：《文选李注义疏》，北京：中华书局，1985年，第
34—35页。

③ 此说却也不是空穴来风，黄侃认为日本古钞无注三十卷本《文选》卷一《西京
赋》有两处"臣君"是"子避父讳"，当为李邕所作。见屈守元《跋日本古抄无注三十卷本
〈文选〉》所引。汪习波博士对此持有异议，指出李邕六岁时弘济寺永隆本 P.2528 号残
卷李善注亦有两处"臣君"，则"臣君"非李邕所言必矣。

有初注成者，有覆注者，有三注、四注者当不是枉说。由敦煌文献中李善注《文选》残卷（现存敦煌《文选》写卷中 P.2527 号和 P.2528 号残卷，学界已确认是李善注文。其注释颇为简略，学界一般认为它们就是李善初注本）、古钞《文选集注》、北宋国子监编修本（残卷）及尤袤刻本等传世李善注诸本可知，李善本确实存在详略不等、科段不同等现象。玄宗口敕"比见注本，唯只引事，不说意义"①之"注本"当是收藏于秘府中的李善初注本，而其"绝笔之本事义兼释"，可知，李善注自成书之日起，就在不断进行着补充和完善，多次易稿，有一个从简略到繁富的历史发展过程。总的来看，李善注在抄本时代就已出现版本不一致的问题，存在着注文科段不同、详略各异等现象，但遗憾的是，今存敦煌写卷（李善注）部分在《集注》中恰巧佚失，无法对之进行单纯的文本比勘，具体的文字的变迁难以考证，但繁简共存之说却可从敦煌写卷及集注本中得到印证②。

又唐代《文选》注家甚多，今传者主要为李善、五臣以及《集注》所汇录的《钞》、《音决》、陆善经三家以及一些无名氏佚注③，各家注释在传抄过程中可能混杂，纯正的单家注本可能已不存在。且到刻本时代，除李善注、五臣注外，其他各家注本基本失传，而原来

---

① 吕延济《进集注文选表》下引，见奎章阁本《文选》，第 5 页。

② 参看王立群《从綦毋邃注看唐写本至宋刻本〈文选〉注释的演变——〈文选〉注释研究之一》，《文献》2004 年第 3 期。

③ 如俄藏敦煌《文选》242 残本（起自束广微《补亡诗》"明明后辟"句，讫曹子建《上责躬应诏诗表》"驰心辇毂"句）所存佚注；天津艺术馆藏旧钞本卷四十三"书下"赵景真《与嵇茂齐书》至卷末《北山移文》所存部分佚注及日本永青文库所藏旧钞本卷四十四"檄"司马相如《喻巴蜀檄》至卷末司马相如《难蜀父老文》开篇至"使疏逖不闭，曶爽暗昧，得耀乎光明"，也有部分佚注，均不可考知何人何时所作。

诸家注之间的分歧,有许多竟完全归之于李善和五臣,使得异文情形更加复杂。又自宋以降,往往将李善注和五臣注合刊,辗转讹混,疏剔维艰,而后人在刊刻、整理时,都可能会有一些刊改①,客观上增加了异文和讹误。后又将李善本从六家本中分裁,以致辑录出来的李善注,有的地方杂入了其他注释,有的又被误认为其他注释而删去,距离其原貌愈来愈远,亦不可避免地出现重复芜杂及自乱体例的现象。

李善注本现存最早的抄本为敦煌写卷,一是 P.2527 号残卷,自东方曼倩《答客难》"不可胜数"至杨子云《解嘲》"或解缚而相,或释褐而傅"止。蒋斧《题记》据其行文中"虎"、"世"、"治"字缺笔,而不避"旦"字讳,疑为高宗时内府本;二是 P.2528 号残卷(《西京赋》残卷,卷首残缺,起自"井干叠而百增",讫于篇终。卷末标"文选卷第二"五字,另有一行"永隆年二月十九日弘济寺写勘了"之题记(傅刚《永隆本〈西京赋〉非尽出李善本说》认为此卷抄写时曾参据薛综《二京赋注》,不能作为李善原貌的依据来使用),现存于法国巴黎国立图书馆。永隆(680—681)是唐高宗年号,调露二年(680)八月始改元,故此处当为永隆二年(681),距离显庆三年李善《上文选注表》23 年。目前学界一般认为永隆本的《西京赋》是李善注的初注本。P.2527 号较之 P.2528 卷略显简略,多引典而少解说,注例亦较为严格。可知,李善注在问世初期即写本时代就已存在多种文本形态,出现了不同版本。而《集注》的存世,又为写抄本时代的《文选》李善注提供了一种文本形态,为考察写抄本时代的李善

---

① 尤袤刊跋已叹云:"虽四明、赣上各尝刊勒,往往裁节语句,可恨!"胡克家《文选考异·序》亦称"割裂既时有之,删削殊复不少,崇贤旧观失之弥远"。

注的变迁提供了可能,同时也为考察李善注从写抄本时代到刻本时代的演化及其关系提供了可能,其重要程度不言而喻。

据史料记载,李善注最早进行刊刻似在北宋真宗景德四年(1007)八月。《宋会要辑稿》第五十五《崇儒》四之三记载:"(景德)四年八月,诏三馆秘阁直馆校理,分校《文苑英华》、李善《文选》,摹印颁行。……李善《文选》校勘毕,先令刻板,又命覆勘。未几,宫城火,二书皆尽。……天圣七年十一月板成,又命直讲黄鑑、公孙觉校对焉。"①此李善注本《文选》雕版之经过。又王应麟《玉海》卷五十四引《实录》曰:"景德四年八月辛巳,命直馆校勘《文苑英华》及《文选》,摹印颁行。祥符二年十月己亥,命太常博士石待问校勘。十二月辛未,又命张秉、薛映、戚纶、陈彭年覆校。"②另程俱《麟台故事》卷二也提到"大中祥符四年八月,选三馆秘阁直官校理,校勘《文苑英华》、李善《文选》,摹印颁行。"③可知,景德四年八月诏校理《文选》,大中祥符四年(1011)始得以刊行,又因荣王宫火灾而不存于世。至天圣三年(1025)刘崇超上言得以重新刊刻,天圣七年(1029)十一月板成,但均未记载进呈的时间。奎章阁本书末附有此次校勘、雕造、进呈的年月及各主事官名单,补充了关于天圣本记载的许多缺漏。据彭元瑞《知圣道斋读书跋》卷二记载,他所见国子监刻宋版《文选》书前有准敕雕印的公文,云:"五臣注《文选》传行已久。窃见李善《文选》援引该赡,典故分明。若许雕印,必大段流布。欲乞差国子监说书官员,校定净本后,钞写板本,

---

① 〔清〕徐松撰:《宋会要辑稿》,北京:中华书局,1957年,第2231页。
② 〔宋〕王应麟撰:《玉海》,扬州:广陵书社,2003年,第1022页。
③ 〔宋〕程俱撰:《麟台故事》,《丛书集成初编》第881本,北京:中华书局,1985年,第23页。

更切对读后上板，就三馆雕造。候敕旨。奉敕：'宜依所奏施
行。'"①北宋天圣（1023—1031）明道（1032—1033）本，即国子监
本，今见存有三十二残卷，现藏中国国家图书馆和台湾故宫博物
院。据程毅中、白化文考察，此为现存最早的李善注刻本，虽系残
卷，但可证李善注本流传之迹，很是珍贵②。（日本庆应大学阿部
隆一教授尝见此本文字漫漶，间有修补之迹，且"通"字亦有未缺
笔，疑此乃北宋晚期修补本，惜今未得详辨）而"由于靖康之难的毁
灭性打击，该本（北宋监本）并未能在南宋得到广泛流传。宋刻李
善注《文选》真正流传于后世并得到广泛传播的是宋刻李善注《文
选》的第二刻南宋尤袤刻本《文选》"③。尤本是现存李善注《文选》
的全帙刻本之最早者。今存世李善单注刻本约二十余种，如元张
伯颜刻本、明汪谅本、清胡克家本等，其祖本皆为南宋孝宗淳熙八
年(1181)尤袤池阳郡斋刻本（此本多次递修印行，宋末版毁于火。
有淳熙辛丑上巳日尤袤题记、淳熙八年三月及八月袁说友两跋）。
北宋天圣明道本不属此类，此单注本后无传刻，但为合刊李善注与
五臣注的六家注本所采，如奎章阁本翻印秀州本李善注就以北宋
监本为底本。后明州本、赣州本等皆由秀州本出。尤本以后，李善
注单行本的文本流变就较为清晰了，斯波六郎《文选诸本研究》一
文中列有版本系统表，主要有两系：一为元张伯颜本，一为清胡克
家本。张本已散佚，明时有翻刻张本与覆刻张本两系，四库所收汲

---

①　见奎章阁本《文选》第 3 页。明袁褧翻刻广都裴氏六臣注《文选》亦转抄此文，
说明六臣本的流行在李注本刻印之后。

②　参见程毅中、白化文《略谈李善注〈文选〉的尤刻本》，《文物》1976 年第 11 期。

③　王立群：《北宋监本〈文选〉与尤刻本〈文选〉的承传》，《文学遗产》2007 年第
1 期。

古阁毛晋刊本即翻刻张本一系,但多失其旧,谬误甚多。最能存张本旧貌者,乃覆张本,此即嘉靖元年金台汪谅本,原藏东邻内阁文库。但斯波六郎仅见过几页宋刻李善注《文选》,又受《四库全书总目》及胡克家《文选考异》的影响,认为"真正李善本的完本没有遗留下来",此说尚需商榷。

至于尤刻李善注本是否有原本,亦或是从六臣注本中摘出而来①,众说纷纭。综合学界对尤本来源的认识,不外三种看法:一说以《四库全书总目》、胡克家《文选考异》、阮元《〈文选旁证〉序》②、杨守敬、斯波六郎、森野繁夫等为代表,认为尤本非从监本系统来,而是来源于六臣本,是从中析出李善注而单独成书的。《四库全书总目》提要云:

> 其书自南宋以来,皆与五臣注合刊,名曰《六臣注文选》,而善注单行之本世遂罕传。此本为毛晋所刻,……殆因六臣之本削去五臣,独留善注,故刊除不尽,未必真见单行本也。……又《文选》之例,于作者皆书其字,而杜预《春秋传序》则独题名,岂非从六臣本中摘出善注,以意排纂,故体例互殊欤?至二十七卷末附载乐府《君子行》一篇,注曰:"李善本古词只三首,无此一篇。五臣本有,今附于后。"其非善原书,尤

---

① 刘跃进《从〈洛神赋〉李善注看尤刻〈文选〉的版本系统》(《文学遗产》1994年第3期)、王立群《北宋监本〈文选〉与尤刻本〈文选〉的承传》(《文学遗产》2007年第1期)及常思春《尤刻本李善注〈文选〉阑入五臣注的缘由及尤刻本的来历探索》(《四川师范大学学报》2003年第1期)深入探讨了该问题,可参看。

② 道光十八年(1838)阮元《〈文选旁证〉序》云:"《文选》刻板,最早初刻必是六臣注本,李注单本几于失传。宋人刻单李注本,似从六臣本提掇而出。是以五臣之名,尚有删除未尽之处。"

为显证。以是例之,其孔安国《尚书序》、杜预《春秋传序》二篇仅列原文,绝无一字之注,疑亦从五臣本剿入,非其旧矣。①

胡克家《文选考异》认同四库馆臣的说法,认为尤本是从六臣本中摘出的,称"夫袁本、茶陵本固合并者,而尤本仍非未经合并也"②。斯波六郎又重申此观点,他据胡刻本正文及注用字、科段、音释位置多与旧抄五臣注本及刊本袁本、《四部丛刊》影宋本同,却异于旧抄李善注,认为"真正李善本的完本没有遗留下来"。他在《文选诸本研究》中曾说道:"尤本并非由唐代李善单注本承转而来,实际上是据六臣注本抽出其中李善注而形成。"而据尤袤《遂初堂书目》著录,其家藏有李善注本和五臣注本,唯独没有六臣注本,斯波六郎之说尚可商榷③。且《册府元龟》卷八一一《总录部》"聚书"条记"梁孙㲄,开平初历谏议常侍。㲄雅好聚书,有六经、史、汉、百家之言,凡数千卷。洎李善所注《文选》,皆简翰精专,至校勘详审"。说明五代时李善注写本仍完整存世。

一说以程毅中、白化文(《略谈李善注〈文选〉的尤刻本》)、冈村繁(《〈文选集注〉与宋明版本的李善注》)、张月云(《宋刊〈文选〉李善单注本考》)、屈守元(《文选六臣注跋》)为代表,对此持反对意见,指出胡克家所见尤本非尤袤初刻本而是传刻本,已多舛乱,且未见监本及其他善本,斯波六郎也未见上揭善本,故而其研究虽然颇为深入,却得出了误判。而中国国家图书馆就藏有淳熙八年尤

---

① 〔清〕永瑢等撰:《四库全书总目》,北京:中华书局,1996 年,第 2599 页。
② 〔南朝梁〕萧统编,〔唐〕李善注:《文选》(附《文选考异》十卷),北京:中华书局,1977 年,第 841 页。
③ 参程毅中、白化文《略谈李善注〈文选〉的尤刻本》,《文物》1976 年第 11 期。

衮初刻本，尤刻之前尚有北宋监本行世，并非如四库馆臣、胡克家
等人所认为的世无李善单注本。而尤本虽与监本有相左之处，但
传袭迹象明显，应自监本系统出，且监本在六臣本之前，故而单李
善注不可能是从六臣本摘出的，其相异处有可能是尤衮对监本校
改的结果。"而且李注《文选》见于《崇文总目》和《郡斋读书志》等
宋代书目，尤衮的《遂初堂书目》中明明只有李善本和五臣本两种，
唯独没有六臣本，当然更不能说他是从六臣注摘出来的。"①从
目录学角度驳斥了前说。另，尤衮还曾著有《李善与五臣同异》一
书。据袁说友跋："《文选》以李善本为胜。尤公博极群书，今亲为
雠校，有补学者。"可见尤衮是持有李善单注本的。屈守元在此基
础上进一步论证"尤刻出于天圣，无须辩解"②。冈村繁则认为刻
本李善注和集注本不是一个系统，提出了李善注有两种不同系统
的说法③。但不可否认尤刻大量参用五臣注的事实，存在许多李
善注与五臣注相淆乱的情况，可以说《文选》李善注由开始时自身
版本的不同又加上了和五臣注互相渗入而导致的文本变化。

　　三是折中二说，认为尤衮手中应该持有李善单注本，但有残
损，其残缺部分则旁参明州本、赣州本等以补充。而对于尤衮所据
之李善单注本是否就是监本，学界尚有异议，一说以刘跃进④、俞
绍初、傅刚⑤等人为代表，主要以尤本《洛神赋》所载录的"感甄说"

　　① 程毅中、白化文：《略谈李善注〈文选〉的尤刻本》，《文物》1976 年第 11 期。
　　② 屈守元：《文选六臣注跋》，《文学遗产》2000 年第 1 期。
　　③ 详见［日］冈村繁《〈文选集注〉与宋明版行的李善注》，见《文选之研究》，上海：
上海古籍出版社，2002 年，第 339—373 页。
　　④ 详参刘跃进《从〈洛神赋〉李善注看尤刻〈文选〉的版本系统》，《文学遗产》1994
年第 3 期。
　　⑤ 详参傅刚《曹植与甄妃的学术公案——〈文选·洛神赋〉李善注辨析》，《中国典
籍与文化》2010 年第 1 期。

为据,认为该本与监本没有明显的承传关系。俞绍初认为《文选》
"赋类"注文多与监本不同,特别是左太冲《蜀都赋》与之差异颇大。
大体而言,尤本较之监本多出很多内容,尤袤肯定有所依据,应当
见到过与监本不一样的李善注本,从而将之"过录"过来。如尤本
《洛神赋》所载录的"感甄说",学界受胡克家《文选考异》影响大多
认为是尤袤所加,但先于尤袤的姚宽《西溪丛语》中业已提及李善
本《文选》载有此说①,兼之《洛神赋》"恨人神之道殊兮,怨盛年之
莫当"下,李善注有"此言微感甄后之情"字样,可知,李善早期注本
中原应有"《记》(即《感甄记》)曰"一段文字,只是后来觉其乃荒诞
不经之说,故将此许内容删却。当然也有可能是监本的编刻者受
理学影响,认为"感甄"乃不经之谈,自作主张将之删却,只删汰未
尽,故而在李善注中仍有迹可循,此也足可证明李善早期注本应有
此内容。而尤本所据底本很可能是一个李善注古本,即姚宽所见
本,与监本不同。但有残缺,其缺损部分用明州本、赣州本补足,故
其情况较为复杂,要复原一个纯正的、地地道道的李善本很难。傅
刚认为程毅中、白化文《略谈李善注〈文选〉的尤刻本》以尤刻与监
本系同一系统的前提是错误的,在综合比勘《文选》各本的基础上,
认为尤刻不同于监本"尤袤之前已有非监本系统的李善单注本流
传,这很可能正是尤刻本的底本"②。一说以范志新、王立群为代
表,提到此段文字载于四库馆臣抄《六臣注文选·洛神赋》作者"曹

---

① 朱绪曾《曹集考异》卷三云:"姚宽《西溪丛语》知其浅俗不可信,但云出裴铏《传
奇》,不云李善注,是姚所见李注无此《记》也。"今所见《西溪丛语》各版本均有引"李善
注",恐朱氏并非有见别本《西溪丛语》,而是误记。另《西溪丛语》此说似大体因袭王铚
《默记》,独《默记》未引"李善注"。

② 傅刚:《文选版本研究》,北京:北京大学出版社,2000 年,第 165 页。

子建"名下,四库所收系赣州本。从而对上述说法提出异议,推测尤袤当是参校赣州本而增,非另有监本系统之外的李善单注本,认为"尤袤首先以监本残帙《文选》为主要依据,对监本有明显错误或龃龉不通之处则主要参校赣州本,监本所无者则径取赣州本为底本,再旁参它本"①。

《四库全书总目》云:"其书自南宋以来,皆与五臣注合刊,名曰《六臣注文选》,而善注单行之本世遂罕传。"②四库馆臣认为南宋以降,始将善注与五臣注合刊。案:四库馆臣未见北宋哲宗元祐九年(1094)秀州州学本,此说有误,最早的六家本刻本应是秀州本。奎章阁本载录跋文称"秀州州学今将监本《文选》逐段诠次,编入李善并五臣注。其引用经史及五家之书,并检元本出处,对勘写入。凡改正舛错脱剩约二万余处。二家注无详略,文意稍不同者,皆备录无疑。其间文意重叠相同者辄省去,留一家。总计六十卷。"③秀州本六家注《文选》,所采用的五臣注底本是平昌孟氏刻本,李善注底本是天圣年间国子监本。自此六家本遂取代李善注和五臣注的单行本,大行于世。另朱彝尊《曝书亭集》卷五二《宋本〈六家文选〉跋》云:"六家注《文选》六十卷,宋崇宁五年镂版,至政和元年毕工,墨光如漆,纸坚致,全书完好。序尾识云:见在广都县北门裴宅印卖,盖宋时蜀笺若是也。每本有吴门徐贲私印,又有太仓王氏赐书堂印记。是书袁褧曾仿宋本雕刻以行,故传世特多。"④可知,继

---

① 王立群:《尤刻本〈文选〉渊源研究》,见《第七届文选学国际研讨会论文集》,第273页。

② 〔清〕永瑢等撰:《四库全书总目》,北京:中华书局,1996年,第2599页。

③ 见奎章阁本《文选》,第1462页。

④ 〔清〕朱彝尊撰:《曝书亭集》卷五十二,《四部丛刊初编》第530本,上海:上海书店,1989年。

秀州本后，还有北宋崇宁五年(1106)镂版，至政和元年(1111)毕工的广都裴氏六臣注《文选》刊本。《四库全书总目》所著录的《六臣注文选》六十卷，即为明袁褧嘉靖二十八年(1549)仿北宋崇宁五年广都裴氏刊本的覆刻本。六家本除秀州本、裴氏本之外，还有明州本，此本刊刻年代不详。中国国家图书馆和台湾故宫博物院藏有残本，皆宋绍兴二十八年(1158)递修本(《爱日精庐藏书志》卷三十五载有"北宋刊版南宋重修"、"绍兴二十八年冬十月"明州刊本，有重修年月刊记)，书末附有卢钦跋①。幸运的是日本足利学校遗迹图书馆藏有完秩，1962 年被确定为"日本国宝"，并于 1975 年影印问世。明州本以足利藏本为最早、最善，无一页补版。傅刚考证，明州本当源自秀州本，但在编修时当有所勘正，纠正了秀州本中的一些错误。

到了南宋，李善注的价值逐渐为人们所重视，五臣注远不能与之相亚，于是出现了李善注居前，五臣注居后的六臣本。其祖本为宋赣州本，现藏东邻日本宫内厅书陵部。据此本者尚有涵芬楼藏宋刊本，此即为《四部丛刊》所影印者。《嘉业堂藏书志》记载宋赣州刻本《六臣注文选》六十卷，云："此本未知在南宋为何时，而其刻工张明、陈寿、严忠、金祖，同见于宋孝宗时刻本《世说新语》矣，此亦乾淳间刻也。"②尤袤亦称"四明赣上，各尝刊勒"③，而尤本刻于

---

① 跋文云："右《文选》板久漫灭殆甚，绍兴二十八年冬十月，直阁赵公来镇是邦，下车之初，以儒雅饰吏事，首加修正，字画为之一新，俾学者开卷免鲁鱼三亥之讹，且欲垂斯文于无穷云。右迪功郎明州司法参军兼卢钦谨书。"

② 缪荃孙、吴昌绶、董康撰：《嘉业堂藏书志》，上海：复旦大学出版社，1997 年，第1126 页。

③ 〔宋〕尤袤《文选序》，转引自傅刚《文选版本研究》，北京：北京大学出版社，2000年，第160 页。

淳熙八年,可知赣州本的编刻当先于此。

　　尽管秀州本、明州本等六家注本和赣州本、《四部丛刊》影宋本等六臣注本是李善注和五臣注的合刊本,但因北宋末至南宋时期李善注单行本稀见,所以六家本和六臣本仍然是我们研究李善注文本变迁及其演变历程的不可或缺的重要组成部分。但在版本流衍中,由于传抄、刊刻过程中抄写者及编纂者主观因素的介入及各版本之间合并、分离等因素又导致变异丛生,李善注与五臣注已经淆乱,因五臣乱善,产生了许多错误,否则徒据已淆乱之合并本言李善如何,五臣如何,难免会厚诬古人了。而当时人所见李善注本已非其原初形态,疏漏失真之处亦不少见。究其原因,惟其书仅存宋刻,珍本难得而使得事倍功半。幸日藏古钞《集注》尚存二十六卷,藉此可约略窥知诸家注本之旧形原貌,其珍贵程度不言而喻。

第二节　李善注增注考

　　《文选》李善注自问世之日起,就长期通过口授、传抄方式流传,由于抄写人学养、抄写目的不同而导致改窜删汰,杂乱丛生,且李善注又有"初注成者,覆注者,有三注、四注者,当时旋被传写"(李匡乂《资暇集》)等原因,传抄本又不一定是定本,且传抄过程中,亦不能排除传抄者或读者所作标记、旁注羼入及后人补订附益的可能性。总的来看,李善注早就存在注文科段不同、详略各异等版本不一致的问题,如《集注》所据之李善注就与敦煌写卷中所残留的李善注以及监本、尤本中的李善注详略不同,差异颇大。兼之《新唐书·李邕传》"两书并行"的说法,很难断定这些不同版本的《李善注文选》是由李善自行增补修订的。对于今本李善注《文选》,刘师培《敦煌新出唐写本提要》"或李邕所增,或亦他注所入"的说法更为稳妥。而最初的李善注刻本,很可能以唐时流行的各种抄本为依据,进行过再编。《集注》发现之前,人们只注意到李善注和五臣注互相羼乱的情况,而《集注》中除了援引有李善注、五家注外,尚有稀世的《钞》、《音决》和陆善经注,为研究唐代其他《文选》注释成果及其相互间的传承、补苴、吸纳关系提供了珍贵的文本资料。笔者通过集注本与诸宋刻李善注单行本的比勘研究,发现后出刻本中的李善注不仅掺入有五臣注,同时还掺入了不少《钞》和陆善经注的内容。而北宋监本虽为官方所编修,但比勘集注本,方知其审校不精,脱漏讹衍之处多在,更勿说与五臣合并之六臣本。南宋尤袤刻本虽自有李善注古本在,但又多参校监本及李善与五臣合注本(如明州本、赣州本)而成文,致使其自乱体例,杂乱丛生。本节通过集注本与诸宋刻本李善注的比勘及其李善注的一些内稟义例,对李善注的"增注"现象①作一深入探讨,以期明是证伪,并对每一增注来源进行分析和论证,以揭示诸宋刻本中众多所谓"李善注",其实李善当初并未措手其间,实为后人所附益妄增。可以说集注本李善注与宋刻本李善注所存的大量的几乎完全一致的注文,大体而言是比较可靠的、基本可信的李善注,而超出这些相同部分的文字,无论哪种版本,都有可能不是李善原注。而这些所谓的李善的"增注"(即超出集注本与宋刻本李善注中相同部分的文字),其来源主要有:一、《钞》;二、五家注;三、陆善经注;四、未知旁注。《钞》、五家及陆善经注的阑入由集注本得以佐证;

---

① 王立群《尤刻本〈文选〉增注研究——以〈吴都赋〉为例的一个考察》对尤刻本"增注"作了深入全面的探讨,认为其来源复杂,多为旁注阑入。见《河南大学学报》2011年第5期。

不明旁注的阑入则在对照集注本与宋刻本李善注的基础上，依据李善注义例进行文本内证。

一、《钞》阑入

监本、尤本、胡刻本等刻本李善注较之于集注本所多出一些所谓"李善注"，其实相当一部分内容源自于《钞》，与《钞》相淆乱，不复唐时李善注之原形旧貌。至于《钞》具体是于什么时间、什么情况下阑入李善注，尚不得考知。是监本、尤本刊刻者参据《钞》以补李善注之阙所致，还是其所参据的李善注底本已经与《钞》相淆乱而其不察呢？仅凭现有的材料尚难以做出科学的判断，且"从有关材料可以知道：《钞》在以显庆年间为中心的高宗时代（649—683）成书之后，在中国至少流传到唐末"①。故两种情况可能兼而有之。笔者经过系统比勘，共辑出九十余条原本为《钞》而宋刻本却将阑入李善注的内容②，今略举其要者如下：

1. 卷八左太冲《三都赋序》"故能居然而辩八方"，李善曰："《河图龙文》曰：镇星光明，八方归德也。"《河图龙文》，诸刻本袁阳源《效白马篇》、陆佐公《石阙铭》注引并同。《钞》引典与李善异，曰："《难蜀父老》曰：六合之内，八方之外。"此条注解亦在监本、尤本、胡刻本中皆混入李善注，曰"《河图龙文》曰：镇星光明，八方归德。

---

① ［日］森野繁夫：《关于〈文选〉李善注——集注本李善注和刊本李善注的关系》，见《中外学者文选学论集》，北京：中华书局，1998 年，第 1020 页。

② 前贤时人对此问题已有所论及，可参看斯波六郎《文选诸本研究》、森野繁夫《关于〈文选〉李善注——集注本李善注和刊本李善注的关系》等文。今遍检残存集注本中，共辑出 94 条，如按其篇幅约占全帙的 1/6 估算，约有 500 余条《钞》阑入。

《难蜀父老》曰:六合之内,八方之外。"致使释一词而两引文,而依李善注例,苟非有异说,但引一文为证,不多引,此处显与李善注例有违,当系后人窜改。

2. 卷九左太冲《吴都赋一首》"安可以丽王公而著风烈也",《钞》曰:"《书》云:弊化奢丽也。"此条注解在监本、尤本、胡刻本中被混入李善注,作"《尚书》周公曰:弊化奢丽。"案:《钞》征引典籍多用简称,如《尚书》简称为《书》,《毛诗》简称为《诗》等。又,集注本李善注有"丽,奢靡也"四字,监本、尤本在"《尚书》周公曰:弊化奢丽"之前有"奢靡也"三字,当系刻本漏"丽"字无疑,胡克家《文选考异》云:"(正文)著当作奢。"云:"善注:奢,靡也。《尚书》曰:弊化奢丽。奢字之证。"①胡氏未见及集注本,不知刻本脱"丽"字,"奢靡也"三字系"丽"字之注解,致误。

3. 同上篇,"增罡重阻,列真之宇",《钞》曰:"桓谭《方道书》云:上曰神人,次曰仙人,下曰真人。"尤本、胡刻本将之混入李善注,称:"《道书》曰:上曰神,次曰仙人,下曰真人。"惟脱"桓谭"、"方"、"人"字样,盖传写过程中或编刻时脱漏。监本此处与集注本同,并未将之羼入李善注,故此处很有可能是尤袤据他注增补,抑或是其参据底本已与《钞》相淆乱而其未察所致。当然也可能是尤袤所据李善注古本与监本非同一系统所致。王立群推测:"尤袤手中有一个李善注本,而这个注本有大量的旁注附在善注之旁。尤袤在刊刻之时,把这些内容作为善注收入了新刊本。总之,尤刻本是一个以李善单注本为名的杂糅了诸本的《文选》注释本。"②可备一说。

---

① 〔南朝梁〕萧统编,〔唐〕李善注:《文选》(附《文选考异》十卷),北京:中华书局,1977年,第855页。

② 王立群:《尤刻本〈文选〉增注研究——以〈吴都赋〉为例的一个考察》,《河南大学学报》2011年第5期。

4. 卷五十九谢玄晖《观朝雨一首》"既洒百常观，复集九成台"，集注本李善注："《七命》曰：表以百常之阙。《尔雅》曰：观，谓之阙。"而监本、尤本李善注较之集注本，于《尔雅》前均衍出"西京赋曰通天眇以竦峙劲百常而茎擢薛综曰台名也"等文字。案：李善引《尔雅》以明"观"即"阙"，注文《七命》中的"百常阙"即正文"百常观"之典出，因此"《尔雅》曰"以下七字当紧接"《七命》曰"云云之后，如是则文义前后贯通。"《西京赋》曰"以下二十二字实为后人所附益妄增。其反证如下：若宋刻本为李善注原貌，则所引《七命》只是解释"百常"典出，而将《七命》置于《西京赋》前，在语词训诂次序上亦不合常理。又，诸刻本张景阳《七命》"表以百常之阙"，李善注："百常，高也。《西京赋》曰：径百常而茎擢。"疏释甚明。且《文选》一书中，《观朝雨》在前，《七命》在后，若均是释正文"百常"，二处如此疏解，从整体上看亦不合善注义例。且考宋刻本张平子《西京赋》"通天眇以竦峙，径百常而茎擢"，薛综注曰"通天，台名"，云"倍寻曰常"，未云"百常，台名"。若"百常"为台名，《西京赋》则文义不通。可见，李善注谢诗"既洒百常观"所引《七命》、《尔雅》乃为一个整体而释"百常观"，后人不察，于二者间复入《西京赋》，观集注本《钞》注有"《西京赋》曰：径百常而茎擢"，方知是后人据《钞》而增补，致使杂乱丛生，不复李善本之旧。而监本、尤本除注引张景阳《七命》外，复引张平子《西京赋》为释，致使释一词而两引文，亦与苟非有异说，但引一文为证、不多引之李善注例有违。

5. 卷五十九谢玄晖《和王著作八公山诗一首》"平生仰令图，于嗟命不淑"，集注本李善注："《左氏传》汝叔齐曰：君子能知其过，必有令图。令图，天所赞也。薛君《韩诗章句》曰：于嗟，叹辞也。《毛诗》曰：子之不淑。"李善注引《左氏传》以注"令图"，引《韩诗章句》

以注"于嗟",引《毛诗》以注"不淑",义已完备。而后世诸李善刻本，在"不淑"之下均又多出"杨泉《五湖赋》曰：底功定绩，盖禹令图。不淑，已见嵇康《幽愤诗》。"致使"令图"、"不淑"释义重出，且其疏解叙次亦和正文语次不合。又，"不淑"之注解，前既注明典出后又依从"再见从省"体例，杂乱舛互，当为衍文无疑。案：《钞》曰："杨泉《五湖赋》曰：底功定绩，盖禹令图也。"可知，其乃后人参据《钞》而作的增补，而诸刻本李善注引杨泉《五湖赋》，也仅此一条，亦可为佐证。

6. 卷七十九繁休伯《与魏文帝笺一首》"奏胡马之长思"，集注本无李善注，而诸刻本李善注较之均多出"古诗曰胡马依北风"八字。案：《钞》曰："《古诗》云：胡马依北风。"疑监本（阙，参据奎章阁本。其注与尤本同）的刊刻者据《钞》以补善注之阙，他本承之。

7. 卷八十八陈孔璋《檄吴将校部曲文一首》"要领不足以膏齐斧"，集注本李善注引服虔《汉书》注为释，明其出处为"《易》曰：丧其齐斧"，但服虔称"未闻其说"，于是李善复引"张晏曰：斧，钺也。以整齐天下"为释。而《钞》则有"应劭曰：齐，利也。虞喜《志林》：齐，侧皆反。凡师出必齐戒，入庙受斧，故曰齐斧也"之注解，补注了"齐斧"之意。此条《钞》注被混入诸刻本李善注。疑监本（阙，参据奎章阁本。其注与尤本同）的刊刻者据《钞》以补善注之阙，他本承之。依据有二：一是李善注释体例是先释义或引证，再音释，此处与之不合；二是宋刻本释文叙次有误，与李善注按正文语次作注之体例不合。又"万里剋期，五道并入"下，集注本无李善注，《钞》有"大举王师，至寿春而南，其一道也；又使征西至精甲五万，其二道也；及武都至庸蜀，其三道也；江夏至豫章，其四道也；楼船至吴会，其五道也"之疏解内容，与后出刻本较之于集注本所多出的李善注"大举天师，至寿春而南，一道也；使征西甲卒五万，二道也；及武都至庸蜀，三道也；江夏至豫章，四道也；楼船至会稽，五道也"内容几乎完全相同，如此之多的文字释义、说解相合，当为《钞》窜入无疑，以补善注之阙。

8. 卷八十八司马相如《难蜀父老一首》"定筰存邛"，诸刻本李善注较之集注本多出"文颖曰：邛，今为邛都县。筰，今为定筰县。皆属越嶲"之旧注文字。案：此盖自《钞》注"文颖曰：邛者，今为邛都县。筰者，今为定筰县。皆属越嶲郡"窜入，以补善注所引旧注之阙，故为诸刻本所吸收。又"徼牂柯"，集注本无李善注，而诸刻本较之均多出"张揖曰：徼，塞也。以木栅水为夷狄之界"一条注解，案：此条注解乃《钞》所混入，《钞》有"张揖曰：徼，塞也。以木栅水为夷狄界者也"。

9. 卷九十一王元长《三月三日曲水诗序一首》"轰轰隐隐，纷纷轸轸，羌难得而称计"，集注本无李善注，《钞》曰："《说文》曰：轰轰，群车声也。杨雄《羽猎》云：殷殷轸轸，被陵缘坂。又云：漠漠纷纷。《吴都》云：羌难得而觇缕也。"此条注解被混刻本如监本、尤本、胡刻本李善注，称"《说文》曰：轰轰，群车声也。《羽猎赋》曰：隐隐轸轸，被陵缘坂。莫莫纷纷，山谷为之风飚。左思《吴都赋》曰：羌难得而觇缕"。所引典出与《钞》完全相同，只个别文字稍有差异。《羽猎赋》前脱"杨雄"名，却又于《吴都》前衍出"左思"名（李善注引《选》赋概不引作者名），颇乖离李善严谨注风，显为后人加工窜乱。此又为监本的刊刻者据《钞》以增补李善注之阙的力证。

10. 卷九十八干令昇《晋纪总论一首》"是以目三公以萧杌之称，标上议以虚谈之名"，集注本李善注曰："萧杌未详。"①而诸刻

---

① 五家刘良注"萧杌"为萧然自放，杌而无为。清人梁章钜称《宛委余篇》及《表异录》皆以为疏散不勤事之意，乃望文生义耳。见《文选旁证》卷第四十一。

本李善注如监本、尤本、胡刻本等此句上均多出"干宝晋纪云言君上之议虚谈也"十三字。案：此十三字乃传刻误衍，依据有四：其一，李善引《晋纪》及他书例称"某书曰"，很少作"某书云"；其二，同篇上文"谈者以虚薄为辩而贱名检"，李善注引王隐《晋书》曰："王衍不治经史，唯以老庄虚谈惑众。"已注及"虚谈"，不烦重出；其三，《钞》多补李善注之阙，此句《钞》曰："言萧然机然，无所知事，君上之议，议此虚谈也。"知李善未注虚谈句，故《钞》补足之。其四，诸刻本释文叙次有误。疑诸宋本李善注所衍内容，乃自《钞》注羼入。

11. 卷九十八范蔚宗《后汉书皇后纪论一首》文末，集注本无李善注，而诸刻本李善注如监本、尤本、胡刻本等较之均多出"私恩，谓桓、顺外立即位，以私恩尊其母后。似此者，则随他事附出，不同此篇"二十九字。案：此注释正文"其以恩私追尊，非当世所奉者，则随他事附出"，依李善注例，倘原注有之，则当于"附出"分节，夹注其下，不应措于文末。今考《集注》文末无此许文字，而《钞》有"私恩，桓、顺等外立，则以私恩尊其母为皇太后。如此者，则随他事附出，不同此篇也。若是后家亲属，则皆依本传也，若他处不出，则系于此纪"。可知，诸李善刻本乃据《文选钞》以充实李善注，又脱"等"、"为皇太"、"也"字，衍出"谓"字，"则"作"即位"，"如此"作"似此"，且断章取义，窃其一段，致使文词欠缺完整，妄增之迹甚明。

12. 卷百十六王仲宝《褚渊碑文一首》"荀裴之奉魏晋"，集注本李善注只引臧荣绪《晋书》以注裴秀，未注及荀攸。而诸宋刻李善注本如监本、尤本等较之集注本均多出"《魏志》曰：太祖封荀攸亭侯，转为中军师。魏国初建，为尚书令"之注解。案：《钞》有"《魏志》曰：太祖表封亭侯，转为中军师。魏国初建，为尚书令"。依集注本编辑体例,此条注解当为李善注无而《钞》所有者无疑,盖监本的刊刻者据《钞》以增补,他本承之。

二、五家注阑入

胡克家《文选考异·序》已指出尤本李善注存在与五臣注相羼乱之现象,云:

> 观其正文,则善与五臣已相羼杂,或沿前而有伪,或改旧而成误。悉心推究,莫不显然也。观其注,则题下篇中,各尝阑入"吕向"、"刘良",颇得指名,非特意主增加,他多误取也。观其音,则当句每未刊五臣,注内间两存善读。割裂既时有之,删削殊复不少,崇贤旧观,失之弥远也。然则数百年来,徒据后出单行之善注,便云"显庆勒成,已为如此",岂非大误。①

冈村繁也曾撰专文指出宋刊李善注《文选》有"盗用"五臣注的意图②,但大多数学者仍然依据现存已经删节窜乱之六臣本,盖以所见为标分,指出五臣注与李善注相淆乱的关系,但其所见李善本、五臣本乃后人所附益,极不精审,多非唐时单行本之旧,往往与事实有出入,乖谬不可信从。故而五家注(即五臣注)是否阑入李善注不能仅以宋刻五臣本为参照,更应以唐钞《集注》所援录的五家

---

① 〔南朝梁〕萧统编,〔唐〕李善注:《文选》(附《文选考异》十卷),北京:中华书局,1977年,第841页。
② 详参[日]冈村繁著、陆晓光译《宋刊〈李善文选注〉对〈五臣注〉的"盗用"》,见《冈村繁全集》,上海:上海古籍出版社,2009年,第374—394页。

注为底本,来进行更为精准的比勘研究。虽如上文所指出的那样,集注本五家注因多袭取李善注、《钞》而成文,其音释部分又多与《音决》相合,故遭到《集注》编者删减,其内容较之诸宋刻五臣本及六臣本等更为简约,文字篇幅大幅度缩减。但可以肯定的是,保留于集注本中的五家注肯定是真正的五臣注,从理论上讲最为接近五臣注的旧形原貌。

众所周知,在唐朝中后期,五臣注很是流行,而《集注》编纂者所参据的五家本竟然是一个残本(屈平《离骚经一首》篇题下,《集注》编者案语称"此篇至《招隐》篇,《钞》脱也。五家有目无书"。)而不是配补而成的完本,所以我们只能揣测此残损之五家本当很有来历,绝非是援引自社会上所流传的一般的写抄本。况且,《集注》编者手头有近乎善注原貌的李善本,稀世罕见的《文选钞》、《文选音决》,甚至有未被史载的陆善经注本,亦可印证说明其所参据的五家本当是非常精良的写(抄)本。笔者将集注本中的五家注与陈八郎本、正德本等存世的五臣注单行本及奎章阁本、明州本等六臣出五臣本进行了系统比勘,结论主要有二:其一,二者正文文字异文较多,而其差异处多系刻本谬误。六臣本及六家本校语所称李善作某,五臣作某者,乖谬多在,往往有违于《集注》编者案语所揭示的唐时李善本、五臣本的旧形原貌;其二,集注本中某些分节施注处五家注的五位作注者姓名与后世刻本中亦有所不同,且这种情况不在少数,仅就残卷而言已多达163处,仅卷五十六鲍明远《乐府八首》中就有十余处淆乱。凭现有文献很难裁断孰是孰非,但集注本所参据的底本系唐代写抄本,相较于诸宋明刻本而言,从理论上讲当最近其原貌,可信度要更高一些,其校勘价值不容小觑。且《集注》中五家姓名多称全名,而诸宋刻本则多用简称,在这种情况下，刻本弄错搞混的概率就更大一些。又，陈八郎本与正德本之间有几处不同，而陈八郎本多与集注本五家注姓名相合，从另一方面也增加了《集注》的可信度。

今将集注本所残留的五家注与监本、尤本等宋刻李善注相比勘，疑五家注阑入李善注的地方二十余处，如卷八左太冲《三都赋序》于作者"左太冲"下，监本李善注与集注本相合，同征引臧荣绪《晋书》为释，只极个别字词略有差异，如"泰"作"太"、"文记"作"文史"，句末又衍出一"也"字。而集注本五家吕向注之内容："三都者，刘备都益州，号蜀；孙权都建业，号吴；曹操都邺，号魏。思作赋时，吴蜀以平，见前贤文之是非，故作斯赋，以辨众惑也"，在尤本及赣州本中却被混入李善注，只"以"作"已"，将之附加在原有臧荣绪《晋书》之引文后。当然也不能排除此乃刻本误脱"向曰"二字的可能性。奎章阁本仍将之系于"向曰"名下，"善曰"无此内容。又卷七十九杨德祖《答临淄侯笺一首》"敢望惠施，以忝庄氏"，集注本五家刘良注"修言：己岂敢望比惠施之德，以忝辱于庄周之相知乎。庄周，喻植也。惠施、庄周，相知者也，故引之也"之内容，在尤本中却被混入李善注，只脱一"也"字①。而监本（阙，参校奎章阁本）李善注与集注本同，并未与五臣注相淆乱。

三、陆善经注阑入

史载陆善经注《文选》"功竟不就"，但依集注本看，陆善经当独

---

① 赣州本也窜入了此内容，疑尤本中所窜入五家注，当袭自赣州本。尤本李善注与监本李善注当无直接的传承关系。

自注完了《文选》。《集注》残卷中留存陆善经注约一千一百七十余条。今笔者共辑出十三处陆善经注羼入李善注的地方,诸如卷九左太冲《吴都赋一首》"都辇殷而四奥来暨",陆善经曰:"辇,王者所乘,故京邑之地通曰辇。"监本、尤本、胡刻本等将之羼入李善注,只注尾衍出一"焉"字,与集注本李善注引"胡广《汉官解故注》曰:毂下,喻在辇毂之下,京城之中也"不同。又卷七十九繁休伯《与魏文帝笺一首》"声悲旧箛,曲美常均",集注本无李善注,而诸宋刻本如监本、尤本等较之均多出"乐汁图征曰圣人往承天以立五均均者亦律调五声之均也宋均曰长八尺施弦也"三十三字。案:陆善经曰:"《乐汁图征》云:均长八尺,施弦以调六律。"与之典出相同,只文字稍有差异,疑监本的编刻者曾参校陆善经注,而对李善注作过增补,他李善本承之。他如卷九十八干令昇《晋纪总论一首》"高贵冲人,不得复子明辟",集注本李善注引《尚书》"周公曰:朕复子明辟",以注正文"明辟"。而诸刻本李善注较之均多出"《尚书》曰:惟予冲人弗及知",以补集注本李善注未及注之"冲人"的内容。案:陆善经曰:"《书》云:惟予冲人不及知。"疑刻本多出的李善注乃从陆善经注羼入。

陆善经注现仅存两万余字,兼之唐时陆善经《文选注》流播范围不广,且很快消匿于中土,致使中外史籍皆不载其事,故其能考证出来的与李善注相淆乱的条目为数不多。而《集注》编者手中竟留存有完整的陆善经注本,颇为质疑其与陆善经或有一定的渊源关系。中日典籍皆未著录陆善经《文选注》,《集贤注记》只著录其注《文选》事,又称"事竟不就"。但《集注》竟汇录了完本的陆善经注,可知史载有误。鉴于《集注》编者采录了几近原貌的李善注,稀世的《钞》、《音决》,况其五家本也与宋刻本有相当的出入等事实,其采用的陆善经注应当是陆注的原本，原本的流转当有序。颇疑《集注》编者所参据的李善注本、《钞》、《音决》、五家本皆是从陆善经或其后人那儿流转过来的。否则，很难解释得通《集注》编者为何汇录已残阙的《钞》及五家本。众所周知五家本流播最广，且有多种全本传世，不难蒐集。盖唐人陆善经注《文选》时，业已蒐集参鉴有前人李善、公孙罗、五家等人《文选注》，其中李善注为其早期注本无疑，至于《钞》与五家注是当时已残阙，还是流转到《集注》编者手中时变成了残本，已不可考知。

　　斯波六郎《文选诸本研究》针对诸刻本李善注所增补的注解多与《钞》、陆善经注相合的现象，云："这是由于此本的编者在李善的原注和《钞》或陆善经注相合时，在李注中略之而使《钞》或陆注较详呢，还是因为将现今的李注时而与《钞》或陆注相混淆，犹如今日的李注时而和五臣注相混一样呢，抑或后人在李注中混入之文偶然与《钞》或陆注暗合呢？"[1]通过对《集注》全面深入的研究，斯波氏所提及的第一种可能性几乎不存在。《集注》编者为尊重前人的创造性，对唐时众家注解重复相同之处的处理惯例是取其始见者，删却后出重复注解，故而不可能存在删略李善注而详《钞》或陆善经注的可能性；在某种程度上说，虽然亦存在暗合的可能性，其释义、征引条目可能会一样，但行文上应该会有差别，而诸宋刻本李善注中与《钞》和陆善经注相合的情况绝不在少数，即如《集注》残存的二十六卷中，其混乱处已达百余条，如此之多的类似甚至完全相同的情况，绝非雷同、暗合等偶发情况所能解释的。更何况有的

---

　　① ［日］斯波六郎撰，李庆译：《文选诸本研究》，见《文选索引》第1册，上海：上海古籍出版社，1997年，第136页。

条目还严丝合缝，一字不差。且由这些事例，可以明显看出诸宋刻本中的李善注对《钞》、陆善经注加以吸收利用的情形。而这种吸收和利用是宋刻本编刻者所为，抑或是其所参据的李善注底本已经与《钞》、五家、陆善经注相淆乱？依现有材料看，后者的可能性会更大些。而出现这种混乱，绝不可能是李善本人所为，虽然不可排除李善曾见及《钞》的可能性，但若李善果真采用《钞》来丰富己注，不可能不予以说明而占为己有。而李善是绝不可能见及五家注及陆善经注本的，故最大的可能性是后人据《钞》、五家、陆善经注本来充实李善注，补其阙漏，致使众家注本相淆乱。

四、未知旁注阑入

李善注释《文选》的义例是阅读和研究李善注的重要门径，其义例大都包含于其注释中，前修时贤论之者颇多①。大体而言，李善注例可分为"明"和"暗"两种：所谓"明"者，是指李善于注文中明确交代、自明作注的义例，如提示卷次重分体例的"赋甲者，旧题甲乙，所以纪卷先后。今卷既改，故甲乙并除。存其首题，以明旧式"（刻本《文选》卷一"赋甲"下注）；注明引典体例的：一是"诸引文证，皆举先以明后，以示作者必有所祖述也"（刻本卷一班孟坚《两都赋序》"或曰：赋者，古诗之流也"下注），二是"然文虽出彼，而意微殊，不可以文害意"（刻本卷一班孟坚《两都赋序》"以兴废继绝，润色鸿

---

① 　如钱泰吉《曝书杂记·文选注义例条》、高步瀛《李注略例》、骆鸿凯《文选学·源流第三》、李维棻《〈文选〉李注纂例》、斯波六郎《李善〈文选〉注引文义例考》、王礼卿《〈选〉注释例》、黄永武《〈昭明文选〉李善注摘例》、普暄《胡克家〈文选考异〉叙例》、王德华《李善〈文选〉注体例管窥》，等等。

业"下注），三是"诸释义或引后以明前，示臣之任不敢专"（刻本卷一班孟坚《两都赋序》"臣窃见海内清平，朝廷无事，京师修宫室，浚城隍而起苑囿，以备制度"下注），四是"然卜、何同时，今引之者，转以相明也"（刻本卷十一何平叔《景福殿赋》"温房承其东序，凉室处其西偏"下注），五是"然引应及傅者，明古有此曲，转以相证耳，非嵇康之言出于此也"（刻本卷十八嵇叔夜《琴赋》"则《广陵》、《止息》、《东武》、《太山》、《飞龙》、《鹿鸣》、《鹍鸡》、《游弦》"下注）；留存旧说以广异闻体例："衡曰：云师，雨师也。善曰：诸家之说丰隆，皆曰云师。此赋别言云师，明丰隆为雷也。故留旧说，以广异闻"（刻本卷十五张平子《思玄赋》"云师剿以交集兮"下注）；引书各依所据本、各随所用例①："然《集》所载与《文选》不同，各随所用而引之"（刻本卷十八嵇叔夜《琴赋》"绍《陵阳》"下注），等等，共计二十余条。"暗"者指李善虽未明示，却在作注过程中一以贯之"全书尽同"②的一些隐然的内蕴体例，往往混迹注中，颇难稽钩，但其有关于《文选》之校勘，较"明"例或更过之。如汪师韩《文选理学权舆》中所提到的四类内蕴体例：一是"订误"：即以注订行文使事之误，又因文以订他书之误，或《选》自误及别本之误者，其类凡四十有七；二是"补阙"：即以注补阙者，《选》内脱落之句，删节之文，互异之本，经李氏注补者，其类凡五；三是"辨论"：即以注辨论者，史有不载之事，文有率成之篇，一事而说有数端，两说而义可并取，李氏皆一一辨其得失，其类凡四十有三；四是"未详"：以李氏之浩博，而

---

① 许巽行《密斋随录》云："经典同异，李氏自据各经师本文，随《文选》所用而引之……校《文选》者，每不寻究，但据今时传习之本，窜易李氏所引之文。"

② 胡克家《文选考异》于《西都赋》"然则成功在西"下，云："凡'然则'，善注只云'然'，全书尽同，其或衍者，当依此求之，不具出也。"

《选》中用事,时亦多所未详,李氏皆一一标出,不似后人之强以臆说解之也,其类凡百十有四。他如骆鸿凯《文选学·源流第三》中所说的"注中有引书约文者,有先释义后释事者,有文外推意者。其音义之例,有直音者,有曰古字通者,有反切者,有曰音义同者,有曰音义通者,有曰协韵者,有曰合韵者,有曰古字同者,有曰或为某者,有曰古某字者"①等等,段玉裁《古文尚书撰异》卷十五云:"凡引古辞同字异者,必仍其字而为之说。李善注《文选》,其例最善。"如此等全书未指明者尚多,他如音释存于注中,引旧注多非全文,引书但取大义不取一字,引经单举书名、引经注传疏则冠以注家姓名,依正文顺序依次注解例,不以文害意例,等等。

对李善注释义例的深入解读和研究有助于追溯和复原唐时李善注的旧形原貌,更为准确地把握李善注的真谛。同时,对研读使用李善注也具有指导性作用,亦可藉此对后人因不明李善注义例而篡改原文的地方加以甄别(胡氏《考异》善于揭橥李善注义例,业已经指出多处后人因不明李善注义例而妄改原文的地方,如胡刻本左太冲《杂诗一首》于作者"左太冲"下注:"冲于时贾充征为记室,不就,因感人年老,故作此诗。"《考异》卷五云:"此二十字于例不类,非善之旧。必亦并五臣也,今无以考之。"),纠补李善注之失,推引李善注之未详者,于"选学"之进展,大有功也。对照集注本李善注和宋刻本李善注,可以发现大量因后人不明李善注义例而妄增的"李善注"。这些"增注"集注本也存在,但其数量远不及宋刻本多。笔者钩稽掇拾,以类相从;并抉择审当,摘出其事例若干。凡所举证,务求简明概括。

---

① 骆鸿凯:《文选学》,北京:中华书局,1989 年,第 61—62 页。

（一）因不明李善取用旧注体例而阑入

李善对旧注的处理主要分三种情况：一是引用旧注，于篇首题其作注者姓名。如张平子《西京赋》"薛综注"下，李善曰："旧注是者，因而留之，并于篇首题其姓名。其有乖缪，臣乃具释，并称臣善以别之。"二是虽有旧注但不取用。如潘安仁《藉田赋》于作者"潘安仁"下，李善曰："然《藉田》、《西征》咸有旧注，以其释文肤浅，引证疏略，故并不取焉。"三是因旧注留存过少，故取用时不再在篇目下交代旧注者姓名。如李斯《上秦始皇书》"阿缟之衣"，李善曰："徐广曰：齐之东阿县，缯帛所出也。此解'阿'义与《子虚》不同，各依其说而留之。旧注既少，不足称臣以别之。"除了旧注以外，有些篇章还存在一些集注，李善对集注的处理办法也交代得很清楚，详见第六章第一节，兹不赘述。

因不明李善取用旧注体例而致刻本妄增所谓的"李善注"，如卷八左太冲《蜀都赋一首》"巢居栖翔，聿兼邓林。穴宅奇兽，窠宿异禽"，集注本刘逵注："《山海经》曰：夸父与日竞逐，渴饮于河渭。河渭不足，北饮大泽，未至而渴死，其策化为邓林。"而诸宋刻李善本如监本、尤本等皆无此条旧注。相反，诸刻本李善注较之集注本则多出"邓林，已见《西京赋》"一条注解。案：监本、尤本张平子《西京赋》"嘉卉灌丛，蔚若邓林"，李善曰："《山海经》曰：夸父与日竞走，渴饮河渭，不足，北饮大泽，未至，道渴死。弃其杖，化为邓林。"法藏敦煌残卷 P.2528 张平子《西京赋》中"臣善曰"："《山海经》曰：夸父与日竞走，渴饮河渭，河渭不足，北饮大泽，未至，道渴而死，弃其杖，化为邓林也。"①由集注本可知，唐时写（抄）本左太冲《蜀都

---

① 饶宗颐编：《敦煌吐鲁番本〈文选〉》，北京：中华书局，2000 年，第 8 页。

赋》"巢居栖翔,聿兼邓林。穴宅奇兽,窠宿异禽"下原有刘逵旧注,
且注释的很洽切,属于"旧注是者"的情况,故李善径取旧注,将之
保留,已不复注。谁知后人注意到李善曾在此前张平子《西京赋》
"嘉卉灌丛,蔚若邓林"下已对"邓林"作注的情况,而不遵循李善对
旧注的处理原则及不掠前人之美的作注风格,弃刘逵旧注而复出
李善注,又自以为是地依李善"再见从省"之义例将之臆改为"邓
林,已见《西京赋》",殊非唐时李善本之旧,诸宋刻本皆误。该处集
注本刘逵旧注较之监本、尤本等尚多出"寓,奇也"三字,与之相对,
其李善注较之诸宋刻本则多出"《淮南子》曰:山居木栖,巢枝穴藏,
各得其所。寓或为宅也"一条注解,旧注"寓,奇也"与李善注"寓或
为宅也"起承得当,前后照应,诸宋刻本皆失其旧貌,谬甚。

(二) 因不明李善再见从省体例而阑入

　　李善注释《文选》时凡遇重复之处大都从省,或言已见上文,或
言已见某篇①,这一体例基本贯彻始终。李善在具体交代时又细
分为六种情况:一是"然同卷再见者,并云已见上文,务从省也"②
(班孟坚《西都赋》"又有天禄石渠"下注);二是"凡人姓名,皆不重
见"(班孟坚《东都赋》"故娄敬度势而献其说"下注);三是"其异篇
再见者,并云已见某篇"(班孟坚《东都赋》"光汉京于诸夏"下注);
四是"其事烦、已重见及易知者,直云已见上文"(班孟坚《东都赋》
"内抚诸夏"下注);五是"凡人姓名及事易知,而别卷重见者,云见

---

　　① 胡克家《文选考异》卷七"注:怀金,已见上《谢平原内史表》;佩青,已见上《求通
亲亲表》"下,云:"善第一卷注自言同卷再见者,并云已见上文,又云其异卷再见者,并云
已见某篇。然则凡不合此例,皆失善旧。余不具出。"言之似嫌粗略武断耳。
　　② 若依李善注"再见从省"体例本身的自洽性来推断,刻本"然同卷再现者"中
"卷"盖当为"篇"字之误。

某篇,亦从省也"(张平子《西京赋》"庶栾大之贞固"下注);六是"凡鱼鸟草木皆不重见"(张平子《西京赋》"鸟则鹣鹣鸹鸧"下注)。另,由集注本所援引的李善注看,其再见从省体例尚有"已见上注"、"已见序(文)"及"见下文",等等。

李善注体例向以"谨严"、"精密"著称,浑然一体,所以"(已)见上(下)文"中的"上(下)文"必然是李善在上(下)文已作注,为避重复作注而省却,否则前后不能相承,致使其体例残缺。同样,"已见某篇"中的"某篇"必为萧统《文选》之篇目,否则便非李善原注。这与李善"因是而留之"旧注中的"不重见"体例以及《钞》中"不重见"体例是不同的。检《集注》及诸宋刻本李善注,其不合再见从省体例处有二:一是卷九左太冲《吴都赋一首》"双则比目,片则王余"下,李善曰:"王余,见《博物志》"一条注解。二是同篇"穷陆饮木,极沉水居。泉室潜织而卷绡,渊客忼慨而泣珠"下,李善曰:"渊(刻本作'泉')客,见《博物志》;穷陆,见《后汉书》"一条注解。案:《博物志》与《后汉书》均非萧统《文选》所选录之诗文,李善当然无注,何来"(已)见"之说,其非李善原注甚明。集注本与诸宋刻本皆误,疑由旧注(案:刘逵旧注多有"某某,见某书"之例)阑入。且与"泉室潜织而卷绡,渊客忼慨而泣珠"下句"开北户以向日,齐南冥于幽都",集注本刘逵注:"《尚书》:宅朔方曰幽都。谓日既在北,则南冥与幽都同也",在监本、尤本中就被混入李善注,亦可对此加以佐证。

又,李善注"见下文"体例,当有别于"见下注"体例,集注本与诸宋刻本如监本、尤本等皆存此注例,但因刻本编刻者不察而致误者亦有之。如卷九十三陆士衡《汉高祖功臣颂一首》"随难荥阳,即谋下邑",集注本与诸宋刻本李善注皆有"随难荥阳,见下文"之注解,然遍检诸宋刻李善本后续注文皆不见"随难"之疏解,只在下句"销印慭废,推齐劝立"下,有李善关于"随难荥阳"的注解,云:"《汉书》曰:项羽急围汉王荥阳,郦食其曰:诚复立六国后,楚必敛衽而朝。汉王曰:善。趣刻印,先生行佩之。良曰:谁为陛下画此计者?陛下大事去矣。且楚唯无强,六国复挠而从之,陛下焉得而臣之?汉王曰:趋销印。"而同一科段的集注本李善注较之于宋刻本还多出"《礼记》孔悝之鼎铭曰:庄叔随难于汉阳"一条注解,以明"随难"典出,正与此上"见下文"相呼应。同一科段的注解中为何会出现"见下文"这种貌似奇特的"不重见"体例呢?其实,此处"见下文"体例完全体现了李善注义例的细微、谨严、高超之处,"见下文"当呼应其下两处:其一是"《礼记》"云云;其二是"《汉书》曰"云云。而后人见"随难荥阳,见下文"之注解,想当然地认为"下文"应该有此注解,又对此未加核实,以为"下注"、"上注"之类,当不会出现在同一科段中,且误认为"《礼记》"云云与后所引《汉书》显得释义重出,故而将之删略,却不知其求新窜旧,多系臆造,不能体会李善该体例的一呼二应之妙。还有另外一种可能性:疑是李善为了调整释词次序所致,李善引《礼记》以释正文"随难",其次序当在该科段的最前面,而集注本不知缘何将之置于注末。或是李善最初作注时误置"《礼记》孔悝之鼎铭曰:庄叔随难于汉阳"之次序,抑或是李善后来所进行的补注,故而在此科段的最前面又加上"随难荥阳,见下文"来进行补救。

(三) 因不明"依正文序次作注体例"而阑入

"依正文序次作注"体例即指李善在注释《文选》的过程中,按照正文文本出现的先后次序,依次作注,且旧注与李善注相对独立。有时为就合正文顺序,甚至不惜改动引文之原顺序。如法藏敦煌残卷 P.2528 张平子《西京赋》"若夫翁伯浊质，张里之家，击钟鼎食，连骑相过"，李善曰："《汉书（刻本下有'食货志'三字，误）》曰：翁伯以贩脂而倾县邑，浊氏以胃脯而连骑，质氏以洒削而鼎食，张里以马医而击钟。晋灼曰：胃脯，今大官常以十月作沸汤，煮羊胃，以末椒姜坋之讫，暴使燥者也。煮，翔盐反。坋，步寸反。如淳曰：洒削，作刀剑削也。晋灼曰：张里，里名也。"《汉书·货殖传》中质氏和浊氏顺序互乙（《史记·货殖传》亦同），此处李善注引顺序改为翁伯、浊氏、质氏、张里，只为与正文"翁伯浊质"相合。且所引诸家旧注，亦为迎合正文语次，不惜将晋灼注割裂为二条。又刻本张平子《东京赋》"睿哲玄览"，李善注："《尚书》曰：睿作圣，明作哲。"案：《尚书·洪范》作"明作哲……睿作圣"。依此注例检覆集注本与诸宋刻李善本如监本、尤本等，可发现集注本与诸宋刻本中所谓的数百条"李善注"，当系旁注阑入，非李善原注。如：

1. 宋刻本阑入例

（1）卷九左太冲《吴都赋一首》"开北户以向日，齐南冥于幽都"。监本、尤本李善注曰："《尚书》曰：宅朔方曰幽都。谓日既在北，则南冥与幽都同。《史记》曰：秦始皇地南至北向户，北据河为塞。"案：监本、尤本李善注释词次序与正文相违，与李善注例不符，而集注本"《尚书》"云云正作刘逵注，知诸宋刻本刘逵旧注与李善注相淆乱，致使杂乱丛生。

（2）同上篇，"其邻则有任侠之靡，轻诙之客。缔交翩翩，傧从奕奕"。监本、尤本李善注："《汉书》曰：季布为任侠。如淳曰：相与信为任，同是非为侠。《汉书述》曰：江都轻诙薄为也。缔，结也。翩翩，往来貌。奕奕，轻靡之貌。高诱《淮南子注》曰：诙，轻利急疾也。"案：诸宋刻本较之于集注本李善注多出"缔结也翩翩往来貌奕奕轻靡之貌"十四字,致使释词次序有误,当为后人所妄增,非李善原注。集注本无此十四字可证。所引《汉书述》与高诱《淮南子注》以释"轻诊",语义贯通。且此处刘逵注中已有"缔,结也"之内容,如宋刻本李善注则涉嫌重复,其非李善之旧甚明。

（3）卷五十六鲍明远《乐府八首·白头吟》"凫鹄远成美,薪刍前见陵",监本、尤本李善注"……《文子》曰:虚无因循,常后而不先,譬若积薪燎,后者处上也。《苍颉篇》曰:陵,侵也。《史记》曰:汲黯谓武帝曰:陛下用群臣如积薪,后来者居上。"案:其"《史记》曰"云云,释词次序与正文不合,且与前引《文子》同释正文"薪刍前见陵",与李善若无异议、不烦赘举之注例相违。考集注本知,"《史记》曰"二十二字乃后人所臆增者,非李善原注甚明,集注本李善注正无此条注解可证。

（4）卷五十六谢玄晖《鼓吹曲一首》"江南佳丽地,金陵帝王州"。监本、尤本李善注:"《尔雅》曰:江南曰杨州。佳丽,已见上文。《吴录》曰:张纮言于孙权曰:秣陵,楚武王所置,名为金陵。秦始皇时,望气者云:金陵有王者气,故断连岗,改名秣陵也。曹植《赠王粲诗》曰:壮哉帝王居,佳丽殊百城。"案:集注本李善注中所征引曹植《赠王粲诗》与《吴录》互乙,刻本李善注当为后人据其"依正文序次作注例"而校改者,而集注本并无"佳丽,已见上文"之注解,故所引曹植《赠王粲诗》可视为对正文"佳丽"的注解,其释词次序无误。可能是后人据李善注"不重见"例而妄增"佳丽,已见上文"一条注解,为与正文序次相合,又调整曹植《赠王粲诗》与《吴录》次序所致。而这样一来,又疑有"佳丽"注释重出之嫌,后人求新窜旧之迹甚明。

（5）卷五十九谢灵运《石门新营所住四面高山回溪石濑修竹

茂林一首》"结念属霄汉,孤景莫与谖"。监本、尤本李善注:"言所思念邈若霄汉,孤影独处,莫与忘忧。蔡琰《诗》曰:茕茕对孤影,怛咤糜肝肺。毛苌《诗传》曰:谖,忘也。张翰《诗》曰:单形依孤影。"案:其中"张翰《诗》曰"一条注解,释词顺序与正文有违,且与前引蔡琰《诗》同为释正文"孤景"之出典,涉嫌重复,且蔡琰《诗》在溯源上较张翰《诗》早,故后者当系后人所妄增,非李善原注甚明,集注本李善注并无此条注解可证。又,宋刻本疏释文句大意之"言所思念邈若霄汉,孤影独处,莫与忘忧"内容,集注本亦无,而李善注少有阐释文旨大义之文,疑其为后人所臆增,非李善原注。

(6)卷五十九谢玄晖《和王主簿怨情诗》"掖庭聘绝国,长门失欢宴"。监本、尤本李善注:"《汉书·元纪》曰:赐单于待诏掖庭王廧为阏氏。应劭曰:名廧,小字昭君。娶女曰聘,据单于而言也。《琴道》雍门周曰:一赴绝国。掖庭,王昭君所居也。"案:其中"掖庭,王昭君所居也"之语词注解,释词顺序与正文有违,疑系旁注窜入,集注本李善注无此条注解可佐证。又,集注本李善注中亦无"娶女曰聘,据单于而言也"十字,上引应劭《汉书注》亦无此许内容,当系后人妄增。

(7)卷五十九沈休文《冬节后至丞相第诣世子车中》"宾阶绿钱满,客位紫苔生"。监本、尤本李善注:"《家语》曰:公自阼阶,孔子由宾阶升堂,立侍。又曰:醮于客位,加其有成也。崔豹《古今注》曰:空室无人行,则生苔藓,或青或紫,一名绿钱。《礼记》曰:主人就东阶,客就西阶。又曰:殡于客位,祖于庭。"案:其中"又(《家语》)曰:醮于客位,加其有成也"及"《礼记》曰:主人就东阶,客就西阶"两条注解,释词顺序与正文有违,疑系后人所妄增,乃旁注窜入耳,集注本李善注无此二条注解可佐证。且集注本李善注所引崔豹《古今注》与《礼记》互乙,引《家语》以释正文"宾阶",引《礼记》以释正文"客位",引崔豹《古今注》以释正文"紫苔"(亦和前"绿钱"相应承,《钞》曰:"绿钱者,青苔如钱形也。"),释词次序畅然,语义连贯,是。后出刻本为求新而窜旧,又妄增此二条注解以求完备,致使杂乱丛生。

(8)卷六十八曹子建《七启八首》"尔乃御文轩,临彤庭"。监本、尤本李善注:"文,画饰也。轩,殿槛也。洞庭,广庭也。《尸子》曰:文轩无四寸之键则车不行。《庄子》曰:黄帝张《咸池》之乐于洞庭也。《新语》曰:高台百仞,文轩雕勔(尤本作'窗')也。"案:其中"《新语》曰"云云一条注解,释词顺序与正文有违,且与前引《尸子》同释正文"文轩"而意思却迥然有异,所引《尸子》中的"文轩"意为华美的车子,而《新语》中的"文轩"意为用彩画雕饰栏杆和门窗的走廊,从语义上看,后者更为贴合曹植文本原意,当系后人对李善注所作的校补,非李善原注甚明(李善注例向无释一词而两引互违之书例),集注本李善注并无此条注解可证。

(9)同上篇"综孔氏之旧章"。监本、尤本李善注:"旧章,已见东都主人。王肃《周易注》曰:综,理事也。《左氏传》曰:旧章不可忘也。"案:宋刻本李善注中对正文"旧章"的注释,前云"已见",后又征引"《左氏传》曰"云云,致使李善注例舛互,后人据李善再见从省体例加工之迹明显。况且释词次序亦与正文不合,当非李善注原貌。集注本李善注无"旧章,已见东都主人"之内容可证。

2.集注本阑入例

(1)卷八左太冲《蜀都赋一首》"泪若汤谷之扬涛,沛若蒙汜之涌波"。集注本李善注:"《楚辞》曰:出自汤谷,次于濛汜。《淮南子》曰:日出汤谷。"监本李善注:"汤谷,已见《东京赋》。蒙汜,见

《西京赋》。"尤本李善注："《淮南子》曰：日出于汤谷，浴于咸池。《楚辞》云：日出于阳谷，入于濛汜。蒙汜，见《西京赋》。"案：汤谷，日所出也。濛汜，日所入也。尤本李善注此处"蒙汜"典引出处及再见从省注例两有，涉嫌复出，误。又，《楚辞》以下与《西京赋》注复出，而又与《楚辞·天问》不合。且下文云"蒙汜，见《西京赋》"，如此处已引《楚辞》，下云"见《西京赋》"又何所指？此皆后人所附益妄增者。敦煌残卷《西京赋》（法藏 P.2528）"日月于是乎出入，象扶桑与濛汜"，李善注："《淮南子》云：日出汤谷，拂于扶桑。《楚辞》曰：出自汤谷，次于濛汜。"①集注本李善注释词次序与正文不合，敦煌写卷正确，更合于李善注例。

（2）同上篇，"布绿叶之萋萋，结朱实之离离"。集注本李善注："王逸《荔支赋》曰：绿叶臻臻。又曰：朱实丛生。杜预《左氏传注》曰：结，成也。《毛诗》曰：其实杂杂。毛苌曰：垂貌也。"案：其中"杜预《左氏传》注曰：结，成也"一条注解，释词顺序与正文不合，且"《毛诗》曰：其实杂杂。毛苌曰：垂貌也"之内容，似与正文无所承，疑皆为旁注窜入。宋刻本李善注中皆无此许内容，是。又王逸《荔支赋》，《艺文类聚·果部》下引亦作"臻臻"，与集注本合，而与宋刻本"萋萋"异，只未引"朱实"句。《太平御览·果部八》引作"大火中而朱实繁"，与集注本所引不同。《艺文类聚》与《太平御览》又皆引有"离离如繁星之著天"语，可补李善注未及正文"离离"之阙。"荔枝"亦作"荔支"。

（3）卷九十八干令昇《晋纪总论一首》："故其《诗》曰：克明克类，克长克君。"集注本李善注："《毛诗·大雅》文也。郑玄曰：照临

① 饶宗颐编：《敦煌吐鲁番本〈文选〉》，北京：中华书局，2000 年，第 8 页。

四方曰明。类,善也。施勤无私曰类,教诲不倦曰长,庆赏刑威曰君。"监本、尤本李善注:"《毛诗》曰:勤施无私曰类,教诲不倦曰长,庆赏刑威曰君。"案:宋刻本李善注中"勤施无私曰类,教诲不倦曰长,庆赏刑威曰君"之注解非《毛诗》之文,而是郑玄注的内容,所征引又脱"照临四方曰明"六字。集注本李善注此处无误,注明了"郑玄曰"云云,只衍出"类,善也"三字,将郑玄注横空截断,使得上下不能相接,故当系旁注阑入无疑。宋刻本无此三字,是。

3. 集注本、宋刻本皆阑入例

如卷四十八陆士衡《赠顾交阯公真一首》"发迹翼藩后,改授抚南裔"。集注本李善注:"藩后,吴王。《顾氏谱》曰:秘为吴王郎中令。南裔,即交跡(当为'趾'之讹)也。班固《述高纪》曰:爰初发迹。蔡雍《陈球碑》曰:远镇南裔,近抚侯服。郑玄《周礼注》曰:抚,安也。"诸宋刻本李善注大体与集注本无疑,只"发迹"典引不同,集注本"班固《述高纪》曰:爰初发迹"在宋刻本中作"《解嘲》曰:骠骑发迹于祁连"。案:集注本李善注所征引"班固《述高纪》曰:爰初发迹"与宋刻本李善注所征引"《解嘲》曰:骠骑发迹于祁连",释词顺序皆不合于正文,且将之置于"南裔,即交趾也"与"蔡雍《陈球碑》曰:远镇南裔,近抚侯服"之间,在逻辑顺序上亦很难讲通,疑李善此处原无注,二者皆为旁注阑入。另,"郑玄《周礼注》曰:抚,安也"一条注解释词次序亦与正文不合。因此,李善注所征引"发迹"典出或"郑玄《周礼注》"云云,至少有一处为旁注所阑入。

(四) 因不明李善"释文语义连贯"体例而阑入

"释文语义连贯"体例是指某一科段或分节施注的李善注前后语气、语义及注释对象皆应自然承接连贯,当然更不能出现自相矛盾的现象。宋刻本中大量存在着违背此体例的所谓的"李善注",

这些善注当为后人所附益,非李善原注。今略举数例如下:

(1)卷九左太冲《吴都赋一首》"造姑苏之高台,临四远而特建"。监本、尤本李善注:"《越绝书》曰:吴王(尤本多'夫差')起姑胥之台,五年乃成,高见三百里。《史记》曰:越伐吴,败之姑苏。《汉书》伍被曰:子胥云见麋鹿游姑苏之台。然姑胥即姑苏也。"案:《越绝书》云"姑胥之台"与《汉书》云"姑苏之台"及"然姑胥即姑苏也",上下相承,语义连贯顺畅。可推知"《史记》曰:越伐吴,败之姑苏"一条注解当为旁注窜入,非李善原注,集注本无此条李善注可证。

(2)卷五十九谢玄晖《始出尚书一首》"衰柳尚沉沉,凝露方泥泥"。监本、尤本李善注:"沉沉,茂盛之貌也。《毛诗》曰:蓼彼萧斯,零露泥泥。《广雅》曰:方,正也。毛苌曰:泥泥,沾濡也。"案:李善注引《毛诗》及毛苌《诗传》注释之间不当间开,"毛苌曰"云云紧接"泥泥",语义连贯,前后相承,而宋刻本皆将之截分,插入"《广雅》曰:方,正也"一条注解,其窜入之迹甚明,且释文次序亦不合于正文,当为后人补注,非李善原注。集注本李善注中并无此条注解可证。

(3)卷百十六王仲宝《褚渊碑文一首》"仰《南风》之高咏,餐东野之秘宝"。监本、尤本李善注:"《家语》曰:舜弹五弦之琴,造《南风》之诗。王隐《晋书》庾峻曰:知足如疏广,在(尤本作'虽去')列位而居东野。东野,未详。"案:宋刻本李善注既有"东野,未详"字样,前又征引王隐《晋书》"庾峻曰"云云以释正文"东野",自相矛盾。盖后人读于此处,或补善注"未详"例,将"王隐《晋书》庾峻曰:知足如疏广,在列位而居东野"一条注解标注于旁,传写者或编刻本者不审,将之阑入李善注,集注本并无此条注解可证。

综上所述,集注本与宋刻本都存在着后人所附益妄增的"李善注",只是宋刻本阑入之"李善注"条目明显要远多于集注本。除上述增注外,集注本与宋刻本间还存在着大量合理的互增的李善注,且这类"李善注"数量颇多,有些卷次集注本多于宋刻本,有些卷次大体相当,而有些卷次则相反①。目前,利用李善注注释体例还发现不了二者之间这类互相的"增注"是旁注阑入的痕迹,我们权作这类增注为李善本人所作的增补,究其原因,盖李善曾多次注释《文选》所致。

唐时,李善注《文选》曾有多个注本存世、流传,史载依据有二:一,《新唐书·李邕传》:"始善注《文选》,释事而忘意。书成以问邕,邕不敢对。善诘之,邕意欲有所更。善曰:'试为我补益之。'邕附事见义。善以其不可夺,故两书并行。"②"两书并行"可见两书在当时都有所流传,可以截然分开。在李善生卒年不明的情况下,不能简单地把李邕增补之事斥为妄言。二,唐李匡乂《资暇集》所称"代传数本李氏《文选》。有初注成者,覆注者,有三注、四注者,当时旋被传写之"③。可知李善注自成书之日起,就一再进行补益改订,直到"绝笔之本"。既然至少有两个版本的李善注并行,那么他们之间肯定会存在一些差异,其间存在互增的"善注"也实属难免。至于《集注》编者所参据的李善注底本与宋刻本编者所参据的李善注底本是李善哪一次作注的本子,抑或其一就是李邕的增补

---

① 笔者曾详细统计此类"合理"善注条目,比如:卷八,集注本比刻本多出 126 余条串释或典引,而刻本较之集注本仅多 3 条;又,卷百十六,集注本比刻本多出仅 2 条,而刻本较之集注本则多 30 余条。

② 《新唐书》卷二百二《李邕传》,北京:中华书局,1975 年,第 5754 页。

③ 〔唐〕李匡乂撰:《资暇集》,影印文渊阁《四库全书》本,第 850 册,台北:商务印书馆,1986 年,第 148—149 页。

本，在无新史证的前提下，尚难以做出准确的断定。但鉴于二者之间存在如此之大的差异，除《集注》本身成书背景、流传范围等特殊原因外，不得不认为《集注》所参据的李善注底本与刻本编者所参据的李善注本当非李善同一次所作注本，二者非同一单线上的流传。

而对于二者相校所多出的这些所谓的"李善注"，即李善"增注"，又该如何理解和解释呢？"这些增注是何性质，有何价值，如何处理这些增注，将直接关乎到《文选》今注的整理。……这类问题，既有实践层面的操作，又有理论层面的探讨，绝非简单的去留可以解决。"①王立群的这段话虽是针对尤本的增注而言的，但对于《集注》和监本中的李善注的增注现象亦同样适用。而所有这些问题均有待于我们今后做进一步的探讨和研究。故笔者不揣谫陋，将这些"增注"来源分门别类，字栉句梳，又结合李善注例及文本内证，考信存真，将之大致归纳为以上五类，以求正于方家。

第三节 《文选集注》李善注与宋刻李善注单行本之关系

集注本正文及李善注与宋刻本正文及李善注之间存在大量差异、悬隔现象，对于他们之间是否存在直接的传承关系，众说纷纭，迄今未有定论。日本学者斯波六郎根据《四库全书总目》提要，认为现存李善单注本是从六臣注中抽出李善注而成书，故而存在大量的脱文、错讹和窜改之处。而《集注》李善注底本就是最为古老

---

① 王立群：《超越旧"成说"开拓新领域——关于〈文选〉研究的断想》，《文学遗产》2005 年第 2 期。

的李善注本，最得李善注之真，对李善原注保存最夥，对其推崇备
至，认为宋刻李善单注本和《集注》中的李善注当出于同一祖本，两
者处同一系统中前后位置，相互之间为单线单向之联系，即"李注
单线说"，而《集注》中的李善注较完善，它逐渐脱落而推移流变为
宋明版行的李善注。

　　此后冈村繁对此观点撰文反驳，其在《〈文选集注〉与宋明版行
的李善注》一文中，以《蜀都赋》为例，通过比勘集注本和宋明刻本
如明州本、袁本、尤本、胡刻本中的李善注，并参综利用了斯波氏未
见的日本细川家永青文库所藏的敦煌本和尤本，指出集注本李善
注较之其他新版本多出很多数量，据之推测，集注本中的李善注
"不是以往所认为的原李善注，而是经过细加增补改订的，稍稍后
出的李善注"①，又根据《资暇集》和《新唐书》的记载，提出敦煌本
李善注、集注本李善注和尤本李善注分别出于不同的祖本，即"李
注复线说"。认为集注本李善注往往详于后出版本，恐怕并非全为
旧注，应有后人补入，提出了所谓两个系统之说，从而指出：集注本
李善注与刻本李善注所存的大量的几乎完全一致注文，这部分注
解文字大概是比较可靠的、基本可信的李善注，而超出这些相同部
分的文字，无论哪种版本，都有可能是后人添加的。故以往日本学
者对《集注》的独尊和对刻本的贬低未免过于片面和武断，集注本
李善注并不是无可指摘的，刻本之李善注也不失为优秀的传本。
冈村繁就《文选》李善注的传承问题，对斯波说作了很大修正：认为
李善单注尤本出于北宋国子监刻李善单注本而不是从六臣本中抽

---

　　① ［日］冈村繁著、陆晓光译：《文选之研究·〈文选集注〉与宋明版行的李善注》，
见《冈村繁全集》（第二卷），上海：上海古籍出版社，2009 年，第 360 页。

出来的，且《集注》"拥有最多的旧李善注"的说法亦欠妥，应该说《集注》中的李善注参差不齐，显得非常不均衡，其与现存版本的系统不相同。

森野繁夫《关于〈文选〉李善注——集注本李善注和刊本李善注的关系》①和《宋代的李善注〈文选〉》②并不认同冈村繁关于集注本与宋明刊本中的李善注分属两个系统之说。他根据集注本李善注和刊本李善注的五种不同现象③，又结合宋明刊本中的李善注多与集注本所援引李善注不合而转合于《钞》、陆善经注的现象，认为刊本李善注系从《集注》中来，又参综《钞》、《陆善经注》等加以补阙，再编而成的。并据此刊行了北宋国子监刻李注本。④以此来附和斯波六郎"刊本李注是从六臣注中抽出李注编纂而成"的观点。大体而言，森野繁夫认为《集注》中的李善注乃李善注的最后定本，而监本和尤本李善注皆出于集注本，所以其观点从根本上说和以往的"李注单线说"是一致的。他认为李善注《文选》的传承流变过程是：李善注——李邕补足——集注本——抽出再编本（即监本）⋯⋯六臣注本——抽出再编成尤本。（注：虚线是原文中表示不清楚处）。但在版本承传过程中，监本李善注为何一定要是从集注本中辑出的呢？为何原来的李善注就不能从别的流传路线而成监本的

---

①　载《日本中国学会报》第 31 集，1979 年。后收入俞绍初、许逸民主编《中外学者文选学论集》。

②　载《东方学》64，1982 年。

③　即：1.刊本李注注释较多的情况；2.集注本李注注释较多的情况；3.对同一语句引证不同的情况；4.对同一语句释义不同的情况；5.或以释义代替引证，或以引证代替释义。见森野繁夫《关于〈文选〉李善注——集注本李善注和刊本李善注的关系》。

④　详参森野繁夫《关于〈文选〉李善注——集注本李善注和刊本李善注的关系》，见《中外学者文选学论集》第 1023—1027 页。案：此说几乎是不可能的，中土典籍中皆未见有人引及《钞》和陆善经注。

祖本呢？故其结论似乎还有再商榷探讨的余地。而且把李善注的
流传作为单线来考察，也不太符合写抄本时代李善注的实际流传
情况。

　　富永一登在《文选李善注研究·板本〈文选〉李善注的形成过
程》中，通过集注本与胡刻本的比勘，称"森野繁夫先生认为，从集
注本中抽出李善注、用《钞》《陆善经注》补足订正的李善注再编本
和北宋国子监本相关联"，"确实，如看前面所举之例，集注本对板
本李善单注本的形成过程有影响是明显的，以集注中特异之处的
第八、九卷作为论据的冈村说不成立。由集注本作成再编本，再到
板本的森野说可以接受。"①而"李善单注板本（尤本以及被说成是
其祖本的北宋国子监本），不是根据一个系统的本子翻刻的，而是
以包括集注本的各种钞本（可推想在宋代已经是残卷本了）为根
据，对卷别进行再编而成的。其结果，就是各卷可以看到李善注的
增减。"②即宋明版行的李善注，是以唐代流行的各种抄本为根据，
进行再编而来的。

　　关于李善注底本系统的分歧，傅刚认为两说均失于片面，"其
实，《文选集注》的情况比较复杂，笔者也比较了数卷，发现有的部
分是集注本中善注多于刻本，而有的部分是集注本中的善注少于
刻本，还有的部分相差不多……唐宋以来，士子竟以《文选》为学习
的主要典籍，抄写甚多，讹误自然难免……现行刻本的善注并不一
定是李善原貌，而抄写本虽然时代较早，但也仍然可能是改变过了
善注……应改变以同一单线的前后传承关系考察集注本（还应包

---

　　① ［日］富永一登撰：《〈文选〉李善注研究》，东京：研文出版，1999 年，第 203 页。
　　② ［日］富永一登撰：《〈文选〉李善注研究》，东京：研文出版，1999 年，第 204 页。

括其他写本、抄本)与刻本间的关系"①。这说明《集注》所参据的李善本正文及注释本身的存在形态、渊源及其流变也是一个重要的研究课题。

其实,五位学者的结论都是基于《集注》与后出刻本的比勘上,都注意到《集注》中的李善注本身有很大的不一致性。据李匡乂《资暇集》可知,李善注在表上之后,陆续有所增益改订,释音训义,愈加详明,从"初注本"到"绝笔之本"有了大幅度的增补改订。如敦煌写卷中所残留的李善注与《集注》中的李善注及监本、尤本中的李善注详略不同,差异颇大,可证李匡乂所言不虚。史言李善自崇贤兰台,谪居汴、郑之间,以讲习《文选》为业,则于解说义理,必当研习有素,或依句解说,或阐明词义内蕴,或概括以言,统论其指归,或以习见之语注曲僻之词等等,不一而足。其注多易其稿,当非如初稿一样简素。那么集注本编者及宋刻本编者所采用李善注本到底是哪一次作注的本子呢?《集注》注文中"邕"字多写为"雍",学界有人据此认为是李邕家传本避讳所致。而在唐时"邕"和"雍"通用,唐朝初年人引"蔡邕"多作"蔡雍",且《十三经注疏》中亦多作"雍"字。然此说不足为据。

笔者基本认同冈村繁所提出的"李注复线说",认为《集注》所参据的李善注底本与宋刻李善注单行本之间不存在前后的传承关系,它们是某种程度上的两个并行的李善注本,至少分属两个系统,而非同一单线上的流传。李善注之所以出现这种"混乱"情况,主要因其多次注释《文选》所致。而《集注》所参据之李善注底本极有可能在社会上没有广泛流传而直接进入某一藏家手中,后来被

---

① 傅刚:《文选版本研究》,北京:北京大学出版社,2000年,第140页。

收入《集注》,且《集注》成书后在我国的主流传播渠道上根本不见流传,故监本的编刻者及尤袤等人皆未见到集注本(或者是说集注本所参据的李善注底本),否则很难解释得通他们之间所存在的大量的悬隔现象。以下分述之。

一、篇题、类目之悬隔

《集注》中左太冲《三都赋序》非单独成篇,其卷八卷目仅“左太冲《蜀都赋》一首”,接着是篇目“三都赋序　左太冲”。《集注》凡正文篇题下皆有“一首”、“几首”字样,而此处并无此等标识,其卷目为“左太冲《蜀都赋》一首”,继之是篇目“三都赋序　左太冲”。可知,其所参据的李善本并不将左太冲《三都赋序》视为独立篇目,与班孟坚《两都赋序》的处理义例相合,盖此等序文在当时人看来仅为赋之小引,只是随《三都赋》附出,不宜独自为篇,若独立为文,就当如皇甫士安《三都赋序一首》、陆士衡《豪士赋序一首》之例,收入《文选》“序”类。而监本、尤本等李善单注本卷目皆作“左太冲三都赋序一首、蜀都赋一首”,卷中篇题作“三都赋序一首　左太冲　刘渊林注”,“蜀都赋一首　左太冲　刘渊林注”,总目亦列为“左太冲三都赋序一首、蜀都赋一首、吴都赋一首、魏都赋一首”,将之视为独立一篇,殊为不类,当以集注本《三都赋序》不入卷目,篇题下亦无“一首”字样为是。

他如卷六十一江文通《杂体诗三十首·潘黄门述哀岳》篇题,监本、尤本并作“潘黄门悼亡岳”,与集注本不合。又,卷百十三潘安仁《汧马督诔一首》篇题,监本、尤本并作《马汧督诔一首》,“汧马”二字互乙。又,卷七十一的类目中有“策秀才文”,监本、尤本皆作"文"。

二、古书旧式之悬隔

卷九十四袁彦伯《三国名臣序赞一首》所列举魏、蜀、吴三国名臣的姓名当分三栏旁行横读。且注文后并无编者案语,是所采《钞》、《音决》、五家、陆善经本皆与李善本无异,亦为此式。日本古钞无注三十卷本《文选》与集注本同。而监本、尤本却将之分行连读,致使魏、蜀、吴三国之人相次,杂乱无章。到底是编刻者不明此古书旧式,还是所参据的底本已存此讹误而其未察呢?已不可考知。

《集注》中凡相重复之字、词、句皆于上字下标"＝"符号表示。这种标示,其来甚古,先秦《石鼓歌》刻石即如此。宋刻《文选》中时有当重复字词而不重复者,如卷九十八范蔚宗《后汉书皇后纪论一首》"六宫称号唯皇后贵人,贵人金印紫绶"句,监本、尤本皆脱下"贵人"二字,盖妄删重文。然此"贵人"分属上下两句,依文义审之,有之为胜。《后汉书》及《艺文类聚》十五所征引正与集注本合。今由集注本这一旧式可以得知其脱佚之由,藉此予以校正。这种不明古书旧式之悬隔,在李善注中同样存在。如卷五十九鲍明远《数诗一首》"二年以车驾,斋祭甘泉宫",李善曰:"《汉书》曰:元延二年,行幸甘泉。《甘泉赋》曰:正月,从上甘泉。"监本、尤本均脱下"甘泉"二字,盖误当衍文删之。又,卷五十九谢玄晖《和伏武昌登孙权故城一首》"当途驳龙战",李善曰:"《献帝纪》:太史丞许芝奏故白马令李云上事曰:许昌气见于当途高。当途高者,魏也。"监本、尤本皆脱下"当途高"三字。案:《三国志·魏书·文帝纪》"当途高"三字重文,集注本是。又,卷六十一范彦龙《效古一首》"今逐漂姚兵",李善曰:"又(《汉书》)曰:霍去病善骑射,再从大将军。大将军受诏,予壮士,为漂姚校尉。"其注引与《汉书·卫青霍去病传》相合,而监本、尤本皆脱下"大将军"三字。又,卷六十二江文通《杂体诗三十首·许征君自序询》"遣此弱丧情,资神任独往",李善曰:"《庄子》曰:予恶乎知悦生之非惑邪? 予恶乎知恶死之非惑? 非夫弱丧而不知归者邪? 郭象曰:少失其故居为弱丧。弱丧者,遂于彼之所在,而不知归于故乡。"其注引正与《庄子·齐物论》相合,"弱丧"二字重文。而监本、尤本皆脱下"弱丧"二字。

三、正文行文之悬隔

监本、尤本与集注本的正文行文存在很多不同,小的行文字词差异或许可以解释为抄写之误,但是对于整句甚至整段的差异用抄写失误很难解释得通,又,刻本编刻者亦当不会妄自改篡,当是其参据的李善注底本问题。如卷六十八曹子建《七启八首》"玄微子曰:吾子倦世,探隐拯沉",集注本编者案语称"诸本子下有'整身'二字",可知唐时《钞》《音决》、五家和陆善经本皆有"整身"二字,而据《钞》"古本无此'整身'二字"之注解可知,知其李善注底本当最存《文选》古本旧貌。而监本、尤本皆有"整身"二字,与集注本不合。又,卷七十三曹子建《求自试表一首》"臣闻士之生世","今案:《钞》、五家本发首有'臣植言'三字。"而监本、尤本发首皆有"臣植言"三字,与集注本不合。

卷八十五赵景真《与嵇茂齐书一首》"至若兰芷倾顿,桂林移植,根萌未树,牙浅弦急,常恐风波潜骇,危机密发,斯所以怵惕于长衢也",监本(阙,参校奎章阁本)、尤本"也"字上均衍出"按辔而叹息者"(尤本无'者'字)数字。案:李善注有"本或有于'长衢'之下云'案辔而叹息者',非也"之内容,李善已明确注出"或本"非是,而监本、尤本却有此许内容,足可说明宋刻本的编刻者当从未见及集注本。又,卷九十三刘伯伦《酒德颂一首》"无思无虑,其乐陶陶"下,监本、尤本较之于集注本衍出了"兀然而醉,豁尔而醒。静听不闻雷霆之声,熟视不睹泰山之形。不觉寒暑之切肌,利欲之感情"三十六字。值得注意的是,《四部丛刊》影宋本、明州本此处李善注分节施注的位置有纰漏,将"《庄子》曰:知反于帝宫,见黄帝而问焉。曰:何思何虑则知道? 黄帝曰:无思无虑,始知道"之本是明正文"无思无虑"典引出处之内容,放在了"利欲之感情"下,颇是让人费解。又,卷九十三史孝山《出师颂一首》"五曜宵映,素灵夜叹",监本、尤本较之于集注本衍出了"皇运来授,万宝增焕"二句,可知二者所据本不同。又,卷九十八干令昇《晋纪总论一首》"军旅屡动,边鄙无亏。于是百姓与能,大象始构矣。世宗承基,太祖继业",监本、尤本"世宗承基,太祖继业"在"军旅屡动"文上,与集注本行文顺序有违。

正文行文之差异最大者莫过于卷七十九任彦昇《奏弹刘整一首》。《奏弹刘整》一文[1]体例奇特,与"综缉辞采"、"错比文华"、"事出于沉思、义归乎翰藻"等《选》文风格颇有不同,不仅为散体,还夹杂着当时的方言口语,类似诉讼状,毫无辞采可言。这种文体上的混乱皆因注家妄引本状、供词、吏议添入正文所致。而萧统舍

---

[1] 可参周勋初《〈文选〉所载〈奏弹刘整〉一文诸注本之分析》,《文学遗产》1996年第2期。

去此许文字,既保留了任昉擅长写作应用文体的特点,又不违背其编选《文选》的宗旨,《奏弹刘整》一文在《文选》中方才显得协调。而《集注》中的陆善经注和编者案语已对各唐时注家援引本状时的文字情况揭示得非常清楚,可证目下流传的李善注《文选》正文皆与萧统《文选》旧貌不符,且不合于唐时李善注本旧貌。

	《集注》正文	陆善经注及编者案语
（引言）	御史中丞臣任君稽首言……死罪死罪	
（本状）	谨案齐故西阳内史刘寅妻范诣台诉……侵夺分前奴教子当伯（记为第一部分,共48字）	陆善经曰:"本状云'奴教子、当伯'已下,并昭明所略。"今案:"《钞》、五家本此下云:'并已入众……并不分逡。'(引号内文字记为A1部分,共32字)陆善经本省却此下至'息逡'。"
	寅第二庶息师利……整便打息逡(记为第二部分,共81字)	今案:"五家本此下云:'整及整母……整即主。'"(引号内文字记为A2部分,共688字)
（吏议）	臣谨案……绅冕所共弃	
（量刑）	臣等参议……悉以法制从事	今案:"五家本此下云:'婢采音……请不足申尽。'"(引号内文字记为A3部分,共35字)

《集注》中《奏弹刘整》一文的结构及行文如上表。其正文即为编者所参据的李善注底本中《奏弹刘整》一文的正文旧貌。显然,唐时李善本《奏弹刘整》一文的正文与萧统《文选》所录原貌及诸刻本中的面貌都存在着很大差异。据集注本中的三条编者案语及陆善经注可知,《奏弹刘整》一文编入《文选》时,昭明删节太略,其正文相对于集注本,还要缺少本状的第二部分,即"寅第二庶息师利……整便打息逡"81字;而后出诸李善注单行本的正文,如监本

（阙，参校奎章阁本）、尤本等皆以五臣乱善，较之于集注本多出"今案"中所标识的原本为五家本 A1、A2 和 A3 部分的文字，只小许文字有异，距离李善本原初形态愈行愈远。

《奏弹刘整》一文因萧统删节过略，唐人对事情的原委曲折已不甚明了，注者在疏解文义时，需要多征引本状与供词，以与弹文相应。于是各家注本皆引本状和供词入正文，其中五家本征引最多、最详。而"今案：五家本此下云……"等诸许文字（A1、A2 和 A3）在《集注》李善注底本中当无。后世诸李善注刻本皆将之作正文载录，与《集注》所据李善注底本不合。日本古钞无注三十卷本《文选》亦无 A1、A2 和 A3 部分，其删略情况与集注本相同。另据五臣本、六臣本及六家注本，亦可窥见与此李善注底本相近似的版本。斯波六郎博士曾研究发现：

> 三条家藏旧钞本五臣注《文选》对"并已入众……不分逡"这 32 字加上"⌒"，以示异本所无。又，足利本《文选》在"整便打息逡"的"逡"字右下旁，朱笔书曰"已下家本无之"，"如法所称整即主"的"主"字右下旁朱笔书曰"已下家本有之"，以示其家本中无"整及母并奴婢等六人……如法称整即主"约 700 字。三条家本以及足利本的校者为何人虽不得而知，然从上述识语可知，其所据校之本，与此本有颇为相近之处。[①]

可知，三条家藏旧抄本五臣注《文选》与足利本六家注《文选》的校

① ［日］斯波六郎编、李庆译：《文选索引》之《文选诸本研究》，上海：上海古籍出版社，1997 年，第 123 页。

者所参据之校本与集注本的节略情况颇为相近。

四、注文之悬隔

《集注》编者对其参据的李善注底本几乎是原封不动地"过录"（音注除外），因此研究集注本正文和李善注，在某种程度上就等同于研究其参据的李善注底本。至于宋刻李善注本（如监本、尤本），由于所参据的李善注底本不同①，又经过编刻者的加工、改造等，致使唐时业已有所差别的李善注本的形态更难于区分和判断。兼之，唐时李善注主要是靠传抄来流布，在抄写过程中难免会阑入旁注。而抄本时代相对于刻本时代的一个最大弊端，就是抄写者很难判断"旁注"是否为李善原注，因为不清楚到底是后人的附益还是前人过录李善注时由于遗漏而再行补抄的内容。

唐时李善注有多个注本行世，相互之间不可避免地会有所交叉融合。通过集注本与监本、尤本李善注的系统比勘，对于二者所参据的底本问题，我们逐渐形成了这样的认识：《集注》编者所参据的李善注底本是李善的某一次注本，而宋刻本编刻者所参据的李善注底本，当来源于李善的另一次注本，与集注本没有直接的传承关系，是经过多次传抄并出现较多讹误混杂的一个抄本。这个观点的得出主要是基于以下事实：一、二者间存在大量的、甚至不可逾越的正文及注文之悬隔，大体可分为三个类型：集注本较之于宋刻本多出的李善注；集注本与宋刻本之李善注有异文、异式者；宋

---

① 疑监本编刻者所参据的李善注底本非只一个。至于尤本虽有李善古本为依据，亦曾旁参监本、明州本和赣州本。

刻本较之于集注本多出的李善注。二、对于集注本较之于宋刻本所多出的李善注,其存在皆具有相当的合理性,难于发现其破绽;又集注本与宋刻本正文及李善注相异者,可分为两种情况:一是就正文悬隔来看,集注本用字、行文皆优于宋刻本;二是就注文悬隔来看,集注本也大多优于宋刻本;而宋刻本较之于集注本所多出的李善注,依李善注义例来看,其存在多有纰漏,颇疑其系后人妄增。三、悬隔现象在各卷中的分布是不均匀的①。

　　遍检《集注》残卷,集注本较之于宋刻本多出的李善注约有四百余条,而宋刻本较之于集注本所多出的李善注约有五百余条,二者之间的异文、异式更是数量繁夥,不胜枚举。这种悬隔现象只能说明:相互区别鲜明的此两种李善注曾于某个阶段分别隶属于不同的系统。集注本中的李善注与宋刻本中的李善注是两条独立的分支,二者之间根本就不是所谓的单线上的前后关系,也就无所谓传承过程中的相互影响。集注本系统的李善注只是被《集注》单独继承,且在国内基本上没有传播,宋刻本编刻者无缘见及此本,所以二者间的这种悬隔就一直被保留了下来。②

(一) 集注本较之于宋刻本多出的李善注

　　1. 卷八左太冲《三都赋序》"聊举其一隅,摄其体统,归诸诂训焉",李善曰:"郑玄《诗笺》曰:聊,且略之辞。《论语》子曰:举一隅而示之。《说文》曰:诂,训古言也。"案:刻本颜延年《秋胡诗》"南金

---

　　①　仅卷八、卷九两卷集注本较之于宋刻本多出的李善注就有三百余条,占其总数的七成多。而此两卷中宋刻本较之于集注本所多出的李善注约六十条,不足总数的两成。

　　②　征引文字凡个别文字有出入者,除有有力证据证明集注本误者,方改之,并于案语中说明,否则皆以集注本为是。

岂不重？聊自意所轻”，李善注“郑玄《毛诗笺》曰：聊，且略之辞也。”郑氏笺见《邶风·泉水篇》，又见《魏风·国有桃篇》。刻本张平子《西京赋》“曾髣髴其若梦，未一隅之能睹”，李善注：“《论语》曰：子曰：举一隅而示之。”李善注引见《论语·述而篇》“举一隅，不以三隅反，则不复也。”“一隅”下无“而示之”三字。阮元《论语注疏》校勘记云皇本、高丽本有“而示之”三字，则古本当有此三字。《说文·言部》：“诂训，故言也。”与李善注引“古”字不同。①

2. 卷八左太冲《蜀都赋一首》“水陆所凑，兼六合而交会焉；丰蔚所盛，茂八区而菴蔼焉”，李善曰：“许慎《淮南子注》曰：凑，竞进也。”案：此条陶方琦《淮南许注异同诂》未收，可助辑佚之用。又，“布绿叶之萋萋，结朱实之离离。迎隆冬而不凋，常晔晔而猗猗”，李善曰：“杜预《左氏传注》曰：结，成也。《毛诗》曰：其实离离，毛苌曰：垂貌也。”案：杜预注见《左氏传·桓公元年》，又见《左氏传·襄公十二年》。刻本张平子《西京赋》“神木灵草，朱实离离”，李善注：“《毛诗》曰：其桐其椅，其实离离。毛苌曰：离离，垂也。”脱“貌”字，当据补。《毛诗》及毛传见《诗经·小雅·湛露篇》。

3. 同上篇，“擢修干，竦长条，扇飞云，拂轻霄。羲和假道于峻岐②，阳乌回翼乎高标”，李善曰：“《广雅》曰：干，本也。又曰：竦，

---

① 沈涛《说文古本考》云《后汉书》桓谭、郑兴二传注及《一切经音义》卷二十二皆引云：“诂训，古言也。”与李善注引相合。

② “何焯曰：峻岐，未详。疑亦地名。又曰：‘岐’疑作‘坂’。梁章钜曰：此说似凿。济注承上修干长条言之，似尚近理。然以歧树为奇枝，则不知所出矣。胡绍煐曰：……然‘峻岐’迄无所考。善亦不注此四字。许巽行曰：《尔雅》：陂者曰阪，二达谓之歧旁。郭注：歧道旁出也。此言假道，则不从向所行之道而歧出也。作‘坂’者非。步瀛案：许引《尔雅·释地》《释宫》明‘坂’‘歧’之异，又以郭注证‘歧’之义，其说是也。骆宾王《兵部奏姚州破贼蒙俭等露布》云：峻歧折坂之危。歧、坂对举，可证‘歧’不作‘坂’。”见高步瀛著，曹道衡、沈玉成点校《文选李注义疏》，北京：中华书局，1985 年，第 921—922 页。

上也,谓上出也。……《尔雅》曰:道二达谓之岐。……标,立物以为表识也。《战国策》曰:举标甚高也。"案:"《广雅》曰"乃《广雅·释训篇》文。"《尔雅》曰"乃《尔雅·释宫篇》文。刻本鲍明远《舞鹤赋》"指会规翔,临歧矩步",李善注:"《尔雅》曰:二达谓之岐。"当脱"道"字。而今本《战国策》并无"举标甚高也"内容,盖佚耳。

4. 卷四十八陆士衡《答贾谧一首》"蔚彼高藻,如玉之阑",李善曰:"'之'或为'如','阑'或为'兰'。"案:集注本编者案语称"《钞》、五家、陆善经本'之'为'如'",又据释文知《钞》、五家本"阑"作"兰",故集注本参据的李善注真实地反映了唐时《文选》版本的异文情况。而胡克家因所见版本之局限,其《考异》所云,误甚。

5. 卷六十六宋玉《招魂一首》"有柘浆些",王逸曰:"柘,谓蔗也。言复以饴蜜沺鳖炮羔,令之烂熟,取诸蔗之汁以为浆饮也。或曰:沺鳖臇羔,和牛五藏,为臛臇,鸳为羹也。"案:刻本皆脱"或曰沺鳖臇羔和牛五藏为臛臇鸳为羹也"十七字。据洪兴祖《楚辞补注》知,集注本是。

6. 卷百十三潘安仁《夏侯常侍诔一首》"弱冠厉翼,羽仪初升。公弓既招,皇舆乃征",李善曰:"《礼记》曰:人生二十曰弱冠。"案:监本无,尤本有此注。胡氏《考异》云"此即尤误取增多者",今由集注本看,胡氏误。

(二) 集注本与监本、尤本李善注之异文、异式

1. 卷八左太冲《蜀都赋一首》"曰:盖闻天以日月为纲,地以四海为纪,九土星分,万国错跱。崤函有帝皇之宅,河洛为王者之里",李善曰:"《周易》曰:万国咸宁。"监本(阙,参据奎章阁本)作"万国,已见上";尤本作"《尚书》曰:万国咸宁"。案:监本"万国,已见上"当系指刻本卷一班孟坚《西都赋》"盖以彊干弱枝,隆上都而观万国"，李善注："《左传》曰：鲁诸大夫曰：禹会诸侯于涂山，执玉帛者万国。"而尤本引文出处有误，张冠李戴。"万国咸宁"系《周易·乾·象传》之文。疑刻本皆误。如刻本傅季友《为宋公求加赠刘前军表》"内竭谋猷，外勤庶政"，李善注："《尚书》曰：尔有嘉谋嘉猷，则入告尔后于内。又曰：庶政惟和，万邦咸宁。"作"万邦"不作"万国"，与《尚书正义》相合，盖古本《尚书》自如此。故李善注引《周易》以注正文"万国"。盖后人据今本《尚书·周官篇》有"万国咸宁"文而改《周易》为《尚书》也。

2. 同上篇，"龙池霝瀑潰其限，漏江伏流潰其阿。汩若汤谷之扬涛，沛若蒙氾之涌波"，李善曰："《长笛赋》曰：霝瀑喷沫。霝瀑，沸涌之貌也。"监本、尤本作"浩瀑，水沸之声也。"案：刻本马季长《长笛赋》"霝瀑喷沫"，李善注合于集注本，只少"之"字。而集注本李周翰曰："浩瀑，水沸声。"颇疑宋刻本李善注自五臣注窜入。

3. 同上篇，"木落南翔，冰泮北徂。云飞水宿，咔吭清渠"，李善曰："《吕氏春秋》曰：秋气至则草木落。"监本、尤本作："《淮南子》曰：木叶落而长年悲。"案：《钞》曰："《淮南子》曰：木叶落而长年悲也。"刻本当为《钞》阑入。

4. 卷四十七曹子建《赠徐幹一首》"文昌鬱云兴，迎风高中天"，李善曰："张孟阳《魏都赋注》曰：文昌，正殿名也。"监本、尤本"张孟阳"作"刘渊林"。案：刻本误，集注本是①。

5. 卷五十九谢玄晖《和王著作八公山诗一首》"东限琅琊台，西距孟诸陆"，李善曰："《周礼》曰：正东曰青州，其薮曰孟诸。然孟诸

---

①　参见唐普《〈文选·三都赋〉旧注底本问题试探》，《四川大学学报》2009年第4期。

泽在八公山东,而云西距者,谓泽西距山,以避上文耳。非谓山在
泽东也。"监本、尤本"然孟诸泽……非谓山在泽东也"31 字作"《尔
雅》曰:宋有孟诸。郭璞曰:今在梁国睢阳县东北。然孟诸泽在八
公山东,而云西距者,谓泽西距山,以避上文耳。谓山在泽东是
也。"案:刻本误甚:其一,"《尔雅》曰:宋有孟诸"为《钞》注阑入;其
二,"郭璞曰今在梁国睢阳县东北"致前后文语义有隔断,当删;其
三,胡氏《考异》云:"注'谓山在泽东是也'。案:此七字不可通,盖
后来校善注之语而误错入耳。各本皆衍,否则当作'非谓山在泽东
也'而误。"①由集注本方知其李善注旧貌。

    6. 卷九十一王元长《三月三日曲水诗序一首》"署行议年,日夕
于中甸",李善曰:"中甸,畿甸也。"监本、尤本作:"《尚书》曰:五百
里甸服。"案:《钞》有"《尚书》云:五百甸服"之注解,疑其阑入也。
又,"尔乃回舆驻罕,岳镇渊渟",李善曰:"《上林赋》曰:载云罕。"监
本、尤本作:"《东观汉记》曰:天子行有毕罕。"案:《钞》有"《东观汉
记》云:天子行有罕队"之注解,疑刻本李善注自《钞》阑入。

    7. 卷百十六王仲宝《褚渊碑文一首》"是以仁经义纬,敦穆于闺
庭",李善曰:"张升《白鸠颂》曰:经仁纬义。"监本、尤本"张升"作
"张叶",误。同篇,"有识留感,行路伤情",李善曰:《说苑》:雍门
周说孟尝君曰:有识之士,莫不为足下寒心酸鼻。"《说苑》"监本作
"《说文》",尤本作"桓谭《新论》"。案:刻本任彦昇《王文宪集序一
首》"有识衔悲,行路掩泣",李善注:"《说苑》雍门周说孟尝君曰:有
识之士,莫不为足下寒心酸鼻。"刻本前后不一致,集注本是。

――――――――――

    ① 〔南朝梁〕萧统编,〔唐〕李善注:《文选》(附《文选考异》十卷),北京:中华书局,
1977 年,第 927 页。

对于宋刻本较之于集注本所多出的李善注,因相当一部分内容系《钞》、五家注、陆善经注和旁注阑入,此在上节"李善注增注考"中已有所涉及,为免重复论述,此处从省。

第四节　集注本的版本校勘价值

唐时,李善注通过口授、传抄方式流传,其末学肤受者及穿凿附会之徒,对古今异言、方言殊语多有不解,为标新立异,往往以意刊改,又多改古字以从今。且传抄过程中,亦难免有脱漏、删截、讹衍等情况的发生。而《集注》所参据之底本因系唐写卷子,其采录之李善注,颇存古书旧式,既甚古,讹误亦尟,尤足采据。[①]斯波六郎经过比勘研究,认为《集注》中保存的李善注是最为古老的李善注本,最得李善注之真,对李善原注保存最夥,"关于李善注原来的类目、篇题乃至正文,唯此本存李善本之旧为最多,称因此本出世,庶几乃明庐山真面目,殆也言不为过"[②]而现存诸宋刻本,窜乱李善注甚多,后人妄改之处亦多,如"李善原引甲书,因其文字与乙书之文相似,后人妄将李注的'甲书曰'改作'乙书曰',与此处情况(引者案:即左太冲《吴都赋》'刷盪柭澜',集注本李善注:'《尔雅》曰:河水清且澜柭。大波为澜。郭璞曰:言涣澜也。'各刻本正文俱将'柭'作'漪',注中'尔雅曰'以下20字作'《毛诗》曰:河水清且涟漪。《尔雅》曰:大波为澜'16字。因为此本原来引《尔雅》'澜柭'

---

① 孙富中《〈文选〉校勘札记》(南京师范大学2004年硕士论文)对集注本李善注的校勘价值多有阐释和整理,可参看。

② ［日］斯波六郎撰,李庆译:《文选诸本研究》,见《文选索引》第1册,上海:上海古籍出版社,1997年,第136页。

和郭注,与正文'猗澜'不合。板本必经后人窜改无疑。盖因与《尔雅》、《毛诗》其文相似而妄加改易)相同的例子,为数不少。比如,《蜀都赋》注,原引作'周易曰万国咸宁'(此本卷八如此),胡刻本、《四部丛刊》本、浅野本把'周易'改为'尚书';任彦昇《宣德皇后令》注,原引作'《礼记》曰:《小雅》曰:高山仰止'(此本卷七十一如此),今板本俱将'礼记曰'改为'毛诗';王元长《三月三日曲水诗序》注,原作'韩诗曰:绵蛮黄鸟'(此本卷九十一下如此),今本俱将'韩诗曰'改为'又曰',以承上注的'毛诗曰',皆是其类。"①多非李善注真貌。且往往将李善注脱误,混入他注,而不特加标明,使得李善注与唐时他人注本多有相混,不复唐时写本之旧。且自宋以降,李善注多与五臣注合刊流行于世,李善注单行本遂逐渐湮减。而所谓版本之推求,最终鹄的在于尽可能的恢复李善注之真貌,改正后世流传过程中出现的错误,藉此以纠谬补苴,辨其疑似失真,羡夺难考者。如卷五十六陆士衡《挽歌诗三首》"悲风鼓行轨,倾云结流霭",明州本、袁本与集注本同。而监本(阙,参据奎章阁本)、尤本、赣州本、《四部丛刊》影宋本、胡刻本"鼓"字却作"徽"字,六臣本校记亦称"善本作徽字"。案:集注本李善注:"曹植《仲雍哀辞》曰:阴云回于素盖,悲风动而扶轮。《集》本'鼓'字作'徽'。"是李善本正文"鼓"不作"徽",其所见《陆士衡集》乃作"徽"字,与《文选》所载者不同,故而在注中注明"集本鼓字作徽"。而诸李善刻本则径直将正文中的"鼓"字改为"徽"字,以与作者别集相合。既改正文,相应的李善注文亦不得不进行调整,将"曹植《仲雍哀

①　[日]斯波六郎撰,李庆译:《文选诸本研究》,见《文选索引》第1册,上海:上海古籍出版社,1997年,第128—129页。

辞》曰"以下二十五字妄改为"《尔雅》曰：徽，止也。或作鼓。轨，车也。结，犹积也"十六字，盖监本参据《陆士衡集》妄改《文选》正文，他本承之。

一、可正诸刻本篇题、类目之误

1. 卷八左太冲《三都赋序》下无"一首"字样，其卷目仅标识"左太冲《蜀都赋》一首"。而宋以来诸《文选》刻本只有陈八郎本存其旧式，《三都赋序》不入卷目，亦无"一首"字样，与集注本同。他如监本、尤本、汲古阁本、胡刻本及奎章阁本、明州本等并将左太冲《三都赋序》视作为独立一篇，下有"一首"字样。左太冲《三都赋序》与班孟坚《两都赋序》性质相同，不应《两都赋序》不单列而《三都赋序》单列。这与班孟坚《两都赋序》不单列的处理相矛盾，也与萧统选赋的宗旨、目的不相合，诸宋刻本讹误，集注本独存其真。盖讹自监本，他李善本承其讹。而六臣本分卷及卷目承袭监本，故亦讹。集注本卷目不以《三都赋序》单列及题下无"一首"字，揭示了宋以来诸刻本这一讹误及校正的版本依据。宋以来诸李善刻本的《三都赋》标题及《序》注之讹，亦由集注本现世才被揭示。

2. 卷五十九谢灵运《石门新营所住四面高山回溪石濑修竹茂林一首》，陈八郎本、正德本等五臣单注本及奎章阁本、明州本等六臣出五臣本，以及《四部丛刊》影宋本等篇题皆作《石门新营所住四面高山回溪石濑茂林修竹一首》，六臣本校记称"善本作修竹茂林"。案：集注本此篇题下并无编者校异案语，是其所参据唐时之五家本与李善本原无不同，可证后世诸五臣刻本篇题皆误，不复唐时五家本旧貌。

3. 卷五十九鲍明远《玩月城西门解中一首》，后世诸李善单注本系如监本、尤本、胡刻本等与五臣单注本系如陈八郎本、正德本等皆与集注本同，而合二家注之六臣本如奎章阁本、明州本、《四部丛刊》影宋本等篇题"解"字皆讹作"廨"字，六臣本校记称"善本作解字"。案："廨"，俗字。集注本五家李周翰注"解，公府也"。且题下无编者校异案语，是唐时五家本亦作"解"字，诸六臣本皆以臆妄改，误。

4. 卷五十九谢玄晖《始出尚书一首》篇题，据集注本编者案语称："《音决》、五家、陆善经本'书'下有'省'字。"可知唐时李善本此篇题并无"省"字者，而后世诸李善刻本如监本、尤本、胡刻本等篇题皆作《始出尚书省一首》，不复唐时李善本之旧。

5. 卷六十一江文通《杂体诗三十首·潘黄门述哀岳》篇题，集注本及明州本、赣州本、《四部丛刊》影宋本、袁本、茶陵本皆作"述哀"，唯监本、尤本作"悼亡"。案：作"述哀"为是，后《拟郭璞游仙诗》注云"已见《拟潘黄门述哀诗》"可证。有了此条，正文中的用字应该都可以落实了。胡氏《考异》云："此盖尤误改"，误。

6. 卷六十二江文通《杂体诗三十首·孙廷尉杂述绰》，监本、尤本、胡刻本、赣州本、《四部丛刊》影宋本、奎章阁本（题作"张廷尉述杂绰"）、明州本等并作"张"；独陈八郎本作"孙"，与集注本同。《四部丛刊》影宋本校记称"五臣作孙"。案：《钞》曰："孙绰，字兴公，太原人也。杂，众也；述，序也，因古序事曰述，序事非一，故言杂。此诗在兴公本集，文通今拟之。"申叙兴公故事颇详，知此为孙绰无疑也。不知何时误作"张"。"张"显系"孙"之误，因草书中二字相近而致误。又，胡氏《考异》云："案：'张'当作'孙'。茶陵本有校语云：'张'，五臣作'孙'。袁本亦作'张'，无校语。考此三十首，善于其人之不见选中者，必为之注，如许征君、休上人是也。其刘琨、郭璞称赠官，亦必为之注。善例精密乃尔，倘果别有张廷尉绰，不当反不注，可见善自作'孙'，因《游天台山赋》下注其'寻转廷尉卿'讫，故不须注也。袁本所用正文系五臣，'而'字作'张'，疑五臣乃误为'张'。茶陵本校语恐倒错。何校云：五臣作'孙'，是。陈同，误认茶陵校语为善真作'张'、五臣真作'孙'，虽知江题之作'孙'，而未得善理也。"①胡氏之说当为确诂。

7. 卷七十一类目中有"策秀才文"，而后世刻本如监本、尤本、汲古阁本、赣州本、《四部丛刊》影宋本、奎章阁本、明州本、胡刻本等卷三十六中，皆作"文"。据晁公武《郡斋读书志》卷二十"李善注文选六十卷"条中，所举《文选》的类目正作"策秀才文"，与集注本同，可知晁氏所见李善本《文选》尚未有误。据斯波六郎讲日藏旧钞"九条本"《文选》卷第十七所见，亦正作"策秀才文"，也可证集注本是。

8. 卷百十三潘安仁《汧马督诔一首》，日本古钞无注三十卷本篇题与之同，可知是萧统原编旧题，而诸宋明刻本皆以意妄改，题作《马汧督诔》，将"汧马"二字互乙。集注本篇题及篇中李善注所引，皆作"汧马"而不作"马汧"。又任彦昇《奏弹曹景宗》"率厉义勇，奋不顾命"下李善注"潘安仁《汧马督诔》策（刻本无'策'字）曰：率厉有方"。同篇"全城守死，自冬徂秋"下李善注"潘安仁《汧马督诔》：大将军疏曰：临危奋节，保谷全城"。诸刻本如监本（阙，参校

---

① 〔南朝梁〕萧统编，〔唐〕李善注：《文选》（附《文选考异》十卷），北京：中华书局，1977年，第929页。

奎章阁本)、奎章阁本、明州本、赣州本、《四部丛刊》影宋本皆合此为一条,注云:"潘安仁《汧马督诔》曰:率厉有方。……《汧马督诔》:大将军疏曰:临危奋节,保谷全城。"尤本、胡刻本科段与注文皆与集注本同,合为二条(只无"策"字)。可证其篇题乃为"汧马督诔"甚明。集注本存其旧。

二、可正旧注淆乱例

笔者在比勘过程中发现,今本各家古注(即李善所引旧注)之间及古注与善注互相混入,注文乱夺之讹例不为少见,如脱漏"善曰"之语,或某错与某云云。正如王重民所说:"今本除明言用旧注之数篇,尚存'善曰',然已删去'臣'字,余悉删之,有时并其所引《汉书注》之'臣瓒曰'之'臣'字亦删之。(见《西京赋》度曲未终注。)他篇采用旧注者亦不少,即如《答客难》《解嘲》诸篇,多采《汉书》旧注,故凡崇贤自注,皆称名别之,今本则漫无界限。"①而集注本的发现,为清理旧注提供了可靠的线索,有助于使其旧注各呈其态,各归其主,以还原《文选》李善注的本来面目。

李匡乂《资暇集》称"李氏依旧本"。王德华《李善〈文选〉注体例管窥》一文也认为"李善注本中'旧注'为其底本所有,对这一总体的注释体例的廓清,有助于我们重新认识和评价李善注本中'旧注'的文献价值。"②俞绍初亦据李善本正文不避讳,如"渊"、"世"径书不改等,推测李善所用《文选》底本当是一带有旧注的本子,由

---

① 王重民:《敦煌古籍叙录》,北京:中华书局,1979 年,第 312 页。
② 王德华:《李善〈文选〉注体例管窥》,载《文选与文选学》(第五届文选学国际学术研讨会论文集),学苑出版社,2003 年,第 737 页。

张平子《西京赋》"薛综注"①下李善注所称"旧注是者,因而留之,并于篇首题其姓名。其有乖缪,臣乃具释,并称臣善以别之。他皆类此"可知。并且李善作注时亦多处提及"旧本"(或称"古本"),如王元长《三月三日曲水诗序一首》"侮食来王,左言入侍",李善注:"古本作'晦食'。"(值得注意的是,《钞》中也多次提及"旧本",亦可作为李善见及"旧本"之佐证)。而据一些并非李善注的"旧注"中出现有隋唐之际的地名,推测这些旧注很可能出现在李善前不久,系与李善同时而稍早之人所作,其学问根基比不上李善,少有自己的注解发明,只是将《史记》、《汉书》中所存《文选》篇目之注解作了过录,其他有单注本行世的也搜集过录过来,如左太冲《三都赋》所存三家旧注、班孟坚《幽通赋》曹大家注、薛综《二京赋音》、《楚辞》王逸注等,因其仅是将当时有注解行世的《文选》篇目作了搜集汇总过录,故而并非每个篇目皆有注,但在过录过程中对旧注有所删减,如《文选》中的王逸注较之他本就少了许多内容。又,据"旧注"称为《魏都赋》作注的本是张载,是北宋本将之淆错,误作刘逵注。而现在学界多认为这些"旧注"是李善搜集过录的,这是错误的。正因其旧本存有注解,故李善多有考辨之作。李善不掩前人之长,不欲窃人之功、掠人之美,不似五臣之攘先善为己有者,故注出于前人者必一一题其姓氏,补注者则称"臣善"以别之,除非"旧注既少,不足称臣以别之"②。

---

① 对此何焯有疑议,云:"此注谓出薛综,疑其假托。综赤乌六年卒,安得引王肃《易注》。又孙叔然始造反切,未必遂行于吴。"黄侃《文选平点》加以驳正,案王注乃善引。《隋书·经籍志》有薛琮注张衡《二京赋》二卷。《新唐书·艺文志》有《二京赋音》二卷,是此赋确有薛注。

② 李斯《上秦始皇书》"阿缟之衣"下,注曰:"徐广曰:齐之东阿县,缯帛所出也。此解'阿'义与《子虚》不同,各依其说而留之。旧注既少,不足称臣以别之。它皆类此。"

其旧注共存留有二十余家，主要分两种情况：一是单注，即一篇诗文仅一人作注者，则于篇题下署旧注者姓名，如《二京赋》薛综注、《南都赋》皇甫谧注、《三都赋序》刘逵注、《蜀都赋》刘逵注、《吴都赋》刘逵注、《魏都赋》张载注、《子虚赋》郭璞注、《上林赋》郭璞注、《射雉赋》徐爰注、《鲁灵光殿赋》张载注、《离骚经》王逸注、《毛诗序》郑玄笺、《典引》蔡邕注、《演连珠》刘峻注等，皆是。亦存一篇诗文有两人作注的情况，如《咏怀诗》颜延年、沈约注，其处理义例亦合于单注篇目，于篇首下题旧注者姓名；二是"集注"，凡 22 篇，前文已一一胪列，此处省。正如李善在《甘泉赋》作者"杨子云"下注所说："然旧有集注者，并篇内具列其姓名，亦称臣善以相别。他皆类此。"即一篇诗文兼采各家之注，则择善而从，合以成编，并于注文前一一题其姓名。若所采各家注下又有李善补注者，则标注"善曰"二字以示区别，（傅刚据唐写永隆本考察，认为"臣善曰"是李善注的原貌。白化文说"李善在注完《文选》后上表进呈给皇帝，自称'臣李善'，后来五臣注和六臣注引用李善注，常称'臣善'，这是因为最原始的稿本是进呈本的缘故。"①）若一篇皆未引旧注，其"善曰"二字例省。但亦有不少旧注并未标明，如杨子云《羽猎赋》用颜师古注之类，竟漏本名；于班孟坚《幽通赋》用曹大家注之类，则散标句下。他如《汉书》服虔、应劭等人的注文，亦时漏其名。值得注意的是，还有一种情况：虽有旧注留存，但因"其释文肤浅，引证疏略"，李善并未加以取用，如刻本卷七潘安仁《藉田赋》篇题下，李善曰："《藉田》、《西征》，咸有旧注，以其释文肤浅，引证疏略，故

---

① ［日］释圆仁撰、［日］小野胜年校注，白化文、李鼎霞、许德楠修订校注：《入唐求法巡礼行记校注》，石家庄：花山文艺出版社，1992 年，第 81 页。

并不取焉。"总的说来,李善对旧注皆能择善而从,并能纠谬补阙,兼下己意,创见颇多,非强加补释,蛇足架屋之举可比。而后世刻本在版刻印行时,率多增删,难免有误刊漏列、假托篡夺旧注、古注之现象,有时会误将旧注者姓名略去,致使旧注者姓名相混淆,或是旧注与李善注相糅杂。如卷八左太冲《三都赋序》中的五条綦毋邃①注,后世刻本如监本、尤本、赣州本、《四部丛刊》影宋本、奎章阁本、明州本等皆脱"綦毋邃曰"四字,径作刘逵注,只个别文字稍有差异,致使元明清以降,其知《三都赋序》有綦毋邃注存于《文选》中者鲜矣,此处唯赖集注本得还旧注之本真,弥足珍贵②。他如:

1. 卷八左太冲《蜀都赋一首》"其深则有白鼋命鳖,玄獭上祭。鱣鲔鳟魴,鲲鳢魦鳞",集注本刘逵注:"《礼记·月令》曰:孟春獭祭鱼,将食之,先以祭也。鱣,鳊鳝也。鲲,似鳅。魦,似鮒。鳟、魴,皆见《诗》也。"案:监本、尤本、赣州本、《四部丛刊》影宋本、奎章阁本、明州本等皆将此刘逵注误作李善注,疑乃监本合并科段所致,他本承之。各《文选》本此节合上为一节,注亦相混。详此刻本李善注注文体例前后不一致,且先注"玄獭",后注"白鼋",(李善注:《礼记·月令》曰:孟春獭祭鱼……《楚辞》曰:乘白鼋兮逐文鱼。张衡《应问》曰:鼋鸣而鳖应。)与正文次第亦不合。可证后出刻本皆将刘逵旧注与李善注相混乱,致使与李善"按正文叙次依次作注"之义例相违。

① 《通典》九五:晋哀帝兴宁中,有綦毋邃驳尚书奏事一条。其人盖晋穆、哀时人。《隋书·经籍志》:梁有《诫林》三卷,綦毋邃撰。又《隋书·经籍志·总集类》曰:綦毋邃注《三都赋》三卷。此外,其著作见于著录者尚有《三都赋音》一卷。
② 王立群先生《北宋监本〈文选〉与尤刻本〈文选〉的承传》一文曾据此五条綦毋邃注,来说明"北宋监本《文选》与尤刻本《文选》二者之间存有明显的承传关系",见《文学遗产》2007年第1期。

2. 卷九左太冲《吴都赋一首》"齐南冥于幽都"，刘逵注："《尚书》：宅朔方曰幽都。谓日既在北，则南冥与幽都同。"此条注解在诸宋刻本如监本、尤本等李善单注本及赣州本、《四部丛刊》影宋本等六臣本中被误作李善注。

3. 同上篇，"岐嶷继体，老成奕世。跃马叠迹，朱轮累辙"，集注本无李善注，只存刘逵旧注，其"《毛诗》曰：克岐克嶷。又曰：虽无老成人"及"谢承《后汉书》曰：王翁位二千石，奕世相袭。杨恽《书》曰：乘朱轮者十人"等内容在监本、尤本等李善单注本及赣州本、《四部丛刊》影宋本等六臣本中被混作李善注，只是"翁"作"公"，又监本、赣州本、《四部丛刊》影宋本脱"乘"字，尤本"乘朱轮者十人"前尚有"方家隆盛时"五字。

4. 同上篇，"俞骑骋路，指南司方"，集注本李善注："《鬼谷子》曰：郑人之取玉，必载司南之车，为其不惑。"此注解内容在诸宋刻本如监本、尤本等李善单注本及赣州本、《四部丛刊》影宋本等六臣出李善本中被混入刘逵旧注，只脱"之"字，句末衍"也"字。

5. 卷六十六刘安《招隐士一首》于作者"刘安"下，集注本李善注："《汉书》曰：淮南王安，为人好书，招致宾客数千人。后伍被自诣吏，具告与淮南谋反，上使宗正以符节劾王，未至，自刑杀。《序》曰：《招隐士》者，淮南小山之所作也。小山之徒，闵伤屈原，与隐处山泽无异，故作《招隐士》之赋，以彰其志也。"此条李善注在监本（阙，参校奎章阁本）、尤本中被误作王逸旧注，只是诸刻本中的王逸注析分为两条，将"《序》曰"后文字置于篇题《招隐士一首》下，作解题文字，且"闵伤屈原"后又衍出"身虽沉没名德显闻"八字。

6. 卷九十三杨子云《赵充国颂一首》"有守矜功，谓之弗克"，集注本"应劭曰：酒泉太守辛武贤，自上将万骑出张掖，击罕开在鲜水上也。李善曰：武贤言充国屯田之便不如击之。《论语谶》曰：重耳反谲，成德矜功。"而监本、尤本作："应劭曰：酒泉太守辛武贤言充国屯田之便不如击之。《论语谶》曰：重耳反谲，伐德矜功。"盖诸刻本脱"自上将万骑出张掖击罕开在鲜水上也李善曰武贤"二十一字，致使李善注与《汉书》应劭注相淆乱。

三、可正脱文

1. 卷八左太冲《蜀都赋一首》"其间则有虎魄丹青，江珠瑕英"，集注本李善注曰："《博物志》曰：虎魄，一名江珠。此赋既别言之，当是二物。"后出诸刻本如监本、尤本、胡刻本等李善单注本及赣州本、《四部丛刊》影宋本等六臣本李善注皆脱"此赋既别言之当是二物"十字，致使此赋所云与所征引《博物志》两相矛盾，孙志祖《文选李注补正》卷一亦指出："按，此赋下句又云'江珠瑕英'，则非一物而二名矣。"何焯亦云琥珀、江珠似非一物。江珠之名，于义无取也。此待集注本出，所疑乃豁然彰明矣。此乃宋刻本误脱、相沿而未获唐本补正也。梁章钜《文选旁证》云："按《周书·王会解》伊尹为四方令曰：正西请令以丹青白旄、纰罽、江历、龙角、神龟为献。孔晁注：江历，珠名。江珠，殆即江历。蜀系西方之国，故得有是欤？"①对江珠提供了别解异说，可供参酌。胡绍煐《文选笺证》卷五亦肯定梁氏所说，云："按，江珠即江历珠。若以为琥珀别名，则与上复矣。《续汉书》曰：'哀牢夷出光珠、琥珀。'疑《博物志》一名

_____

① 〔清〕梁章钜撰，穆克宏点校：《文选旁证》，福州：福建人民出版社，2000年，第132—133页。

江珠之'江'当作'光'。"高步瀛《文选李注义疏》曰:"《南中志》、《续汉志》皆'光珠'、'虎魄'并举,亦非一物。朱铭曰:《后汉·西南夷传》曰:哀牢出金银光珠。章怀引《博物志》曰:光珠,即江珠也。足明琥珀非江珠。据《博物志》琥珀虽有'江珠'之名,然赋文二者并言,则不以为一物矣。"①

2.同上篇,"其树则有木兰椵桂",刘逵注:"木兰,大树也。叶似楮长生,冬夏荣,常以冬华。"监本、尤本、胡刻本等李善单注本及赣州本、《四部丛刊》影宋本等六臣本皆脱"楮"字,致使文意欠缺完整,晦涩难明。集注本存李善本之旧。案:《说文》:"楮,榖也。"陆玑《诗疏》:"幽州人谓之榖桑,或曰楮桑。荆、杨、交、广谓之榖,中州人谓之楮。江南人绩其皮以为布,又捣以为纸。"

3.同上篇,"蜜房郁毓被其阜",李善注:"班固《终南山颂》曰:蜜房溜其巅。"监本、尤本、胡刻本等李善单注本及赣州本、《四部丛刊》影宋本等六臣本皆脱"山"字。案:《初学记》卷五、《古文苑》卷五均引作"班固《终南山赋》"。"严可均《全后汉文》曰:或'颂'即'赋'之误。步瀛案:古人'赋'、'颂'亦通称,如王子渊《洞箫赋》或称《洞箫颂》是也。"②

4.卷四十八陆士衡《答贾长渊一首》"如彼坠景,曾不可振",李善注:"丁德礼妇《寡妇赋》曰:日矍矍以西坠。"监本(阙,参校奎章阁本)、尤本、胡刻本等李善单注本及赣州本、《四部丛刊》影宋本"丁德礼"后皆脱"妇"字。胡氏《考异》云:"案:此有误也。前潘安

① 高步瀛著,曹道衡、沈玉成点校:《文选李注义疏》,北京:中华书局,1985年,第913页。
② 高步瀛著,曹道衡、沈玉成点校:《文选李注义疏》,北京:中华书局,1985年,第933页。

仁《寡妇赋》屡引丁仪妻《寡妇赋》，其‘日杳杳而西匿’句注引此文，然则‘礼’下脱‘妻’字。各本皆误。仪字正礼，疑一字德礼。《奏弹王源》注引丁德礼《励志赋》，盖仪作也。又《赴洛道中作诗》注引丁仪《寡妇赋》，恐亦脱‘妻’字。"①胡氏说是，只据集注本可知，其脱乃"妇"字，不作"妻"。又，"民之胥好，狷狂厉圣"，李善注"《说文》曰：厉，磨石也"，后出刻本李善注均脱"磨"字，于义大谬。案：厉，乃"砺"的本字，意为磨刀石。《广雅》："厉，磨也。"可证集注本是。

5. 卷五十九谢惠连《七月七日夜咏牛女一首》"云汉有灵匹，弥年阙相从"，李善注："曹植《九咏注》曰：牵牛为夫，织女为妇。"监本、奎章阁本作："曹植《九咏注》曰：牵牛为妇。"尤本、胡刻本及明州本李善注皆作"曹植《九咏注》曰：牛女为夫妇。"案：胡氏《考异》云："注‘牛女为夫妇’，袁本作‘牵牛为妇’。案，当是‘为’下脱‘夫织女为’四字。《洛神赋》、《燕歌行》注引可证，此所改非。茶陵本误与尤同。"②《考异》所下案断今由集注本可证，盖唐写李善原本若是，并无谬讹，尤本及六臣之脱漏误谬至集注本出而昭然若揭也。

6. 卷八十五赵景真《与嵇茂齐书一首》"日薄西山则马首靡托"，集注本李善注："《汉书》杨雄《反骚》曰：何恐日薄于西山。"诸宋刻本如监本（阙，参校奎章阁本）、尤本、赣州本、《四部丛刊》影宋本、奎章阁本、明州本等皆脱"何"字，于义大谬。《艺文类聚》卷五十六"赋类"所引杨雄《反骚》亦作"何怨日薄于西山"，正有"何"字，

---

① 〔南朝梁〕萧统编，〔唐〕李善注：《文选》（附《文选考异》十卷），北京：中华书局，1977 年，第 916 页。

② 〔南朝梁〕萧统编，〔唐〕李善注：《文选》（附《文选考异》十卷），北京：中华书局，1977 年，第 926 页。

与集注本合。严可均辑《全上古三代秦汉三国六朝文》亦有"何"字。以文义及其语法审之,当有"何"字为是。而今本《汉书·杨雄传》却无"何"字,或后人据《汉书》削之亦未可知。

四、可正误文

1. 卷八左太冲《蜀都赋一首》"旁挺龙目,侧生荔支",集注刘逵注:"《南裔志》曰:……随江东至巴郡江州县,往往有荔支。荔支树高五六丈,常以夏至,其实变赤可食。"监本、尤本、胡刻本及六臣本等"至"皆讹作"生","荔支"不重文,"其"后脱"实"字。案:"常以夏生"与其后刘逵注文中的"冬生不枯"相矛盾,又陆善经注"《南裔志》云:荔支常以夏至其实变赤,肉白,味甘美。"且《艺文类聚》卷八十七、《齐民要术》卷十均引有"《广志》曰:荔枝……夏至日将已时翕然俱赤,则可食也",可证集注本"夏至"为是,"至"与"生"盖形近致讹。

2. 卷九左太冲《吴都赋一首》"丹桂灌丛",集注李善注:"朱穆《郁金赋》曰:丹桂殖其东。"监本、尤本、胡刻本等李善单注本及赣州本、《四部丛刊》影宋本等六臣本"朱穆"皆讹为"朱称"。胡氏《考异》:"案:'称'当作'穆'。各本皆伪。《鲁灵光殿赋》注引作'穆',不误。"①案:不仅《文选》王文考《鲁灵光殿赋》"朱桂黝儵于南北,兰芝阿那于东西",李善注引"朱穆《郁金赋》曰:丹桂殖其东"不误,而且曹子建《洛神赋》"荣曜秋菊,华茂春松",李善注引亦称"朱穆

---

① 〔南朝梁〕萧统编,〔唐〕李善注:《文选》(附《文选考异》十卷),北京:中华书局,1977年,第855页。

《郁金赋》曰"。《太平御览》卷九八一亦引有"朱穆,字公叔,作《郁金赋》"语,可证诸刻本此处作"朱称"误,集注本为是。

3. 同上篇,"随侯于是鄙其夜光,宋王于是陋其结绿",而监本、尤本等李善单注本及赣州本、《四部丛刊》影宋本等六臣本"宋王"皆讹作"宋玉",胡刻本与集注本同,作"宋王"。刘逵注称"张禄先生曰:宋有结绿。言随侯、宋王于此各鄙其宝也",可知,"结绿"乃宋之宝,且"宋王"与"隋侯"相对为文,于宋玉无涉。案:"宋有结绿"乃范雎(《魏都赋》张孟阳注:范雎更名张禄先生)献书昭王中语,见《战国策》、《史记》。

4. 卷四十七曹子建《赠徐幹一首》"文昌郁云兴",集注李善注:"张孟阳《魏都赋注》曰:文昌,正殿名也。"而诸刻本"张孟阳"皆讹作"刘渊林"。案:《文选·魏都赋》,《四部丛刊》影宋本、浅野本题"刘渊林注",而监本、尤本、胡刻本、赣州本、明州本、袁本等皆未题旧注者姓名。且据监本、尤本等《三都赋序一首》"刘渊林"注下"善曰:臧荣绪《晋书》曰:《三都赋》成,张载为注《魏都》,刘逵为注《吴》、《蜀》,自是之后,渐行于俗也。"①(案:尤本无"善曰臧荣绪晋书曰"八字。集注本此条注解则位于《蜀都赋一首》"刘渊林注"下)清人许巽行认为《魏都赋》当题"张孟阳"注(详见《文选笔记》第二,

---

① "《隋书·经籍志·总集类》曰:梁有张载及晋侍中刘逵、晋怀令卫权注《三都赋》三卷。綦母邃注《三都赋》三卷。《世说新语·文学篇》刘孝标注引《左思别传》曰:思造张载,问岷蜀事,交接亦疏。皇甫谧西州高士,挚仲洽宿儒知名,非思伦匹。刘渊林、卫伯舆并早终,皆不为思赋序、注也。凡诸注、解皆思自为,欲重其文,故假时人名姓也。姚范《援鹑堂笔记》三十七曰:《左思传》云:卫权为思作《略解》,《序》曰:有晋征士故太子中庶子皇甫谧,为《三都赋序》,中书著作郎安平张载、中书郎济南刘逵,咸皆悦玩,为之训诂。余籍二子之遗忘,为之《略解》,以此言证之。左、卫并时,其言不诬。而孝标之注《世说》,疑序、注皆为拟托,亦未允也。"见《文选李注义疏》第867—868页。

与胡克家《考异》卷一、梁章钜《文选旁证》卷八之说略同），而诸刻本曹植诗注所引刘渊林《魏都赋注》，系张孟阳注之误。此注亦可为诸刻本《魏都赋》旧注系张孟阳作而非刘渊林作之一证。值得注意的是，张平子《西京赋》"设在阑锜"，注云："刘逵《魏都赋注》曰：受他兵曰阑，受弩曰锜。"亦称刘逵《魏都赋注》。且集注本陆善经注曰："臧荣绪《晋书》云：刘逵注《吴》、《蜀》，张载注《魏都》。綦毋邃序注本及《集》题云：张载注《蜀都》，刘逵注《吴》、《魏》。今虽列其异同，且依臧为定。"也提及《集》云刘逵注《魏都赋》。而检核《吴都赋》注、《魏都赋》注均未见"刘逵《魏都赋注》曰：受他兵曰阑，受弩曰锜"此条注解，故"魏"系"吴"之误，抑或是"刘逵"系"张载"之误，尚不能定之也。但据陆善经注"今虽列其异同，且依臧为定"，可知臧荣绪《晋书》之说最为时人所接受，张载《魏都赋注》最为盛行，但也不能完全排除刘逵作《魏都赋注》的可能性，惜《西京赋》集注本阙，无以证验。①

5. 卷五十九卢子谅《时兴一首》"凝霜沾蔓草"，集注李善注："《楚辞》曰：漱凝霜之纷纷。"诸刻本"漱"皆讹作"激"字，盖二字形近而致误。今本《楚辞·九章·悲回风》正作"漱"字，且王康琚《反招隐诗》注、阮嗣宗《咏怀诗》注、曹子建《赠丁仪诗》注、张景阳《杂诗》注等所引，皆不误，可证集注本是。

6. 卷六十一鲍明远《代君子有所思一首》"丝泪毁金骨"，集注李善注："张升《反论》曰：烦冤府仰，泪如丝兮。"诸刻本"张升反论"皆讹作"张叔及论"，盖形近而致讹。独集注本得其真。胡氏《考

---

① 参〔日〕斯波六郎撰，李庆译：《文选诸本研究》，见《文选索引》第1册，上海：上海古籍出版社，1997年，第129页。

异》对此考辨甚详:"注'张叔《及论》'。案,'叔及'当作'升反'。各本皆伪。张升,字彦真,范蔚宗《书》有传在《文苑》。前《魏都赋》,后《与山巨源绝交书》注皆引'反论'不误,可证也。《左传疏》所引'宾爵下革'云云,今本或作'皮',皆'反'之讹。"①可谓的论。

　　7. 卷八十五孙子荆《为石仲容与孙皓书一首》"使窃号之雄,稽颡绛阙",集注李善注:"傅玄《正都赋》曰:巍巍绛阙。"而监本(阙,参校奎章阁本)、尤本、胡刻本等李善单注本及赣州本、《四部丛刊》影宋本及奎章阁本、明州本等"正"皆作"西"。案:《太平御览》卷一八七、三三四、五一七,《艺文类聚》卷六一,《北堂书钞》卷一三七、一三八等所引皆作"傅玄《正都赋》",与集注本相合,可证诸《文选》刻本作"《西都赋》"误。盖"正"、"西"二字形近致讹。独集注本存其旧。

　　8. 卷八十八陈孔璋《檄吴将校部曲文一首》"及吴王濞骄恣屈强,唱祸(刻本作'猖猾')始乱",集注李善注:"《汉书》曰:吴王濞,高帝兄仲之子也。立濞为吴王。孝景三年,起兵于广陵。"监本(阙,参校奎章阁本)、尤本、胡刻本及奎章阁本、明州本、《四部丛刊》影宋本等"三年"皆讹作"五年"。案:《史记·吴王濞列传》有"孝景帝三年正月甲子,初起兵于广陵"正作"三年",且《汉书·荆燕吴传》亦作"三年",皆与集注本合。盖"三"与"五"形近致讹。

　　9. 卷百十三潘安仁《夏侯常侍诔一首》"乃眷北顾,辞禄延喜",集注李善注:"《晏子》曰:德厚受禄,德薄辞禄。"而监本、奎章阁本

---

　　① 〔南朝梁〕萧统编,〔唐〕李善注:《文选》(附《文选考异》十卷),北京:中华书局,1977年,第928页。

"晏子"作"孟子";而尤本、胡刻本及明州本、赣州本、《四部丛刊》影宋本则作"《孟子》注"。案:《孟子》及其注文皆无此许内容,而《晏子》卷六有"德厚而受禄,德薄则辞禄"之语,可知诸刻本皆有讹误,独集注本存其旧。

10. 卷百十三潘安仁《汧马督诔一首》"今追赠牙门将蜜印绶,祠以少牢",集注李善注:"王隐《晋书》赠马敦诏曰:今追赠牙门将蜜印画绶,祠以少牢。"后出《文选》各本包括日藏九条本等皆以意妄改,误将正文"牙门将蜜印绶"改为"牙门将军印绶",且改注文以与正文相合。案:《钞》曰:"蜜,蜡也。凡追赠死者,用蜜蜡以为印绶。臧荣绪《晋书》曰:惠帝赠马敦牙门将蜜印画绶。今《文选》本并无'画'字,或改'蜜'为'军',非也。"《钞》注引臧荣绪《晋书》与李善注引王隐《晋书》互为印证,知"牙门将蜜印画绶"准确无误,可作为正本。日本古钞无注本"将蜜"误作"将军"。由《钞》可知,唐时已有讹文出现,而后出诸宋明刻本以讹传讹,此条唯赖集注本才得以订正后传本之讹。

11. 卷百十六王仲宝《褚渊碑文一首》"有识留感,行路伤情",集注本李善注:"《说苑》:雍门周说孟尝君曰:有识之士,莫不为足下寒心酸鼻。"与《说苑·善说篇》相合,只"莫"作"无"字。而后出刻本李善注则讹乱不堪,如监本、奎章阁本、明州本、赣州本、《四部丛刊》影宋本等"说苑"讹作"说文",而尤本、胡刻本"说苑"则讹作"桓谭《新论》"(案:桓谭《新论·琴道篇》所载雍门周说孟尝君语较之于刘向《说苑·善说篇》少"酸鼻"二字[1],且其成书较后者晚,依

---

① 〔汉〕桓谭撰,朱谦之校辑:《新辑本桓谭新论》,北京:中华书局,2009年,第68页;〔汉〕刘向撰,向宗鲁校证:《说苑校证》,北京:中华书局,1987年,第281页。

李善注例,不当援引前者),与李善旧貌愈行愈远。

五、可证衍文

1. 卷八左太冲《蜀都赋一首》"九土星分",集注李善注:"《周礼》曰:以星土辨九州之地所封域。"与《周礼·春官·保章氏》相合,而监本(阙此页,参校奎章阁本)、尤本、胡刻本等李善单注本及赣州本、《四部丛刊》影宋本等六臣本于"星土"下皆衍出一"分"字。案:《春秋正义》卷二十一、卷二十七,《太平御览》卷五、卷一五七所引皆无"分"字,可证集注本是。诸刻本盖涉正文而致衍。

2. 卷六十一鲍明远《拟古一首》"毡带佩双鞬,象弧插彫服",集注李善注:"《方言》曰:所以藏箭弩谓之服,弓谓之鞬。"监本、奎章阁本、明州本、赣州本、《四部丛刊》影宋本皆与之同,只《四部丛刊》影宋本"弓"讹作"引"。而尤本、胡刻本李善注作:"《方言》曰:所以藏箭谓之服,所以藏弓谓之鞬。"下句多出"所以藏"三字,无"弩"字。案:胡氏《考异》曰:"注'所以藏箭谓之服,所以盛弓谓之鞬'。袁本、茶陵本'箭'下有'弩'字,'弓'上无'所以盛'三字。案:二本是也。今《方言》正如此。'弓谓之鞬',蒙上'所以藏'为文。"①其说是,与集注本暗合。

3. 卷八十五赵景真《与嵇茂齐书一首》"斯所以怵惕于长衢也",今诸刻本正文如监本(阙,参校奎章阁本)、奎章阁本、明州本、赣州本、《四部丛刊》影宋本"也"字上均衍出"按辔而叹息者"六字。

---

① 〔南朝梁〕萧统编,〔唐〕李善注:《文选》(附《文选考异》十卷),北京:中华书局,1977年,第928页。

而尤本、胡刻本正文"也"字上则衍出"按辔而叹息"五字,无"者"字。胡氏《考异》曰:"袁本、茶陵本'也'上有'者'字。案:《晋书》无'按辔而叹息'。陈云:据注,则此五字衍,是也。必五臣因注云'本或有于长衢之下,云按辔而叹息者',故添六字,以异于善。二本(袁本、茶陵本)失著校语也。详此本(尤本)乃修改增多,是初刻无,而所见仍不误。尤延之不察,辄取五字,于是善以五臣乱之矣,当加订正。"①集注本正无"按辔而叹息(者)",全存李善本之旧。又据集注本李善注"本或有于长衢之下,云案辔而叹息者,非也",李善既已明言"非也",可知其本绝不当有此许文字。故诸李善刻本当经后人改窜,以他本淆乱者,已非李善本之旧。对于陈景云、胡克家等人认为此乃刻本以五臣乱善,由集注本此处并无编者案语看来,唐时五家本应与李善本同,亦未有"按辔而叹息者"诸许文字,故二人当是臆测,并无版本依据。

4. 卷百十六王仲宝《褚渊碑文一首》"餐东野之秘宝",集注李善注:"东野,未详。一曰(刻本作'又曰',非),《洛书·零准听》曰:《顾命》云,天球河图在东枑。天球,宝器也。《河图》今纪图帝王终始存亡之期。《典引》曰:御东序之秘宝。然野当为枑,枑,古序字也。"而诸刻本卷五十八俱在"东野未详"上多出"王隐《晋书》:庾峻曰:知足如疏广,在(胡氏《考异》云:"袁本、茶陵本'虽去'作'在',是也。")列位而居东野。"案:若此条果为李善注引王隐《晋书》以释正文"东野",不当与下文"东野未详"相抵牾,此为后人增添,非李善原注甚明。

① 〔南朝梁〕萧统编,〔唐〕李善注:《文选》(附《文选考异》十卷),北京:中华书局,1977年,第952页。

　　集注本的版本校勘价值由此可见一斑,但因其系写卷文字,多作省笔,多从俗例,是以多有俗字体,如"闭"多写作俗体"閇"字(《玉篇》"閇,俗闭字。")等,不若刻本以官定书字为宗,工于字体,而写本为求便捷,难免误书,讹夺衍倒,在在皆是,并非尽善,如"翮"讹作"融"、"存"讹作"在"、"涉"讹作"沙"、"迭"讹作"逆"、"吏"讹作"史"、"攻"讹作"改"、"朋"讹作"明"、"知"讹作"如"、"旱"讹作"早"、"渐"讹作"渐"、"义"讹作"人"、"级"讹作"给"、"迫"讹作"廼"、"玉"讹作"王"、"尝"讹作"當"、"黑"讹作"里"、"门"讹作"间"、"国"讹作"图"、"月"讹作"有"、"累"讹作"果"、"姜"讹作"岂"、"晚"讹作"晓"、"代"讹作"伐"、"业"讹作"策"、"俗"讹作"借"、"逮"讹作"建"、"穆"讹作"碧"、"绥"讹作"绥"、"喜"讹作"嘉"、"庶"讹作"度"、"垂"讹作"無"、"尚"讹作"当"、"玗"讹作"行"、"怀"讹作"愤"、"矜"讹作"预"、"布"讹作"有"、"遂"讹作"送"、"周"讹作"用"、"卷"讹作"年"、"士"讹作"王"、"董"讹作"薰"、"孰"讹作"敦"、"杜预"讹作"杜豫"、"不"讹作"下"、"肉"讹作"内"、"亟"讹作"函"、"屡"讹作"属"、"旦"讹作"且"等等,在在皆是。又"日"与"曰"、"巳"与"己"不分;"木"与"扌"、"巾"与"忄"通用等。即如五臣之姓名,亦常误书,如将"张铣"讹作"张钞";将"吕向"误写"吕尚";将"李周翰"讹作"李周朝"或"季周翰"或"李翰周"、"吕延济"讹作"吕延深"等等。然瑕不掩瑜,不能以此否认它的价值,正如许逸民所言:"从版本学与文献学方面说,《文选集注》既为唐代写本,则如同敦煌写卷一样,乃属于国之重宝"①,弥足珍贵。

---

　　① 许逸民:《文选学上的一座里程碑——推介〈唐钞文选集注汇存〉》,《古籍整理出版情况简报》2003 年第 4 期。

第三章 《文选集注》之《钞》与《音决》研究

日藏古钞《集注》所援录之《钞》、《音决》，我国典籍、书目一无著录、引用，亦无传世之本，亡佚已久，藉《集注》而得以部分留存。其最早见录于日人藤原佐世作于宽平年间（889—898）的《日本国见在书目录》一书①（清光绪中黎庶昌《古逸丛书》据日本旧钞卷子本景刊）。该书在"总集家"中著录"《文选钞》六十九，公孙罗撰"，又，"《文选钞》卅"，未著录作者姓名。另"《文选音决》十，公孙罗撰"②，列在《文选》六十卷（李善注）之后。

公孙罗是我国唐朝的一位"《文选》学"家，与李善大致同时或稍晚，均系继承曹宪衣钵，进行《文选》传播的学者。关于公孙罗的生平和著述，史书著录较为简略，《旧唐书》卷一八九上《儒学传上·曹宪传》附《公孙罗传》云："公孙罗，江都人也。历沛王府参军、无锡县丞。撰《文选音义》十卷，行于代。"③《新唐书》卷一九八

---

① 据日人小长谷惠吉《日本国见在书目录解说稿》的研究，日本学界关于此书的成书年代，迄 1950 年代，已有九说。但大体均集中于宽平年间，相当于中国唐昭宗时代。见小长谷惠吉《日本国见在书目录解说稿》，小宫山书店，1956 年，第 7—10 页。

② 〔日〕藤原佐世：《日本国见在书目录》，古逸丛书本，第 45 页。

③ 〔后晋〕刘昫撰：《旧唐书》，北京：中华书局，1975 年，第 4946 页。

《儒学上·曹宪传》也有类似记载,云:"罗官沛王府参军事,无锡丞。"①龙朔元年(661)九月,徙封潞王李贤为沛王,咸亨三年(672)九月又徙封为雍王。公孙罗任沛王府参军当在此期间,且极有可能与李善同时在沛王府供职(李善为沛王侍读)。《大唐新语》卷九《著述》云:"曹宪年百余岁乃卒,其后句容许淹、江夏李善、公孙罗,相继以《文选》教授。"依其名字的编排及"相继"一词,是公孙罗年辈稍后于李善。《旧唐书·经籍志下》著录:"《文选》六十卷,公孙罗注"(可知,公孙罗如李善一样,将萧统《文选》三十卷析分为《文选注》六十卷),又"《文选音》十卷,公孙罗撰"。《新唐书·艺文志四》亦著录"公孙罗注《文选》六十卷,又《音义》十卷"。唯《文选音》作《文选音义》②。可知,公孙罗和李善一样,并以《文选》相教授,在唐时应颇有影响,惜其著述已遗失殆尽,仅宋人王谠《唐语林》卷二"文学篇"中记载有一条,云:"刘禹锡曰:《南都赋》言'春茆夏韭',子卯之卯也,而公孙罗云:'茆,凫卯。'非也。且皆言菜也,何'卯'忽无言?"向宗鲁据《唐语林》上下诸条推之,认为此条当出《刘宾客嘉话录》。可知,中唐时公孙罗《南都赋注》犹传于世,而《宋史·艺文志》及王尧臣《崇文总目》、郑樵《通志·艺文略》、马端临《文献通考·经籍考》俱不著录,应当在宋时已散佚。今《文选》卷四张平子《南都赋》各本皆作"春卵夏笋,秋韭冬菁",与《唐语林》的记载不符,当是依据文本有别。周勋初《唐语林校证》"南都赋"条校记称:"《日本国见在书目录》有公孙罗《文选钞》六十九卷、《文选

---

① 〔宋〕欧阳修、宋祁撰:《新唐书》,北京:中华书局,1975年,第5640页。

② 屈守元先生称:"《新唐书·艺文志》及两《唐书·儒学传》所称《音义》十卷,皆当作《音》。"见《文选导读》,成都:巴蜀书社,1996年,第63页。

音决》十卷;知《文选钞》即《文选注》。"①公孙罗《文选注》在日本称为《文选钞》,此说并无异议,但原本的六十卷为何衍变成了六十九卷,且《集注》所引之《钞》是否即公孙罗《文选钞》,这些问题均需要进一步的研究探讨。

另,据陈翀《〈文选集注〉李善表卷之复原及作者问题再考——以庆应义塾大学图书馆藏旧抄本〈文选表注〉为中心》一文介绍,日本佛教典籍《因明论疏明灯钞》(大正藏第 68 册·三则)中保存有三条公孙罗《文选注》:

> 1. 陆士衡《文赋》曰:识前修之所济。公孙罗曰:前修,谓前代贤人所修之文也。
>
> 2. 陆士衡《文赋》曰:或藻思绮合。公孙罗曰:藻,水草有文者。思有二训,一思者,思念也。一思者,辞也。言示洋藻之深。或智思如藻,浮者曰藻,沉者曰蘋。
>
> 3. 潘安仁《秋兴赋序》曰:摄官承乏。公孙罗曰:乏,无也,言承此无人之时。

遗憾的是,今留存的《集注》残卷中,陆士衡《文赋》与潘安仁《秋兴赋序》并皆不存,未可藉此以相比勘,否则《集注》所引《钞》是否为公孙罗所著就一目了然了。《集注》所援引之《钞》、《音决》,内容繁夥,若真是公孙罗《文选钞》、《文选音决》,殊是难得。但《集注》编者所见之《钞》已不复完整,有所脱佚,如卷六十一江文通《杂体诗

---

① 〔宋〕王谠著,周勋初校证:《唐语林校证》,北京:中华书局,1987 年,第 140—141 页。

三十首》篇题下,编者案语称"以后十三首《钞》脱"。又,卷六十三屈平《离骚经一首》篇题下,编者案语说道:"此篇至《招隐》篇,《钞》脱也。五家有目而无书。"(可知,《集注》中所用五臣注本亦不全是完本)乃一大憾事。并且卷五十六"乐府三"鲍明远《乐府八首》以下,全卷十八首诗全无《钞》注。而古钞无注三十卷本《文选》眉上行间所作的校语、释义、标记、旁注、背记等,对《钞》、《音决》等唐人旧注时有引录,如班孟坚《西都赋》"西都赋一首"之旁注:"陆(引者案:陆即陆善经本《文选》,下同)作宾,《决》(引者案:《决》即《文选音决》,下同)作赋。"另,张平子《西京赋》"秦里其朔,寔为咸阳"之标记:"《钞》曰:寔,实也。"又,同篇"五纬相叶,以旅于东井"之"旅"字旁注:"陈也。《钞》:聚也。"又,同篇"于是量径论"之标记:"今案:《钞》'轮'为'纶'。"又,同篇"垂鼻辚囷"之标记:"辚囷,《钞》曰:长貌也。"又,同篇"卫后兴于鬓发""鬓"字之旁注:"《钞》曰:鬓,黑美也。"虽仅存只言片语,亦弥足珍贵,为治"选学"者提供了重要的参考资料。他如日本凤来寺旧藏《和汉朗咏集》的批注中亦引录有一条《钞》文字:卷下饯别 637"石火向风敲"的注解,云"文选卷(引者案:疑脱漏'二'字)十六潘安仁诗曰:人生天地间,百年孰能要。颍如敲石火,暂(暂)君(若)截道飙。《钞》曰:敲石出火不能久也。论百年之寿,亦复如此耳"。日本佛教典籍《中论疏记》(大正藏第65册一则)亦存一条《文选钞》佚文,云:"铭者,犹碑文之流。故《文选钞》云说,选集云篇数者,都合十八三十八首。其中赋五十六首,诗四百二十首,乃至铭五首、哀三百首也。"此皆《钞》之佚文,可供参酌。至于此《文选钞》是否《集注》所援录之《钞》,再进一步说,此《钞》是否即为公孙罗所著之《文选钞》,仍待今后作进一步的深入研究和探讨。

第一节 《钞》与《音决》撰者考

《日本国见在书目录》著录"《文选钞》六十九，公孙罗撰"，又"《文选音决》十，公孙罗撰"。故学界一般据之认为《集注》所援录之《钞》与《音决》即为公孙罗所著。但关于公孙罗的著述，据《旧唐书·儒学·公孙罗传》记载有"《文选音义》十卷"。两《唐志》除著录有《文选音义》(《旧唐志·经籍志》称《文选音》①)外，又著录其注《文选》六十卷。然二书自宋以降皆未见著录，当已散佚。遍检我国诸史志书目，皆未见公孙罗《文选钞》、《文选音决》之名，故《集注》所援录之《钞》与《音决》是否为公孙罗所撰，目前还只是一种推测，尚无定论，因为迄今没有进一步的材料可以证实这一点。况且《日本国见在书目录》在"《文选钞》六十九，公孙罗撰"下亦著录佚名《文选钞》三十卷，是书与公孙罗《文选钞》是否为同一著作（即同一著作的分卷不同的本子）亦无从断定，不可考知，怎可贸然确认《集注》所收录之《钞》就一定是公孙罗的《文选钞》呢？且唐时诸《文选》音义及注释之作，只有李善注本和公孙罗注本将萧统《文选》三十卷原本析分为六十卷，故佚名《文选钞》三十卷从理论上讲应该和公孙罗《文选钞》非同一著作。斯波六郎就曾说道："该本（《集注》）所采《钞》、《音决》，皆难审其为何人所撰。或直以为系公

---

① 《旧唐志·经籍志》云：公孙罗《文选音》十卷，《新唐书·艺文志》作《音义》十卷。二者卷数相同，说者均疑其为一书。黄侃《文字声韵训诂笔记》认为"古无训诂书，声音即训诂"（参黄侃述，黄焯编《文字声韵训诂笔记》之《训诂笔记》卷上，上海古籍出版社，1983年，第180页），初唐去古未远，对于训诂学上的"音"应当涵括现代语义上"音"和"义"两层内容。屈守元先生认为"《新唐书·艺文志》及两《唐书·儒学传》所称《音义》十卷，皆当作《音》"，见《文选导读》，成都：巴蜀书社，1996年，第63页。

孙罗《文选钞》、公孙罗《文选音决》,然予未敢遽然从之。……对认
为《钞》即公孙罗《钞》之说,亦难以遽从。"①富永一登经过考证,认
为"对注释内容研究的结果,公孙罗的著述只有集注本所引的'音
决',而将'钞'视作无名氏的作品则更为妥当"②。此观点得到邱
棨鐊、常思春等人的附和,认为《音决》当为公孙罗所著无疑,而
《钞》与《音决》绝非出自一人之手。

　　总的来说,中外《文选》学者如森野繁夫、富永一登、狩野直喜、
石滨纯太郎、狩野充德以及骆鸿凯、王重民、周祖谟③、邱棨鐊、周
勋初等虽然对《集注》所援录《音决》乃公孙罗《文选音义》一说并无
异议,但对于《钞》、《音决》是否皆出自公孙罗之手,公孙罗究竟是
否为《集注》所援录之《钞》的撰者,众说纷纭,迄今未有定论。但这
些探讨无疑有助于该问题研究的更趋深化。本节拟在平议学界现
有主要观点的基础上,结合内证与外证,对相关论说做相应的补充
和佐证,以期能为学界提供一点有价值的参考。

一、《钞》、《音决》撰者众说平议

　　学界多认为"《日本国见在书目录》作于日本宽平年间(889—
897),相当于晚唐昭宗时期,此书所记不应有假,因此一般认为《集

---

　　① ［日］斯波六郎编、李庆译:《文选索引》之《文选诸本研究》,上海:上海古籍出版
社,1997 年,第 116—117 页。
　　② ［日］富永一登:《〈文选〉李善注研究》,东京:研文出版,1999 年。其第一章
《〈文选〉李善注前史》转载于《古典文献研究》(第十四辑),南京大学古典文献研究所主
办,南京:凤凰出版社,2011 年,第 190 页。
　　③ 参周祖谟《论文选音残卷之作者及其方音》,该文尝取敦煌《文选音》与《文选集
注》所引《音决》相较,推定前者为许淹所作,而后者则非许书。

注》所录《音决》和《钞》就是公孙罗之书"①。即《日本国见在书目
录》所著录的"《文选钞》六十九"与两《唐志》所著录的公孙罗《文选
注》六十卷当是同一著作。同理,《日本国见在书目录》所著录的
"《文选音决》十"与两《唐志》所著录的公孙罗《文选音义》十卷亦为
同一著作。也就是说《集注》所援录的《钞》和《音决》即公孙罗《文
选钞》和《文选音决》。如狩野直喜《唐钞本文选残篇跋》云:"《文选
音》与《文选音决》恐是一书。"②石滨纯太郎在《君山先生唐钞本文
选残篇跋书后》一文中,进一步对钞本所涉《音决》的作者进行了推
断,认为是公孙罗。③清末杨守敬在为田潜所得《集注》卷六十八零
页所作题跋中亦言:"此本(《集注》)所引《钞》曰,为公孙罗之书无
疑。……此卷所引《音决》,亦必公孙罗之书。"又,骆鸿凯《文选
学·源流第三》云:"《钞》与《音决》,即《唐志》所载公孙罗之《文选
注》与《文选音》。"④屈守元《〈文选〉导读》引向宗鲁⑤说,认为《钞》
即两《唐志》的六十卷本,《音决》即两《唐书》的十卷本。《见在书
目》称《文选钞》六十九卷,所多九卷,或为后人附益,或'九'字误
衍。"(案:笔者所见《日本国见在书目录》作"《文选钞》六十九,公孙
罗撰","六十九"下并无"卷"字。萧统《文选》原本三十卷,一析为
二,即六十卷。复析为二,即百二十卷,不闻有六十九卷注本。故

---

① 傅刚:《文选版本研究》,北京:北京大学出版社,2000年,第138页。

② [日]狩野直喜:《唐钞本文选残篇跋》,载《东洋学丛编》(第一册),东京:刀江
书院,1934年。

③ [日]石滨纯太郎:《东洋学丛编》,东京:刀江书院,1934年。

④ 骆鸿凯:《文选学》,北京:中华书局,第70页。

⑤ 向宗鲁《文选集注校本识语》认为:日本古钞本(即"上野本"和"九条本")及《文
选集注》所引"钞曰"部分=《唐志》六十卷注本;《文选集注》所引"音决"=《唐志》公孙罗
十卷音义本。向氏此文未曾刊布,全文被屈守元引用在《选学卮轮》中。见屈守元《昭明
文选杂述及选讲》(上编),天津:天津古籍出版社,1988年,第32—33页。

颇疑"六十九"当为"六十卷","九"盖"卷"草书之误。①)周勋初《唐钞文选集注汇存·前言》亦认为《文选钞》是公孙罗所作"殆无可疑"。此观点颇具影响力,为学界多数学人所认同。有的学者还根据《钞》中的地域考释特征来推断其作者,如"其所涉及的地域,主要为吴兴、丹阳、江都、江宁、兖州、合肥、寿春、武昌、循州、衡州等地,恰都集中在江南,或毗邻地区,或者说,这正是其所熟习的地域"②。"《文选钞》对于江南地域的史地考证十分详细。相反,对于西北地方的文物制度注释较少,有时竟然通篇不注,如《文选集注》所收鲍照含有描写北地风光的'乐府'八首里面,居然看不见一条《文选钞》的注解。这似乎也可补正作者应是南方的公孙罗。"③案:《钞》确实对江南地域的史地考证、诠释十分详细,但综合《集注》残卷所援录之《钞》来看,其对西北地区的名物、典章制度、郡县沿革、地理环境、故事传说、民族习俗、风土人情等亦甚为熟悉。且《集注》所援录之《钞》系残卷,残存卷五十六中皆不见有《钞》注,并非仅不注"描写北地风光的"鲍明远《乐府八首》而已,故仅仅依据地域考释来推断《钞》之撰者为公孙罗一说尚需商榷。

　　又,《集注》所援录之李善注、五家注(以五臣主名引领,如:张铣曰、刘良曰、李周翰曰、吕向曰、吕延济曰)、陆善经注等皆以作注者主名引领注文,唯《钞》《音决》以书名代称,二书又紧次相接,多

---

①　参邱棨鐊《〈文选集注〉所引〈文选钞〉研究》,载俞绍初、许逸民主编《中外学者文选学论文集》,北京:中华书局,1998 年,第 726 页。

②　范志鹏、丁红旗:《〈唐钞文选集注〉中〈文选钞〉作者及性质考》,《图书理论与实践》2012 年第 10 期。

③　童岭:《隋唐时代"中层学问世界"研究序说——以京都大学影印旧钞本〈文选集注〉为中心》,载《古典文献研究》(第十四辑《文选》学专辑),南京大学古典文献研究所主办,南京:凤凰出版社,2011 年,第 113 页。

数学人亦将此视作二书同为公孙罗所撰的一个有力佐证。但这只是一种推测,《集注》编者基于何种考虑作如此编排,已不可考知。倘若《集注》所援录之《钞》为《日本国见在书目录》所著录之佚名三十卷本《文选钞》,因作者姓名阙失,自然就不能以作注者姓名引领注文。兼之《钞》具有"讲义录"①的性质,乃荟萃诸说,抄为一帙,意在踵事增华,故不以一人之学名著,亦属可能。而《音决》系唐时《文选》音义集大成之作,搜罗并吸纳诸家《文选》音注成果,如萧该、曹宪、许淹、李善、王(佚名)等人的《文选》音注,若以作注者姓名引领,很有可能产生不必要的麻烦,或者不能突出其集大成的性质,故才以书名代称,亦属可能。正如五臣音注一样,其注解以五臣主名引领,而音注则直接标注五家音,而不是五位作注者的具体姓名。

另,日本平安、镰仓时期的古辞典以及佛教文献中亦引录有公孙罗《文选钞》,如《图书寮汉籍善本书目》卷四记"纸背间引公孙罗《文选钞》,可珍也"②语及日本院政期藤原敦光《秘藏宝钥钞》中有:"公孙罗《文选钞》云:律号金科,令号玉条,并虞舜作之。"③学界亦将此视为佐证《集注》所援录之《钞》的撰者乃公孙罗的有力砝码。但此只能证实公孙罗《文选钞》在日本平安、镰仓时期有所流传,有单行本行世,并不能据此证明《集注》所援录之《钞》就一定是公孙罗《文选钞》,从而排除其乃佚名的三十卷本《文选钞》的可能性,且《集注》残卷中并无此等话语可资比勘,故难以为据。

---

① 参富永一登:《〈文选〉李善注研究》,东京:研文出版,1999年,第393—397页。
② 但据日人烦山田胜美君所誊写的纸背记录文字,作《钞》而不作"公孙罗《钞》"。
③ 具体论述可参见日人东野治之《〈文选集注〉所引的〈文选钞〉》,载《神田喜一郎博士追悼中国学论集》,故神田喜一郎博士追悼中国学论集刊行会编,二玄社,1986年。

又，森立之《经籍访古志》卷六著录："第百十五卷首题云：'今案：《钞》为郭林宗。'"故有人据此认为《钞》乃郭林宗所作，但这更是对《集注》案语的误读，难以让人信服。集注本第百十五卷今不详存否，无由就而检之。但第百十六卷今存，且卷首完好，收有蔡伯喈《陈仲弓碑文一首》及王仲宝《褚渊碑文一首》，题作"碑二"①。由此可推知《集注》第百十五卷应为"碑一"，再参看后出各本，如尤本所收"碑文"于《陈太丘碑文》及《褚渊碑文》前尚有蔡伯喈《郭有道碑文》②。"今案：《钞》为郭林宗"七字亦可推知是《集注》卷百十五蔡伯喈《郭有道碑文》篇题下的案语，意当为"郭有道"三字《钞》作"郭林宗"（关于篇题名称舛互问题，无独有偶，蔡伯喈《陈太丘碑文一首》就与卷内总目"蔡伯喈陈仲弓碑文一首"不合，一作"陈太丘"，一作"陈仲弓"）。而《郭有道碑文》，在《文选》总目里就作"郭林宗碑文"，《蔡中郎集》作郭有道太原郭林宗碑，故而诸家注本有"郭林宗"、"郭有道"二说。且遍检唐代史料也不见郭林宗其人，亦可谓上述说解的佐证。

二、"《钞》、《音决》同为公孙罗所撰"之质疑

针对学界一般认为的公孙罗作《文选钞》、《文选音决》的说法，

---

① 可推知王简栖《头陀寺碑文一首》及沈休文《齐故安陆昭王碑文一首》在《文选集注》中当为"碑三"。后人对《头陀寺碑》厕身其间，多有异议，至《唐文粹》、《宋文鉴》，则凡祠庙等碑与神道墓碑，各为一类。体类划分更趋入微。

② 刘勰《文心雕龙·诔碑》云："自后汉以来，碑碣云起，才锋所断，莫高蔡邕。"故《文选》"碑文"多选蔡邕之作。蔡邕文今存九十篇，而铭墓居其半，曰碑、曰铭、曰神诰、曰哀赞，其实一也。自云为《郭有道碑》，独无愧辞，则其他可知矣。由此亦可见萧统选文之识见远出后世词人之上。

日本学者斯波六郎提出质疑,认为《钞》和《音决》应该不是同一人所撰,理由有三:

> 若《钞》、《音决》俱为公孙罗所撰,二书所采正文文字殆皆当相合,今详检此本所引,《钞》作甲字,《音决》作乙字者甚多。比如:《吴都赋》,《钞》"欝"字,《音决》作"蔚"字。《谢玄晖和王著作八公山诗》,《钞》"仟"字,《音决》作"阡"。《求自试表》中,《钞》"邑"字,《音决》作"悒"。《汉高祖功臣颂》,《钞》"舒"字,《音决》作"纾"字。如此之类,不胜枚举。这些,或仍可疑为因传写之误而生异同,但是,《蜀都赋》,《音决》曰"望协韵音忘,或作忘,非",《钞》则曰"相忘言各自足也";《吴都赋》,《音决》曰"属之欲反,或作屏,必静反,非",《钞》则曰"屏蔽隐处也";《七启》,《音决》曰"寒如字,或作搴,搴居辇反,非",《钞》则曰"搴取也";《临淄侯笺》,《音决》曰"令力政反,或作懿,通",《钞》则曰"懿美之德谓其父也"。凡此,毕竟不是因传写致误而造成的差异。此为可疑者一。

> 若《钞》、《音决》俱系出自公孙罗氏,则二书所载篇章也皆当相合,然而实际却并非如此。比如:此本卷六十一上《江文通杂体诗三十首》的案语曰"以后十三首钞脱"。又,卷六十三《离骚经一首》的篇题下案语曰:"此篇至《招隐》篇钞脱也。"如此的异同,是此本编者所见的《钞》偶尔脱之呢?抑或《钞》原来就脱之而未录呢?这也是先必须解决的问题。此为可疑者二。

> 又此本卷四十七《曹子建赠徐幹诗》的《钞》中引有"罗云从此以下七首,此等人并子建知友"云云。如《司马长卿难蜀

父老》的《钞》及《王子渊圣主得贤臣颂》的《钞》中屡引有"察案"云云,据此可见,《钞》的撰者,在公孙罗以外又有一人。此为可疑者三。有此三疑,故对认为《钞》、《音决》出自一人手之说,难以遽然从之,对认为《钞》即公孙罗《钞》之说,亦难以遽从。①

就斯波六郎所提出的第一个疑点来说,若《钞》、《音决》俱出公孙罗之手,从理论上讲,其正文应当不会存在如此大的差异,甚至自相矛盾之处。如此多的异文,决非传抄之误所能解释得通的。于"今案"可证知,即如《集注》编撰者所见唐时注本业已如此。邱棨鐍《〈文选集注〉所引〈文选钞〉研究》一文附和斯波六郎的观点,云:"此类异文,决非传抄之误,且据《钞》之注解与《音决》之音注考之,两书之作者所见《文选》正文既异,其所作解释、观点亦复不同。……据此则《集注》所引《音决》之原本及正文,非仅与《钞》不一致,即其作者,亦显然非同为一人。又《集注》纂者之案语所见异同,亦可为两书原本各别,非同一帙之佐证。"②周勋初针对《钞》和《音决》中所存在的诸多矛盾之处,提出了自己的解释,认为"凡以'钞'为名的著作,都有'誊录'、'集纳'、'草稿'的意思。今知公孙罗的这两种著作,都是抄撮他人著述而成,那么其间出现一些矛盾之处,也是可以理解的了。"③但由上文可知,《钞》与《音决》非但注

---

① ［日］斯波六郎编、李庆译:《文选索引》之《文选诸本研究》,上海:上海古籍出版社,1997年,第116—117页。
② 邱棨鐍:《〈文选集注〉所引〈文选钞〉研究》,载俞绍初、许逸民主编《中外学者文选学论文集》,北京:中华书局,1998年,第715页。
③ 周勋初:《魏晋南北朝文学论丛》,南京:江苏古籍出版社,1999年,第208页。

解之间存在着不可调和的矛盾，其正文用字即注释文本原本各别，即便同是抄撮他人著述而成，所依据文本也不应没有作者自己的判断和调和统一，而将自身陷入"以子之矛，攻子之盾"的尴尬处境。九州大学的陈翀博士认为《钞》这种书体是日本所独有的一种书体，其"钞"字，并非"选钞"之意，而是"讲义、教课参考书"的意思（这种称法一直保留到了战前的明治时期）。又据大江匡衡《述怀古调诗一百韵》"《文选》六十卷，毛《诗》三百篇。加以孙罗注，加以郑氏笺"之语，推定"孙罗注""无疑就是现在被保留在《文选集注》残卷中的《文选钞》及《文选音决》"①，从而认为公孙罗撰二书之说不宜轻易否定。公孙罗《文选注》在日本有《文选钞》之名，同名的还有佚名的三十卷本《文选钞》，无论"钞"的具体涵义何指，在称谓这一点上二者实无差异。而从《述怀古调诗一百韵》诗中可以看出的是在日本大江匡衡生活时期有公孙罗《文选注》存世，而《集注》是否为大江匡衡所编纂尚且存疑，可以说他们之间缺乏直接的关联和逻辑链条，此条并不能成为《集注》所援引《钞》乃公孙罗所撰的依据。对于斯波氏的第二个疑点：据集注本编者案语认为《钞》与《音决》所载篇章不同，似不足为据，且其自身也不排除是《钞》偶然脱文的可能性。如卷六十三屈平《离骚经一首》篇题下亦有"五家有目而无书"的编者案语，但是五臣注本今天有完本传世，所以最大的可能性是《集注》编者所参据的《钞》有所残损，中间有脱落的地方，而并非《钞》本身如此，故不能据此认为《钞》的篇章与《音决》有异。退一步讲，即便《钞》真的是因为《楚辞》王逸注在唐时甚

① 陈翀：《〈文选集注〉之编纂者及其成书年代考》，载张伯伟编《域外汉籍研究集刊》第6辑，北京：中华书局，2010年，第507页。

为流行,求学致仕的士子们对其耳熟能详,而自身也很难突破王逸注的高标,(李善于《楚辞》亦全取王逸注,而很少有自己的征引与补注。正是在这种意义上,四库馆臣说"逸注虽不甚详赅,而去古未远,多传先儒之训诂,故李善注《文选》全用其文。"①)故扬长避短,避而不论,亦属可能。不能据此点认为《钞》与《音决》篇章不同。斯波氏的第三个疑点:因《钞》残卷中唯一一见的"罗云"字样,认为"《钞》之作者除公孙罗以外,尚有一人",确是慧眼独具。此点也成为后来学者反驳《集注》所援录乃公孙罗《文选钞》的主要依据。若《集注》所援录之《钞》果系公孙罗所作,此点确实是很难解释得通的。

又,斯波六郎据司马长卿《难蜀父老》及王子渊《圣主得贤臣颂》中的《钞》屡引有"察案"云云,推知《钞》的撰者,在公孙罗以外又有一人。案:王子渊《圣主得贤臣颂》一文旁注屡引"察云",《钞》中亦有三处见"察案"字样,见下:

> 1.“劳筋苦骨,终日矻矻”,《钞》曰:“应劭曰:矻矻,劳极貌也。察案之:此‘矻’当为‘𪡁’,《埤苍》云:‘𪡁,力作也。’自此以下,譬用贤臣也。”②
>
> 2.“如此,则使离娄督绳,公输削墨”,《钞》曰:“应劭曰:公输,鲁班姓。察案:《礼记》云:‘季康子母死,公输若年少,请以

---

① 《四库全书总目》卷一四八《楚辞章句提要》,北京:中华书局,1965 年,第 1267 页。案,《四库》所据为《楚辞章句》十七卷本,《文选集注》卷六十六刘安《招隐士一首》篇题下,李善有作者注,只是此条"自注"在诸刻本中皆混为王逸旧注了,故四库馆臣对于李善注"全用其文"之说,衡之《文选集注》本并不确切。

② 周勋初辑:《唐钞文选集注汇存》(第三册),上海:上海古籍出版社,2011 年,第 9 页。

机封。'《代本》(当为《世本》,避讳改字)云'公输般',宋衷以为当鲁哀公时。刘熙注《孟子》云:'或以为昭公子。般是鲁人,故云鲁般。'"①

　　3."王良执靶,韩哀附舆",《钞》曰:"张晏曰:王良,郵无恤也,字伯乐,善御者也。察案:《左氏传》云:'郵无恤御简子,既战,郵良曰:"我,御之上也。"'《外传·晋语》云郵无正,《孟子》以为王良。高诱注《吕氏春秋》曰:'王良,晋大夫孙无正郵良,以善御功,死托于星,《天文志》'王良策四'是也。《楚词》云孙阳,而《列子》云:'秦秦(下'秦'当为衍字)穆公谓伯乐曰:"子之年老矣,子孙可使求马乎?"案:穆公薨至无恤御简子廿有八年,相距已远,寻伯乐岂是无恤字乎?疑晏说误耳。《世本》曰'韩哀作御',又'韩哀,古韩国侯,作御法'。宋衷注云韩文侯也。"②

　　此文中的三条"察案",多为考辨补注之作。《钞》中另有两条"察案",见卷八十八司马相如《难蜀父老》"盖闻天子之牧夷狄也,其义羁縻勿绝而已"下,《钞》曰:"察案:《广雅》:羁、縻,系也。颜师古曰:羁,马络头也。縻,牛纼也。云牵制之,故取为喻。但羁縻之不令绝,亦不顿取之。"③又,同篇"方将增太山之封,加梁父之事。鸣和鸾,扬乐颂。上减五,下登三"下,《钞》曰:"谓封禅之意也。察

①　周勋初辑:《唐钞文选集注汇存》(第三册),上海:上海古籍出版社,2011年,第13页。

②　周勋初辑:《唐钞文选集注汇存》(第三册),上海:上海古籍出版社,2011年,第15—16页。

③　周勋初辑:《唐钞文选集注汇存》(第二册),上海:上海古籍出版社,2011年,第689页。

案:虞喜《志林·匡韦》云:《汉书》别本'上减五',(引者案:盖脱一'减'字)五者,谓汉隆盛,欲减五帝之一,以汉盈之。"①而据日人狩野直喜考证,此"察"当系姚察,曾著有《汉书训纂》三十卷、《汉书集解》一卷及《定汉书疑》二卷。《隋书·经籍志》、《日本国见在书目录》皆著录"陈吏部尚书姚察撰《汉书训纂》三十卷"。《集注》中的这些条目当是姚察《汉书训纂》之说,《钞》加以征引。饶宗颐亦认同其说,云:"日本《文选集注》王褒《圣主得贤臣颂》旁注屡言'察云',指姚察之《汉书训纂》中之说,此即当日治选学必旁参《汉书》之明证。"②《文选》收汉人文章为数夥颐,隋唐间治"选学"必旁修《汉书》,治《汉书》者亦多兼顾《文选》,二者相资为用也。如为《文选》作音义之第一人萧该,两《唐志》亦著录其《汉书音》十二卷,《后汉音》三卷。《隋书·儒林·萧该传》云:"尤精《汉书》,甚为贵游所礼。……该后撰《汉书》及《文选》音义,咸为当时所贵。"③而治《选》集大成者李善,也著录有《汉书辨惑》三十卷(《新唐书》误为李喜,盖形近致讹)。常思春受斯波氏影响,据此认为"察案"之"察",当即是《钞》的撰者之名,而《集注》所援录之《钞》亦非公孙罗所撰之《文选钞》,而是无名氏(或为"察")《文选钞》三十卷本,确是独具慧眼。但将"察案"与《钞》他处所出现的"案"语视为一同,此说恐待商榷。《集注》所引《钞》是否为《日本国见在书目录》所著录之佚名三十卷本姑且不论,但可以肯定的是"察"绝非《钞》之撰者。

---

① 周勋初辑:《唐钞文选集注汇存》(第二册),上海:上海古籍出版社,2011年,第714页。

② 饶宗颐:《唐代文选学述略》,载《敦煌吐鲁番本〈文选〉》(代前言),北京:中华书局,2000年,第6页。

③ 〔唐〕魏徵等撰:《隋书》,北京:中华书局,1973年,第1715—1716页。

　　若《钞》果为另一人所撰,其与《音决》有所不同亦是情理之中的事。台湾学者邱棨鐊在研究了《钞》和《音决》的互异之处后,也认同《钞》和《音决》的作者非出自同一人的说法,他在《〈文选集注〉所引〈文选钞〉研究》一文中说道:"《钞》与《音决》注之有无、存缺,不相一致,亦可证两者原非一帙,盖其原本各自为卷帙,且其为注为音,各有其人,殆非同出一人之手也。……《集注》所引《音决》之撰者乃采摭萧、曹、骞公等,所谓'诸音'汇而定其然否,惟此诸家音中,无一引及公孙罗与李善。《音决》既非许淹音,又非萧、曹、骞公所撰,由此可证。至于李善注,《集注》本录于正文下,不与《音决》相次,尝考善注中所本正文与《音决》所见者颇多互异,则《音决》之书当非李善所撰。其撰者为较萧、曹、许、骞稍晚之公孙罗,殆无可疑矣。"①认为《音决》乃公孙罗所撰无疑,而《钞》之撰者不可能同为公孙罗,理由有二:一是《音决》除音之外,尚有注释,且其所作注释与《钞》颇有意见互歧之处;二是《钞》中引有罗、孙、李等人之说。又据卷七十一王元长《永明九年策秀才文三首》注"《钞》曰:《音决》,牍,大禄反",得出《钞》亦援引有《音决》的结论,故其撰者当非同一人。②而"《钞》之撰作,自非扬州江都(吴地)之人而受业于当代'选学'大师之李善弟子辈不能也"③。

　　此观点尚欠周严。第一,《音决》并非无一引及李善音。遍检《集注》残卷,《音决》中尚存留有两条李善音:一是卷八左太冲《蜀

----

　　① 邱棨鐊:《〈文选集注〉所引〈文选钞〉研究》,载《中外学者文选学论集》,北京:中华书局,1998 年,第 717—718 页。

　　② 邱棨鐊:《〈文选集注〉所引〈文选钞〉研究》,载《中外学者文选学论集》,北京:中华书局,1998 年,第 708—727 页。

　　③ 邱棨鐊:《〈文选集注〉所引〈文选钞〉研究》,载《中外学者文选学论集》,北京:中华书局,1998 年,第 721 页。

都赋》"鼂貐氓于夔草,弹言鸟于森木"下,《音决》:"鼂,李:亡白反。或胡了反,非。"经考证可知《音决》中的"李(音)"确为李善无疑①;二是卷九左太冲《吴都赋》"杂赋纷纭"下,《音决》:"杂,郭音捷(即郭征之,《隋书·经籍志》著录其著《赋音》二卷。亦有人疑其为郭璞,'郭音捷'乃据其《三仓解诂》,可备一说),李音维。"

第二,邱棨鐍因为"善注中所本正文与《音决》所见者颇多互异",而得出《音决》非李善撰的结论,同理推知,《钞》与《音决》的作者亦非同一人。经过论证,认为《音决》的作者系公孙罗无疑,而《钞》当为他人所作。但既然可以凭借《日本国见在书目录》来肯定《音决》的撰者就是公孙罗,在没有过硬的证据下,怎可贸然否定《钞》的作者乃公孙罗呢?只不过是《日本国见在书目录》在"《文选钞》六十九,公孙罗撰"下亦著录佚名《文选钞》三十卷,在外证方面二书可谓是平分春秋。但若就文本本身来说,《钞》与《音决》的正文相异之处颇多,有的注解甚至还自相矛盾,若二者同为公孙罗所作,这的确是一个很难解释也无法回避的问题。若《集注》所援录之《钞》乃佚名三十卷本《文选钞》,它与《音决》并非出自同一人之手,那么这个问题也就迎刃而解了,因此从逻辑推理上来说,佚名三十卷本《文选钞》较之于公孙罗的《文选钞》的可能性就更大、更合理一些。

第三,邱文的前提条件是"《音决》既非许淹音",此据周祖谟《论〈文选音〉残卷之作者及其方音》一文所推定的结论:敦煌《文选音》残卷为许淹所作,从而排除许淹作《音决》的可能性。但是,周

① 参见金少华《古抄本〈文选集注〉研究》,浙江大学出版社,2015年,第122—123页。

祖谟论证敦煌残卷《文选音》作者为许淹的前提条件是《音决》的作者是公孙罗,周氏云:"考日本有古钞本《文选集注》一书引《音决》甚多,《见在书目》云:'《文选音决》十卷,公孙罗撰。'则《音决》即公孙罗之《文选音义》。……今金泽文库所藏《集注》之第九十三、九十四两卷,适即昭明书之第二十四卷,其中所存《音决》之文,与此残卷均不相合,则残卷者非公孙氏之作。"①而这样一来就陷入了循环论证的泥淖,难以为据。

最后,邱棨鐍认为《钞》中援引有《音决》的认识也是对《集注》编纂体例的误读,因《集注》是手抄本,其在抄写过程中难免会出现讹衍误倒等现象,为不影响卷面的整洁美观,在抄错处并不加涂抹,有时亦不作任何标示,只将正确文本接着写下,此处很可能是编者未删"《钞》曰"二字所致。此由卷九十三陆士衡《汉高祖功臣颂》"武关是辟,鸿门是宁"下注:"《钞》曰李周翰曰:辟,开也;宁,安也"可佐证,《钞》不可能引及五家李周翰注,"钞曰"二字系衍文无疑。

傅刚所疑同于斯波六郎及邱棨鐍二人,亦认为二书作者不同,即疑《集注》所援录之《钞》非藤原佐世《日本国见在书目录》著录的公孙罗《文选钞》。《钞》是否公孙罗所撰,抑或另有其人,目前存在很大争议,尚无定论。②藤原佐世《日本国见在书目录》在公孙罗《文选钞》下亦著录"《文选钞》卅",阙名氏,未知孰书。森野繁夫、富永一登、常思春等人认为《集注》所援录《钞》或为此书,常思春更

---

① 周祖谟:《论〈文选音〉残卷之作者及其方音》,载《中外学者文选学论集》,北京:中华书局,1998年,第45页。

② 金少华就认为"《文选钞》与《音决》不可能同出一人之手非定论",参《古抄本〈文选集注〉研究》,浙江大学出版社,2015年。

进一步提出"察"或即其作者之名,关于此点上文已论及,此不赘述。本文就此观点作了相应的补充和考证,以期有助于该问题研究的更趋深化和明晰化。

三、关于《钞》撰者之我见

其实,在无坚实的史料支撑的前提下,我们大可把前修时贤的见解先置一旁,采用最原始的思路,依据《集注》文本,利用外证与内证相结合的方法,从严密的逻辑推理出发,以促使该问题研究的更趋深化。综上所述,在外证方面,支持《集注》所援录乃公孙罗《文选钞》的直接证据只有《日本国见在书目录》"《文选钞》六十九,公孙罗撰"这一条记载。值得注意的是,《日本国见在书目录》同时还著录有阙名氏的三十卷本《文选钞》,所以说,从外证方面看,二者平分春秋,无所谓谁的可能性更大,不能就此条证据排除《集注》所援录乃佚名三十卷本《文选钞》的可能性。而在内证方面,尚无一条可靠证据支持《钞》乃公孙罗所作。相反,支持为佚名所撰三十卷本《文选钞》的有力证据有四:

其一,正如日人富永一登《〈文选〉李善注研究》一文所指出的,《集注》残卷所援录《钞》中有两条奇特的"再见从省"体例:

> 1.《钞》曰:"八珍,已具第十一。"(卷五十九鲍明远《数诗一首》"八珍盈雕俎"下注)
>
> 2.《钞》曰:"三分赤壁者……事已具第廿一,此不委说也。"(卷九十四袁彦伯《三国名臣序赞一首》"晚节曜奇,则三分于赤壁"下注)

案：此前"八珍"仅见于郭景纯《游仙诗一首》"王孙列八珍"，位属于六十卷本《文选》之卷二十一，相当于萧统三十卷原帙之卷十一。而且，此前"赤壁"仅见于阮元瑜《为曹公作书与孙权一首》"昔赤壁之役"云云，位属于六十卷本《文选》之卷四十二，相当于萧统三十卷原帙之卷二十一。可见，此《钞》乃三十卷本无疑。而据两《唐志》，公孙罗《文选注》如《李善注文选》一样为六十卷本。即如《日本国见在书目录》记载，也是"六十九"卷本，从未闻有三十卷本。故可排除其乃公孙罗《文选钞》的可能性。《集注》所援录之《钞》当为《日本国见在书目录》所著录之阙名氏《文选钞》三十卷本。

其二，《集注》残卷援引《钞》中有"罗云"字样，乃《钞》征引公孙罗之说：

> 《钞》曰："罗云：'从此以下七首，此等人并子建知友。丁仪兄弟未杀时，相与交好。后文帝时，皆失势，故作此诗耳。'"
> （卷四十七曹子建《赠徐幹一首》"曹子建"下注）

《钞》具有"讲义录"的性质，乃抄撮众人著述而成，其注释体例亦有可能如李善本《文选》一样，所征引前人旧注及他注内容用"某云"（《钞》之征引多称"云"不称"曰"）来引领，以便与作者自注相别。此条"罗云"应当是指公孙罗注，因此可知《集注》所援录之《钞》中征引有公孙罗的注解。从此点来看，即便《集注》所援录之《钞》非公孙罗的《文选钞》，它与公孙罗的《文选注》有着极为密切的关系是毫无异议的，很可能是在公孙罗《文选注》基础上所进行的汇注。有学者据此处"罗云"以下有"五家刘良曰"、"五家张铣曰"两处表述体例，认为"'罗'应当是在向读者提示作者的信息，即公孙罗"①。这种推断值得商榷,刘良、张铣隶属五家,是五家本的作者之一,但五家本不单属于刘良或张铣,他们只是其中的两位作注者。反观"《钞》曰:罗云:……","曰"字很关键,若《集注》编者真有此意图,为提示此乃公孙罗所作《文选钞》,依其一脉相承的编辑体例,当作"《钞》罗云:……",而非"《钞》曰:罗云:……",因此不能据之认为此乃公孙罗《文选钞》。退一步讲,即使文本变成"《钞》罗云",依其逻辑推理,至多说明"罗"是《钞》的作者之一而已。并且,与此征引体例相类似的尚有"《钞》曰:王云:'初夷之复至废帝之时,国有艰难之事。'初夷,谓立顺帝也。"(卷百十六王仲宝《褚渊碑文一首》"是时天步除夷,王途尚阻"下)以及"《钞》曰:孙云:'秦王名晏,琅琊王名觐。'"(卷九十八干宝《晋纪总论一首》"而西以南阳王为右丞相,东以琅琊王为左丞相"下),故不能仅仅依据"《钞》曰:罗云"字样就断定公孙罗乃《集注》所援录之《钞》的撰者。另,日本僧人善珠《因明论疏明灯钞》(大正藏第68册·三则)中所保存的一条公孙罗《文选注》:"陆士衡《文赋》曰:'或藻思绮合。'公孙罗曰:'藻,水草有文者。'"其对"藻"的疏解与卷九《吴都赋》"彫啄蔓藻"下,《钞》注"藻,水草也"并不相符,亦可佐证《集注》所援录当非公孙罗《文选钞》。

　　其三,《钞》有不依正文序次作注之个例,很可能系后学抄记的讲学语,乃誊录而成,具有课堂笔记的性质,非一人之所作,故其作者乃阙而不录。②如:

---

　　①　范志鹏、丁红旗:《〈唐钞文选集注〉中〈文选钞〉作者及性质考》,《图书理论与实践》2012年第10期。
　　②　详参[日]森野繁夫、富永一登《关于〈文选集注〉所引〈钞〉》,载《日本中国学会报》第29集,1977年。

1. 卷八左太冲《蜀都赋一首》"辟二九之通门,画方轨之广涂",《钞》曰:"轨,车辙也。方,并也。"

2. 卷九左太冲《吴都赋一首》"蔼蔼翠幄,袅袅素女",《钞》曰:"张衡《思玄赋》云:素女拊弦而余音。蔼蔼,盛也。"

3. 卷四十八陆士衡《答贾长渊一首》"伊昔有皇,肇济黎蒸",《钞》曰:"蒸,众也。《书》云:蒸民乃粒也。昔,古也。"

4. 同上篇,"年殊志比,服舛义稠",《钞》曰:"许慎注《淮南子》云:舛,相背也。《广雅》云:稠,概也。年殊即谓谧长机少。比,相亲也。舛即谓常侍、洗马不同也。稠,厚密也。"

5. 卷四十八陆士衡《赠冯文熊一首》"愧无杂佩赠,良讯代兼金",《钞》曰:"讯,问也。杂佩,即谓珩璜琚璃之属也。《尸子》云:兼金,响金也。"

6. 卷四十八潘安仁《为贾谧作赠陆机一首》"子婴面榇,汉祖应符",《钞》曰:"《小雅》云:空棺曰榇。面,面缚也,言缚两手背后,但见其面也。子婴,秦降王也。二世兄子,为赵高所立。"

7. 卷六十一袁阳源《效曹子建乐府白马篇一首》"意气深自负,肯事郡邑权",《钞》曰:"权,执君之要势也。郡邑,犹州县之间。肯,犹不肯也。"

8. 卷八十五赵景真《与嵇茂齐书一首》"肆目平隰,则辽廓而无睹;极听修原,则淹寂而无闻",《钞》曰:"无睹,谓不见眼中。人无闻,谓不闻故人言也。平隰,谓隰中草平也。潦,久也。寂,静也。"

9. 卷九十一王元长《三月三日曲水诗序一首》"新荑泛沚,华桐发岫",《钞》曰:"岫,山穴也。沚,渚也。此记时候所生□。"

　　10. 卷九十三杨子云《赵充国颂一首》"料敌制胜，威谋靡亢"，《钞》曰："亢，当也。料，量也。"

　　富永一登《〈文选〉李善注研究》①一文曾举例说明《钞》具有"异说并记"的特点及未经整理、口语化等特征，以此推测《钞》当具有一种"讲义录"的"性格"。《钞》的特点在于荟萃诸说，抄为一帙，意在踵事增华，故其作者阙录，不以一人之学名著。《钞》中有六处引及"李"、"李本"、"李生言"，经考证当为李善无疑②：

　　1. 卷六十八曹子建《七启八首》"繁饰参差，微鲜若露"下，《钞》曰："李'霜'作'露'，与'错'字为韵。如霜之洁白也。"③案：其所揭李氏本"露"字适与集注本正文相合，而集注本正文以李善本为底本，可证知此"李"当为李善本。且据其注解可推知，《钞》正文很可能"露"字作"霜"者，与李善本不同，故而有此校异语。后世奎章阁本、明州本亦并作"霜"，且有张铣注"如霜之洁白也"，与《钞》相合，当系《集注》编者为避免重复注解而删减后出五家注。而集注本编者案语并未言及此处有异文，有可能系其漏校。

　　2. 同上篇"彤轩紫柱，文榱华梁"下，《钞》曰："李本'楯'作

　　①　［日］富永一登：《〈文选〉李善注研究》，东京：研文出版，1999 年。
　　②　金少华《古抄本〈文选集注〉研究》（浙江大学出版社，2015 年）曾辑录此六条《钞》言及李善本的情况，可参看。
　　③　周勋初辑：《唐钞文选集注汇存》（第二册），上海：上海古籍出版社，2011 年，第118 页。

'柱',非。"①案:其所揭李本"柱"字适与集注本正文相合,而集注本正文以李善本为底本,可证知此"李本"当为李善本。且据其注解可推知,《钞》正文"柱"字当作"楣",与李善本不同,且明言作"柱"者非。又《音决》:"楣,时尹反。"其正文亦当作"楣"无疑,而《集注》编者此处并无校异案语,当漏校耳。

3. 同上篇"飞翮凌高,鳞甲隐深"下,《钞》曰:"李作'隐',有作'潜'者,非古本。"②案:其所揭李氏本"隐"字适与集注本正文相合,当为李善本无疑。

4. 同上篇"此宁子商歌之秋,而吕望所以投纶而逝也"下,《钞》曰:"纶,钓缗也。宁,戚,李音束。"③

5. 卷七十九任彦昇《奏弹曹景宗一首》"其军佐职僚、偏裨将帅绽诸应及咎者,别摄治书侍御史随违续奏"下,《钞》曰:"随违,人姓名也。李生言随其所违之事续而奏之。"④案:《钞》注"随违"为"人姓名",盖想当然耳,疑误,当以"李生言"为正。张铣注"随违,谓随所犯也"亦与"李生言"相合。只此"李生言"不见于集注本及传世诸刻本李善注中,殊是可疑,其原因待考。

6. 卷九十八干令昇《晋纪总论一首》"爱恶相攻,利害相

---

① 周勋初辑:《唐钞文选集注汇存》(第二册),上海:上海古籍出版社,2011年,第137页。

② 周勋初辑:《唐钞文选集注汇存》(第二册),上海:上海古籍出版社,2011年,第142页。

③ 周勋初辑:《唐钞文选集注汇存》(第二册),上海:上海古籍出版社,2011年,第181页。

④ 周勋初辑:《唐钞文选集注汇存》(第二册),上海:上海古籍出版社,2011年,第382页。

夺"下,《钞》曰:"一爱一恶,一利一害,此相攻夺之常势也。李
生'其势常也'属下句。"①察集注本正文,"其势常"正属下句,
只无"也"字,可知此"李生"当指李善也。

由上可知,《钞》应当见及李善本。又,卷四十八陆士衡《赠尚
书郎顾彦先二首》"凄风迕时序",《钞》曰:"迕,逆也。言为凄风是
逆其时也。淹上人作'迅风',疾也。"可知其亦曾参据"淹上人"(即
许淹)的《文选音义》。此外,《钞》尚引录有"王生云"二例②,又"王
云"③、"孙生云"④、"孙生"⑤各一例,(案:卷四十八潘安仁《为贾谧
作赠陆机一首》"长离云谁? 咨尔陆生",《钞》曰:"有德为生。《汉
书》:三公为生。《易》云:观我生。有礼曰生也矣。")其中"王生云"
与"王云","孙生云"与"孙生"当为同一人,只是其人其事皆难详
考。另有"或云",如卷九左太冲《吴都赋一首》"旁魄而论,抑非大

① 周勋初辑:《唐钞文选集注汇存》(第三册),上海:上海古籍出版社,2011年,第445页。
② 一是卷六十八曹子建《七启八首》"挥流芳,燿飞文。历盘鼓,焕缤纷",《钞》曰:"流芳,香气布远。飞文,光彩远照若飞也。王生云:历,击也。历,歌声寥亮之貌。盘鼓,古歌曲名,非大鼓也。"二是卷九十三陆士衡《汉高祖功臣颂一首》"奇谋六奋,嘉虑四回",《钞》曰:"王生意:四回,即谓高祖赐平四万金,令其间禁(笔者案:当为'楚'之讹)君臣离之,使亚夫疽发背而死,一也。韩信为齐王,二也。于时项羽遗使来,平遣人将美食进。平问是谁使人,云是项王使,遂遣撤食,乃进麁食,云:'吾谓是亚夫之使,乃项王之使。'遂撤美食,三也。卢绾反,高祖使樊哙讨之。人有告哙欲同维,高祖大怒,乃令平载周勃往伐,即宜斩哙送之。平乃不杀,以槛车送之,而高祖崩,此四也。"
③ 卷百十六王仲宝《褚渊碑文一首》"是时天步初夷,王途尚阻",《钞》曰:"王云:初夷之复至于废帝之时,国有艰难之事。初夷,谓立顺帝也。"
④ 卷七十五任彦昇《奏弹曹景宗一首》"东关无一战之劳,涂中罕千金之费",《钞》曰:"东关、涂中,地名。孙生云:涂道中,言军行道中也。"
⑤ 卷九十八干宝《晋纪总论一首》"而西以南阳王为右丞相,东以琅琊王为左丞相",《钞》曰:"孙云:秦王,名晏;琅琊王,名觐。"

人之所壮观也",《钞》曰:"傍魄,言大也。又云:四方也。或云:旁薄犹平。"同篇"危冠而出,竦剑而趋",《钞》曰:"危冠,高冠。武士服也。或云:勇士怒则发上冲冠,冠堕,故言危。"由上可知,《钞》无疑曾采撷众说,吸纳、汲取了诸人的注解成果,是一个类似"汇注"形式的《文选》注本,具有"汇集、选录"之性质,其有案语就是最有力的佐证。

其四,从《集注》编者案语看,《钞》与《音决》正文文本之间存在相当大的差异。且据《钞》之注解和《音决》之音注考之,不但二书作者所见《文选》正文各异,其所作的注解、观点亦复不同。其例证除了斯波氏所指出的,他如:

1. 卷八左太冲《三都赋序》"而论者莫不诋讦其研精,作者大底举为宪章",《钞》曰:"《说文》:讦,面相序罪也。"《音决》则曰:"许,如字。或为'讦',居谒反者,非也。"

2. 卷六十八曹子建《七启八首》"动触飞锋,举挂轻矕",无校语。《钞》曰:"矕字,或改为'磻',言弋缴之箭也。"可知其正文与李善本同作"矕"字,据其注可知,《钞》的撰者亦曾见作"磻"字者。而据《音决》"矰,音增。或为'矕',非。"可知,《音决》正文"矕"作"矰",且明言作"矕"字者非,与《钞》相异。

3. 同上篇,"戴金摇之熠燿,扬翠羽之双翘",《钞》曰:"《集》本及此者,多有作'摇'者。又见一《集》复作'瑶'。"《音决》则曰:"摇,以照反。或为'瑶',非。"

4. 卷七十三曹子建《求自试表一首》"此徒圈牢之养物,非臣之所志也",《钞》曰:"圈谓养猪□。牢谓养牛羊也。"《音决》则曰:"豢音患,或为养,非。"

这些注解不但观点迥异,不可调和,甚至还自相矛盾,亦可为
二书原本各别,非出同一人之手。且据今人研究,《钞》与《音决》矛
盾之处颇多,"除了《钞》与《音决》同时异于《集注》本正文的之外,
现存《文选集注》二十四卷中,《音决》异于《集注》本正文文字的有
七十六处以上,而《钞》有一百三十三处,则《钞》与《音决》之间正文
正字差异达二百一十处之多。《钞》和《音决》注文中的用字也有相
异之处。"①而笔者就《集注》残存二十五卷中 504 条②编者案语所
作的统计,与此则有较大差异,除了《钞》与《音决》同时异于李善本
的 56 处之外,其中《钞》与李善本的异文共计 221 处,《音决》与李
善本的异文共计 151 处,《钞》与《音决》正文相互间的差异则多达
316 处。这还不包括《集注》编者漏校的部分,此亦不在少数,兹举
数例如下:

  1. 卷八左太冲《蜀都赋一首》"列隧百重,罗肆巨千"下,
《钞》曰:"隧,道也。"《音决》:"隊,音遂。"可知二书正文用字不
同,《集注》编者漏校。

  2. 卷九左太冲《吴都赋一首》"于是乎长鲸吞杭,修鲵吐
浪"下,无校语。《钞》与李善本同,无异文,云:"杭,大船也。"
而据《音决》"航,何郎反"之音注,可知其正文用字与《钞》相
异,《集注》编者漏校。

  3. 同上篇,"鹲鹤鹜鸹,鹳鸥鹕鸼,氾滥乎其上"下,"今案"
云:"《音决》'氾'为'汎'。"未及其他,而据《钞》"青鹤,似白鹤,

———————
① 邹明君:《古钞文选集注残卷研究》,四川师范大学硕士论文,2004 年。
② 参拙文《〈文选集注〉编者案语发微》,《中国典籍与文化》2012 年第 3 期。

青色而大,出南海、桂林诸郡也"之注解,可知《钞》正文"鹴"作"青",与李善本及《音决》(《音决》:"鹴音青。")相异,《集注》编者漏校。

4. 同上篇,"岛屿绵邈,洲渚凭隆"下,《钞》曰:"又(卫子)曰:洲渚凭隆,广且大也。"而据《音决》:"凭,皮冰反。或为'凭',非也。"可知,《钞》与《音决》用字不同,且《音决》明言作"凭"字者非,《集注》编者漏校。

5. 同上篇,"隐赈崴嵬,杂插幽屏"下,无校语。《音决》与李善本同,云:"插,楚洽反。"而据《钞》"甾者,居贮也"之注解,可知二书用字不同,《集注》编者漏校。又,《音决》:"属,之欲反。或作'屏',必静反,非。"而《钞》曰:"屏蔽,隐处也,谓溪谷幽远之中生珠贝之类也。"可知,《音决》"屏"作"属",且明言作"屏"字者非,与《钞》不合,《集注》编者漏校。

6. 同上篇,"其四野则畛畷无数,膏腴兼倍"下,《音决》:"陪,步罪反。"而据《钞》"兼倍,谓此肥美之地倍多自外之处也"之注解,可知其正文与李善本同作"倍"字,而与《音决》"陪"字相异,《集注》编者漏校。

7. 卷七十九杨德祖《答临淄侯笺一首》"远近观者,徒谓能宣昭懿德,光赞大业而已"下,无校语。《音决》:"令,力政反。或作'懿',通。"可知《音决》正文"令"字与李善本及《钞》"懿"字不同,《集注》编者漏校。

8. 卷九十一颜延年《三月三日曲水诗序一首》"略亭皋,跨芝廛,苑太液,怀曾山"下,无校语。《钞》曰:"廛,空地。言是生芝草田旁空地也。"而据《音决》"壖,直连反"可知,其正文与李善本及《钞》"廛"字不同,当作"壖"字,《集注》编者漏校。

9. 卷九十一王元长《三月三日曲水诗序一首》"建旗拂蜺，扬葭振木"下，无校语。《钞》曰："《尔雅》云：蜺为挈贰。郭注云：蜺，雌虹也。"而《音决》有"霓，鱼兮反"之音注，可知《钞》与《音决》正文用字各异，《集注》编者漏校。

10. 卷九十三陆士衡《汉高祖功臣颂一首》"跨功逾德，胙尔辉章"下，无校语。案：《钞》曰："言其功少受祢，跨度有功之人，逾越道德之士，故曰胙而辉章。"由其注解可知其正文当作"胙"字，与《音决》（《音决》："胙，在固反。下同。或'祚'，通。"）用字不合，《集注》编者漏校。

11. 卷九十四夏侯孝若《东方朔画赞一首》"陵轹卿相，謿哂豪杰"下，无校语。案：《钞》有"哂，笑也。或为'嗤'，嗤亦笑也"之注解，而据《音决》"嗤，尺诗反。或为'哂'，诗引反，通"可知，二本正文用字各异，《集注》编者漏校。

12. 卷百二王子渊《四子讲德论一首》"去烦蠲苛以绥百姓，禄勤增奉以厉贞廉"下，无校语。《钞》曰："禄，粟也。俸，钱也。"可知其正文与李善本"奉"字不同，盖作"俸"字者。而据《音决》"奉，扶用反"之注解可知，《音决》与李善本同，与《钞》"俸"字不合，《集注》编者漏校。

而学界对《集注》所引之《音决》乃公孙罗《文选音决》一说并无异议，故可藉此从反方面印证《钞》当非公孙罗《文选钞》。

第二节　《钞》的特色和价值

《钞》继承汉儒注经偏重名物训诂的传统，同时也注意集部注

释的特点,重在解题、疏释文句大意及阐明题旨、训诂文字、考辨名
物、诠释地理方位,亦多援引史籍讲述文中史事,可与李善注互为
补充、发明。①其疏解已非萧该、曹宪、许淹《音义》之类,不重音释,
遍检《集注》残卷,其注音条目仅见及五条:其一,《钞》曰:"泯,没
也。泯音民,取韵耳。"(卷四十八陆士衡《答贾长渊一首》"王室之
乱,靡邦不泯"下注)其二,《钞》曰:"射,音亦。训厌也。言馀多,故
远去。又,射,去也。"(卷六十八曹子建《七启八首》"滋味既殊,遗
芳射越"下注)其三,《钞》曰:"说,读曰'悦'。"(卷八十八司马长卿
《难蜀父老一首》"拘文牵俗,修诵习传,当世取说云尔哉"下注)其
四,《钞》曰:"'苕'与'蔰'音义同。"(卷八十八陈孔璋《檄吴将部曲
文一首》"鸧鸹之鸟,巢于苇苕,苕折子破,下愚之惑也"下注)其五,
《钞》曰:"郑玄《礼记注》曰:革,急也,急吊贤也。革,九力反。"(卷
百十六王仲宝《褚渊碑文一首》"昔柳庄疾棘,卫君当祭而辍礼"下
注)②述义解诂,又与李善《文选辨惑》、康国安《驳文选异义》不同。
吕延祚《进五臣集注文选表》称李善注"忽发章句,是征载集,述作
之由,何尝措翰",未能"质访指趣"。唐玄宗亦云李善注"唯只引
事,不说意义。"《钞》恰可补此不足,不像李善注仅单纯引书以证语
词、典故出处,而是注重题旨句意、词义文心的诠释,几乎逐字为
说,务求本末详备,故而颇为详审浅易,比李善注更为明切易晓。

---

① 参胡大雷《读〈唐钞文选集注汇存〉之〈文选钞〉》,《中国典籍与文化》2007 年第
2 期。

② 此外,其征引内容中亦见及两条音注:一是卷九十一王元长《三月三日曲水诗
序一首》"褰帷断裳,危冠空履之吏"下,《钞》曰:"《汉书》云:朱博为琅耶太守,敕功曹,官
属多褒衣大袑,不中节度,自今掾史,皆令去地三寸。孟康云:袑音绍,谓大袴也,故言
断裳。凡服下曰裳也。"二是卷九十三王子渊《圣主得贤臣颂一首》"忽若篲氾画途"下,
《钞》曰:"《说文》:从竹,彗声。篲,扫竹也。"

又,《钞》重视对述作之由(包括写作背景)及作者为志的揭示,以长
于串讲文意、敷讲章句著称,后来的五臣注《文选》就沿着这一道路
继续前行,故《钞》对形塑五臣注亦有着直接且重大的影响。正如
周勋初所说:"五臣注中实际上大量采入了李善注的成果。如果我
们再拿《文选集注》中的《钞》与五臣注作比较,更可发现后者大量
吸收前者成果。"①如卷六十二江文通《杂体诗三十首·孙廷尉杂述
绰》"道丧涉千载,津梁谁能了",《钞》曰:"自三王已前,无为而治;
自三王以来,渐浇丧其道本,已经千岁也。津梁,谓大道也。人能
守道,可以济物,故言津梁。津梁喻桥船也。言末世以来不晓知大
道也。了,晓也。"颇为繁杂,亦欠精准,"津梁"还两指,但五臣仍全
取其说。

　　总的来看,"《钞》的内容颇为繁重,不但包括许多解题、作者资
料,也不惮于征引典籍作解,注解诗文时几乎逐字为说,有时也串
讲数句之意,偶尔更进一步揣测或附会作者所处的时空为说。"②
但其主要成绩仍是在诠释和考证方面。从《钞》的撰作年代、引书
繁富、注释精辟等特点上讲,它与李善注一样,是文献学的宝贵资
料,值得我们重视并加以整理和研究。

一、《钞》长于解题

　　《钞》于诗文篇目及作者名下多置解题文字,其题注与作者注

　　①　周勋初:《魏晋南北朝文学论丛》,南京:江苏古籍出版社,1999 年,第 208—
209 页。
　　②　张蓓蓓:《〈文选集注〉价值释证》,见《第八届文选学国际学术研讨会论文集》,
第 583 页。

（周勋初云："公孙罗在每位作者之下都写下详细的小传，注释文字时繁引本事，着重借'今典'以释文。"①）远较李善注乃至五臣注多而详，多引旧史详述作者名字、爵里、生平、行状，不似李善注有约取剪裁之功，或引一史记载详备者，或引两史以互相补充，或直接对诗文述作之由（包括写作背景）和作者为志等加以训释，以凸显注者的知人论世之旨，其内容主要包括以下几个方面：

1. 说明述作之由（包括写作背景）和作者为志，以便知人论世。这也是《钞》在李善注的基础上进一步探究写作背景的可取之处，有助于读者理解作品和作者感情。如卷八《三都赋序》"左太冲"名下，《钞》曰："王隐《晋书》曰：左思少好经术……其蜀事访于张载，吴事访于陆机，后乃成之。"②此处，《钞》引王隐《晋书·左思传》以为本事，将作者生平、行历及写作背景、目的交代甚明。案：此间"甚有大才。博览诸经，遍通子史。于时天下三分，各相夸竞。当思之时，吴国为晋所平。思乃赋此三都，以极眩曜"等内容未见于房玄龄《晋书·左思传》，有助于我们更深切的了解左思创作《三都赋》所具备的学术基础和写作背景。《世说新语·文学篇》第六十八云："左太冲作《三都赋》初成，时人互有讥訾。"刘孝标注引《思别传》曰："思造张载，问岷、蜀事。交接亦疏。"皆未见著录"吴事访于陆机"之说，可补史传著述之不足，同时也为考察陆机入洛的时间提供了重要的佐证材料，具有相当重要的史料价值。③案：《晋书·

---

① 周勋初：《〈文选〉所载〈奏弹刘整〉一文诸注本之分析》，《文学遗产》1996 年第 2 期。

② 周勋初辑：《唐钞文选集注汇存》（第一册），上海：上海古籍出版社，2011 年，第 3—5 页。

③ 参刘志伟师《〈唐钞文选集注〉陆机诗注的价值》，《中国典籍与文化》2009 年第 2 期。

左思传》"陆机入洛,欲为此赋,闻思作之,抚掌而笑。与弟云书曰:
'此间有伧父,欲作《三都赋》,须其成,当以覆酒瓮耳。'"《钞》的著
录,至为宝贵,可补前此文献之不足。又,卷七十三曹子建《求通亲
亲表一首》篇题下,《钞》曰:"古□□□□□□□,天下为家,万姓为
子孙,四海为兄弟,不独亲其亲,不独子其子。至尧始亲九族,由近
及远。文帝立,遣监国使观(当为'灌')均察诸王过,又不听诸□□
拜,兄弟姊妹皆不得通音信,故植求通亲亲。"将"亲亲"历史渊源及
述作之由、写作背景交代甚清。卷七十九任彦昇《奏弹刘整一首》,
《钞》于题下注曰:"《梁典》云:西阳王内史刘寅与庶弟整同居……
嫂范不胜欺苦之甚,故诣御史台诉。任昉得此辞,勘当得实,故奏
弹之。"将述作背景和奏弹缘由和盘托出,便于读者更好地理解文
意。又同卷沈休文《奏弹王源一首》篇题下,《钞》曰:"王源嫁女,不
得门敌,贪财与之,故弹也。"也将奏弹之由交代得很是清楚,有助
于研究六朝时期的门阀制度和婚姻制度,以及当时人们对待财货
的认识。诸如此种,不胜枚举,不赘述。

2. 说明文题之意,注重篇名的文字训诂与解释。如卷五十九
谢灵运《田南树园激流殖楥一首》篇题下,《钞》曰:"谓在田南树园,
复疏激流水而种植树木为楥也。"直解篇题。又,同卷鲍明远《数诗
一首》篇题下,《钞》曰:"数者从一至十,故云数诗,其数俱在篇中显
之。"对何为"数诗"的缘由做了定义性说明,并交代了"数诗"的写
作惯例。卷六十一鲍明远《代君子有所思一首》篇题下,《钞》曰:
"代者,拟,意同。言代彼诗之意也。君子有所思,言君子遭乱世,
思明君圣王道德仁义,以济世劝俗,辅弼圣君,使思道义也。"使读
者对文题大旨了然于胸。特别是卷六十二江文通《杂体诗三十首》
中所存《钞》之解题文字,如《孙廷尉杂述绰》篇题下,《钞》曰:"孙

绰,字兴公,太原人也。杂,众也;述,序也,因古序事曰述,序事非一,故言杂。"《许征君自序询》篇题下,《钞》曰:"征为司徒掾,不就,故号征君。好神仙游,乐隐遁之事,故自序本怀所好之事,在《集》。文通今拟之。"对"征君"称号及篇题"自序"的来历和缘由作了说明,更益于理解诗中意旨。《殷东阳兴瞩仲文》篇题下,《钞》曰:"瞩,眺也;兴,起也,谓晨旦早起。仲文于时为东阳太守,山逼海,故旦起眺望而作是诗也。"《谢仆射游览混》篇题下,《钞》曰:"出行为游,自视曰览。言出在帝郊遨游观览而作是诗。"等等,皆说明文题之意。江文通《杂体诗三十首》乃拟诗中的集大成之作,其拟作对象多为各个时期重要诗人及其最富特色的成名诗作题材,故《钞》不烦辞费,详解题意。又,卷八左太冲《蜀都赋一首》篇题下,《钞》曰:"蜀,山名也。《华阳国记》云:前有丈夫化为女子,蜀王爱之,后死。……又蜀山名因山为郡名……蜀起自人皇之世。三国之中,蜀最小,故先举小者也。"对"蜀"之历史、由来,甚而相关的传说以及《三都赋》首书"蜀"之缘由等均有所交代。同样,卷九左太冲《吴都赋一首》篇题下,《钞》曰:"吴,山名。……《释言》又云:吴,本也。谓吴山亦吴国之根本也。《吴地记》云:太伯所都,在今苏州吴县,后为越所灭。越考烈王封黄歇为春申君,治吴。吴王濞都广陵,至孙权初都武昌,后都建业。在古丹阳之地,今之江宁是也。然其所赋属在孙权,其理则通论古今矣。大意论吴、蜀二国优劣有殊,总述归指,结成赋体。此赋凡有四十一章,复有一十五别其间,分断入赋,自委屈也。"①案:此注对"吴"的字义、地理位置、历史沿

革、政治地位、述作大意及篇章结构等都给予了清晰的梳理。又，卷九十四夏侯孝若《东方朔画赞一首》篇题下，《钞》曰："乡里为置寝庙，画其形象于庙中，以时祠敬之。至晋武帝时，有谯人夏侯孝若道其庙，见其画形，因为之赞，故云画赞也。"①对作品产生的原始情况及文题之意交代甚清，可与李善注相发明。亦与李充《翰林论》"容象图而赞立，宜使词简而义正"相合。

　　3. 说明文体。《钞》中有对文体的解释，又有辨体，对我们了解《文选》细目的划分及作品的题旨颇有便宜。如卷四十三在次文类"招隐"下，《钞》曰："招者，召呼为名；隐者，藏匿之号。隐有三种：一者求于道术，绝弃喧嚣，以居山林；二者无被征召，徽于业行，真隐人；三者也，求名誉，诈在山林，望大官职，召即出仕，非隐人也，徽名而已。王逸云：以手曰招。《春秋左传》云：招我以弓。隐者，谓潜养于□。"②案："招隐"源于汉淮南小山《招隐士》。《钞》较之李善仅注引《韩子》"闲静安居谓之隐"更为丰富、具体，不仅补充了王逸《楚辞注》和《左传》之典出，亦对"招隐"之义，隐者之别做了详细阐述。又，卷六十一袁阳源《效古一首》篇题下，《钞》曰："效古，效古诗之体作也。"说明"效古"即拟体诗的一种。同卷王僧达《和琅耶王依古一首》篇题下，《钞》曰："依古，言依古人之体不改法也。"依，即拟也，亦拟体诗之属。又，卷七十一文类"令"下，《钞》曰："六国以来，天子诸侯皆称令。至汉时，皇后及太子始得称令。令即古之命也。令，美也，使也。光扬善誉，使百姓行之□□□

---

　　①　周勋初辑：《唐钞文选集注汇存》（第三册），上海：上海古籍出版社，2011年，第195—196页。

　　②　周勋初辑：《唐钞文选集注汇存》（第一册），上海：上海古籍出版社，2011年，第222页。

也。"则《文选》所录任彦昇《宣德皇后令一首》,所遵乃汉法。又,同卷文类"教"下,《钞》曰:"诸侯王以下称教。教者,效也,言出民效而行者也。"《尚书》云:"契敷五教",故王侯称教。令与教等,皆属皇帝和诸侯王使用的朝廷文书,反映了由上及下的关系。卷七十九文类"笺"下,《钞》曰:"笺,进也,尽也。《字书》云:笺,表。表明使可识。"案:《说文》:"笺,表识书也。"应劭《汉官仪》曰:"孝廉先试笺奏。"笺、奏皆臣下奏御文体。《钞》所注引与《文心雕龙·书记篇》"笺者,表也,表识其情也"甚似,刘勰云:"迄至后汉,稍有名品,公府奏记,而郡将奏笺。"①黄侃《文心雕龙札记》补充说:"案笺之与记,随事立名,义非有别。观《文选》所载阮嗣宗《奏记诣蒋公》,诚为公府所施;而任彦昇《到大司马记室笺》,则亦公府也。故知汉来二体非甚分析也。"②笺与奏、记本质并无不同,只是据徐师曾《文体明辨序》说,后世"笺"这种文体专用于皇后、太子,其他人等就不许再用了,其使用对象有所缩小。此外,《钞》还有对《文选》所录文体编排次序的看法,这对研究文体学及《文选》文体分类等都具有重要意义。如卷九十三文类"颂"体下,《钞》曰:"《诗》云:美谓之颂。又,《诗序》云:六曰颂。颂者,美盛德之形容,以其成功告于神明者也。马融为《广成颂》,今是赋体;此颂体似赋歌也。前是序,序者,序述前人之美事也。颂者,亦叙前人之美,故以颂次之。"③对"颂"体的含义以及为何排列于"序"体下提出了自己的看

---

① 〔南朝梁〕刘勰著,范文澜注:《文选雕龙注》,北京:人民文学出版社,2006年,第456页。

② 黄侃:《文心雕龙札记》,上海:上海古籍出版社,2000年,第87页。

③ 周勋初辑:《唐钞文选集注汇存》(第三册),上海:上海古籍出版社,2011年,第1—2页。

法。颂,起源很早,《钞》征引《诗》及《诗大序》,指出颂体的来源和本意:颂主告神,义必纯美,即颂就是美,是歌颂,要求雅正,而铺陈敷写,似为赋歌。正如刘勰所说:"原夫颂惟典雅,辞必清铄;敷写似赋,而不入华侈之区;敬慎如铭,而异乎规戒之域;揄扬以发藻,汪洋以树义,唯纤曲巧致,与情而变。"①陆士衡《文赋》亦云:"颂优游以彬蔚。"而"颂"体下紧接着就是"赞"体,对此《钞》亦有说,云:"《释名》云:称人之美者曰赞。赞,纂集其美而叙之也。前既是颂,颂,美盛德之形容,今赞亦纂集其美而叙之,故以赞次于颂也。"由《钞》注可知,颂、赞二体甚为相近,皆为美赞之文,往往要求押韵,贵乎赡丽宏肆。萧绎《内典碑铭集林序》还提到"班固硕学,尚云赞颂相似"。《文心雕龙·颂赞篇》云:"赞者,明也,助也。昔虞舜之祀,乐正重赞,盖唱发之辞也。及益赞于禹,伊陟赞于巫咸,并飏言以明事,嗟叹以助辞也。故汉置鸿胪,以唱拜为赞,即古之遗语也。"②指出赞体本为祭祀时的唱叹之辞,汉以后始成为一种文体。又,"策秀才文"下,《钞》对"策"文亦详加阐释,云:"策,画也,略也。言习于智略计画,随时问而答之。策有两种:对策者,应诏也。若上召而问之者,曰对策;州县举之者曰射策也。"

4. 说明写作时间。如卷五十九谢惠连《七月七日夜咏牛女一首》篇题下,《钞》对此诗特定的写作时间"七月七日"及相关风俗作了详细注解,曰:"《风土记》曰:七月七日,俗至是日,其夜洒扫于庭中,施几筵,设酒脯及时果,散香粉于筵上,焚香,祈请于河鼓织女二星,神当会。守夜者咸怀私愿,见天汉中有弈弈正白气,濯然有

①② 〔南朝梁〕刘勰著,范文澜注:《文选雕龙注》,北京:人民文学出版社,2006年,第158页。

五色,以此为征验。见者拜,乞愿富寿,子孙贵位,唯得乞一,不得兼求。见者三年乃得之,或云颇有受其祚者也。"①案:应劭《风俗通义》已有"织女七夕当渡河,使鹊为桥"的记载,葛洪《西京杂记》亦有"汉宫女曾于七月七日在开襟楼穿针为戏"以乞巧的记载。而《风土记》中此条关于七夕风俗的记载,影响极为深远,唐以后类书,如《初学记》卷四"岁时部"、《北堂书钞》卷一百五十五"岁时部三"等皆有征引,只"濴然有五色",《初学记》作"有耀五色",《北堂书钞》作"有光耀五色",不及《钞》所引用字生动熨帖,甚是形象地描绘了高空中云气与五彩氤氲动荡的状貌。同样,《钞》对诗文篇题所涉特定时间的注解,亦见于卷九十一颜延年《三月三日曲水诗序一首》篇题下,《钞》引《风俗通》、《韩诗》及《续齐谐》等,将"三月三日"节日由来及相关民俗交代详明,因此条注解征引繁富,可补李善注之不足,故被后世李善注刻本所吸收。又,卷五十九谢灵运《南楼中望所迟客一首》篇题下,《钞》曰:"于时在永嘉。"说明此诗乃是谢灵运作永嘉太守时所作。又,卷六十一袁阳源《效古一首》篇题下,《钞》曰:"此诗亦是御史时为之。"点明袁淑的职官并交代了作品的写作时间,为作品系年之考辨提供了力证。又,卷七十一傅季友《为宋公修张良庙教一首》篇题下,《钞》曰:"晋义熙四年,高祖为扬州刺史、录尚书事,至十二年十一月封宋公,加九锡。十三年秋,平长安,执天子姚泓,收器物,此时取彭城,过见张良庙歼毁,出教令修治。"②为作品系年提供了准确的依据,其内容较之李善

① 周勋初辑:《唐钞文选集注汇存》(第一册),上海:上海古籍出版社,2011年,第486—487页。
② 周勋初辑:《唐钞文选集注汇存》(第二册),上海:上海古籍出版社,2011年,第211页。

注、五家注更为丰富。同样,点明写作时间的还有卷七十三《求自
试表一首》"曹子建"下,《钞》曰:"太和三年,作此表。"又同卷曹子
建《求通亲亲表一首》篇题下,《钞》曰:"明帝五年,上此表。"

　　5. 注重概括题旨之意。《钞》之解题文字注重对诗文本旨、大
意的阐释,可补李善注"释事而忘义"之憾,如卷四十八潘安仁《为
贾谧作赠陆机一首》"肇自初创,二仪烟煴",《钞》曰:"此诗大意论
自古天地初开辟已来,历代之君至于晋平吴也。吴国既平,乃得陆
生来归也。然后乃陈与共同官之意,又述离别相思之情,并为劝诫
之事。"①依《钞》注解内容看,此当为解题文字,只是《集注》编者在
迻录安排《钞》的夹注之处时误将之置于首句之下。又,卷六十一
鲍明远《学刘公幹体一首》篇题下,《钞》曰:"此诗意正直被邪佞所
损,人不得自高自洁,卒被所毁,虽为行素质,而衰感相陵也。"鲍照
此诗表面上看是一首咏物诗,但从深层意义上讲此诗宛如一个婉
转、含蓄的政治寓言,历代文评家对此诗的诠释众说纷纭,对"白
雪"、"桃李"的阐释也并不一致。吴伯其曰:"此诗旧说以雪比小
人,桃李比君子,非也。有一辈小人,自有一辈小人行事。前人之
术巧矣,后人更有巧者,前人必为后人所倾。故小人猖獗肆志,亦
各有其时也。"②而《钞》对诗意的阐释,正为第一种,正所谓仁者见
仁,智者见智。同卷范彦龙《效古一首》篇题下,《钞》曰:"此意言为
君征讨,致身授命,弥须谨慎也。"此注道出诗作篇旨。又,卷六十
八曹子建《七启八首》篇题下,《钞》曰:"启,开也。初一首序,启发

----

　　① 周勋初辑:《唐钞文选集注汇存》(第一册),上海:上海古籍出版社,2011 年,第
311 页。
　　② 〔宋〕鲍照著,钱仲联增补集说校:《鲍参军集注》卷六,上海:上海古籍出版社,
1980 年,第 360 页。

事理,后七首是七启也。子建当见枚乘作《七发》、傅毅作《七激》、张衡作《七辨》、崔骃作《七依》,辞并美丽,可以鉴照于身,行之于世。庶使披览,足以改愆,故遂效之为《七启》,开导君王。初一首序,末一首陈正道,中六首陈华美以诱之。假言有贤人隐士在山林,不愿器物、服饰,唯□明君圣王,即出山林。冀圣王崇贤慕古,制节谨度,修道招隐。"道出了各章节及全文之意。又如卷七十一王元长《永明九年策秀才文三首》,在其作者"王元长"下,《钞》曰:"……第一首明求贤,谓求直谏,合有三通:一明国家之大体;二通人事之终始;三通正言直谏者也。古者有才能者即用之,至晋宋已来,官取旧家豪贵、仕宦之家子弟,凡明经史者乃不用。至是,秀异之人始用,故时人多作秀才学。故晋宋已来,多有策秀才文是也。"[1]又,"又问昔周宣惰千亩之礼,虢公纳谏",《钞》曰:"第二章问开井田。""又问议狱缓死,大《易》深规",《钞》曰:"第三章问肉刑轻重,差别如何。"将三首"策秀才文"之文旨交代甚明,对理解文章旨趣甚有帮助。

　　6. 说明题目中涉及之地点。如卷四十八陆士衡《于承明作与士龙一首》篇题下,《钞》曰:"承明,亭名。今在苏州北。机被追入洛,于此亭与士龙别,作此诗也。"对文题所涉"承明"作了注解,并点出今之所在。且对此诗中出现的其他地名,如长林、万始亭的地理位置亦详为注明。可见,《钞》较为注重对地理、方位、名物等的训释。又,卷五十九谢灵运《石门新营所住四面高山回溪石濑修竹茂林一首》篇题下,《钞》曰:"灵运《游名山志》云:石门在永嘉。"交代了石门的地理位置。同卷谢玄晖《和伏武昌登孙权故城一首》篇

---

[1] 周勋初辑:《唐钞文选集注汇存》(第二册),上海:上海古籍出版社,2011年,第230页。

题下,《钞》曰:"武昌,县名也。今在鄂州下,是权故都也。"可见,
《钞》对地理、方位、名物的解释更精确详准。同时也提供了当时的
知识背景,使读者更能理解其中的文化内涵和具体方位。为便于
读者有更具体更直观的认识,又多点明"今"之所在。

　　7. 说明人物及其关系。如卷四十七曹子建《赠徐幹一首》篇题
下,《钞》曰:"罗云:从此以下七首,此等人并子建知友。丁仪兄弟
未杀时,相与交好。后文帝时,皆失势,故作此诗耳。"①此注道出
文题所涉人物关系,顺带提及写诗背景,对理解作者写作时的思想
感情及诗旨很有帮助。此类题解注主要存在诗类中的"赠答诗"
中,如卷四十八陆士衡《赠尚书郎顾彦先二首》篇题下,《钞》曰:"机
徙洗马,为吴王郎中令;徙郎中,又为尚书郎。彦先亦为尚书郎,同
在楚省别院,荣复是机姐夫,于时遇雨不得相见,相忆作此诗。"对
研究江东士族的姻亲关系及考察吴地四大著姓(顾、陆、吴、张)在
政治文化方面的深密关系,具有重要参考价值。他如陆士衡《赠顾
交阯公真一首》、《赠冯文罴一首》,潘安仁《为贾谧作赠陆机一首》,
潘正叔《赠河阳一首》等篇题下《钞》注,皆如是,不赘举。同理,此
类注解亦见于江文通《杂体诗三十首》中所拟之"赠答诗",如卷六
十二《卢中郎感交谌》篇题下,《钞》曰:"子谅妹嫁与刘琨弟,当时刘
聪等作乱,遂北出诣并州投琨,琨用为从事中郎,后为段匹䃅别驾,
乃思忆在琨处同列知故等,遂作诗赠之。此拟《赠崔篇》也。"②又,

---

　　①　周勋初辑:《唐钞文选集注汇存》(第一册),上海:上海古籍出版社,2011 年,第
223 页。值得注意的是,曹植赠答诗只收录《赠徐幹》、《赠丁仪》、《赠王粲》、《又赠丁仪
王粲》、《赠白马王彪》、《赠丁翼》六首,不知此处《钞》曰"罗云从此以下七首"何来?
　　②　周勋初辑:《唐钞文选集注汇存》(第一册),上海:上海古籍出版社,2011 年,第
738—739 页。

卷百十六《褚渊碑文一首》,在作者"王仲宝"下,《钞》曰:"仲宝与渊同事齐高帝,受事。渊死,俭乃为之作碑也。"①这样的交代或许更有助于读者理解作品的情感基调。

总的看来,《钞》的解题和作者注虽不如李善注精约、谨严、简明,但提供了众多新资料,就《钞》知人论事、介绍本事、评文论政等方面而言,非常有助于了解作品之背景、旨意,其价值不容小觑。

二、《钞》长于解析文本、归结文意

《钞》"上承李善淹贯之实学、严谨之态度,下开'选学'广漠之野,义理之乡"②,以解析文本、疏解文义为要,包括章旨句意的疏释、段落结构的分析、写作手法的解说等等,并探究作品的微言大义,力求释意更加明朗准确、晓畅了然,以便读者更好地理解文本,比李善注更为细密。并确认人物、地点、事件及名物,其精确、彻底及富博都值得称赞。有时亦广引众说,并作交待,以便读者自取之;有时则加以裁断,在考证中申明文义。

《钞》既重章句训诂,又重义疏之学。最善长解析文本、敷讲章句,如卷七张平子《南都赋一首》"于显乐都,既丽且康",《钞》曰:"显赤光明也。都者,人之会聚,故曰都。言叹此南阳是显赤光明、欢乐都聚之处也。既丽且康者,言此南都既是丽美之所,复为安宁之地也。"对文意疏释甚明。又如卷六十一刘休玄《拟古二首·拟

① 周勋初辑:《唐钞文选集注汇存》(第三册),上海:上海古籍出版社,2011年,第805页。
② 邱棨鐊:《〈文选集注〉所引〈文选钞〉研究》,载俞绍初、许逸民主编《中外学者文选学论集》,北京:中华书局,1998年,第725页。

明月何皎皎》"河广川无梁,山高路难越",《钞》曰:"言我欲就君,则川广无梁,山高路阻,不可得济也。又云:无音信得通也。"等等,其例甚繁,不烦举。

《钞》又长于归结文意。如卷四十八潘安仁《为贾谧作赠陆机一首》"肇自初创,二仪氤氲",《钞》曰:"此诗大意论自天地初开辟以来,历代之君至于晋平吴也。吴国既平,乃得陆生来归也。然后乃陈与共同官之意,又述离别相思之情,并为劝诫之事。"卷六十一刘休玄《拟古二首·拟明月何皎皎》篇题下,《钞》曰:"此篇言相思道远,感物增悲也。"卷六十一鲍明远《学刘公幹体一首》篇题下,《钞》曰:"此诗意正直被邪佞所损,人不得自高自洁,卒被所毁,虽为行素质,而衰盛相陵也。"卷六十一鲍明远《代君子有所思一首》篇题下,《钞》曰:"代者,拟意,同言代彼诗之意也。君子有所思,言君子遭乱世,思明君圣主、道德仁义以济世劝俗、辅弼圣君,使思道义也。"卷六十一范彦龙《效古一首》篇题下,《钞》曰:"此意言为君征讨,致身授命,弥须谨慎也。"等等。

《钞》亦注重篇章结构的分析和归纳,如卷七张平子《南都赋一首》"体爽垲以闲敞,纷郁郁其难详",《钞》曰:"已下九句言南都土地宽闲美盛,最善也。"卷四十八陆士衡《答贾长渊一首》"邈矣终古,崇替有征",《钞》曰:"自此已上,皆云汉已前事。"卷六十二江文通《杂体诗三十首·卢中郎感交谌》"逢厄既已同,处危非所恤",《钞》曰:"自此以下皆自叙也。"卷六十八曹子建《七启八首》"镜机子曰:步光之剑,华藻繁缛",《钞》曰:"第二章论利剑、衣服,一防德,二断割也,以诱之。"又,"镜机子曰:驰骋足用荡思,游猎可以娱情",《钞》曰:"第三章论田猎之事。"又,"镜机子曰:闲宫显敞,云屋晧旰",《钞》曰:"第四章论宫馆。"又,"镜机子曰:既游观中原……

亦将有才人妙妓,遗世越俗",《钞》曰:"第五章论声色。"又,"镜机子曰:予闻君子乐奋节以显义,烈士甘危躯以成仁",《钞》曰:"第六章论游侠。轻死重气之人,故发此章。"又,"镜机子曰:世有圣宰,翼帝霸世",《钞》曰:"第七章论正道,以辅翼汉献帝霸有魏国。"卷七十一王元长《永明九年策秀才文三首》亦将每章意旨疏释甚明,前已言及,此不赘述。又如卷九十三陆士衡《汉高祖功臣颂一首》"是谓平国,宠命有辉",《钞》曰:"下一段论汉家初起,用人各尽其才,不求备也。"

《钞》对写作手法亦多有揭示,以便在修辞中见出作者之深心。可以说"修辞明则文例明,文例明则训诂明"。如卷四十七曹子建《赠徐幹一首》"宝弃怨何人,和氏有其愆",《钞》曰:"宝者,喻徐幹退职。言不别玉者,和氏有过,子建自喻也。"卷四十八潘安仁《为贾谧作赠陆机一首》"如彼兰蕙,载采其芳",《钞》曰:"兰、蕙,皆香草,以比机之德。"卷五十九谢灵运《斋中读书一首》"执戟亦以疲,耕稼岂云乐",《钞》曰:"此二句覆上沮溺、子云也。"卷五十九谢玄晖《和王著作八公山诗一首》"再远馆娃宫,两去河阳谷",《钞》曰:"河阳谷,今假言之也。"卷六十一刘休玄《拟古二首·拟行行重行行》"寒将翔水曲,秋菀依山基",《钞》曰:"此拟'胡马依北风,越鸟巢南枝'。"卷六十一鲍明远《拟古三首》"南国有儒生,迷方独沦误",《钞》曰:"儒生者,假设之辞,以刺晋不能用贤也。"卷六十八曹子建《七启八首》"玄微子隐居大荒之庭",《钞》曰:"假设道风微妙,以相诘难也。"卷八十五嵇叔夜《与山巨源绝交书一首》"若吾多困,欲离事自全",《钞》曰:"困犹病也,变文耳。"卷八十五孙子荆《为石仲容与孙皓书一首》"自刳木以来,舟车之用,未有如今日之盛者也",《钞》曰:"夫水行用舟,陆行用车。既言入吴,当用舟,因连言车也。"卷九十一王元长《三月三日曲水诗序一首》"是以得一奉宸，逍遥襄城之域"，《钞》曰："是上文以起下词也。"

此外，《钞》对名物、地理、天文、典章制度方面的训释比李善注更为详尽、具体，体现出对李善注的补苴性质。如卷六十一袁阳源《效曹子建乐府白马篇一首》"剑骑何翩翩，长安五陵间"，李善注仅点明"五陵"出处，并未就五陵详加注解，《钞》（漫漶难辨，因其在《音决》前，而存世各李善注本均无此内容，故以意推之当为《钞》无疑）曰："五陵：高帝曰长陵，惠帝曰安陵，景帝曰阳陵，武帝茂陵，昭帝平陵。五陵并在渭水北，言此处多公王子弟游侠之人，若源涉朱安世之属是也。"对五陵所指以及具体的地理方位等作了明确阐释，使读者对其地理位置有更直观、更具体的认识。又，卷六十一袁阳源《效古一首》"结车高阙下，极望见云中"，李善曰："《汉书》曰：将军卫青至高阙。臣瓒曰：山名也。"极为简略，《钞》对此有所补充，曰："高阙，山名，在匈奴中，状似阙形。又曰：匈奴中阙名。"对"高阙"的地理位置及命名由来都做了较为详尽的阐释。又，卷六十一袁阳源《效曹子建乐府白马篇一首》"影节去函谷，投佩甘泉宫"，《钞》曰："函谷，长安东关名。……甘泉，在长安西北，山名。向北伐匈奴从此过也。"李善注对此却一字未提。又，卷五十九鲍明远《数诗一首》"一身仕关西，家族满山东"，《钞》曰："关西谓长安也。山东谓崤山之东，洛阳地也。"补足了李善所未注及的地理位置。此外，《钞》于地理的注解，为便于读者有更为直观的认识，多点明"今"之所在，如卷九左太冲《吴都赋一首》"包括于越，跨蹑蛮荆"，《钞》曰："于越，今之交广二州，皆越地。吴所并也。"同篇，"指衡岳以镇野，目龙川以带坰"，《钞》曰："衡岳，南岳，在长沙南，今之衡州是也。……龙川,在南海郡,泽名也。在今修州,本属广州也。"同篇"带朝夕之浚池,佩长洲之茂苑",《钞》曰:"茂苑者,在吴国西南七十里,今名此岸曰茻圻也。"又,卷七十一傅季友《为宋公修张良庙教一首》"过大梁者,或伫想于夷门",《钞》曰:"大梁者,今之浚仪县。"卷九十一王元长《三月三日曲水诗序一首》"是以得一奉宸,逍遥襄城之域",《钞》曰:"襄城,地名。今属许州。"等等,对考证地理沿革及《钞》的撰作年代有重要参考价值。

三、《钞》的史料价值

《钞》的史料价值主要在于对史书不载的作家的生平行历介绍,以及对作品创作缘起、写作背景的介绍等,可补史传著述之不足。如卷六十二江文通《杂体诗三十首·孙廷尉杂述绰》,《钞》曰:"兴公识业渊弘,文章秀拔,情体疏弛,虽复王公同席,独纵其诞也。"其对孙绰的介绍可补《晋书》本传、《世说新语》的不足,正可解释时人"爱其才而鄙其行"的记载(孙绰文名虽高,屡为时人所抑,参《世说新语》之《方正》、《轻诋》诸篇)。《钞》除李善注之外,在诸家注里字数最多,内容也最丰富,现在虽未能得其完帙,但唐时古书尚多,《钞》所征引,有的是今已失传而又不见于他引的唐前典籍,搜采者尤称渊薮。惜当时单行原帙,业就湮废,而吉光片羽,藉存什一,保存了许多珍贵的文献资料,如张揖《古今字诂》、李登《声类》、吕忱《字林》等等,有着重要的辑佚价值。

《钞》征引的典籍里,包含了各史志、类书、总集等均未收录的内容,史料价值很高,予后世考证、辑佚家及学术史研究者以莫大的便利。①今略举如下：

1. 卷九左太冲《吴都赋一首》篇题下，《钞》曰："《吴地记》云：太伯所都，在今苏州吴县，后为越所灭。越考烈王封黄歇为春申君，治吴。吴王濞都广陵，至孙权初都武昌，后都建业。在古丹阳之地，今之江宁是也。"

2. 同上篇，"增罳重阻，列真之宇"，《钞》曰："桓谭《方道书》云：上曰神人，次曰仙人，下曰真人。又言：一曰神仙，二曰隐沦，三曰使鬼物，四曰先智，五曰铸凝成真。"

3. 同上篇，"楠榴之木，相思之树"，《钞》曰："《南越志》云：翔凤山多相思树。"

4. 卷四十八潘安仁《为贾谧作赠陆机一首》"画野离疆，爰封众子"，《钞》曰："《华夷国记》云：黄帝九子，各封一国。"

5. 卷五十九谢惠连《七月七日夜咏牛女一首》"弄杼不成藻，耸辔骛前踪"，《钞》曰："《俗语》云：七月七日夜，鹊为织女辇绢归夫家。"

6. 卷六十二江文通《杂体诗三十首·孙廷尉杂述绰》篇题下，《钞》曰："《文录》云：于时才华之士，有伏滔、庚阐、曹毗、李充，皆名显当世，绰冠其首焉。故温郗王庚诸公之薨，非兴公为文，则不刻石也。"

7. 卷六十二江文通《杂体诗三十首·孙廷尉杂述绰》"领略归一致，南山有绮皓"，《钞》曰："《古贤集目》云：夏黄公，姓崔，名广。"

8. 卷六十二江文通《杂体诗三十首·许征君自序询》篇题下，

---

① 日人长谷川滋成《〈文选钞〉的引书》一文对此问题已先揭之，其对《钞》引书的研究颇为深入和全面，可看看。转载于《古典文献研究》（第十四辑），南京大学古典文献研究所主办，南京：凤凰出版社，2011年。

《钞》曰:"《隐录》云:询总角奇秀,众谓神童。隐在会稽幽究山,与谢安、支遁游处,以弋钓啸咏为事。"

9. 卷六十二江文通《杂体诗三十首·许征君自序询》篇题下,《钞》曰:"《杂说》云:询性好山水,而涉是游,时人谓'许掾非止有胜情,亦有济世之具'。"

10. 卷六十二江文通《杂体诗三十首·殷东阳兴瞩仲文》篇题下,《钞》曰:"《杂说》云:谢灵运谓仲文曰:'若读书半袁豹,则文史不减班固。'"

11. 卷七十一王元长《永明九年策秀才文三首》"祥正而青旗肃事,土膏而朱纮戒典",《钞》曰:"《田经》云:立春之日,立一木于土中,上二三寸。土起与木齐,即可耕也。"

12. 卷九十三陆士衡《汉高祖功臣颂一首》"沉迹中乡,飞名帝录",《钞》曰:"《河图玉英》云:刘季为天子。"

13. 卷百十三潘安仁《夏侯常侍诔一首》"杰操明达,困而弥高",《钞》曰:"《礼别名记》云:一人材,敌万人为杰。"

《钞》所引书,新旧《唐书》已多不载,至马国翰《经籍考》,十存一二耳。不特文人资为渊薮,抑亦后儒考证得失之林也,其文献价值弥足珍贵。如民国初余嘉锡《四库提要辨证》卷三考《晋书》时引《钞》考许询的生平仕履,补充了一些鲜为人知的重要史料,取得了不少成绩。其《世说新语笺疏·文学》"左太冲作《三都赋》初成"条注引《钞》所征引的王隐《晋书》,言"吴事访于陆机",也是不见他书的珍贵材料。此外,《钞》所引内容亦有多出今传本的内容,以及辑本所未收录的内容如:

1. 卷九左太冲《吴都赋一首》"潮波汨起,回复万里",《钞》曰:"《风土记》云:东海有大鲸,穴处海底,一日一夜二时出食,故一日一夜二时潮来复者,水激却上也。"

2. 卷五十九谢灵运《田南树园激流殖援一首》"激涧代汲井,插槿当列墉",《钞》曰:"曹植《妍歌篇》:木豫南岘头,汲水北涧隅。"

3. 卷五十九沈休文《和谢宣城一首》"揆余发皇鉴,短翮屡飞翻",《钞》曰:"《楚词》云:皇鉴余之忠诚兮。"

4. 卷六十二江文通《杂体诗三十首·殷东阳兴瞩仲文》"莹情无余滓,拂衣释尘务",《钞》曰:"《庄子》云:人之去秽累,若镜之见磨饰。"

5. 卷七十九任彦昇《奏弹曹景宗一首》"不有严刑,诛赏安置,景宗即主",《钞》曰:"杨雄《虎赋》曰:目如电光,舌如绵巾。勇怯见之,莫不主臣。"

6. 卷九十一王元长《三月三日曲水诗序一首》于作者名下,《钞》曰:"案:《元长集》云:元长既作此序竟,上启陈云:'臣融言,奉司徒竟陵王臣子良所宣敕,使臣序今年曲水诗。臣少来挟策,颇好虫篆。文欤典丽,思惭沉郁。伏以至策熙明,玄功昭畅。一九皇之恒制,兼三代之独道。礼乐宪章之富,班马未敢□□□□□□□□□□□武□□□□□□□□□□□□□□安,使颜延之为序,犹□之美□□有。然宋德之仰皇风,犹蚁蛭之望嵩霍;臣才之匹延之,亦牛宫之譬江海。化弥隆而人益贱,事逾泰而言又轻。虽沥丹愚,终谢神算。冒昧上闻云云乎。'敕答曰:'卿所制《三日诗序》,言议廓落,可为大制作也。颜氏不复专擅其美,迟见卿具□□□□□□□□诸怀也。'"

7. 卷九十一王元长《三月三日曲水诗序一首》"建旗拂蜺,扬葭振木",《钞》曰:"杜挚《葭赋序》云:《葭》,老子入胡之所作也。"

8. 卷九十一王元长《三月三日曲水诗序一首》"尔乃回舆驻罕,

岳镇渊渟",《钞》曰:"察(当为'蔡'之讹)雍《巢父碑》云:岳镇渊渟,
澹然无虑。"

9. 卷九十四袁彦伯《三国名臣序赞一首》"神情所涉,岂徒蹇愕
而已哉",《钞》曰:"王逸注《楚词》云:蹇蹇,思忠信行貌也。"

10. 卷百十三潘安仁《沂马都诔一首》"今追赠牙门将蜜印绶,
祠以少牢",《钞》曰:"臧荣绪《晋书》曰:惠帝赠马敦牙门将蜜印
画绶。"

但是,《钞》也有不少缺点。其最突出的缺点在于嗜博贪多,颇
为繁酿,其引据典实大多摭拾旧文,过于重视史料的来历本末,漫
无考订,每每旁征博引,引文多而杂,缺乏裁剪,引书不节略,与注
释内容无关涉的文句亦时时夹杂其中,旁支蔓延,有迂繁琐碎之
疵。如卷六十二江文通《杂体诗三十首·卢中郎感交谍》"马服为
赵将,疆场得清谧"下,《钞》曰:"《史记》云赵之田奢者,赵之田部史
也。秦伐韩,军于阏与。……秦军解而走,遂解阏与之围而归。赵
惠文王赐奢号为马服君,以许历为国尉。"①可见,《钞》与李善注或
引原文,或概括其意,或节略而引,或改原典以迁就正文之机动灵
活不同,引书不节略,几乎全录《史记·廉颇蔺相如列传》"秦伐韩,
军于阏与……以许历为国尉"一段,极其繁琐细碎,虽说交待清楚
了其来龙去脉,但远不如李善注节略后的引文"《史记》曰:赵奢大
破秦军,秦军解而走,遂解阏(当为'阏')与围而归。赵惠文王赐奢
号为马服君"简约明晰。又如卷九十四袁彦伯《三国名臣序赞一
首》"昂昂子敬,拔迹草莱",《钞》曰:"《吴志》云:鲁肃字子敬,临淮

---

① 周勋初辑:《唐钞文选集注汇存》(第一册),上海:上海古籍出版社,2011年,第
743—745 页。

东城人也。生而失父，与祖母居。……年四十六，建安二十二年
卒。"几乎全取《吴书·鲁肃传》，只此一处注解就多达915字，可见
其是宁愿"迂繁"不愿"疏略"，求多而难精，缺乏收束，故往往取舍
不当，于解释有损而无补，与正文无关的字句亦时时夹杂其中，有
胶柱鼓瑟之嫌，易陷读者于迷雾。周勋初称其"繁而不杀"①，确是
切中肯綮。而作注释首先要明白目的是什么，注释目的就是帮助
读者来理解、读懂原文的，且集部文献的注解与子部书籍应该是不
一样的，子书一般都是学术性著作，应该原原本本地整段过录，集
部文献则不同，不应一味炫才夸博，令读者不得要领，所以要对其
内容加以删截，只取对理解正文有用的部分，原文过录可谓不得
其法。

　　并且，《钞》往往望文生训，转失本旨，亦难免有不解语词、失当
臆想之处，如卷五十九谢惠连《捣衣诗一首》"白露滋园茂"，《钞》注
"滋"为"茂"显然不妥，又将下句"烈烈寒螀啼"之"寒螀"注为"蚯
蚓"就更为荒谬，蚯蚓缘何能啼？并且同篇"盈箧自余手，幽缄俟君
开"，李善注"缄"字为"束箧也"，非常贴切。而《钞》曰："缄，开于笥
中也"，显然于意有违。又"微芳起两袖，轻汗染双题"，《钞》曰："谓
两人俱有微汗沾额也。"将"双题"释读为两人之额，殊是不类。同
卷鲍明远《数诗一首》"八珍盈雕俎"，《钞》曰："俎，礼器也"，亦属想
当然尔。同卷谢灵运《田南树园激流殖援一首》"激涧代汲井，插槿
当列墉"，《钞》曰："插，谓树也。"将动词释为名词。他如卷四十八
潘正叔《赠陆机出为吴王郎中令一首》"我车既巾，我马既秣"，《钞》

---

　　① 周勋初：《〈文选〉所载〈奏弹刘整〉一文诸注本之分析》，《文学遗产》1996年第
2期。

曰:"秣,粟也。"以文义审之,显然不妥。"秣"此处应为动词,当如吕延济注所称:"秣,饲也。言将饲车马将行。"若斯之类,既背正文,复乖古训,甚是令人费解。但时时又有甚浅易极易知者,本无待辞费,《钞》亦加以注解,其所发明,往往文本自明,以至于其注语太过浅近忽易,实则无裨景光,徒费笔翰耳。如卷八左太冲《蜀都赋一首》"百药灌丛,寒卉冬馥",《钞》曰:"百药,言不一也。"卷九左太冲《吴都赋一首》"陈兵而归",《钞》曰:"陈兵而归,谓陈列兵戈以归也。"又,"卓荦兼并",《钞》曰:"兼,犹皆也。"卷四十八潘安仁《为贾谧作赠陆机一首》"况乃海隅,播名上京",《钞》曰:"上京,犹上都也。"卷六十一鲍明远《代君子有所思一首》"智哉众多士,服理辨昭昧",《钞》曰:"众多士,非指一人也。"卷九十八干令昇《晋纪总论》"山陵未干",《钞》曰:"未干,言犹湿也。"兹不赘举。《钞》对书、对人的称谓也未能整饬、划一,如《尚书》,或称"《尚书》",或简称为"《书》";所引毛苌《诗传》一书,或称"《诗传》曰",或称"毛苌曰",或称"毛《传》曰",或称"毛苌《传》",或称"毛公云"等等。又如所引颜师古《汉书注》,有称颜师古、师古、颜公、颜监等,很是舛杂。像是讲课所用的文本,或者是听课者整理要点后的笔记,具有一种讲义录的特点。

第三节 《钞》注例管窥

《集注》编者有删却重复注解的惯例,《钞》与李善注相同重复处,当已经过删截,故内容方面主要表现为对李善注的补充和订正,如卷百十三潘安仁《夏侯常侍诔一首》"莫涅匪缁,莫磨匪磷",李善曰:"《论语》子曰:不曰坚乎?磨而不磷。不曰白乎?涅而不缁。"《钞》曰:"《论语》孔注云:磷,薄也。涅可以染皂者。言至坚者磨之不薄,至白者染之不黑,以言君子虽在浊乱,浊乱不能污也。"①当然也不能排除《钞》亦征引《论语》原文,因与李善注重复而遭《集注》编者删减,故而表现为既对正文释义,又对李善注引文释义。综合《集注》的编辑体例来看,后者的可能性更大,由下例可证:卷百十六王仲宝《褚渊碑文一首》"建元四年八月廿一日薨于第,春秋四十有八。昔柳庄疾棘,卫君当祭而辍礼",《钞》曰:"郑玄《礼记注》曰:革,急也,急吊贤也。革,九力反。"而就《文选》正文看,并无"革"字,《钞》没有必要引及无关涉正文之郑玄《礼记注》以释,盖因此前李善注引《礼记》中有"若疾革"字样,(李善曰:"《礼记》:卫有太史曰柳庄,寝疾。公曰:'若疾革,虽当祭必告也。'公再拜稽首,请于尸曰:'臣有柳庄也,非寡人之臣,社稷之臣。'闻之死,请往。不释服往,遂以襚之。")《钞》较之李善注不仅引《礼记》为释,尚多出郑玄《礼记》注。因《钞》引《礼记》与李善注相重复,从而遭《集注》编者删减,遂使《钞》注"革"字上无所承,若不结合李善注,《钞》此处注解颇是突兀难解。《集注》也有删汰未尽处,尚存有迹可循者,如卷九十一王元长《三月三日曲水诗序一首》"本枝之盛如此,稽古之政如彼",李善曰:"《尚书》曰:若稽古帝尧。"《钞》曰:"《尚书》云:曰若稽古帝尧。孔注云:稽,考也,言能顺考古道而行之者,帝尧也。"此足可证《钞》之原初形态亦当详引经籍原文,盖因与李善注重复而遭《集注》编者删减,只留存李善所未征引之经传注疏。

---

① 周勋初辑:《唐钞文选集注汇存》(第三册),上海:上海古籍出版社,2011 年,第677—678 页。

　　大体而言，凡是援录有《钞》的地方，多无李善注；或是李善注曰"未详"；或是李善注甚是简略、不够确切；抑或是《钞》别出异解他说，其征引及注释与李善本有不同者。从诠释的效果上说，《钞》与李善注可谓是有机的整体，不可分割。细绎《钞》注释之法，大体可分为以下三种情况：

　　一是补充李善未施注之处，即补充李善未注或注明"未详"者，即注解不充分、欠详明之处，并提出新的见解，可补李善注之阙失，亦可补史传著述之不足。又可细分为以下四种：

　　1. 于李善未施注处，《钞》或直接训释字义，或征引前人经籍注及小学书以训诂文字，主要是以文字训释和名物训诂为主。其语辞训释，大都可以在唐以前的训诂学专著或古书旧注中找到依据。（其例甚繁，今从略）。

　　2. 于李善未施注处，《钞》则征引典籍以明出处。如卷八左太冲《三都赋序》"然相如赋上林而引卢橘夏熟"，《钞》曰："《禹贡》：杨州厥包橘柚。《吕氏春秋》曰：江浦之间，卢橘夏熟也。"同篇，"杨雄赋甘泉而陈玉树青葱"，《钞》曰："《淮南子》云：昆仑山有玉树也。"同篇，"班固赋西都而叹以出比目"，《钞》曰："《尔雅》云：东方有比目鱼焉。管仲云：东海献比目之鱼也。"同篇，"张衡赋《西京》而述以游海若"，《钞》曰："《楚词》曰：令海若舞冯夷起。《汉书·司马相如传》曰：亡氏公言上林广大，山谷水泉万物，及子虚言云梦所有甚众，多过其实也。具非义理所尚，班固亦未能改其辙也。"又，卷五十九谢灵运《田南树园激流殖援一首》"激涧代汲井，插槿当列墉"，《钞》曰："曹植《妍歌篇》：木豫南岿头，汲水北涧湄。"其例甚繁，不烦举。

　　3. 于李善未施注处，《钞》则疏解章句，阐释文义。如卷五十九陶渊明《读山海经一首》"众鸟欣有托,吾亦爱吾庐",《钞》曰:"众鸟托于茂木,我亦爱玩园庐,各尽其性也。"又,卷五十九谢玄晖《观朝雨一首》"空濛如薄雾,散漫似轻埃",《钞》曰:"空濛,谓细雨如濛雾,远散又如细尘。"其例亦繁,不赘举。

4. 补李善注"未详"之阙。李善注中的"未详",大半是未详名物、事迹的来历本末,事在疑似之间,故难作断语。而《钞》则对此加以补足,如:

(1)卷七十九杨德祖《答临淄侯笺一首》"若此仲山、周旦,为皆有誉耶",李善曰:"《毛诗序》曰:《七月》,周公遭变,陈王业之艰难。然《诗》无仲山父作者,而有吉父美仲山父之德,未详德祖何以言之也。"《钞》曰:"周公作《鸱鸮诗》,仲山甫作《周颂》。此二人是古之圣贤,各有诗颂。如所君侯引子云之说,则皆为过阙也,不得复贤圣。"李善注称"《诗》无仲山父作者",《钞》则曰"仲山甫作《周颂》",可藉此条正订李善注之误。

(2)卷九十三陆士衡《汉高祖功臣颂一首》"奇谋六奋,嘉虑四回",李善曰:"《汉书》曰:陈平凡六出奇计。奇计或颇秘,世莫得闻。宗仲子《法言注》曰:张良为高祖画策六,陈平出奇策四,皆权谋,非正也。然机之此言,有符仲子之说,未详相承而误,或复别有所凭也。"《钞》曰:"《汉书》:平自初从至天下定后,常以护军中尉从击臧茶、陈豨、黥布。王生意:四回,即谓高祖赐平四万金,令其间禁(当为'楚'之讹)君臣离之,使亚夫疽发背而死,一也。韩信为齐王,二也。于时项羽遗使来,平遣人将美食进。平问是谁使人,云是项王使,遂遣撤食,乃进麄食,云:'吾谓是亚夫之使,乃项王之使。'遂撤美食,三也。卢绾反,高祖使樊哙讨之。人有告哙欲同维,高祖大怒,乃令平载周勃往伐,即宜斩哙送之。平乃不杀,以槛车送至,而高帝崩,此四也。"①

(3)卷九十八干令昇《晋纪总论一首》"是以目三公以萧杌之称,标上议以虚谈之名",李善曰:"萧杌,未详。"而《钞》则曰:"言萧然杌然,无所知事君上之议,议此虚谈也。"

(4)卷百二王子渊《四子讲德论一首》"周公受秬鬯而鬼方臣",李善曰:"周公受鬯,未详。"而《钞》则曰:"《孙氏瑞应图》曰:秬鬯者,三隅之黍,一秠三米。王者宗庙修则生。黄帝时,南夷乘白鹿来献秬鬯。周公受秬鬯。"

(5)同上篇,"宣王得白狼而夷狄宾",李善曰:"《史记》曰:穆王征犬戎,得四白狼以归。今云宣王,未详。"《钞》曰:"《孙氏瑞应图》曰:王者仁德明哲,则白狼见。又云:王者进退依法度则至。周宣王得之而犬戎服也。周昭王所得,今言宣王,过误也。"《钞》依文意断之,前一"周宣王"当为"周昭王"之误,盖抄者在过录时因疏忽所致。

(6)同上篇,"乾坤之所开,阴阳之所接。编结沮颜,燋齿枭睅,剪发黥首,文身裸袒之国",李善曰:"燋齿,未详。"《钞》则曰:"燋齿,齿燋黑,即东海外黑齿国是也。"

二是李善注但征引典故出处,《钞》或加以文字训诂,或疏解章句意旨,或更引经传注疏,意图补足李善注。详见下文:

1.李善注但征引典故出处,《钞》则加以文字训诂。如卷八左太冲《蜀都赋一首》"经三峡之峥嵘,蹑五岨之蹇产",李善曰:"《楚词》曰:下峥嵘而无地。《子虚赋》曰:蹇产沟渎。"《钞》曰:"峥嵘,峻

① 周勋初辑:《唐钞文选集注汇存》(第三册),上海:上海古籍出版社,2011年,第101—102页。

险也。塞产,然是其五山峰豁翠阻不齐之貌也。"同篇,"天帝运期而会昌,景福肦蠁而兴作",李善曰:"《上林赋》曰:肦飨布写。"《钞》曰:"《汉书音义》司马彪曰:肦,过也。芬芳之过,若蠁虫之布写。《说文》:肦,蟹布也。蠁,知馨虫也。"又,卷九左太冲《吴都赋一首》"濞焉汹汹,隐焉礚礚",李善曰:"《高唐赋》曰:濞汹汹其无声。又曰:嶾震天之礚礚。"《钞》曰:"濞,小声。汹汹,大声也。隐,深远之声。礚礚,水激石之鸣也。"他如卷五十九陶渊明《读山海经一首》"孟夏草木长,绕屋树扶疏",李善曰:"《上林赋》曰:垂条扶疏。"《钞》曰:"扶疏,盛貌也。"等等,不烦举。

2. 李善注但征引典故出处,《钞》则加以章句意旨的疏解。其特色是以详尽、简明的字句来阐释语意。如卷四十八陆士衡《于承明作与士龙一首》"永安有昨轨,承明子弃予",李善曰:"《毛诗》曰:弃予如遗。"《钞》曰:"言永安犹有我昨日轨迹,我今至承明,至已别我去也。"又,卷五十九陶渊明《读山海经一首》"穷巷隔深辙,颇回故人车",李善曰:"《汉书》曰:张负随陈平至其家,家乃负郭穷巷,以席为门,门外多长者车辙。"《钞》曰:"与陈平事同意也。言穷巷本隔绝深辙,虽然,亦颇回故人车也。言友朋枉驾以相顾也。"同篇,"欢言酌春酒,摘我园中蔬",李善曰:"张协《归旧赋》:苦辞既接,欢言乃周。《毛诗》曰:为此春酒。"《钞》曰:"与故人共酌酒,而摘蔬菜同食也。"等等,不烦举。

3. 李善注但引经为训,明其典出,但对于一般读者而言,并不明了具体字词的涵义,故《钞》更引经传注疏为解,以帮助读者理解作品为首义。如:

(1)卷八左太冲《三都赋序》"见绿竹猗猗,则知卫地淇澳之产",李善曰:"《毛诗·卫风》曰:瞻彼淇奥,绿竹猗猗。"《钞》曰:

"《诗传》曰:澳,深隈也。"

（2）卷八左太冲《蜀都赋一首》"褴桃函列,梅李罗生",李善曰:"《尔雅》曰:褴桃,山桃也。"《钞》曰:"郭璞曰:实如桃而小,不解核也。"

（3）卷四十八陆士衡《答贾长渊一首》"及子栖迟,同林异条",李善曰:"《毛诗》曰:或栖迟偃仰。"《钞》曰:"毛公云:栖迟,犹息也。"

（4）卷四十八潘安仁《为贾谧作赠陆机一首》"昔余与子,缱绻东朝",李善曰:"《左氏传》臧昭伯曰:缱绻从公,无通外内。"《钞》曰:"杜预云:缱绻,不离散也。"

（5）卷五十九卢子谅《时兴一首》"下泉激冽清,旷野增辽索",李善曰:"《毛诗》曰:冽彼下泉。"《钞》曰:"《诗传》云:冽,寒貌也。"

（6）卷五十九谢灵运《石门新营所住四面高山回溪石濑修竹茂林一首》"早闻夕飚急,晚见朝日暾",李善曰:"《楚辞》曰:暾将出兮东方。"《钞》曰:"王逸注《楚词》谓曰:始出东方,其容暾暾而盛大也。"

（7）卷七十九任彦昇《奏弹曹景宗一首》"惟此庸固,理绝言提",李善曰:"《毛诗》曰:匪面命之,言提其身。"《钞》曰:"《诗注》曰:提,撕也。"

（8）卷八十五嵇叔夜《与山巨源绝交书一首》"心不耐烦,而官事鞅掌",李善曰:"《毛诗》曰:或栖迟偃仰,或王事鞅掌。"《钞》曰:"毛苌《诗传》云:鞅掌,失容也。郑玄云:鞅犹荷,掌谓捧持之也。"

（9）卷八十五孙子荆《为石仲容与孙皓书一首》"夫治膏肓者,必进苦口之药;决狐疑者,必告逆耳之言",李善曰:"《左氏传》曰:晋景公梦疾为二竖子,一曰:'居肓之上、膏之下,若我何?'"《钞》

曰:"《左氏传》杜注云:肓,鬲也,心下为膏也。"

（10）卷八十八陈孔璋《檄吴将校部曲文一首》"孙权小子,未辩菽麦",李善曰:"《左传》曰:晋周子有兄而无慧,不能辩菽麦。"《钞》曰:"《左传注》曰:菽,大豆。麦,小麦。"

（11）同上篇,"百姓安堵,四民反业",李善曰:"《汉书》曰:高祖入关,吏民皆按堵如故。"《钞》曰:"安堵,《汉书》应劭注曰:按,按次第也。堵,垆堵也。"

（12）卷八十八钟士季《檄蜀文一首》"太祖武皇帝,神武圣哲,拨乱反正",李善曰:"《公羊传》曰:君子曷为为《春秋》? 拨乱世,反诸正,莫近诸《春秋》。"《钞》曰:"《公羊传》何休注:拨,犹理也。谓拨乱代而反正道。"

（13）卷九十一王元长《三月三日曲水诗序一首》"牢笼天地,弹压山川",李善曰:"《淮南子》曰:帝者体太一,牢笼天地,弹压山川。"《钞》曰:"《淮南子注》云:弹压之出云雨也。"

（14）同上篇,"念负重于春冰,怀御奔于秋驾",李善曰:"《尚书》曰:若蹈虎尾,涉于春冰。"《钞》曰:"孔《尚书注》云:春冰畏陷,惧之甚也。"

（15）同上篇,"杂夭采乎柔荑,乱嘤声于绵羽",李善曰:"《毛诗》曰:桃之夭夭,灼灼其华。又曰:手如柔荑。又曰:鸟鸣嘤嘤。"《钞》曰:"《诗传》云:夭夭,其少壮也。《易》云:枯杨生荑。荑,谓初生柔条也。郑《诗笺》云:嘤嘤,两鸟声。"

（16）卷九十四袁彦伯《三国名臣序赞一首》"元首经略而股肱肆力",李善曰:"《尚书》曰:繇歌曰:元首明才,股肱良才。"《钞》曰:"孔安国《尚书注》云:元首,君也。股肱,臣也。"

（17）卷百十六蔡伯喈《陈仲弓碑文一首》"见机而作,不俟终日",李善曰:"《周易》曰:君子见机而作,不俟终日。"《钞》曰:"王弼《周易注》曰:几者,事之征,吉凶之先见也。"

(18) 卷百十六王仲宝《褚渊碑文一首》"是时天步初夷,王途尚阻",李善曰:"《毛诗》曰:天步艰难。"《钞》曰:"毛苌《诗传》云:步,行也。郑玄曰:天行此艰难之妖久矣。"

三是《钞》别引他书,或别出异解。如:

1. 卷八左太冲《蜀都赋一首》"岗峦纠纷,触石吐云",李善曰:"《春秋元命苞》曰:山者含精藏云,故触石而出。《孔丛子》孔子曰:夫山者,兴吐风云,以通乎天地间。"《钞》曰:"《公羊传》曰:太山之云触石而出,庸寸而合,不终朝而雨。谓方寸之石能起弥天之云。"

2. 卷九左太冲《吴都赋一首》"鱼鸟聱耴,万物蠢生",李善曰:"聱耴,众声而不可听也。《埤苍》云:聱,不听也。"《钞》曰:"聱耴,举头高低之貌。"正如吕向所注"鱼当无声,此云鱼者,文之失也",以文义审之,《钞》较之李善注更为洽切。

3. 同上篇,"殷动宇宙,胡可胜原",李善曰:"《文子》曰:四方上下谓之宇。《说文》曰:宙,舟舆所极覆也。"《钞》曰:"《尸子》曰:四方上下曰宇,往古来今曰宙。一曰:宇宙,天地也。"

4. 同上篇,"碕岸为之不枯,林木为之润黦",李善曰:"许慎《淮南子注》曰:碕,长边也。"《钞》曰:"曲岸之突出者曰碕。"

5. 卷四十八陆士衡《赠顾交阯公真一首》"惆怅瞻飞驾,引领望归旆",李善曰:"《左氏传》穆叔谓晋侯曰:引领两望,日庶几乎?"《钞》曰:"《左氏传》:楚太宰蘧启疆曰:我先君恭已引领北望,日月以冀鲁来朝者也。"

6. 卷四十八潘安仁《为贾谧作赠陆机一首》"芒芒九有,区域以分",李善曰:"《毛诗》曰:方命厥后,奄有九。毛苌曰:九有,九

州也。"《钞》曰:"《尚书》云:以有九有之师。孔安国曰:九有,诸
侯也。"

7. 卷八十八陈孔璋《檄吴将校部曲文一首》"太尉帅师,甫下荥
阳,则七国之军瓦解冰泮",李善曰:"郑玄《周礼》注曰:甫,始也。"
《钞》曰:"《毛诗》注曰:甫,大也。"

8. 卷九十三王子渊《圣主得贤臣颂一首》"记曰:恭惟《春秋》法
五始之要,在乎审己正统而已",李善曰:"《汉官解故》胡广曰:五
始:一曰元,二曰春,三曰王,四曰正月,五曰公即位也。"《钞》曰:
"张晏曰:要《春秋》称元年、春、王、正月、公即位,此五始也。颜师
古曰:五始者:元者,气之始;春,四时之始;王者,受命之始;正月
者,政教之始;公即位,一国之始,是为五始。"

9. 卷百十六蔡伯喈《陈仲弓碑文一首》"天不愁遗老,俾屏我
王",李善曰:"《左氏传》:孔丘卒,公诔之曰:昊天不吊,不愁遗一
老,俾屏余一人以在位。"《钞》曰:"《毛诗·十月之交诗》曰:不愁遗
一老,俾守我王。郑玄:愁者,心不欲强之词也。"

此外,可藉《钞》考定李善注失当之处,如卷八左太冲《蜀都赋
一首》"潜龙蟠于沮泽,应鸣鼓而兴雨",李善曰:"《方言》曰:未升天
龙,谓之蟠龙。"《钞》曰:"《礼记》龙极于天而蟠于地。郑玄曰:蟠,
委也。《广雅》:蟠,曲也。"以文义审之,自以《钞》注为胜。又卷九
十八范蔚宗《后汉书皇后纪论一首》"爰逮战国,风宪愈薄,适情任
欲,颠倒衣裳",李善注:"《毛诗》曰:绿兮衣兮,绿衣黄裳。"《钞》曰:
"《诗》云:东方未明,颠倒衣裳。"盖李善以为此处文字出于《邶风·
绿衣》,《钞》则以为出于《齐风·东方未明》。案:《齐风·东方未
明》首章即云"东方未明,颠倒衣裳"。范晔行文用的自然是这一典
故。二者相较,自以《钞》之注释为精确。

又,《钞》有校勘之例。《钞》撰者曾见及《文选》之"古本"、"旧本",又曾参据李善本及未确指之"诸本子"、"或本"、"一本"等。若他本与其所参据的底本有异文者,多点出其异文,但一般不作案断。对有所本、讲得通的别本异文,偶见云"亦通"、"并得通"者。惜其所参据原本传承情况及其所云"诸本"、"或本"、"一本"者,乃系何人所传,其原貌如何,《钞》皆略去不言。《钞》之校勘情况大体如下:

1. 卷九左太冲《吴都赋一首》"挥袖风飘而红尘昼昏,流汗霡霂而中逵泥泞",《钞》曰:"旧本'昏'为'冥','逵'为'衢'。《尔雅》:九达谓之逵。"

2. 卷五十九谢玄晖《直中书省一首》"兹言翔凤池,鸣佩多清响",《钞》曰:"翔,集也。古本作'集'。此恐昭明改之。"

3. 卷六十八曹子建《七启八首》"玄微子曰:吾子倦世,探隐拯沉",编者案语云:"诸本子下有'整身'二字。"而《钞》则曰:"古本无此'整身'两字。"

4. 同上篇,"繁饰参差,微鲜若露",《钞》曰:"李'霜'作'露',与'错'字为韵。"

5. 同上篇,"动触飞锋,举挂轻罿",《钞》曰:"罿字,或改为'磻',言弋缴之箭也。"

6. 卷八十五赵景真《与嵇茂齐书一首》"平滌九区,恢廓宇宙",《钞》曰:"廓,开也。言大开宇宙以立天地。案:干宝《晋纪》'廓'作'维'。言大维络宇宙也。"此乃据史志以校《文选》之异文。

7. 卷八十八陈孔璋《檄吴将校部曲文一首》"伏尸十万,流血漂橹。此皆天下所共知也",《钞》曰:"《尚书》:流血摽杵。《字林》作'橹',大盾也。"此校别本之异文。

8. 卷八十八司马长卿《难蜀父老一首》"心烦于虑,而身亲其劳。躬腠胝无胈,肤不生毛",《钞》曰:"胈,肤。腠,皮也。《尸子》以为禹之身手不生毛,胈不生肤,是也。今此诸本或作'奏'。"

9. 同上篇,"且《诗》不云乎:普天之下,莫非王土;率土之滨,莫非王臣",《钞》曰:"滨,涯也。或本为'宾'字者。"(此条《钞》窜入李善注)

10. 卷九十四夏侯孝若《东方朔画赞一首》"陵轹卿相,嘲哂豪杰",《钞》曰:"哂,笑也。或为'嗤',嗤亦笑也。"

11. 卷九十四袁彦伯《三国名臣序赞一首》"公达慨然,志在致命",《钞》曰:"或本为'在于推刃',亦通。"

12. 同上篇,"继体纳之无贰情,百姓信之无异辞",《钞》曰:"'倚'或为'纳'。"

13. 卷九十八干令昇《晋纪总论一首》"故贤愚咸怀,小大毕力",《钞》曰:"一本'感怀'。感怀,应也。"

14. 卷百二王子渊《四子讲德论一首》"故美玉蕴于碔砆,凡人视之怵焉",《钞》曰:"怵,或作'佚',或作'忽'字,并得通。"

15. 同上篇,"恻隐身死之腐人,凄怆子弟之累首",《钞》曰:"累,系也,谓边远之子弟为人累系其首,而为奴婢也。又作'累匦'。"

16. 卷百十三潘安仁《夏侯常侍诔一首》"愊抑失声,迸涕交挥",《钞》曰:"愊抑,犹哭咽也。《字林》作'揊'。揊,拊胸声也。"

综上所述,《钞》校勘众本,出具异文,对追溯《文选》旧形原貌及考定其正文异文有着重要的参考价值。

又,《钞》有订误之例,主要分为下列五类:一是指明《文选》篇目序次先后错出者;二是辨明作者失考者;三是订正《文选》原本文字之误者;四是辨明李善本《文选》用字有误者及李善注解失当之处；五是正定他本注解有误者。

1. 指明《文选》篇目序次先后错出者。如卷四十八陆士衡《赠弟士龙一首》篇题下，《钞》曰："初，吴破入洛，士龙在家，将与之别，赠。至承明，又作前诗。此篇当合居前也。"依据诗作的写作时间，对《文选》篇目叙次编排提出异议，其说甚是。可藉之正定《文选》篇目叙次之失（苏东坡有"舟中读《文选》，恨其编次无法，去取失当"之诮）。

2. 辨明作者失考者。如卷八十五赵景真《与嵇茂齐书一首》，于作者"赵景真"下，《钞》曰："干宝《晋纪》云：吕安与康相善，安兄巽。康有潜遁之志，不能披褐怀玉宝，矜才而上人。安妻美，巽使妇人醉而幸之，丑恶发露，巽病之，反告安谤己。巽善钟会，有宠于太祖，遂徙安边郡。安还书与康，其中云：'顾影中原，愤气云踊。哀物悼世，激情风厉。龙啸大野，虎睇六合。猛志纷纭，雄心四据。思蹑云梯，横奋八极。披艰扫难，荡海夷岳。蹴昆仑，使西倒；蹋太山，令东覆。平涤九区，恢维宇宙。斯吾之鄙愿也。岂能与吾同大丈夫之忧乐者哉？'太祖恶之，追收下狱。康理之，俱死。又《嵇绍集》云：'此书赵景真与从兄嵇茂齐书，时人误以为仲悌与先君书，故具列其本末。'寻其至实，则干宝说吕安书，为是何者？嵇康之死，实为吕安事相连，吕安不为此书，言太祖何为？至死当死之时，人即称为此书而死。嵇绍晚始成人，恶其父与吕安为党，故作此说以拒之。若说是景真为书，景真孝子，必不肯为不忠之言也。又景真为辽东从事，于理何苦而云'愤气云踊，哀物悼世'乎？实是吕安见枉非理徙边之言也。但为此言与康相知，所以得使钟会构成其罪。若真为杀安，遣妻别康为证，未足以加刑也。干宝见绍说之非，故于修史陈其正义。今《文选》所撰，以为亲不过子，故从绍言以尽之。其实非也。"①该文作者可以说从晋时起就一直有争议，存在二说，详见李善注："《嵇绍集》曰：赵景真与从兄茂齐书，而时人误谓吕仲悌与先君书，故具列本末。赵至，字景真，代郡人。州部（疑为'辟'之讹）辽东从事。从兄太子舍人蕃，字茂齐，与至同年相亲。至始诣辽西时，作此书与茂齐。干宝《晋纪》以为吕安与嵇康书。二说不同，故题云景真，而书曰安也。"②李善也不能确定作者是谁，故不置可否，并存二说。《钞》则详考其本事始末，谓是吕安所作无疑，当以安为定。五家李周翰之观点与《钞》相合，称"干宝《晋纪》云：吕安，字仲悌，东平人也。时太祖徙安远郡，即路作此书与嵇康。案：康子绍《集序》云景真与茂齐书。且《晋纪》国史，实有所凭，绍之家集，未足可据。何者？时绍以太祖恶安之书，又父与安同诛，惧时所疾，故移此书于景真。考其始末，是安所作，故以安为定也。"然则萧统不察嵇绍操危虑深之微意，径直从之，致使其篇题讹误。《钞》说是也，文中"安白"者，乃绍之微意留与后人考索者也。必假名于他人者，以文中多愤激语触及时讳之故。近人骆鸿凯亦赞同此说，云："按《文选·思旧赋》注引干宝《晋书》，太祖徙吕安远郡，遗书与康，'昔李叟入秦，及关而叹'云云。太祖恶之，追收下狱。康理之，俱死。又《魏氏春秋》言安亦至烈，有济世志力。证以书中平涤九区，恢维宇宙之议，干生之言为得其实。绍以父与安同诛，惧时所疾，故移此书于赵景真也。再就此书细勘之，曰'夫以嘉遁之举，犹怀恋恨，况乎不得已者哉？'如景真归就州辟，未即

---

　　① 周勋初辑：《唐钞文选集注汇存》（第二册），上海：上海古籍出版社，2011年，第556—559页。

　　② 周勋初辑：《唐钞文选集注汇存》（第二册），上海：上海古籍出版社，2011年，第556页。

为不得已也。又曰'常恐风波潜骇,危机密发,'非安不得为此言也。又曰'北土之性,难以托根,'景真乃代郡人,岂得云北土难以托根耶? 又曰'若乃顾影中原,愤气云踊,蹴昆仑使西倒,蹋太山令东覆'云云。叔夜与魏宗室为婚,而有性烈才俊,当司马秉政之日,乃心魏室,未尝或忘。《晋书》载钟会谮康,欲助毌丘俭,赖山涛不听。《魏志》注引《世语》曰,'毌丘俭反,康有力,且欲起兵应之,以问山涛。涛曰:不可。俭亦已败。'征之此文而益信矣。惟吾子植根芳苑一节,不似叔夜生平,无以详知也。然叔夜本高门,姬侍盖亦所有,未足为病。且其竺信导养,以安期、彭祖为可求,然则弄姿房帷,信有之乎。更观'酒色令人枯'之篇,是又与荒淫者异趣矣。书末云'各敬尔仪,敦履璞沈,'此坚其乃心王室也。假使景真所作,何乃与嵇吕往还相类若斯耶?"[1]而在《集注》中依然是两种观点并存,《钞》、五家都认为是嵇绍因"惧祸"而"移书于景真",其书真正的作者是吕安。而陆善经则从文章内容和思想感情出发来作判断,注曰:"《晋书》云:赵至论议精辨,有纵横才气,辽西举郡计史,到洛与父相遇,时母已亡,父欲令其官立,弗之告,仍贰以不归,至乃还辽西。太康中,以良吏赴洛,方知母亡,号恸欧血。干宝《晋纪》以为吕安与嵇康书,详其书意,自吾子植根芳苑已下,则非与康明矣。"[2]认为其非与嵇康书,其作者当为赵至。另,支持"赵至"说的一个重要的旁证是《艺文类聚》卷三十中存有嵇蕃回复赵至的《答赵景真书》。故此文作者仍未有定论,待详考。

3. 订正《文选》原本文字之误者。如卷八左太冲《蜀都赋一首》

---

① 骆鸿凯:《文选学》,北京:中华书局,1989 年,第 175—176 页。

② 周勋初辑:《唐钞文选集注汇存》,上海:上海古籍出版社,2011 年,第 559 页。

"戟食铁之兽,射噬毒之鹿。畾狁氓于萋草,弹言鸟于森木",《钞》曰:"'畾',当作'拍'。《说文》曰:拍,抚也。《汉书音义》曰:畾者,徒搏之类也。"《钞》广引典籍,用"理校"法点明原本为误,以"当作"引出正字。又,卷百二王子渊《四子讲德论一首》"宣王得白狼而夷狄宾",《钞》曰:"《孙氏瑞应图》曰:王者仁德明哲则白狼见。又云:王者进退依法度则至。周宣王得之而犬戎服也。周昭王所得,今言宣王,过误也。"依《钞》注解内容推之,前一"周宣王"当为"周昭王"之误,盖抄者在过录时因疏忽所致。又,百十二潘安仁《汧马督诔一首》"追赠牙门将蜜印绶,祠以少牢",《钞》曰:"蜜,蜡也,凡追赠死者用蜜蜡以为印绶。臧荣绪《晋书》曰'惠帝赠马敦牙门将蜜印画绶。'今《文选》本并无'画'字。或改'蜜'为'军',非也。"对确定无疑的《文选》原本之文字错误,即以"非也"直接加以否定。又,卷六十八曹子建《七启八首》"华烛烂,幄幪张",《钞》曰:"幪,亦帐也。张,设也,又为'帏',非也。"

4. 辨明李善本《文选》用字有误者及李善注解失当之处。如卷六十八曹子建《七启八首》"彤轩紫柱,文榱华梁",《钞》曰:"李本'楯'作'柱',非。"又如卷七十九繁休伯《与魏文帝笺一首》"謇姐名唱",李善曰:"謇姐,盖亦当时之乐人。"《钞》曰:"謇,谓偃謇也。言有娇謇之声,非人姓名也。"

5. 正定他本注解有误者。如卷六十一刘休玄《拟古二首·拟行行重行行》"寒将翔水曲,秋菟依山基",《钞》曰:"郭璞注《方言》云:寒螀,蜩也。何承天《纂文》云:寒螀,狐蜇也,六足四翼,或青或朱,皆好依水。其义当如此,不得如蜩也。"

由此可知,《钞》之勘误所涉面较为广泛,并非单就《文选》之是非而言,主要是以原本的文字校订为主,而或本、他本之讹误,以及

《文选》篇章所涉经籍的错误和可疑之处,均在正订之列。

又,《钞》有"未详"之例。如李善注一样,《钞》对未闻未知之事之说,不强以臆说解之。如:

(1) 卷九左太冲《吴都赋一首》"蕉葛升越,弱于罗纨",《钞》曰:"升者,未详。又云:升越,蕉葛之细者。假令用三十升,今越过之至四十升,取其精细也。"

(2) 卷五十九谢玄晖《郡内登望一首》"方弃汝南诺,言税辽东田",《钞》曰:"辽东田,未详。或云李繁后汉末时为太守,弃官避难,归辽东也。"

(3) 卷五十九沈休文《和谢宣城一首》"牵拙谬东氾,浮惰及西昆",《钞》曰:"此二句约自属。东氾、西昆,约任处也,失其行事,未详为何官也。"

(4) 卷六十二江文通《杂体诗三十首·孙廷尉杂述绰》"领略归一致,南山有绮皓",《钞》曰:"《古贤集目》云:夏黄公,姓崔,名广。其余未详。"

(5) 卷六十八曹子建《七启八首》"故田光伏剑于北燕,公叔毕命于西秦",《钞》曰:"《战国策》有公叔,毕命事未详。"案:李善注此处亦云:"公叔未详。"又,"挥袂则九野生风,慷慨则气成虹蜺",《钞》曰:"刘劭《赵都》同用此事,然未知所出。""未知所出"亦属此例。

(6) 卷七十一任彦昇《宣德皇后令一首》"要不得不强为之名,使荃宰有寄",《钞》曰:"此皆假称说耳,不得本实。"

(7) 卷七十九任彦昇《奏弹曹景宗一首》"故司州刺史蔡道恭",《钞》曰:"姓蔡,字道恭,不得名也。"又,"岂直受降可筑,涉安启土而已哉",编者案语称"《钞》、五家本'涉'为'沙'也",而《钞》则曰:"《汉书》云:令因杆将军公孙敖伐破凶奴筑受降城,言凶奴来降者,皆置城中。《史记》云:涉安侯以单于太子降侯。今言沙安,未详其义。"由此注文可知,当是其所据底本有误,"沙安"当为"涉安","沙"与"涉"二字形近致讹。

(8)卷八十八司马长卿《难蜀父老一首》"至于蜀都耆老大夫缙绅先生之徒二十有七人,俨然造焉",《钞》曰:"二十七人,当时人,不详其姓名也。"

(9)同上篇,"今罢三郡之士,通夜郎之涂,三年于兹,而功不竟",《钞》曰:"三郡,当时郡耳,不详其名。又云:巴蜀广汉等是。"

(10)卷九十一颜延年《三月三日曲水诗序一首》"妍歌妙舞之容,衔组树羽之器",《钞》曰:"妍,美歌也。组,绶之类也。未详其事。"

(11)卷九十四夏侯孝若《东方朔画赞一首》"大人来守此国",《钞》曰:"大人,谓其父庄也。《晋书》云:夏侯湛父庄为兖州刺史。乐陵郡旧属兖州。臧荣绪《晋书》:祖威为兖州刺史,父庄为淮南太守。此言大人,未详。"

又,《钞》有"再见从省"之例。如:

(1)卷五十九鲍明远《数诗一首》"八珍盈彫俎,绮肴纷错重",《钞》曰:"八珍,已具第十一。"

(2)卷五十九谢玄晖《和王著作八公山诗一首》"出没眺楼雉,远近送春目",《钞》曰:"春目,出《楚词》。意已见上。"

(3)卷八十八陈孔璋《檄吴将校部曲文一首》"昔岁军在汉中,东西县隔",《钞》曰:"魏太祖征张鲁于汉中,时事已见上。"

(4)卷九十三王子渊《圣主得贤臣颂一首》"去卑辱奥流而升本朝,离蔬释蹻而享膏粱",《钞》曰:"言享此膏腴之粱米,已见陆机

《君子行》。”

(5) 卷九十四袁彦伯《三国名臣序赞一首》“晚节曜奇，则三分于赤壁”，《钞》曰：“三分赤壁者，……事已具第廿一，此不委说也。”

又，《钞》有阙疑之例，如：

(1) 卷五十九谢玄晖《和王著作八公山诗一首》篇题下，《钞》曰：“王著作，不得名也。姓王、为著作者，同时有三人，未知是若人，故疑之不定。”

(2) 卷五十九沈休文《应王中丞思远咏月一首》篇题下，《钞》曰：“王中丞，不得名。字思远，为御史中丞。”

(3) 卷七十九任彦昇《奏弹曹景宗一首》“臣谨奉白简以闻，臣君诚惶诚恐”，《钞》曰：“白简，事阙。”

(4) 卷八十八陈孔璋《檄吴将校部曲文一首》“吕布作乱，师临下邳，张辽、侯成率众出降”，《钞》曰：“侯成，小吏，不知所赏也。”

又，《钞》有考辨之例，主要分为下列七类：一是考证文字及字义，二是考证史实，三是考正作者行文之误，四是考证作者之用典，五是考证地理，六是考证物类，七是考证文章所涉人物，如：

1. 考证文字及字义，如卷九十八干令昇《晋纪总论一首》“又曰：立我蒸民，莫匪尔极”，《钞》曰：“‘立’当为‘粒’字也。”指其文字之讹。又如卷六十八曹子建《七启八首》“玄微子曰：吾子倦世，探隐拯沉”，《钞》曰：“探隐，非是《周易》‘探隐’之义。隐，深者；探，拔使出。沉没者亦拯之。”同上篇，“蹻捷若飞，蹈虚远蹠”，《钞》曰：“蹻，据字书，渠略反，健也，然义从‘趫’，不用改之。”

2. 考证史实，如卷八十五孙子荆《为石仲容与孙皓书一首》“是故许郑以衔璧全国，曹谭以无礼取灭”，《钞》曰：“《左氏传》云：楚子围郑，郑伯肉袒牵羊。据《左传》郑无衔璧事，但取其降伏之义，与上连言也。"又，同上篇，"夫虢灭虞亡，韩并魏从，此皆前鉴之验，后事之师也"，《钞》曰："《左氏传》云：魏徙大梁，自是六国时在晋。韩是秦始皇所并，非并而魏从。此恕孙楚错用事耳。《书传》无文。"

3. 考证作者行文之误，如卷八十五孙子荆《为石仲容与孙皓书一首》"然主上眷眷，未便电迈者，以为爱民活国，道家所尚"，《钞》曰："道家，谓老子《道经》也。《道经》云：爱民治国。河上注云：治国者，布德施惠，无令下知。言此活国，'活'与'治'字相滥，疑误。"又如卷八十八陈孔璋《檄吴将校部曲文一首》"逆贼宋建，僭号河首，同恶相救，并为唇齿"，《钞》曰："《左传》昭十三年，晋韩宣子谓叔向曰：同恶相求，如市贾马，何难？此言'救'者，作文人改其一字也。"

4. 考证文章本事，如卷八十五赵景真《与嵇茂齐书一首》"安白：昔李叟入秦，及关而叹"，《钞》曰："《列子》云：老子适秦，墨子闻之，邀之于梁。及之郊，老子仰天而叹曰：吾以子为可教，而子不可教矣。据《老子》过秦至梁野而叹，无及关之处。"又如八十八陈孔璋《檄吴将校部曲文一首》"胡濩子弟部曲将校为列侯将军已下千有余人"，《钞》曰："据《魏志》亦唯有封列侯，无将军。"又同篇"是故伊挚去夏，不为伤德；飞廉死纣，不可谓贤"，《钞》曰："《史记》恶来革有力，飞廉善走，父子俱以才力事纣。周武王伐纣，并杀恶来，是时飞廉为纣臣也。《孟子》曰：及纣之身，天下有乱。周公相武王，诛纣，驱飞廉于海隅而戮之。然此文飞廉不与纣同死，而今言死纣者，诛纣后，廉亦死。故言飞廉死纣也。"

5. 考证地理，如卷八十五赵景真《与嵇茂齐书一首》"经迥路，涉沙漠"，《钞》曰："沙漠在匈奴西南。案：此又不得言为辽东从事也。"

6. 考证物类,如卷九十一王元长《三月三日曲水诗序一首》"文铖碧笤之琛,奇干善芳之赋",《钞》曰(此处漫漶难辨,依集注本编辑体例来看,当为"钞曰"无疑):"菁茅当为'芳'字之误也。善芳,鸟名。今言之赋,则鸟,非赋物。菁茅□□二途尚疑,请俟明者也。"

7. 考证文章所涉人物,如卷百二王子渊《四子讲德论一首》"五伯以下,各自取友",《钞》曰:"杜预曰:五霸者,夏伯昆吾,商伯大彭、豕韦,周伯齐桓、晋文。又云,齐桓、晋文、秦穆、楚庄、勾践。依文意,周末五伯是。"

此外,卷九十三王子渊《圣主得贤臣颂一首》,《钞》征引有三处姚察《汉书训纂》中的案语,即"察案",其内容皆为考辨之说,前文已引及此,不烦更引。

又,《钞》有"不以文害意"例,如卷百十三潘安仁《夏侯常侍诔一首》"子之友悌,和如瑟琴",《钞》曰:"《诗》云:妻子好合,如鼓瑟琴。然《诗》以琴瑟喻妻子,此以喻明友。词人引诗,不以文害意也。"

又,利用旧注之例,《钞》以己注为主,间引前人旧注。将旧注囊括于注中,各依其说而留之,随其所用而引之,未单行,并于篇内具列其姓名。如韦昭、苏林、颜师古、张晏、张辑、晋灼、文颖、孟康、如淳、服虔、臣瓒、项岱、邓展等人《汉书注》。如李善注一样,失《汉书音议》注者姓名,故引是书不提主名。只是《钞》多直接训释,其征引旧注条目远较李善本为少。

又,《钞》引集部文字,大多直书某篇,如卷八左太冲《三都赋序》"故能居然而辩八方",《钞》曰:"《难蜀父老》曰:六合之内,八方之外。"有时也称引作者姓名,其例多直呼其名不称字,如卷九左太冲《吴都赋一首》"蔼蔼翠幄,袅袅素女",《钞》曰:"张衡《思玄赋》

云:素女拊弦而余音。"他如称引"班固《东都》"、"左思《蜀都赋》"、"司马迁《书》"之类,皆如此例,不赘举。偶见及称字者,如卷九十一王元长《三月三日曲水诗序一首》"稚齿丰车马之好,宫邻昭泰,荒憬清夷",《钞》曰:"张平子《东京》云:始于宫邻。"又如卷八十五赵景真《与嵇茂齐书一首》"身虽胡越,意存断金",《钞》曰:"苏子卿《诗》云:邈若胡与秦。"可知其体例并未整齐划一,稍显芜杂。所引经史典籍,有时亦称篇名,如卷七十一王元长《永明九年策秀才文三首》"舄卤可腴,恐时无史白",《钞》曰:"《史记·河渠书》曰:太始二年,⋯⋯亦出《汉二传·沟洫志》。"又,卷九十一颜延年《三月三日曲水诗序一首》"皇祇发生之始,后王布和之辰",《钞》曰:"《离骚·九歌》有祠东皇太一也。"

其他,如称《庄子》为"庄周"等等,不赘述。

第四节 《音决》述略

《文选》诗文,其词瑰奇,其句诘屈,学者多苦难读。况其选录作品兼苞七代,赋与诗、骚约占全书大半,皆为韵文,若不了声韵,则将龃龉失读,诘聱为病矣。且声音之学与训诂相表里,故训诂常因音以求义,甚至释音即释义。隋唐间即文字音声以通诂训而治《文选》者,计有:隋人萧该《文选音》十卷(《隋书·经籍志》作《文选音》三卷,《旧唐书·经籍志》、《新唐书·艺文志》皆作《文选音》十卷,可备两说),唐人曹宪《文选音义》十卷[①],许淹

[①] 案:《新唐书·艺文志》云"卷亡"。《日本国见在书目录》作"十三",疑"三"字误衍。又,日人狩野直喜《唐钞本文选残卷跋》案语作"《唐书志》云卷七",盖"七"字乃"亡"字之讹。

《文选音义》十卷①，李善《文选音义》十卷（《日本国见在书目录》著录有"《文选音义》十，李善撰"）等等。其间歧说蜂出，亦属难免，那么博引众说，对其加以评判抉择，择优弃劣，使无所适从的学子得到正解，这也是时代的需要，故才有了《音决》的诞生。

《集注》音释部分以《音决》为主，去其诸家音（包括李善音）中与之同者而存其异者。《集注》既全采《音决》，又保留诸家注（李善注、《钞》、五家注、陆善经注）中与之相异之音，实为流传下来的汇存了最多隋唐音注的最全、最多之本，且已亡佚的萧该《文选音》、曹宪《文选音义》、许淹《文选音》（一作《文选音义》）也借此得以保存数条，对中古音研究所助颇多。《音决》于诸家音有所辨正，周祖谟《论〈文选音〉残卷之作者及其方音》云："谓之'音决'者，盖采撷诸家旧音而审决之也。"②称《音决》固当。徐之明《〈文选音决〉反切韵类考》③一文采用系联法与比较归纳法，整理出《音决》的韵类为 52 个，共 176 韵。并据其韵系特点，如支、脂不混，鱼、虞不杂，洽、狎分明，指出《音决》所反映的音系应为当时的江南读书音，为研究《音决》音韵系统提供了新解。《音决》同时也为我们从语言

---

① 《旧唐书·儒学上·曹宪传》附《许淹传》："许淹者，润州句容人也。少出家为僧，后又还俗。博物洽闻，尤精诂训，撰《文选音》十卷。"而《旧唐书·经籍志》载录"《文选音义》十卷，释道淹撰"。《新唐书·儒学上·曹宪传》附《许淹传》亦言："句容许淹者，自浮屠还为儒，多识广闻，精故训，与罗等并名家。"而《新唐书·艺文志》一曰"僧道淹《文选音义》十卷"，又"许淹《文选音》十卷"。学者多疑道淹、许淹为一人，二书当即一书，只是称名有异。由其本传可知，许淹"少出家为僧"，故有称"释道淹"、"僧道淹"或"淹师"者，如日本东方文化学院京都研究所影印武进臧氏《拜经堂丛书》所收沙门慧苑《华严经音义录·净行品第十》"猗觉"下云："于宜反。淹师《文选音义》云：猗，美也。"许淹《文选音》，宋时已不见著录。惟法国巴黎国家图书馆藏敦煌遗书中有《文选音》唐写本残卷九十七行，未详著者，有研究者以为是许淹作品。

② 周祖谟：《问学集》，北京：中华书局，1966 年，第 177 页。

③ 徐之明：《〈文选音决〉反切韵类考》，《贵州大学学报》1999 年第 6 期。

学、音韵学、训诂学的角度挖掘其所保存下来的中古时期声韵、语言文字的资料价值,研究唐代音韵及其演变提供了第一手材料。此外,对研究《切韵》音系也有重要的参考价值。

关于《音决》的撰作世代,因为《音决》中曾提及颜师古《汉书注》某字为某,而颜师古《汉书注》成于贞观十五年(641)前后,故其成书于贞观十五年之后,殆无可疑。另据其在《集注》中的排列顺序看,位于李善注、《钞》后,五家注、陆善经注前,开元六年九月十日吕延祚表献《五臣集注文选》,所以《音决》的成书也不应晚于开元六年。

一、《音决》存有骞上人、萧该、曹宪、许淹等人的旧音

《音决》是唐代《文选》音义集大成之作,搜罗并吸纳有诸家《文选》音注成果,如萧该、曹宪、许淹、李善、王(佚名)①等人的《文选》注音,而萧该《文选音》以及曹宪、许淹、李善等人的《文选音义》,自王尧臣《崇文总目》、郑樵《艺文略》、马端临《经籍考》俱不著录,则在宋时已亡,不传已久。而幸在《音决》中得以保存数条,吉光片羽,弥足珍贵。

萧该在注释体例方面,博引众说,开创引书为证进行注音训诂的先河。惜其《文选音》已佚,只《音决》中尚存留有萧该音 23 条②,

---

① 《音决》所引"王"音凡五条:卷九左太冲《吴都赋》"腾趠飞超"下,《音决》:"超,王协韵,丑照反。"卷九十三王子渊《圣主得贤臣颂》"虽伯牙操递钟"下,《音决》:"递,王户高反。"卷百二王子渊《四子讲德论》"凡人视之怏焉"下,《音决》:"怏,他忽反,又都忽反。王音逸。"同篇"鄙人黯浅"下,《音决》:"黯,王音暗。"卷百十三潘安仁《沂马督诔》"既纵礴而又升焉"下,《音决》:"礴,王力对反。"

② [日]富永一登《〈文选〉李善注研究》,研文出版,1999 年。转载于《古典文献研究》(第十四辑),南京大学古典文献研究所主办,南京:凤凰出版社,2011 年,第 179—182 页。

见下：

1. 卷八左太冲《蜀都赋》"汩若汤谷之扬涛"，《音决》："汩，萧，音骨。"

2. 卷八左太冲《蜀都赋》"剧谈戏论，扼捥抵掌"，《音决》："戏，许义反。褚①、萧等咸以为攠，许奇反。云，鬼谷先生书有《抵攠篇》，本作'戏'字者，传写误。案谓言戏谈论者，是赋之意也。即以抵攠为证，翻似穿凿。"

3. 卷九左太冲《吴都赋》"玩其碛砾而不窥玉渊者"，《音决》："碛，七历反。萧，千积反。"

4. 卷九左太冲《吴都赋》"刷荡猗澜"，《音决》："刷，萧，音所劣反。"

5. 卷九左太冲《吴都赋》"石帆水松，东风扶留"，《音决》："夫，萧，方于反。案今南方人音扶。"

6. 卷九左太冲《吴都赋》"盖象琴筑并奏，笙竽俱唱"，《音决》："并，萧，步冷反。"

7. 卷九左太冲《吴都赋》"腾趠飞超，争接悬垂"，《音决》："超，王，协韵，丑照反。萧，吐吊反。"

8. 卷九左太冲《吴都赋》"竞游远枝，惊透沸乱"，《音决》："透，萧，诗六反。或他豆反。"

9. 卷九左太冲《吴都赋》"都辇殷而四奥来暨"，《音决》："隩，萧，于六反。"

10. 卷九左太冲《吴都赋》"纻衣绤服，杂沓从萃"，《音决》："潀，

---

① 褚即褚诠之。《隋志》载"《百赋音》十卷，宋御史褚诠之撰。"参狩野充德《关于〈文选集注〉所引〈音决〉所见诸家音》，《山阳女子短期大学研究纪要》第七号，1980 年。

萧，先项反。又，四踊反。"

11. 卷九左太冲《吴都赋》"将校猎乎具区"，《音决》："校，萧，胡孝反。"

12. 卷九左太冲《吴都赋》"乌浒狼膬，夫南西屠"，《音决》："乌，萧，乌古反。"

13. 卷五十九谢惠连《七月七日夜咏牛女》"瞬目眪曾穸"，《音决》："眪，所买反。萧，音所疑反。"

14. 卷六十三屈平《离骚经》"路曼曼其修远兮"，《音决》："曼，音万。萧，武半反。"

15. 卷六十六宋玉《招魂》"身服义而未沫"，《音决》："沫，亡背反。萧音，亡盖反。"

16. 卷六十六刘安《招隐士》"偃蹇连卷兮枝相缭"，《音决》："缭，居虬反。萧，音料。"

17. 卷六十六刘安《招隐士》"蘋草靃靡"，《音决》："蘋，音频。案此即《字林》所谓'青蘋草'者也。萧、骞等诸音咸以为蘋音烦，非。"

18. 卷六十八曹子建《七启》"抗招摇之华旌"，《音决》："招，之遥反。萧，音韶。"

19. 卷七十九繁休伯《与魏文帝笺》"謇姐名唱"，《音决》："姐，萧，子也反。"

20. 卷九十三王子渊《圣主得贤臣颂》"清水淬其锋"，《音决》："淬，曹，七对反。萧，子妹反。"

21. 卷九十三王子渊《圣主得贤臣颂》"袭狐狢之暖者，不忧至寒之凄怆"，《音决》："暖，奴管反。萧，香远反。"

22. 卷百二王子渊《四子讲德论》"鄙人黯浅，不能究识"，《音决》："黯，王，音暗。萧，音奄。"

23. 卷百十三潘安仁《㴲马督诔》"既纵礧而又升焉",《音决》："礧,王,力对反。萧,力罪反。"

此 23 条皆为音注,未见释义条目。另有一条见尤本卷十五张平子《思玄赋》"行颇僻而获志兮,循法度而离殃",李善注："僻,倾也。离,遭也。殃,咎也。萧该《音》本作陂,布义切。《礼记》曰:商乳(当作'乱',盖形近致讹。胡刻本作'乱')曰陂。郑玄曰:陂,广(胡刻本作'倾')也。《周易》曰:无平不陂。《广雅》曰:陂,邪也。"①又《汉书·扬雄传》"芝吷肵目捉根兮",王先谦补注："官本引萧该《音义》曰:'吷,别本丑乙反,《文选》余日反。'"萧该《文选》音训,残膏剩馥,仅此而已。高步瀛认为"其书(《文选音》)今不传,不如《汉书音义》犹得见其大要也"②。清儒臧镛辑得萧该《汉书音义》三卷③,可与其《文选音》相资为用。如杨子云《羽猎赋》"踔夭挢",萧该《汉书音义》曰："踔,韦昭音卓。晋灼曰:踔音鱼罩之罩,今依晋灼音。"又如杨子云《甘泉赋》"捎夔魖而抶猲狂",萧该《汉书音义》曰："猲狂,无头鬼也。见《字林》。"慧琳《一切经音义》亦引录有一条萧该《汉书音义》,云："透迤,上畏韦反,下以伊反。萧该《汉书音义》云:水曲流貌也。《古今正字》云:透迤,邪行也。二并从辵,委、也皆声也。"④万献初《萧该〈汉书音义〉音切考辨》云："萧该228 条 342 个音注,引用前人者甚多。首音引 24 家(引注音人 17,

---

① 〔南朝梁〕萧统编,〔唐〕李善注:《宋尤袤刻本文选》(第四册),国家图书馆出版社,2017 年,第 141—142 页。

② 高步瀛著,曹道衡、沈玉成点校:《文选李注义疏》,北京:中华书局,1985 年,第 35 页。

③ 臧镛认为"汉魏微言"存于此《汉书音义》中。其所辑存见《拜经堂丛书》,日本东方文化学院京都研究所,1935 年。

④ 参见《一切经音义》卷四,大正新修大藏经第 54 册。

引旧音 7 种）。……又音引 23 家（注音人 14，旧音 9）。……合并重复者，实引注音人 19 家，旧音 12 种，共引 31 家音 238 处。此外还有‘又、一作、别本、秦云、或、今人（今读）’等实际上也是引录他人读音的。则有明确征引标记的占音注总量的 70％强。……由这些引用数据可推知萧该《汉书音义》音切的基本性质，它不大可能反映当时口语时音的共时语音平面，可能反映的是读书音系统，而且这个读书音系统是历代音注的递传，是层累地造成的历时性读书音系统。"①此虽就萧该《汉书音义》而言，但对研究其已亡佚之《文选音义》亦具有重要参考价值。

隋唐之际，继萧该之后治《文选》为作音注者，以曹宪为魁首，所著《文选音义》，颇为时人所重，亦开后儒注《选》家法，惜久已散佚。今幸在《音决》之中保存有 12 条（其中萧该《音》注上文已言及，为避重复，此处删略），见下：

1. 卷八左太冲《蜀都赋》"汩若汤谷之扬涛"，《音决》："汩，曹，胡没反。"

2. 卷九左太冲《吴都赋》"泓澄裔漾"，《音决》："澄，曹，直耕反。又如字。"

3. 卷九左太冲《吴都赋》"跃龙腾蛇，鲛鲻琵琶"，《音决》："琶，曹，步兮反。又音毗。"

4. 卷九左太冲《吴都赋》"刷荡漪澜"，《音决》："刷，曹，音子六反。"

5. 卷九左太冲《吴都赋》"舁莩蘆蓿"，《音决》："莩，《字林》，况于反。曹，苦花反。"

---

① 万献初：《萧该〈汉书音义〉音切考辨》，《古汉语研究》2009 年第 3 期。

6. 卷九左太冲《吴都赋》"渊客慷慨而泣珠",《音决》:"忼,曹,何朗反。"

7. 卷六十三屈平《离骚经》"长减澹亦何伤",《音决》:"颇,口感反。《玉篇》,呼感反。颔,胡感反。曹,减澹二音。"

8. 卷六十六宋玉《招魂》"䔲菅是食些",《音决》:"䔲,在东反。曹音邹,通。"

9. 卷六十六宋玉《招魂》"参目虎首,其身若牛些",《音决》:"牛,曹,合口呼谋。齐鲁之间言也。案:《楚词》用此音者,欲使广知方俗之言也。"

10. 卷七十九繁休伯《与魏文帝笺》"謇姐名唱",《音决》:"姐,曹,子预反。"

11. 卷九十三王子渊《圣主得贤臣颂》"清水淬其锋",《音决》:"淬,曹,七对反。"①

曹宪精通文字音韵训诂之学,著有《博雅音》十卷(《隋书·经籍志》作四卷)、《古今字图杂录》一卷。由所留存佚文皆为音注,可推知其所著《文选音义》,虽名称"音义",当如萧该《文选音》一样,主要是注音。但曹宪《文选音义》有十卷之多,而遗存下来的这些条目不仅数量颇少,而且《音决》也有可能是有意识的仅采录其"音"的部分,故此结论亦难免有失偏颇。另,尤本卷十七傅武仲《舞赋》"黎收而拜,曲度究毕"下注有"曹宪曰:曚瞁而拜,上音戾,下居虬反。今检《玉篇》'目部'无此二字。"②涉及 2 个字音。案:

① [日]富永一登《〈文选〉李善注研究》,研文出版,1999 年。转载于《古典文献研究》(第十四辑),南京大学古典文献研究所主办,南京:凤凰出版社,2011 年,第 187—188 页。
② 〔南朝梁〕萧统编,〔唐〕李善注:《文选》,中华书局(影印清嘉庆十四年胡克家刻本),1977 年,第 248—249 页。

袁本、奎章阁本、明州本、《四部丛刊》影宋本的李善注均无"曹宪曰"等 24 字,有可能是后人根据《音决》等对李善注进行的增补。汪习波《隋唐文选学研究》称:"李善学术既承袭曹宪,其书袭用处绝不会仅此一条,且称引师说,也不必直呼其名,此处显有后来窜入的痕迹。而李善注中引及《玉篇》也仅此一处,《玉篇》释义多引前代训诂及各家小学书,依李善注引证往往直接录用原文的习惯,《玉篇》也非李善称引。"①当可信从。此外,日本"九条本"卷十九李令伯《陈情表》"实为狼狈"之旁注有"(狈)《音决》作□。曹音,古觅反。"②也涉及曹宪的一条音注。而残存下来的这 15 个字的曹宪音注,却多与《广韵》、《切韵》注音相左,不知何据,据丁锋《〈博雅音〉音系研究》③一书的考察,认为其"代表了梁、陈、隋之际的扬州音",故与中原音韵有所不同。

许淹,《旧唐书·儒学上·曹宪传》附《许淹传》:"许淹者,润州句容人也。少出家为僧,后又还俗。博物洽闻,尤精诂训,撰《文选音》十卷。"《旧唐书·经籍志》载录"《文选音义》十卷,释道淹撰"。《新唐书·儒学上·曹宪传》附《许淹传》云:"句容许淹者,自浮屠还为儒,多识广闻,精故训,与罗等并名家。"而《新唐书·艺文志》一曰"僧道淹《文选音义》十卷",又"许淹《文选音》十卷"。学者多疑道淹、许淹为一人,二书当即一书,只是称名有异。由其本传可知,许淹"少出家为僧",故有称"释道淹"、"僧道淹"或"淹师"者,如日本东方文化学院京都研究所影印武进臧氏《拜经堂丛书》所收沙

---

① 汪习波:《隋唐文选学研究》,上海:上海古籍出版社,2005 年,第 262 页。

② [日]富永一登《〈文选〉李善注研究》,研文出版,1999 年。转载于《古典文献研究》(第十四辑),南京大学古典文献研究所主办,南京:凤凰出版社,2011 年,第 188 页。

③ 丁锋:《〈博雅音〉音系研究》,北京:北京大学出版社,1995 年。

门慧苑《华严经音义录·净行品第十》"猗觉"下云:"于宜反。淹师《文选音义》云:猗,美也。"许淹《文选音》,惜久已亡佚,宋时已不见著录,《集注》中存留有四条:

1. 卷九左太冲《吴都赋》"郁兮茷茂",《音决》:"茷,音悦。许,与税反。"

2. 卷四十八陆士衡《赠尚书郎顾彦先二首》之一"凄风迕时序",《钞》曰:"迕,逆也。言为凄风是逆其时也。淹上人作'迅风',疾也。"

3. 卷百十三潘安仁《夏侯常侍诔》"愊抑失声",《音决》:"愊,普逼反。淹,皮力反。"

4. 卷百十三潘安仁《汧马督诔》"若乃下吏之肆其噤害",《音决》:"噤,其禁反。淹,其锦反。"

另外,《音决》还引录有骞上人(即释道骞,《隋志》著录其《楚辞音》一卷,称其"善读《楚辞》,能为楚声")四条旧音,见下:

1. 卷九左太冲《吴都赋》"岐嶷继体,老成奕世",《音决》:"岐,骞,音奇。又巨支反。"

2. 卷六十三屈平《离骚经》"愿俟时乎吾将刈",《音决》:"刈,骞上人,鱼再反。"

3. 同上篇,"汤禹严而祗敬兮",《音决》:"严,骞上人,鱼俭反。"

4. 卷六十六刘安《招隐士》"青莎杂树兮,薠草靃靡",《音决》:"薠音频。案:此即《字林》所谓青薠草者也。萧、骞等诸音,咸以为薠,音烦,非。"①虽只是一鳞半爪,却也弥足珍贵,不独能佐证《隋

---

① 朱季海《楚辞解故》"青莎杂树,薠草靃靡"条云:"今谓此文大误。凡'薠'皆当读为'薠','频''烦'字当互易。《音决》之文,本与此相反,盖写书者失之尔。《音决》本文当云:'薠,音烦。案此即《字林》所谓青薠草者也。萧、骞等诸音,咸以为薠,音频,非。'"

志》之说,对存世的敦煌《楚辞音》残卷研究所助良多。初唐传《楚辞》者,在音韵方面"皆祖(释道)骞公之音"①。游国恩《楚辞讲录》云:"据《隋书·经籍志》,骞公之音,虽称《楚辞》,仅有一卷,似乎只是音注《离骚》一篇,而非《楚辞》全书。"②而《集注》中《招隐士》一文尚存留有骞公音切,可知骞公《楚辞音》,实应涵盖《楚辞》全书。③

二、《音决》音义兼备,主要是注音

《音决》继承萧该、曹宪衣钵,主要是字音笺释,注音、辨音,因音明义,其注释、辨析的对象主要是音读(音释云"反"不云"切"),于义少有解释。"其注音内容包括以下五个方面:一是注释难字、僻字;二是注解多音字;三是注解协韵字;四是驳正误读之音;五是读破通假字。"④其音义之例主要是反切式注音,约占七成以上,少半运用直音的方法,以及为数极少的四声调注。他如有曰古字通者,有曰古字同者,有曰音义同者,有曰音义通者,有曰协韵者,有曰或为某者,有曰古某字者,有时还注明声调,绝类《博雅音》之体,是研究唐初语音的宝贵资料,其音切系统与《广韵》音系较为接近,可藉此所收音切为材料,以考中古音之真伪,同时对研究《切韵》音系也有很重要的参考价值。

---

① 〔唐〕魏徵等:《隋书》,北京:中华书局,1973 年,第 1056 页。
② 游国恩:《楚辞讲录》,载《文史》1962 年第 1 辑。
③ 参熊良智《〈文选集注〉骚类残卷在〈楚辞〉研究中的价值》,《四川师范大学学报》1995 年第 4 期。
④ 王书才:《〈昭明文选〉研究发展史》,北京:学习出版社,2008 年,第 55 页。

1.《音决》多注明协韵①、叶音。协韵虽无涉于文字之形义,但有关声韵之变换。考卷六十三屈平《离骚经一首》"夕揽洲之宿莽",《音决》:"莽,协韵,亡古反,楚俗言也。凡协韵者,以中国为本,旁取四方之俗以韵,故谓之协韵。然于其本俗,则是正音,非协也。"②又,卷六十六宋玉《招魂一首》"目极千里兮伤春心",《音决》:"心,素含反。案:方凡素含皆楚本音,非协韵,类皆效此。而称协者,以他国之言耳。"③因"古无韵书,各以方言取读。方音南北互殊,不免大同而小异。"④周祖谟《骞公楚辞音之协韵说与楚音》云:"此论协韵之义甚明,以为时人以中华之音读之不协者,依方音读之自协。故《文选》中音读不和者,公孙(罗)皆为协音以通之;且出其方域,以明协韵所本。"⑤唯有以协音、方音来读,方能使其上下句韵律谐和,以便于讽咏吟诵,故《音决》多明其为某地俗言也,此种情况主要集中在赋类、诗类等韵文中,兹举数例如下:

(1)左太冲《蜀都赋一首》"山阜相属,含溪怀谷",《音决》:"谷音欲,秦、晋之俗言也。又如字。"

(2)同上篇,"白雉朝雊,猩猩夜啼",《音决》:"啼,协韵,逐移反,吴俗言。"

---

① 成公子安《啸赋》"音均不恒,曲无定制",李善曰:"均,古韵字也。《鹖冠子》曰:'五声不同均,然其所喜一也。'晋灼《子虚赋》注曰:'文章假借,可以协韵,均与韵同也。'"

② 周勋初辑:《唐钞文选集注汇存》(第一册),上海:上海古籍出版社,2011年,第805—806页。

③ 周勋初辑:《唐钞文选集注汇存》(第二册),上海:上海古籍出版社,2011年,第66页。

④ 《四库提要·楚辞协韵》,第1269页。

⑤ 周祖谟:《问学集·骞公楚辞音之协韵说与楚音》,北京:中华书局,1966年,第175页。

（3）同上篇，"樊以蒩圃，滨以盐池"，《音决》："蒩，音祖。又，在古反，蜀俗言也。"

（4）同上篇，"尔乃邑居隐赈，夹江傍山"，《音决》："山，协韵，所连反，楚俗言也。"

（5）同上篇，"亚以少城，接乎其西"，《音决》："西，协韵，音先，秦俗言也。"

（6）卷五十六陆士衡《挽歌三首》"周亲咸奔凑，友朋自远来"，《音决》："来，协韵，力而反，吴俗言也。"

（7）同上篇，"案辔遵长薄，送子长夜台"，《音决》："台，协韵，狄夷反，吴俗言。"

（8）同上篇，"殉没身易亡，救子非所能"，《音决》："能，协韵，女夷反，吴俗言。"

（9）卷五十九谢惠连《捣衣诗一首》"白露滋园菊，秋风落庭槐"，《音决》："槐，协韵，回，周、晋之俗言也。"

（10）卷六十六宋玉《招魂一首》"参目虎首，其身若牛些"，《音决》："参，七男反。牛，曹合口呼谋，齐、鲁之间言也。案：《楚词》用此音者，欲使广知方俗之言也。"

另外，对于不需要协韵之处，《音决》亦特加说明，如卷九左太冲《吴都赋一首》"唱棹转毂，昧旦永日"，《音决》："案：自此以下至'结驷'，自有三韵，并不须协下'日'字为韵。"同篇"纻衣缔服，杂沓从萃"，《音决》："案：自此以下，亦不须协韵。"

2.《音决》对于一字异读之多音现象亦详加注明。即同一个字注音不同时，则兼引两家或几家旧音，其旧音、古音主要来源于儒家经典中的字句及其训解。有时《音决》加有案断和识语，以校或本脱误，来明底本为是。如：

(1) 卷八左太冲《蜀都赋一首》"剧谈戏论,扼掔抵掌",《音决》:"戏,许义反。诸(当为'褚'之讹)、萧等咸以为戯,许奇反,云鬼谷先生书有《抵戯篇》,本作'戏'字者,传写误。案:谓言戏谈论者,是赋之意也。即以抵戯为证,翻似穿凿。"引典为据,辨明是非。

(2) 同上篇,"坛宇显敞,高门纳驷",《音决》:"坛,大丹反。张载为'堳'音,善通。"提及张载旧注及李善音注。

(3) 同上篇,"置酒高堂,以御嘉宾",《音决》:"御,鱼虑反。案:郑玄《笺诗》:宜,鱼嫁反。"

(4) 卷九左太冲《吴都赋一首》"夤缘山岳之岊,幂历江海之流",《音决》:"岊,音'节',或为'节'字,通。案:《说文》音'虞'。通。"

(5) 同上篇,"石帆水松,东风扶留",《音决》:"夫,萧,方于反。案:今南方人音扶。"

(6) 卷七十三曹子建《求通亲亲表一首》"其《诗》曰:刑于寡妻,至于兄弟,以御于家邦",《音决》:"御,郑玄鱼嫁反,毛公□□。"

(7) 卷九十八干令昇《晋纪总论一首》"故其《诗》曰:刑于寡妻,至于兄弟,以御于家邦",《音决》:"御,毛音驭,郑玄音讶。"

3.《音决》驳正误读之音,深得六书同音假借之旨。如:

(1) 卷八左太冲《蜀都赋一首》"九土星分,万国错跱。崤函有帝皇之宅,河洛为王者之里",《音决》:"错,七洛反。或七故反,非。……王,于方反。或于放反,非。"

(2) 同上篇,"百果甲宅,异色同荣。朱樱春熟,素柰夏成",《音决》:"宅,如字。或为丑格反,非。"

(3) 同上篇,"晶貀呡于葽草,弹言鸟于森木",《音决》:"晶,李,亡白反。或胡了反,非。"

(4) 卷九左太冲《吴都赋一首》"开市朝而普纳,横阛阓而流溢"，《音决》："朝，如字。或为直遥反，非。"

（5）卷八十五孙子荆《为石仲容与孙皓书一首》"尔乃皇舆整驾，六师徐征。羽檄烛日，旌旗星流"，《音决》："校，胡孝反。或为檄，何的反，非也。"

4.《音决》遗留有义训条目。与当时诸多音义书[①]一样，《音决》音实周备，义则罕说，其释义条目仅存数条，如：

（1）卷八左太冲《蜀都赋一首》"羲和假道于峻岐，阳乌回翼乎高标"，《音决》："标，高枝也，羲和日驭，曰至此碍于高树，故假道而行。阳乌，日中乌，至此亦回羽翼于高枝而进也。"

（2）卷六十一江文通《杂体诗三十首·李都尉从军陵》"袖中有短书，愿寄双飞鸢"下，《音决》："鸢，一见反。此文通当有异见耳。或人不读《瑞应》等书，因即改为雁，非。"

（3）卷八十八陈孔璋《檄吴将校部曲文一首》"拔将取才，各尽其用。是以立功之士莫不翘足引领，望风响应"下，《音决》："应，于政反。拔将取才，谓有文武才皆擢用之也。翘，举也。言立功之士举足引领，望我皇风化，如响之应声而来也。"

（4）卷九十四袁彦伯《三国名臣序赞一首》"苟非命世，孰扫氛雾"，《音决》："雾，音蒙，叶韵，宜音梦。俗语呼重雾霏霏，然下者谓之雾雨，此古之遗言，其宁然也。或为雾者，非。"

（5）卷九十八范蔚宗《后汉书皇后纪论一首》"故考列行迹，以

---

① "音义书专指解释字的读音和意义的书。古人为通读某一部书而摘举其中的单字或单词注出其读音和字义，这是中国古书中特有的一种体制。一部书因师承不同，可以有几家为之作音，或兼释义，有的还注意到字的正误。这种书在传统'小学'著作中独成一类，与字书、韵书、训诂书体例不同，所以一般称为'音义书'，或称'音书'。音义书内容丰富，成为研究古音、古义的重要参考资料。见《中国大百科全书·语言文字》，北京：中国大百科全书出版社，1988 年，第 452 页。

为《皇后本纪》。虽成败事异,而同居正号者,并列乎篇"下,《音决》:"行,案:谓所行事之迹。或音下孟反,非。"

(6) 卷百二王子渊《四子讲德论一首》"是以刺史感憑舒音而咏至德"下,《音决》:"满,亡管反,谓积满。或作'憑',亡本反,非。"

案:其中第 1 条和第 3 条亦不能排除乃系抄者在抄写过程中脱漏《音决》后的五家主名所致,通观《集注》的抄写情况来看,这种可能性非常大。还有一种可能是五臣注袭取《音决》而成文,故此内容与后世刻本中的五臣注相同。

此外,《音决》亦存留有数条作者注,如卷五十六陆士衡《挽歌诗三首》"陆士衡"下,《音决》:"机,西晋平原相,四十三卒也。"提供了陆士衡生平研究的重要参考信息。又同卷陶渊明《挽歌诗一首》"陶渊明"下,《音决》:"潜,宋征士。"卷百十三潘安仁《汧马督诔一首》"潘安仁"下,《音决》:"岳,西晋黄门侍郎。"卷百十六王仲宝《褚渊碑文一首》"王仲宝"下,《音决》:"俭,齐太尉。"等等。

三、《音决》有助于会校和整理《文选》异文

从《集注》编者案语来看,唐时各家注本所据正文已经多有相异者。笔者就《集注》残卷中 504 条编者案语作了统计,其中《音决》与李善本的异文共计 151 条,与《钞》的异文共计 316 条,与五家本的异文共计 329 条,与陆善经本的异文共计 341 条,这尚不包括《集注》编者漏校的情况。故《音决》对《文选》白文的汇校、整理与研究有着重要的意义。

凡有疑误处,《音决》皆举其异文而加驳正,有举正或本之误者之惯例。如:

（1）卷八左太冲《蜀都赋一首》"杂以蕴藻，糅以蘋蘩"，《音决》："蘩音烦。案：当为'蘋'字之误也。"

（2）同上篇，"庭扣钟磬，堂抚琴瑟。匪葛匪姜，畴能是恤"，《音决》："扣音口。或为叩，非。"

（3）同上篇，"经三峡之峥嵘，蹑五屼之蹇产"，《音决》："屼，武江反。陈武作屼，音尨。或作屼，音兀，非。"

（4）卷九左太冲《吴都赋一首》"隐赈崴巇，杂插幽屏"，《音决》："属，之欲反。或作屏，静必反，非。"

（5）同上篇，"霸王之所根柢，开国之所基趾"，《音决》："柢音帝，或作蒂，非。"

（6）卷五十六鲍明远《乐府八首·东吴吟》"徒结千载恨，空负百年怨"，《音决》："怨，于元反。或为冤，非。"

（7）卷五十六鲍明远《乐府八首·升天行》"风飧委松宿，云卧恣天行"，《音决》："宿，思六反。或为柏，非。"

（8）卷六十二江文通《杂体诗三十首·谢仆射游览混》"卷舒虽万绪，动复归有静"，《音决》："植音食。或为复，非。"

（9）卷六十六宋玉《招魂一首》"抑骛若通兮，引车右运"，《音决》："还音施。案：《文选》本尽作'还'，而《楚词》作'运'，音旋。"

（10）同上篇，"结琦璜些"，《音决》："琦音奇。或为奇，非也。"

（11）同上篇，"文缘波些"，《音决》："缘，以船反。或为绿，非。"案：《楚辞》作"缘"，《文选》作"绿"。

（12）卷六十八曹子建《七启八首》"河滨无洗耳之士，乔岳无巢居之民"，《音决》："洗，先礼反。或为涤，非。"

（13）卷八十八陈孔璋《檄吴将校部曲文一首》"围守邺城，则将军苏游反为内应"，《音决》："游音由。或为术，非也。"

（14）卷八十八司马长卿《难蜀父老一首》"故曰：非常之先，黎民惧焉"，《音决》："元，或为先，非。"

（15）卷九十三王子渊《圣主得贤臣颂一首》"虽伯牙操递钟，逢门子弯乌号，犹未足以喻其意也"，《音决》："递，王户高反。案：当为号。古之为文者，不以声韵为害，儒者不晓，见下有乌号，遂改为递，使诸人疑之。或大帝反，或音池，皆非也。"

（16）卷九十四夏侯孝若《东方朔画赞一首》"明节不可以久安也，故诙谐以取容"，《音决》："诙，苦同反。或为谈，非。"

（17）同上篇，"岂徒謇愕而已哉"，《音决》曰："謇，五各反。或为愕者，非。"

此外，可藉《音决》考察《文选》之篇目次序差异。日本九条本《文选》援引有三条《音决》：一是陆士衡《乐府十七首》题下注曰："《音决》云：《文选》诸本前后多有不同，然但是陆生所为，但取篇足而已，前后亦何爽焉。假令即今欲为次第，亦未识昭明之意也。"二是《乐府十七首·日出东南隅行》题下注曰："《音决》在《齐讴行》下，《长安有狭斜行》上。"三是《乐府十七首·塘上行》题下注曰："《音决》在《吴趋行》下，《悲哉行》上。"可知陆士衡《乐府十七首》在唐时就有多种不同版本行世。尤袤曰："自《齐讴行》至《塘上行》史（当作"十"）篇，五臣与善本伦次不同。"盖李善本与五臣本所采底本不同。

《音决》亦可正李善本音注与他本相淆乱的情况，如卷九左太冲《吴都赋一首》"杂賄纷纭"，尤本行间夹注"杂音捷"，而据《音决》："杂，郭（即郭征之，《隋书·经籍志》著录其著《赋音》二卷）音捷，李音维"可知，"杂音捷"非李善注音。过去人们一直认为，尤本大量吸纳、汲取了五臣音注成果，今由集注本看，实则多来自《音决》。如卷八左太冲《三都赋序》"见绿竹猗猗,则知卫地淇澳之产",《音决》:"猗,于宜反。澳,于六反。"尤本同。又卷八左太冲《蜀都赋一首》"请为左右扬榷而陈之",《音决》:"榷,古学反。"尤本同。卷八十五稽叔夜《与山巨源绝交书一首》"足下若嬲之不置",《音决》:"嬲,女了反。"尤本同。当然也不能完全排除李善音因与《音决》相同而遭《集注》编者删减的可能性。

第四章　《文选集注》之五家注研究

　　《文选》五臣注(集注本独称"五家注")是指唐玄宗开元年间吕延济、刘良、张铣、吕向、李周翰五位文臣所作《文选》注释①。当时称为《集注文选》，后通称《文选》五臣注。独集注本将之称为五家注。吕延祚《进集注文选表》深感萧统《文选》"风雅其来，不之能尚，则有遣词激切，揆度其事，宅心隐微，晦灭其兆，饰物反讽，假时维情，非夫幽识，莫能洞究。"而往者李善注："忽发章句，是征载籍，述作之由，何尝措翰？……只谓搅心，胡为析理？"②未能"质访指趣"，且颇为"繁酿"，乃"志为训释"。晁公武《郡斋读书志》亦云："吕延祚以李善止引经史，不释述作意义，集吕延济、刘良、张铣、吕向、李周翰五人注，延祚不与焉。复为三十卷。开元六年延祚上之，名曰《五臣注》。"吕延祚述其新注之长，云："周知秘旨，一贯于

<hr>

　　① 《新唐书·文艺传·吕向传》曰吕向"尝以李善释《文选》为繁酿，与吕延济、刘良、张铣、李周翰等更为诂解，时号《五臣注》。"见〔宋〕欧阳修、宋祁撰：《新唐书》，中华书局，1975年，第5758—5759页。又《艺文志》云："《五臣注文选》三十卷，衢州常山尉吕延济、都水使者刘承祖男良、处士张铣、吕向、李周翰注，开元六年工部侍郎吕延祚上之。"
　　② 见吕延祚《进集注文选表》，载韩国奎章阁藏韩国李氏王朝世宗十年(1428)活字翻北宋元祐年间秀州州学编刻六家注《文选》，首尔：正文社影印奎章阁本，1983年，第5页。

理……作者为志,森乎可观。记其所善,名曰集注。并具字音,复三十卷。其言约,其利博,后事元龟,为学之师。豁若撤蒙,烂然见景;载谓激俗,诚惟便人。"五臣注成书之后,以其简约明晰的风格,兼"时有王章"①,又因利于习文、便于科试等特点,盛行于中晚唐、五代及北宋前期,早在李善注本刊刻之前,已有五代孟蜀刻本②、五代或宋初浙刻本③,二本原刻今皆无存。后因五臣注颇受质疑,渐为李善注声名所掩,流传日稀,极少见于明清以来的诸公私藏书目录。传存至今者,除日本三条公爵家藏《五臣注文选》写本第二十卷(起自邹阳《狱中上书自明》"玉人李斯之意"至阮嗣宗《为郑冲劝晋王笺》"褒德赏功,有自来矣"。卷内亦多有脱阙)外,尚有宋刻本两种:一是台湾故宫博物院所藏南宋绍兴三十一年(1161)建阳陈八郎宅刻本《文选》,虽有补抄,仍成完帙;二是北京大学图书馆与中国国家图书馆分藏之建炎三年(1129)杭州猫儿桥河东岸开笺纸马铺钟家刻本(残存卷二十九、卷三十两卷),以北宋平昌孟氏本为底本,孟氏本刊刻于天圣四年(1026),其底本当为"二川两浙"本。"二川本"即毋昭裔仕蜀所刻《五臣注文选》④。另外,朝鲜尚有多种版本

---

　　① 唐玄宗说:"朕近留心此书,比见注本,唯只引事,不说意义。略看数卷,卿此书甚好。"

　　② 五臣注始刻于五代孟蜀时毋昭裔。《宋史》四七九孟氏世家记毋守素父昭裔"好藏书,在成都令门人勾中正、孙逢吉书《文选》、《初学记》、《白氏六帖》镂板。守素赍至中朝,行于世。大中祥符九年,子克勤上其板,补三班奉职"。王明清《挥麈录余话》二记"毋丘俭贫时借《文选》于交游间,其人有难色。发愤异日若贵,当板以镂之,以遗学者。后仕王蜀为宰,遂践其言刊之。印行书籍,创见于此"。盖误"孟蜀"为"王蜀",又伪为毋丘俭(俭乃三国魏人)。

　　③ 北宋天圣四年(1026)平昌孟氏刊五臣注本沈严《序》称"二川、两浙先有印本"。

　　④ 杨守敬《日本访书志》卷十二对此提出质疑,认为毋昭裔上木之本为五臣本,恐怕是据当时五臣本盛行之事实而提出的臆说。

存世,包括刊本和活字本。如韩国成均馆及日本东京大学东洋文化研究所各藏有一部朝鲜正德四年(1509)刊刻五臣注《文选》。

第一节 五家注之再评价

据两《唐志》及《日本国见在书目录》记载,约在五臣注释《文选》前,已有萧该《文选音》十卷,曹宪《文选音义》十卷,许淹《文选音义》十卷,释道淹《文选音义》十卷(《旧唐书·儒林传》:〔许淹〕少出家为僧,后又还俗。博物洽闻,尤精诂训。撰《文选音》十卷。故释道淹、许淹恐是一人①。《旧唐志》、《日本国见在书目录》有道淹《音义》而无许淹《音》可证),李善《文选注》六十卷、《文选辨惑》十卷(《新唐书·艺文志》著录"李善《文选辨惑》十卷")、《文选音义》十卷(《日本国见在书目录》著录"《文选音义》十,李善撰"),公孙罗《文选注》六十卷、《文选音义》十卷,佚名《文选钞》三十卷,佚名《文选抄韵》一卷等等。另外,尚有收藏于俄罗斯科学院东方文学研究所圣彼得堡分所的唐钞本《文选》某氏注残篇(起自束广微《补亡诗》"明明后辟"句至曹子建《上责躬应诏诗表》"驰心辇毂"句,凡一百八十五行,是一不同于李善和五臣的注本)②,以及日本永青文库藏纯注本(起自司马相如《喻巴蜀檄》至司马相如《难蜀父老》。案:今存两个唐写本敦煌本《文选注》,只有注文,没有正文,分藏于

---

① 可参看孙猛《〈日本国见在书目录〉(经部、史部、集部)失考书考》,《域外汉籍研究集刊》(第二辑),北京:中华书局,2006 年,第 209 页。

② 孟列夫主编《俄藏敦煌汉文写卷叙录》云:"手卷,368×28,首尾缺。九纸。纸色白,纸质薄。两面均有经文","画行很细。楷书大字,有小字双行注释,捺笔画粗,笔道苍劲有力","题字佚失,仅有经典标题"。上海:上海古籍出版社,1999 年,第 577—578 页。

天津艺术博物馆与日本东京细川氏永青文库,据罗国威考证,"当是同一写卷内容相连的两个断片","此敦煌本《文选注》,撰著时所据之《文选》,是一与今传世《文选》各种版本系统不同的一个本子,某些地方保存了萧选的本来面貌"①。日本学者冈村繁对永青文库所藏敦煌本《文选注》进行了研究,并作了笺订,他认为该卷《文选注》为先于李善注的初唐注本,至少出现在唐太宗以前②。)各家篡述,彪炳艺林。众所周知,五臣注少有创见,多因仍前作,袭旧为之,如抄撮、袭取、隐括李善注、《文选钞》及前人音注成果(如《文选音决》)等,当然这也是学术发展的内在规律使然,本无可厚非,受人诟病的是五臣注并不像李善征引旧注那样将作注者姓名详加注明,以示不掠人之美、窃人之功,而是往往径直抄袭剽窃,抑或妄为改窜,凭空穿凿,徒逞胸臆之注解,或只是对前人旧注加以通俗化、简易化的阐释,虽显通俗,但流于浅薄,失于疏陋。但从另一方面看,对当时大多数以仕进为目的,并不作专门学术研究的士子们来说,由于五臣注抛开繁复的征引,直截了当地去诠释作者的用意,讲究简明扼要、切于实用,更有益于一般读者。并且擅于运用当时习见的语言、语音来释词注音、串释文意,对于不甚熟悉汉魏六朝语言的士子们来说更有助于对文本的进一步阅读理解。较之于李善以陌生释陌生的诠释方法,五臣注以熟悉释陌生,也更能契合读者的接受期待。相比于李善注的曲高和寡,五臣注反而拥有了大量的阅读群体。并且,兼之"时有王张",遂盛行于世,学子向风。在唐代及其后相当长的一段历史时期内,五臣注以绝对优势压倒了李善

---

① 罗国威:《敦煌本〈文选注〉笺证·前言》,成都:巴蜀书社,2000 年,第 2 页。
② [日]冈村繁著,陆晓光译:《文选之研究》,上海:上海古籍出版社,2002 年,第178 页。

注而流行开来,成为当时通行注本。并且,北宋哲宗元祐九年(1094)秀州州学第一次合刊五臣与李善本《文选》时,五臣注亦是排在李善注之前的,可见直到北宋后期,五臣本仍然具有非常重要的地位。

一、五家注与前注之关系

《文选》李善注和五臣注是唐人"文选注释学"的两大高峰,其后的治"选学"者也多以他们的注解为范式。二者特色及侧重点各有不同。李善注弋钓书部,引征宏赡,经史传注,靡不兼综,讲求"语必溯源"、"事必数典"①,可谓是"语语核其指归"、"字字还其根据",务求其出有据,其言有征,是以"开放的引证来架设诠释的桥梁,以博征故实来达成意义的诠明,引证的过程或不免于芜杂,引证的结果却至为蕴藉,往往在于言外,并非如经子小学之类,务欲明析字义,畅述厥旨"②,在语源学、文献学及音韵训诂学上有着非常重要的价值。五臣注则括举文句,不求训诂精确、释事详赡、校勘精审,而以疏通文意、随文加释为主,注重解题③和串释文句大

---

① "李善采用征引式的体式,既是不得不如此——文学作品的个人感受难以用直训、义界、章句等传统方式表述;又是完全可能如此——汉魏六朝作品确是一词一语均有依据,有所祖述。李善注的价值在于他对每一作家、每一作品、每一词句的形式与内容的渊源探求得如此准确,为读者所作的导读如此周到而具有说服力。他的征引方式对于精通文学的读者来说,实在是不加说解而说解更确,不需直译而句意更显,不必论辩而考证更明。"见王宁、李国英:《李善的〈昭明文选注〉与征引的训诂体式》,载俞绍初、许逸民主编《中外学者文选学论集》,北京:中华书局,1998 年,第 472 页。

② 汪习波:《隋唐文选学研究》,上海:上海古籍出版社,2005 年,第 215 页。

③ 据陈延嘉先生统计,"《文选》按六臣注本是 714 首,其中无解题者 167 首,有题解者为 547 首。在这 547 首中,李善与五臣都有题解者 270 首,李善有五臣无者 19 首,五臣有李善无者 258 首"。由此可见,五臣注对解题的热情要远远超过李善注。见《论〈文选〉五臣注的重大贡献》,载《文选学论集》,长春:时代文艺出版社,1992 年,第 82 页。

意，并着重"述作之由"的阐释，又强调文学政教功利作用，其注释标准是"汇通文义，诠释情志"①。"实质上这是文人作注，与学者李善作注迥不相同。但是对于学习写作、揣摩文章的士子来说，五臣注的简注详疏，比较便宜。"②

但后世对李善注和五臣注的评价却不啻天壤之别，李善注自诞生以来以其博雅富赡、征引赅洽的特色备受推崇，而五臣注因释词训诂之失，误陋杂糅，且多抄撮、袭取旧注、前注（如李善注、《文选钞》、《文选音决》等）而成文，故自晚唐以来一直饱受非议。李匡乂《资暇集》特著"非五臣"条以斥其谫陋，备摘其短，至谓"五臣所注，尽从李氏注中出，开元中进表，凡非斥李氏，无乃欺心软。且李氏未详处，将欲下笔，宜明引凭证。细而观之，无非率而。……又轻改前贤文旨。……乃知李氏绝笔之本，悬诸日月焉。方之五臣，尤虎狗凤鸡耳"③。此后，若丘光庭《兼明书》称其"颇为乖疏"④、姚宽《西溪丛语》亦认为其"不足取"⑤、王楙《野客丛书》则诋其迂陋

---

① 汪习波：《隋唐文选学研究》，上海：上海古籍出版社，2005 年，第 225 页。

② 倪其心：《关于〈文选〉和"文选学"》，载：俞绍初、许逸民主编《中外学者文选学论集》，北京：中华书局，1998 年，第 305 页。

③ 李匡乂：《资暇集》，影印文渊阁《四库全书》本，第 850 册，台北：商务印书馆，1986 年，第 148—149 页。

④ 丘光庭《兼明书》曰："五臣者，不知何许人也。所注《文选》，颇为乖疏，盖以时有王张，遂乃盛行于代。将欲从首至末，搴其萧稂，则必溢帙盈箱，徒费笺翰。苟蓘而不语，则误后学。习是用略举纲条，馀可三隅反也。"影印文渊阁《四库全书》本，第 850 册，台北：商务印书馆，1986 年，第 241 页。

⑤ 见《西溪丛语》卷下：李善《文选》引证精博，五臣无足取也。惟注《北山移文》"值薪歌于延濑"，李善云未详，吕向云："苏门先生游于延濑，见一人采薪，谓之曰：'子以终乎？'薪人曰：'吾闻圣人无怀，以道德为心，何怪乎而为哀也？'遂为歌二章而去。"又不注所出。至注《解嘲》，李善引伯夷、太公为二老，乃云："只太公为一老，不闻二老。"其缪如此。

鄙倍,他如苏轼①、洪迈②之俦,皆极诋五臣之失,群起尊李善而斥
五臣,众口一词,攻其鄙陋。下至清世,右李善而抑五臣之论,仍相
继不绝,如《四库全书总目·六臣注文选提要》云:"观其所言,颇欲
排突前人,高自位置。书首进表之末,载高力士所宣口敕,亦有'此
书甚好'之语。然唐李匡乂作《资暇集》,备摘其窃据善注,巧为颠
倒,条分缕析,言之甚详。又姚宽《西溪丛语》诋其注扬雄《解嘲》,
不知伯夷、太公为二老,反驳善注之误。王楙《野客丛书》诋其误叙
王睒世系,以览后为祥后,以昙首之曾孙为昙首之子。明田汝成重
刊《文选》,其子艺衡又摘所注《西都赋》之'龙兴虎视'、《东都》之
'乾符坤珍'、《东京赋》之'巨滑问鼎'、《芜城赋》之'袤广三坟'诸
条。今观所注,迂陋鄙倍之处,尚不止此。而以空疏臆见,轻诋通
儒,殆亦韩愈所谓'蚍蜉撼树'者欤?"③又,余萧客《文选音义》云:
"今考五臣注,空据本文,每条加十许字,映带作转。其所发明,往
往本文自明,无待辞费。至于颠倒事实,乖错文义,予尝摘其第一
卷误辨正于《注雅别钞》,已二三十。则其俚儒荒陋,不足继起李
善。"五臣注鲜少创见,李匡乂《资暇集》称其"尽从李氏注中出",虽
不无夸张,但其疏释内容多抄撮、袭取前人旧注是毋容置辩的,只

---

① 如苏轼《书谢瞻诗》云:"李善注《文选》本末详备,极可喜。所谓五臣者,真俚儒
之荒陋者也,而世以为胜善,亦谬矣。"
② 洪迈《容斋随笔》卷一"五臣注文选"条曰:"东坡诋五臣注《文选》以为荒陋。予
观《选》中谢玄晖《和王融诗》云:'阽危赖宗衮,微管寄明牧。'正谓谢安、谢玄。安石于玄
晖为远祖,以其为相,故曰宗衮。而李周翰注云:'宗衮谓王导,导与融同宗,言晋国临
危,赖王导而破(符)[苻]坚。牧谓谢玄,亦同破坚者。'夫以宗衮为王导固可笑,然犹以
和王融之故,微为有说。至以导为与谢玄同破(符)[苻]坚,乃是全不知有史策,而狂妄
注书,所谓小儿强解事也。唯李善注得之。"
③ 〔清〕永瑢等撰:《四库全书总目》(整理本),北京:中华书局,《四库全书》研究所
整理,1996年,第2599—2600页。

是加以通俗化阐释，或略加增损，以为掩饰，兼之成书仓促，不乏疏漏臆解之处，受人诟病固所应当。

　　但也不应一笔抹杀五臣注的贡献和价值。五臣注早在五代后蜀时已经雕版刊刻印行①，比李善注刻本早了近百年（现存最早《文选》李善注刻本雕刻于北宋仁宗天圣年间，即国子监本），其讹衍误脱及混同他本的情况相对李善本来说较为少见。兼之五臣底本依据萧统原书，许多方面比李善注本更接近萧统《文选》原貌，曹道衡、傅刚等人就认为五臣本在版本价值方面甚至要超过李善本。如卷六十二江文通《杂体诗·孙廷尉杂述绰》，监本、奎章阁本（题作"张廷尉述杂绰"）、明州本、赣州本、尤本、胡刻本等并作"张廷尉"；唯陈八郎本作"孙廷尉"，与集注本同，《四部丛刊》影宋本校记称"五臣作孙"。"张"显系"孙"之误，因二字草书相近而致误。又如卷六十一江文通《杂体诗·潘黄门述哀岳》，陈八郎本与日本九条家本篇题与集注本相同，并作"述哀"。而尤本、胡刻本却误作"悼亡"（当然也有可能是依据底本不同所致）。又卷五十九谢惠连《捣衣诗一首》"宵月皓中闺"之"宵"，赣州本、尤本、胡刻本却作"霄"（赣州本校记称"五臣作宵"），奎章阁本即作"宵"（校记称"善本作霄字"）。《玉台新咏》卷三、《艺文类聚》卷六十七、《太平御览》卷二十五均作"宵"字，与五臣本相合。（当是后出刻本中李善注误写，抑或是集注本与宋明刻本所参据的李善注底本不同，现在还难以判断。）今所见宋刻六臣本、六家本校记动辄称"善本作某"、"五臣作某"，说明李善本、五臣本正文用字各有不同。并且，从《集注》

　　① 《宋史》卷四百七十九《西蜀孟氏世家》载"昭裔性好藏书，在成都，令门人句中正、孙逢吉书《文选》、《初学记》、《白氏六帖》镂版。守素斋至中朝，行于世。大中祥符九年子可勤上其板，补三班奉职。"此乃《文选》的首次刻本。

编者案语来看，五臣本正文多与《钞》、《音决》、陆善经本同，而与李善本有异，亦可证并非五臣"轻改前贤文旨"，而是李善本与五臣本各有所据，不是出自一个版本系统。日人冈村繁曾就陈八郎本和尤本《文选》相比较，发现两者间有若干不容忽视的差异，如在《文选》类目的划分上，"在五臣注本中，没有'诗'乙细目的'百一'、'游仙'；又在丙细目中的'咏怀'一项被分割为'咏怀'、'临终'二项；'书'类的最后二篇被独立列为'移'的文体；'檄'类的末篇被另单列为'难'（诘难）的文体；'赞'与'符命'两类则被合并为赞；'史论'与'史述赞'也被合并为'史论'一体；'哀'体被改称为'哀策文'。"①游志诚、傅刚等就据陈八郎本，力主《文选》类目应在现存李善本、六臣本所示三十七类的基础上，加"移"（胡克家《文选考异》卷八引陈景云说，认为《文选》中的文体应有"移"类，后人均承其说）和"难"二类，倡《文选》编类三十九种说，在"选学"界引起了很大反响。

另外，从音注的总量上来看，五臣音注要比李善音注多出许多。《集注》注音以《音决》为主，去诸家音中与《音决》同者，留存其异音及多出者。而《集注》在《音决》后仍然引有 125 条五家音注（其中直音 68 条，反切 52 条，另有 5 条只注明声调）②，说明五家音有多于其他各家音注者。其音注不但有许多与李善音注和《音决》相同者（此部分在集注本中被删却），还有多出李善音注和《音决》

---

① ［日］冈村繁著、陆晓光译：《文选之研究》，见《冈村繁全集》（第二卷），上海：上海古籍出版社，2009 年，第 10—11 页。

② 详参金少华《古抄本〈文选集注〉研究》，浙江大学出版社，2015 年，第 259 页。而据徐之明《〈文选〉五臣音钩稽》一文统计五家音中直音 69 条，反切 48 条，4 条标明声调，与金文不同，供参酌。

者,更有许多不同于李善音注和《音决》者。徐之明《〈文选〉五臣音钩稽》曾就此加以勾稽,并指明集注本编者辑录"五家音"之目的:"其一是补充《音决》未及注音者;其二是备录因版本不同而文字与读音的不同;其三是备录'五家音'与《音决》注音的不同之处。"①其中,第一种情况数量最多,共计83条。第二种情况,如卷五十九谢灵运《石门新营所住四面高山回溪石濑修竹茂林一首》"俯濯石下潭,仰看条上猿",《音决》:"潭,大南反。"五家:"澪,普秘反。"第三种情况,如卷八左太冲《蜀都赋一首》"其树有木兰梫桂",《音决》:"梫,音寝。"五家:"梫,七林反。"又如卷六十八曹子建《七启八首》"宴婉绝兮我心愁",《音决》:"嬿,于典反。"五家:"嬿,音宴。"等等,兹不赘举。集注本五家音亦有多出后出刻本所有者,今以卷八左太冲《三都赋序》《蜀都赋一首》为例,聊窥一斑,如《三都赋序》"聊举其一隅,摄其体统,归诸诂训焉"下,集注本五家注较之诸五臣刻本多出"诂音古"一条音注;《蜀都赋一首》"或藏蛟螭"下,集注本五家注较之诸五臣刻本多出"蛟音交"一条音注;"林麓黝儵",集注本五家注较之诸五臣刻本多出"麓音鹿"一条音注;"其园则有林檎枇杷"下,集注本五家注较之诸五臣刻本多出"枇,频移反。杷,蒲巴反"二条音注;"其圃则有蒟蒻茱萸"下,集注本五家注较之诸五臣刻本多出"茱音殊,萸音俞"二条音注。另,"蒟"字,奎章阁本注为"俱宇反",集注本则为"归于反";"其沃瀛则有攒蒋丛蒲,绿菱红莲。杂以蕴藻,糅以蘋蘩"下,集注本五家注较之诸五臣刻本多出"菱音陵。蕴,于郡反"二条音注。不烦举。但五家音注很可能如黄侃《文选平点》所云:"五臣《注》既谫陋,亦必不能为音,今检覈

① 徐之明:《〈文选〉五臣音钩稽》,《贵州文史丛刊》1999年第5期。

旧音,殊无乖缪。而直音、反切间用,又绝类《博雅音》之体,纵令出于五臣,亦必因仍前作,观其杜撰故实,岂肯涉猎群书,袭旧为之,宁非甚便。"①因为萧该《文选音》、曹宪与许淹等人的《文选音义》后世无存,未可与之相比勘。但就集注本所存《音决》来看,后世诸刻本五臣音多有与之相合者,可证黄侃所言不虚。

今将诸宋明刻本中的五臣注与集注本所汇录的诸家注相比勘,可以发现五臣注的许多征引条目、注解文字及音注与李善注、《钞》、《音决》详略虽有所差别,但内容大体相同,从而被《集注》编者大量删截。集注本中的五家注相较于陈八郎本、正德本等五臣单注本及奎章阁本、明州本等六臣出五臣本中的五臣注更为简约,疏解文字大幅度减少,并非是后世刻本对其有所补充和完善,盖因五家注多抄撮、袭取李善注、《文选钞》、《文选音决》而成文,与旧注、前注多有重复,从而遭到《集注》编者删减的缘故。其有迹可循者如卷九十四袁彦伯《三国名臣序赞一首》"子布擅名,遭世方扰。抚翼桑梓,息肩江表"下注"李周翰曰。刘良曰:抚,犹敛也。……息肩,谓安志也。表,外。"案:陈八郎本、正德本及六家本之奎章阁本、明州本等较之集注本皆多出"(翰曰)此谓张昭也。子布,字也。扰,乱也"等注解文字。盖因五家李周翰注与《钞》"《吴志》云:张昭,字子布。……扰,乱也"相似,涉嫌重复而遭《集注》编者删减,但却删汰未尽,故而空留"李周翰曰"四字。如卷七十九沈休文《奏弹王源一首》"臣闻齐大非偶,著乎前诰;辞霍不婚,垂称往烈",集注本刘良注仅有"诰,书;烈,业也"五字,而陈八郎本、奎章阁本等较之则多出"《左传》云:齐侯欲以文姜妻郑太子忽,忽辞之。人问

---

① 黄侃:《文选平点》(重辑本),北京:中华书局,2006 年,第 5 页。

其故，太子曰：人各有偶，齐大，非吾偶也。汉隽不疑为京兆尹，大将军(奎章阁本无"大将军")霍光欲以女妻之，不疑畏其盛大而辞不肯"等内容。盖因前李善注已引《左传》为释，故而删减五家注中与之重复者。总的来看，"五臣《注》文遭《集注》编者删省者，大体属两类：一是较特出或难解的字词，二是带有典故性质的长段。两者都是李善所长，以致五臣无法另出新解，必须近同李善，结果不免被删"①。又，《钞》中的一般性语汇的训释、章句文意的疏解及其写作缘由的阐述等内容，也多为五家注所吸纳汲取，如卷六十二江文通《杂体诗三十首·刘太尉伤乱琨》"白日隐寒树"下，《钞》曰："白日隐寒树，喻年老也。"就被五家注所纳取。而集注本刘良注并无上述文字，概因其全引《钞》文，被《集注》编者径直删去了。当然，这与五臣注的特点密不可分，五臣注重在文意串讲、章句疏释，与《钞》注性质颇为相近，故而五臣注多采录自《钞》，因袭《钞》的痕迹非常明显，正如周勋初所说："五臣注中实际上大量采入了李善注的成果。如果我们再拿《文选集注》中的《钞》与五臣注作比较，更可发现后者大量吸收前者成果。"②易被《集注》编者所删省也可想象。又，集注本一般五臣音出现的地方都是《音决》没有注音的字或者是注音不同，其数量远远不能和后世刻本的五臣音相提并论。这个现象至少说明了两个问题：一是集注本中的五家音应当是经过删略的，所以不见有与李善音及《音决》的重复。二是五臣音确有多于《音决》及前代各家音注者。

---

① 张蓓蓓：《〈文选集注〉价值释证》，见《第八届文选学会论文集》，第594页。
② 周勋初：《魏晋南北朝文学论丛》，南京：江苏古籍出版社，1999年，第208—209页。

二、集注本五家注的校勘价值

集注本中的五家注虽然经过《集注》编者的大量删减，但因其所参据之五家本系唐钞本，从理论上讲应该更贴合其旧形原貌，亦可藉此厘清五臣注与其他《文选》注本相淆乱的情况，校勘价值不容小觑。

（一）可补刻本五臣注之缺漏

在比勘过程中，偶或见及集注本五家注中有的内容，而诸刻本却脱漏的情况。此乃千年遗珍，尤为珍贵。（对于集注本所多出的无涉文意的个别字词，今皆略而不谈）如：

1. 卷九左太冲《吴都赋一首》“宵露霮䨴，旭日晻時”，集注本吕向注较之诸刻本多出“晻時，未明貌”一条注解。

2. 卷四十八陆士衡《于承明作与士龙一首》“感别惨舒翮，思归乐遵渚”，集注本张铣注较之诸刻本多出“舒，进也”一条注解。

3. 卷四十八潘正叔《赠陆机出为吴王郎中令一首》“婆娑翰林，容与坟丘”，集注本吕延济注较之诸刻本多出“言游放于此也”一条串释性话语。

4. 卷五十九谢惠连《七月七日夜咏牛女一首》“蹀足循广除，瞬目曬曾穹”，集注本吕向注较之诸刻本多出“曾，高也”一条注解。

5. 卷五十九谢惠连《捣衣诗一首》“盈箧自余手，幽缄俟君开”，集注本吕延济注较之诸刻本多出“言衣之满箱，出于余手，今密封待君开”一条串释性话语。

6. 卷五十九谢玄晖《观朝雨一首》“戢翼希骧首，乘流畏暴鳃”，集注本李周翰注（刻本作吕向注）较之诸刻本多出“骧，举也”一条注解。

7. 卷六十一江文通《杂体诗三十首·古离别》(陈八郎本作《古别离》)"游子何时还",集注本刘良注较之诸刻本多出"边塞未宁,故还期无日"等注释话语。

8. 卷六十八曹子建《七启八首》"散乐移风,国富民康",集注本李周翰注较之诸刻本多出"散,布也"一条注解。

9. 卷七十一傅季友《为宋公修张良庙教一首》"拟之若人,亦足以云",集注本吕向注较之诸刻本多出"云,言也"一条注解。

10. 卷七十三诸葛孔明《出师表一首》"后值倾覆,受任于败军之际,奉命于危难之间,尔来二十有一年矣",集注本吕延济注较之诸刻本多出"值,逢也"一条注解。

11. 卷七十三曹子建《求自试表一首》"是以效之齐楚之路,以逞千里之任",集注本李周翰注较之诸刻本多出"任,用也"一条注解。

12. 卷七十三曹子建《求通亲亲表一首》"九族既睦,平章百姓",集注本张铣注较之诸刻本多出"穆,和也"一条注解。但诸刻本有"睦,亲也"之注解。而正文并无"穆"字,颇疑集注本"穆,和也"三字乃旁注阑入。

13. 同上篇,"执政不废于公朝,下情得展于私室",集注本张铣注较之诸刻本多出"私室,谓居室"一条注解。

14. 同上篇,"臣伏以为犬马之诚不能动人,譬人之诚不能动天。崩城陨霜,臣初信之,以臣心况,徒虚语尔",集注本吕延济注较之诸刻本多出"微末也"一条注解。

15. 卷七十九沈休文《奏弹王源一首》"源频叨诸府戎禁,预班通彻",集注本张铣注较之诸刻本多出"戎,兵也。班,列也"两条注解。

16. 卷八十五嵇叔夜《与山巨源绝交书一首》"唯达者为能通之,此似足下度内耳",集注本李周翰注较之诸刻本多出"度,量也"一条注解。

17. 卷八十五孙子荆《为石仲容与孙皓书一首》"葛越布于朔土,貂马延乎吴会",集注本吕延济注较之诸刻本多出"延,别也"一条注解。

18. 同上篇,"羽校烛日,旌旗流星",集注本李周翰注较之诸刻本多出"校,队也"一条注解。

19. 卷九十一王元长《三月三日曲水诗序一首》"崇文成均之职,导德齐礼",集注本张铣注较之诸刻本多出"道,理也"一条注解。

20. 卷九十四夏侯孝若《东方朔画赞一首》"以为浊世不可以富贵也,故薄游以取位",集注本张铣注较之诸刻本多出"取位,取其下位也"一条注解。

21. 卷百二王子渊《四子讲德论一首》"进者乐其条畅,怠者欲罢不能",集注本李周翰注较之诸刻本多出"怠,疲也"一条注解。

22. 卷百十三潘安仁《汧马督诔一首》"虽王旅致讨,终于殄灭",集注本吕向注较之诸刻本多出"殄,绝也"一条注解。

23. 同上篇,"孰是勋庸,而不获免"?集注本吕向注较之诸刻本多出"言谁有是功而不得免此罪者也"一条串释性话语。

24. 同上篇,"剔子双龟,贯以三木",集注本张铣注较之诸刻本多出"贯,穿也"一条注解。

25. 卷百十三颜延年《阳给事诔一首》"末臣蒙固,侧闻至训,敢询诸前典,而为之诔。辞曰",集注本吕延济注较之诸刻本多出

"训,教也"一条注解。

26. 同上篇,"贞不常祜,义有必甄。处父勤君,怨在登贤",集注本刘良注较之诸刻本多出"义,理"一条注解。

27. 卷百十六蔡伯喈《陈仲弓碑文一首》"及文书赦宥,时年已七十,遂隐丘山,悬车告老",集注本张铣注较之诸刻本多出"宥,宽也"一条注解。

28. 同上篇,"纡佩金紫,光国垂勋",集注本李周翰注较之诸刻本多出"纡,系佩带也"一条注解。

(二) 可证脱文例

1. 卷八左太冲《蜀都赋一首》"跃涛戏濑,中流相忘",刘良曰:"涛,波也。相忘,谓游戏各得其性而相遗忘。"诸刻本皆脱漏"相忘"二字。

2. 卷九左太冲《吴都赋一首》"何则? 土壤不足以摄生,山川不足以周卫",吕向曰:"何则,自发疑问之辞,言何故如此。"诸刻本皆脱漏"何则自"三字,"言何故"作"故言何"。二者相较,集注本诠释文意更为明晓畅然。

3. 卷四十七曹子建《赠徐干一首》"志士营世业,小人亦不闲",李周翰曰:"志士,谓君子也。言君子、小人各有所为。"诸刻本皆脱漏下"君子"二字,于义有违。

4. 卷五十六陆士衡《挽歌诗三首》"素骖伫轜轩,玄驷骛飞盖",吕延济曰(刻本作"良曰"):"骖,驾三马也。"诸刻本皆脱漏"三马"二字,于义有阙。

5. 卷五十九卢子谅《时兴一首》"下泉激洌清,旷野增辽索",吕向曰:"言流泉至于深秋,则急流而清澈也,宽野之中益以辽远疏索然也。"诸刻本皆脱漏"深"字,与诗人所描绘深秋肃杀之境之情有隔离。

6. 卷五十九鲍明远《数诗一首》"三朝国庆毕，休沐还旧邦"，吕向曰："国庆，谓朝会。朝会既毕，乃止息还于旧国也。"诸刻本皆脱漏下"朝会"二字。宋明刻本中时有当重复字词而不重复者，盖后人误删重文。

7. 卷五十九谢玄晖《郡内登望一首》"威纡距遥甸，巉岊带远天"，吕向曰："甸，谓去王城五百里之地也。"诸刻本皆脱漏"之地"二字，于义有阙。

8. 卷五十九谢玄晖《和徐都曹一首》"桃李成蹊径，桑榆荫道周"，吕延济曰："人皆好桃李之色，共游其下，故成蹊径。"诸刻本皆脱漏"共"、"径"二字。

9. 卷五十九沈休文《应王中丞思远咏月一首》"方晖竟户人，圆影隙中来"，李周翰曰："月光照逐门方，故云方晖。"诸刻本皆脱漏"月"字，与篇题中"咏月"不相承。

10. 卷六十一袁阳源《效古一首》"夕寐北河阴，梦还甘泉宫"，李周翰曰："言夕卧于（刻本无"于"）彼，梦还甘泉宫，思归见君也。"诸刻本皆脱漏"思"字，与作者所咏乃梦境，以发思归见君之情有违。

11. 卷六十一鲍明远《拟古三首》"汉虏方未和，边城屡翻覆"，吕向曰："汉景、武已前，匈奴数背叛，故云翻覆。"诸刻本皆脱漏"景"、"叛"二字，而"景"字尤为关键。此由集注本出，得窥五家本旧貌。

12. 卷七十一傅季友《为宋公修楚元王墓教一首》"可蠲复近墓五家，长给洒扫，便可施行"，吕向曰："谓免除近墓五家调役，（刻本衍出一"谓"字）长给洒扫，便可常行也。"诸刻本皆脱漏"调役"二字,于义有阙。

13. 卷七十三曹子建《求通亲亲表一首》"臣之愚蔽,固非虞伊,至于欲使陛下崇光,被时雍之美,宣缉熙章明之德者",张铣曰:"言我固不如虞舜、伊尹,然欲其君崇其光大,被时和之美。"诸刻本皆脱漏"君崇其"三字,和正文不符,亦使得文意不畅,义难周备。

14. 卷七十九沈休文《奏弹王源一首》"自宸历御寓,弘革典宪",张铣曰:"宸历,天子历数,谓梁也。"诸刻本皆脱漏"谓梁"二字,与五家注多坐实之特点不符,集注本是。

15. 同上篇,"臣谨案:南郡丞王源,忝藉世资,得参缨冕",吕向曰:"世资,祖父之业也。参缨冕,谓入仕也。"诸刻本皆脱漏"缨冕"二字,致使文义难明。

16. 同上篇,"宋子河鲂,同穴于舆台之鬼",张铣曰:"《诗》云:岂其娶妻,必齐之(脱"姜"字)。岂其娶妻,其宋之子。姜、子,齐、宋姓也。"诸刻本皆脱漏"子齐宋"三字。此由集注本出,得窥唐五家本旧貌。

17. 卷八十五嵇叔夜《与山巨源绝交书一首》"唯达者为能通之,此以足下度内耳",李周翰曰:"言人各有所乐,惟达者兼通之。度,量也。谓涛通人可知,故云度内耳。"诸刻本皆脱漏"兼通之度量也谓涛通人"十字,使得文意难明。

18. 卷八十五孙子荆《为石仲容与孙皓书一首》"葛越布于朔土,貂马延乎吴会",吕延济曰:"貂,鼠皮也,出于北方。延,别也。言公孙泉与孙皓以方物相连结酬答也。"诸刻本皆脱漏"出于北方延别也""酬答"九字。

19. 同上篇,"虎臣武将,折冲万里",刘良曰:"言武士之盛,可以冲突万里。"诸刻本皆脱漏"士"字,于义有阙。

20. 卷八十五赵景真《与嵇茂齐书一首》"赵景真"下,李周翰曰:"干宝《晋纪》云:吕安,字仲悌,东平人也。时太祖徙(刻本作"逐")安(刻本多"于")远郡,即(刻本作"在")路作此书与嵇康。案(刻本无):康(刻本作"安")子绍《集序》云'景真与茂齐书'。且《晋纪》国史,实有所凭,绍之家集,未足可据。何者? 时绍以太祖恶安之书,又父与安(刻本作"康")同诛,惧时所疾,故移此书于景真。考其始末,是安所作,故以案(当为"安"之讹)为定也。"诸刻本"子绍《集序》"云云前皆脱漏"康"字,又误将五家李周翰所作案语之"案"字理解成吕安之"安",这样一来,所谓"子绍",即嵇康之子嵇绍,却摇身一变成为了吕安之子,所以才有了下文"父与康同诛",此乃不可原谅之常识性错误,乖谬殊甚。今由集注本校出,始复其旧貌。

21. 同上篇,"俯仰吟啸,自以为得志矣",张铣曰:"吟啸,自得志之貌。"诸刻本皆脱漏"志"字。相较而言,集注本张铣注更为贴合正文,于义为胜。

22. 卷八十八司马长卿《难蜀父老一首》"喟然并称曰:允哉汉德! 此鄙人之所愿闻也",刘良曰:"愿闻,愿闻讨西南(刻本无"南"字,误)夷之事也。"诸刻本皆脱漏下"愿闻"二字,此盖后人误删重文所致。

23. 卷九十一王元长《三月三日曲水诗序一首》"紫脱华,朱英秀",吕向曰:"紫脱、朱英,并瑞草也。"诸刻本皆脱漏"紫脱、朱英"四字,使得诠释对象不明。

24. 卷九十三刘伯伦《酒德颂一首》"俯观万物扰扰焉,如江汉之载浮萍",李周翰曰(诸刻本作"向曰"):"言见万物扰扰于代,如水中萍草随其风波。"诸刻本皆脱漏"扰扰于代"四字,于义有阙。

（三）可证误文例

1. 卷四十八陆士衡《为顾彦先赠妇二首》"形影参商乖，音息旷不达"，张铣曰："今始知参辰之相乖，音书消息旷然不达。"诸刻本"然不达"皆讹为"绝"。二者相较，不如集注本更为贴合正文。

2. 卷四十八潘正叔《赠陆机出为吴王郎中令一首》"我车既巾，我马既秣"，吕延济曰："巾，车衣也。秣，饲也。言装饲车马将行。"诸刻本"装"讹为"将"，盖形近致讹。二者相较，集注本"装"承"车"，"饲"承"马"，于文意更为洽切。又，"将"刻本作"而"，后人加工之迹甚明。

3. 卷五十九谢玄晖《观朝雨一首》"戢翼希骧首，乘流畏暴鳃"，李周翰曰（刻本作"吕向曰"）："朓自喻敛翼而退，复望举首以求贵盛，又畏失势，如乘流曝鳃者也。"诸刻本"畏"作"思"，二字盖形近致讹。

4. 卷六十一王僧达《和琅邪王依古一首》"既践终古迹，聊讯兴亡言"，刘良曰："讯，问也。"诸刻本正文及刘良注"讯"并作"誶"。奎章阁本及明州本校记称"善本作讯字"。案：集注本此句下并无编者校异之案语，且由五家刘良注亦可看出，唐时五家本亦作"讯"字，与李善本并无异文，此盖后人臆改所致。

5. 卷七十一任彦昇《宣德皇后令一首》"白羽一麾，黄鸟底定"，李周翰曰："白羽，白旄也。武王命太公把白旄一麾，而纣军反走。"诸刻本"反走"皆讹作"平定"。前李善注亦作"反走"，可证集注本是。

6. 卷七十一傅季友《为宋公修张良庙教一首》"夷项定汉，大拯横流"，吕向曰："子房能平项羽，定汉祚。"诸刻本"祚"皆讹为"祖"，乖谬殊甚。二字盖形近致讹。

7. 卷七十一傅季友《为宋公修楚元王墓教一首》"本支之祚，实隆鄙宗"，吕延济曰："支，体；祚，福；隆，盛也。实盛我鄙贱之宗也。"诸刻本"隆"皆讹作"宗"。案："盛"乃释正文"隆"字，而非"宗"字。后出刻本误书。

8. 卷七十一王元长《永明九年策秀才文三首》"懋陈三道之要，以光四科之首"，张铣曰："懋，美也。三道之要，此三者何者为要。四科，此四者何者为首也。"诸刻本"何者为首"皆讹作"何为通"，使得文义难明。今由集注本出，始得窥唐时五家本之旧貌。

9. 卷七十三曹子建《求自试表一首》"臣窃感先帝早崩，威王弃代"，张铣曰："弃世，谓死者。"诸刻本"弃"皆讹作"去"，与正文不符。

综上所述，集注本为认知五臣注的产生及特点提供了一个重要的参照系，同时对追溯五家注的旧形原貌有着重要的参考价值。惜仅存残卷，其五家注又经过《集注》编者的大量删减，其研究价值难免受限。

第二节 集注本与刻本五家署名淆乱现象之考察

《集注》中的五家注某些施注处五位作注者姓名与后世刻本中有不相符的现象，且这种情况不在少数，仅卷五十六鲍明远《乐府八首》中就有十余处淆乱。通过集注本与陈八郎本、正德本等留世的五臣单注本及奎章阁本、明州本等六臣出五臣本中五臣注的详细比勘，发现《集注》残卷中五家注与诸刻本中五臣注姓名相混的共计160处，见下：

1. 卷八左太冲《蜀都赋一首》"坰野草昧，林麓黝鬱。交让所

植,蹲鸱所伏",张铣曰:"言野外之草,昧然布於地也。"陈八郎本、
正德本及奎章阁本、明州本"张铣曰"并作"济曰"。正德本及奎章
阁本、明州本注文较之集注本多出"黝儵,茂盛貌。交让,木名。蹲
鸱,芋名"。因集注本刘逵旧注有"交让,木名。……蹲鸱,大芋
也",李善注有"黝儵,茂盛貌也",盖《集注》编者为避重复而删减五
家注所致。

2. 同上篇,"百药灌丛,寒卉冬馥。异类众夥,于何不育",吕向
曰:"寒卉,冬生草也。夥,多也。育,养也。"陈八郎本、正德本及奎
章阁本、明州本"吕向曰"并作"铣曰"。注文较之集注本多出"馥,
香也"三字,因李善注征引《韩诗》薛君注中有"馥,香貌也",故《集
注》编者删减五家注。

3. 同上篇,"其中则有青珠黄环,碧咯芒消。……敷蘂葳蕤,落
英飘飘",吕向曰:"青珠、黄环,皆宝也。……飘飘,飞杨也。"陈八
郎本、正德本及奎章阁本、明州本"吕向曰"并作"铣曰"。注文较之
集注本多出"绿荑、麋芜,皆香草也","风连,药名","渐,进长也。
苞,丛生也"二十字。因刘逵注中有"绿荑,辛荑也。辛荑、麋芜,皆
香草也",《钞》有"风连,药草也。孔安国注《尚书》曰:'渐,进长。
苞,丛生。'",五家注与之重复,故遭《集注》编者删减。案:奎章阁
本、陈八郎本第2、第3为一条。

4. 同上篇,"尔乃邑居隐赈……家有盐泉之井,户有橘柚之
园",吕延济曰:"隐赈,富盛貌。"陈八郎本、正德本及奎章阁本、明
州本"吕延济曰"并作"良曰"。注文较之集注本多出"盐泉,盐井
也。橘柚,果树名也。"陈八郎本较之正德本、奎章阁本、明州本脱
"盐泉"二字。案:刘逵注中有"蜀郡临邛县、江阳汉安县皆有盐井。
巴西充国县有盐井数十。大曰柚,小曰橘"之语,五家注与之大意

接近，只是注解得更为简约通俗，由此可见，《集注》编者删却重复注解的体例在某种程度上对旧注原貌也是一种不可避免的破坏。

5. 同上篇，"亦有甲第，当衢向术。坛宇显敞，高门纳驷"，李周翰曰："甲第，第一（疑脱"宅"字）也，第皆向道为之。当，向也。"陈八郎本、正德本及奎章阁本、明州本"李周翰曰"并作"济曰"。注文较之集注本多出"衢、术，皆道也"五字。案：刘逵注中有"术，道也"，《钞》有"衢，四达道也"，故此乃《集注》编者存前注，删后出重复注解所致。

6. 卷九左太冲《吴都赋一首》"由尅让以立风俗，轻脱屣于千乘"，李周翰曰："言吴能建太伯、延陵之让节，以成风俗。盖谓让千乘之重，如脱履弃之。屣，履也。"陈八郎本、正德本及奎章阁本、明州本"李周翰曰"并作"济曰"。

7. 同上篇，"婺女寄其曜，翼轸寓其精"，吕延济曰："婺女星，楚（诸刻本为"越之"二字）分。其地并为吴所吞，则其星之精曜，若客寄寓于吴也。"陈八郎本、正德本及奎章阁本、明州本"吕延济曰"并作"向曰"。注文较之集注本多出"越之分；翼轸星"六字。盖因李善注引《汉书》曰："越地，婺女之分野；楚地，翼轸之分野。"五家注与之意义颇近，故遭删减，而《集注》编者却处理失当，删汰未尽，致使五家注支离破碎，其义乖离。"婺女"星本为"越"之分野，"翼轸"星为"楚"之分。《集注》编者将之中间六字删去，致使前言不搭后语，同时也使五家注从表面看来产生了致命的常识错误。且若前只提及"婺女星"，后"并为"何来？

8. 同上篇，"葺鳞镂甲，诡类舛错"，李周翰曰："言海于物皆加葺饰其鳞，雕镂其甲，诡怪异类，互相舛杂也。"陈八郎本、正德本及奎章阁本、明州本"李周翰曰"并作"铣曰"。只诸刻本无"于"字，

"加"字作"如"字,"杂"字作"错"字。

9. 同上篇,"欝兮莐茂,晔兮菲菲",李周翰曰:"欝,多状也。晔,华盛貌。菲菲,美貌。花卉丛生,欝茂盛而美也。"陈八郎本、正德本及奎章阁本、明州本"李周翰曰"并作"铣曰"。注文较之集注本多出"凡草初生之谓莐",又,"盛"前有"华"字。案:刘逵注征引杨雄《方言》曰:"凡草生而初达谓之莐也。"故《集注》编者删却五家注中与之重复相同处,而"华"字盖集注本脱漏。又,明州本"晔华"作"晔晔"。

10. 同上篇,"虞魏之昆,顾陆之裔",李周翰曰:"虞、魏、顾、陆,皆吴之著姓也。昆,后。昆裔,苗裔也。"陈八郎本、正德本及奎章阁本、明州本"李周翰曰"并作"铣曰"。而陈八郎本、正德本注文脱"虞魏顾陆"四字。

11. 同上篇,"于是乐只衍而欢饮无匮",张铣曰:"只,辞也。饱而饮酒曰饫。"陈八郎本、正德本及奎章阁本、明州本"张铣曰"并作"向曰"。注文较之集注本多出"衍,乐也。匮,乏也"六字。案:《钞》有"衍,乐也。匮,尽竭也"之语,故《集注》编者删却五家注中与之重复注解,且《钞》对"匮"字的解释较之五家注,于义为胜。

12. 同上篇,"藏鏚于人,去敝自间"下,刘良曰:"言其兵仗不须出自主行,鲛函("主行鲛函"四字,疑为衍文)武库,人皆有之,如藏之于人也。又游去之时,敝楯之器,亦自间里取也。"陈八郎本、正德本及奎章阁本、明州本"刘良曰"并作"向曰"。注文较之集注本多出"吴谓矛为鏚敝楯也"八字。案:刘逵旧注中有"鏚,矛也。杨雄《法言》曰:吴越以矛为鏚。敝,楯也。"五家注因袭取前注而成文,故遭删减。

13. 同上篇,"军容蓄用,器械兼储",刘良曰:"军容,则矛戟之

类。储,积也。言兼储蓄积也。"陈八郎本、正德本及奎章阁本、明
州本"刘良曰"并作"向曰"。又,阙"言"字。案:集注本中第 12 条、
第 13 条为一条,因中间隔有一条吕向注,故将之截分。

14. 卷四十八陆士衡《赠顾交阯公真一首》"惆怅瞻飞驾,引领
望归旆",吕向曰:"瞻公真之驾,引领望其归旆。旆,亦旌也。"陈八
郎本、正德本及奎章阁本、明州本"吕向曰"并作"铣曰"。注文较之
集注本句首多出"言惆怅"三字,"归旆"后多出"冀相见也。此士衡
思之甚矣"十一字。案:此处诸刻本所多出的注解文字与前注并无
重复,以文义及注释性格来看,当为五家注无疑。为何遭集注本编
者删减,殊是难解,盖《集注》编者在处理所汇集的众家注时,亦有
草率难解之处。

15. 卷四十八潘安仁《为贾谧作赠陆机(案:正德本及奎章阁
本、明州本均多出"诗"字)一首》"夏殷既袭,宗周继祀",张铣曰:
"袭,因也。言殷因于夏而周继之,商曰祀。"陈八郎本、正德本及奎
章阁本、明州本"张铣曰"并作"向曰"。

16. 卷四十八潘正叔《赠陆机出为吴王郎中令一首》"穆穆伊
人,南国之纪",吕向曰:"谓美是人,为吴纲纪也。"正德本及奎章阁
本、明州本"吕向曰"并作"铣曰"。唯陈八郎本与集注本同,作"向
曰"。注文较之集注本多出"穆穆,美也。伊,是也"等内容。盖因
五家袭取《钞》"穆穆,美也。伊人,是人也"而成文,遭《集注》编者
删减所致。

17. 卷五十六鲍明远《乐府八首·东武吟》"始随张校尉,占募
到河源",刘良曰:"占募,谓投募也。"陈八郎本、正德本及奎章阁
本、明州本"刘良曰"并作"铣曰",且"占"作"召"字(案:《艺文类聚》
卷四一、《乐府诗集》卷六一、《四部丛刊初编》影毛斧季校宋本《鲍

氏集》卷三、《太平御览》卷三二八所录皆作"召")。注文较之集注本多出"张骞为校尉,从大将军击匈奴"等内容。案:李善注所征引《汉书》有"骞以校尉,从大将军击匈奴"之语,故《集注》编者删略五家注。

18. 同上篇,"后逐李轻车,追虏穷塞垣",吕延济曰:"塞垣,长城也。"陈八郎本、正德本及奎章阁本、明州本"吕延济曰"并作"铣曰"。注文较之集注本多"李蔡(正德本作"李广")为轻车将军,从大将军击左贤王"等内容。案:集注本李善注所征引《汉书》有"李蔡为郎,事文帝。武帝元朔中,为轻车将军,从大将军击右贤王有功"等内容,故《集注》编者删却五家注中与之重复处。

19. 同上篇,"密途亘万里,宁岁犹七奔",张铣曰:"亘,长也。宁岁,无寇贼也。言其行近途犹长万里,无寇亦一岁七度奔命矣。"陈八郎本、正德本及奎章阁本、明州本"张铣曰"并作"良曰"。注文较之集注本多"密近"二字。案:李善注征引孔安国《尚书传》有"密,近也"之注解,故《集注》编者删却五家注中与之重复者。

20. 同上篇,"徒结千载恨,空负百年怨",张铣曰:"念见弃之深也反。"陈八郎本、正德本及奎章阁本、明州本"张铣曰"并作"向曰"。

21. 同上篇,"愿垂晋主惠,不愧田子魂",吕向曰:"言愿得同晋主不弃席蓐,如田子方更收老马,虽复死没,不愧于魂也。幄,帐也。"陈八郎本、正德本及奎章阁本、明州本"吕向曰"并作"济曰"。注文较之集注本多出"晋文公归,至河上,令笾豆捐之,席蓐捐之,手足胼胝、面目犁黑者后之,咎(正德本、奎章阁本、明州本作"舅")犯哭曰:……穷士闻之,知所归心矣。"案:后世刻本所多出的内容,李善征引《韩子》及《韩诗外传》有类似著述,故《集注》编者为避免重复而删却此许文字。

22. 卷五十六鲍明远《乐府八首·出自蓟北门行》"征骑屯广武,分兵救朔方",刘良曰:"屯,聚也。广武,县名;朔方,郡名,皆在边也。"陈八郎本、正德本及奎章阁本、明州本"刘良曰"并作"铣曰"。

23. 同上篇,"严秋筋竿劲,虏阵精且强",张铣曰:"严秋,谓秋气严厉。筋,谓弓;竿,谓箭也。劲,亦坚也。虏,谓匈奴。"陈八郎本、正德本及奎章阁本、明州本"张铣曰"并作"良曰"。

24. 同上篇,"马毛缩如猬,角弓不可张",吕延济曰:"言天寒也。猬,虫名,毛如针刺也。"陈八郎本、正德本及奎章阁本、明州本"吕延济曰"并作"向曰"。

25. 同上篇,"时危见臣节,世乱识忠良",刘良曰:"犹岁寒然后知松柏之后凋也。"陈八郎本、正德本及奎章阁本、明州本"刘良曰"并作"向曰"。

26. 同上篇,"投躯报明主,身死为国殇",张铣曰:"殇,非命也。言以死报国矣也。"陈八郎本、正德本及奎章阁本、明州本"张铣曰"并作"良曰"。注文较之集注本多出"岂为非命"四字。以文义审之,当是集注本脱漏。

27. 卷五十六鲍明远《乐府八首·结客少年场行》"骢马金络头,锦带佩吴钩",吕向曰:"以锦为带。吴钩,钩类,头少曲也。"陈八郎本、正德本及奎章阁本、明州本"吕向曰"并作"翰曰"。

28. 同上篇,"失意杯酒间,白刃起相雠",吕向曰:"白刃,(诸刻本多"刀"字)剑之属。此皆言豪侠之士矣也。"陈八郎本、正德本及奎章阁本、明州本"吕向曰"并作"翰曰"。案:诸刻本第27、第28为一条。

29. 同上篇,"追兵一旦至,负剑远行游",李周翰曰:"追兵,即边郡征兵也。故感义而行也。"陈八郎本、正德本及奎章阁本、明州本"李周翰曰"并作"济曰"。

30. 同上篇,"去乡三十载,复得还旧丘",吕延济曰:"旧丘,谓旧里也。"陈八郎本、正德本及奎章阁本、明州本"吕延济曰"并作"向曰"。

31. 同上篇,"扶宫罗将相,夹道列王侯",吕向曰:"扶,亦夹也;罗,亦列也,皆王侯将相之宅。"陈八郎本、正德本及奎章阁本、明州本"吕向曰"并作"翰曰"。

32. 同上篇,"今我独何为? 㙊壈怀百忧",吕延济曰:"百忧,言多也。"陈八郎本、正德本及奎章阁本、明州本"吕延济曰"并作"向曰"。

33. 卷五十六鲍明远《乐府八首·东门行》篇题下,吕向曰:"东都门,长安城门名。别离之地,故叙去留之情焉也。"陈八郎本、正德本及奎章阁本、明州本"吕向曰"并作"良曰"。

34. 同上篇,"伤禽恶弦惊,倦客恶离声",刘良曰:"禽伤于弓,恶于闻弦。客倦于别,恶闻离也。"陈八郎本、正德本及奎章阁本、明州本"刘良曰"并作"翰曰"。只诸刻本"离也"作"离声",以文义审之,当是集注本脱漏一"声"字。

35. 同上篇,"食梅常苦酸,衣葛常苦寒",吕延济曰:"梅不(诸刻本多"可"字)疗饥,葛非寒服。言羁客衣服不得(诸刻本多"其"字)所但反。"陈八郎本、正德本及奎章阁本、明州本"吕延济曰"并作"良曰"。

36. 同上篇,"丝竹徒满坐,忧人不解颜",刘良曰:"不解颜者,无乐情也反。"陈八郎本、正德本及奎章阁本、明州本"刘良曰"并作"向曰"。

37. 卷五十六鲍明远《乐府八首·苦热行》"丹蛇踰百尺,玄蜂盈十围",刘良曰:"皆南方有之。丹,赤;踰,过;玄,黑;盈,长也。十围,三丈也。"陈八郎本、正德本及奎章阁本、明州本"刘良曰"并作"铣曰"。

38. 同上篇,"含沙射流影,吹蛊病行晖"(案:尤本、《四部丛刊》影宋本"病"作"痛"),张铣曰:"江中有物,名曰水弩,于(诸刻本多"中"字)流含沙射人之影,所中者头痛发热,剧者至死。此言也病行客,使无光晖也。"陈八郎本、正德本及奎章阁本、明州本"张铣曰"并作"良曰"。又,明州本无"所中者头痛发热剧者至死"十一字。陈八郎本、正德本及奎章阁本注文较之集注本多出"吹蛊,飞蛊也。江南有畜蛊者,主人行之以杀行人,置之食饮中,人不觉,其家遂灭者,则飞游妄逐,行客中者皆病死"等内容,而明州本无此许文字,与集注本相符。案:李善注征引顾野王《舆地志》中有此内容,与之大略相似,只小字句处略有不同,故《集注》编者为尊重前人的创造性,删却五家注。

39. 卷五十六鲍明远《乐府八首·白头吟》"何惭宿昔意,猜恨坐相仍",刘良曰:"言我清直,不惭昔时之意,而君疑恨,坐而相仍也。"陈八郎本、正德本及奎章阁本、明州本"刘良曰"并作"向曰"。

40. 同上篇,"毫(案:敦煌 P.2554 写卷作"豪")发一为瑕,丘山不可胜",吕向曰:"言人之情移,纵见瑕隙,如毫发之小,则以为如丘山之大,不可胜载矣。"陈八郎本、正德本及奎章阁本、明州本"吕向曰"并作"良曰"。

41. 同上篇,"周王日沦惑,汉帝益嗟称",刘良曰:"周幽王黜申后而爱褒姒,日以沦溺迷惑。汉成帝去班婕妤而宠赵飞燕,益用嗟叹称美。此由忘故赏新,竟招后议。"陈八郎本、正德本及奎章阁本、明州本"刘良曰"并作"铣曰"。

42. 同上篇,"心赏犹难恃,貌恭岂易凭",张铣曰:"假如深心相赏犹难恃也,美貌外恭岂足凭矣。"陈八郎本、正德本及奎章阁本、明州本"张铣曰"并作"良曰"。

43. 卷五十六鲍明远《乐府八首·放歌行》"岂伊白璧赐?将起黄金台",吕延济曰:"言行合于贤主,岂惟赐白璧而已,亦将起黄金之台以待焉也。"陈八郎本、正德本及奎章阁本、明州本"吕延济曰"并作"向曰"。注文较之集注本多出"虞卿一说赵孝成王,赐白璧一双。燕昭王置千金于台上,以延天下之士。"案:李善注引《史记》有虞卿说赵孝成王之事。又,所引《上谷郡图经》有燕昭王置千金以延揽天下之士的记载,五家注无出其外,故遭《集注》编者删减。只李善注正文"黄金台",两引其说,亦引王隐《晋书》云燕太子丹金台,以便读者择善而从,作注态度甚是审慎。而五家注的处理则难免有臆断之嫌。

44. 同上篇,"今君有何疾?临路独迟回",刘良曰:"君,谓被(诸刻本多"放者"二字)也。疾,患也。迟回,不行貌。若逢明时,君(正德本、奎章阁本、明州本多"则"字)无患,当今宜去,何不行之有焉(诸刻本"焉"作"也")?"陈八郎本、正德本及奎章阁本、明州本"刘良曰"并作"铣曰"。

45. 卷五十六谢玄晖《鼓吹曲一首》"飞甍夹驰道,垂杨荫御沟",刘良曰:"飞甍,屋檐也。御沟,长安有之,金陵拟而作也。"陈八郎本、正德本及奎章阁本、明州本"刘良曰"并作"向曰"。注文较之集注本多出"驰道,天子出行之道。"案:李善注有"《汉书》曰:'太子不敢绝驰道。'应劭曰:'天子道也。'"五家注与之重复,故遭《集注》编者删截。

46. 卷五十六繆熙伯《挽歌诗一首》"朝发高堂上，暮宿黄泉下"，吕延济曰："高堂，生所居。黄泉，死所葬也。"陈八郎本、正德本及奎章阁本、明州本"吕延济曰"并作"翰曰"。

47. 卷五十六陆士衡《挽歌诗三首》"死生各异伦，祖载当有时"，吕向曰："伦，理也；祖，始也。祖载，谓移枢车为行之始。"陈八郎本、正德本及奎章阁本、明州本"吕向曰"并作"翰曰"。

48. 同上篇，"帷衽旷遗影，栋宇与子辞"，刘良曰："言不复见旧居也。旷，犹无也。"陈八郎本、正德本及奎章阁本、明州本"刘良曰"并作"向曰"。注文较之集注本多出"衽席也"三字。案：李善注引郑玄《礼记注》已有"衽，卧席也"的内容，故《集注》编者删却五家注中与之重复者。

49. 同上篇，"周亲咸奔凑，友朋自远来"，张铣曰："皆奔至，来此相送。周，至也。"陈八郎本、正德本及奎章阁本、明州本"张铣曰"并作"良曰"。注文"奔"下衍出一"远"字。

50. 同上篇，"殉没身易亡，救子非所能"，张铣曰："欲以身殉子，亡殁（诸刻本作"没"）甚易，独恐救子不能致焉。"陈八郎本、正德本及奎章阁本、明州本"张铣曰"并作"良曰"。诸刻本注文"独恐救子不能致焉"，均无"恐"字。以文义审之，当以集注本为是，后出刻本均脱漏此字。

51. 同上篇，"重阜何崔嵬，玄庐窜其间"，刘良曰："重阜，重冈阜也。崔嵬，高貌。玄庐，谓墓也。窜，藏也。"陈八郎本、正德本及奎章阁本、明州本"刘良曰"并作"向曰"。

52. 同上篇，"侧听阴沟涌，卧观天井悬"，吕向曰："圹中又作阴沟天井，故亡者侧听卧观之。涌，谓波涌也。悬者，在于上，如悬也。"陈八郎本、正德本及奎章阁本、明州本"吕向曰"并作"济曰"。

53. 同上篇,"人往有反岁,我行无归年",吕延济曰:"生人往者,皆反其家,死者一去,无归生矣也。"陈八郎本、正德本及奎章阁本、明州本"吕延济曰"并作"向曰"。

54. 同上篇,"金玉素所佩,鸿毛今不振",张铣曰:"素,昔;振,举也。如金玉之珍,昔者所佩服。如鸿毛之轻,今不能胜举矣。"陈八郎本、正德本及奎章阁本、明州本"张铣曰"并作"良曰"。

55. 同上篇,"拊心痛荼毒,永叹莫为陈",刘良曰:"皆假亡者之辞。荼毒,苦也。"陈八郎本、正德本及奎章阁本、明州本"刘良曰"并作"向曰"。

56. 同上篇,"素骖仱辖轩,玄驷骛飞盖",吕延济曰:"骖驾,三马。驷驾,四。辖车,丧车也。仱,立;骛,驰也。皆葬之仪注也。"陈八郎本、正德本及奎章阁本、明州本"吕延济曰"皆作"良曰"。又,"骖驾三马驷驾四"诸刻本皆作"骖,驾也。玄驷,四马也。"

57. 同上篇,"哀鸣兴殡宫,回迟悲野外",刘良曰:"兴,起也。回迟,回转迟留也。"陈八郎本、正德本及奎章阁本、明州本"刘良曰"并作"向曰"。

58. 卷五十六陶渊明《挽歌诗一首》"荒草何茫茫,白杨亦萧萧",张铣曰:"茫茫,广大貌。萧萧,风吹声也。"正德本及奎章阁本、明州本皆与集注同。独陈八郎本"张铣曰"并作"良曰",当是所据底本有误。

59. 同上篇,"严霜九月中,送我出远郊",吕向曰:"代亡者称我也。远郊,百里也。"陈八郎本、正德本及奎章阁本、明州本"吕向曰"并作"良曰"。

60. 卷五十六荆轲《歌一首》"燕太子丹使荆轲刺秦王",刘良曰:"丹,太子名也。秦始皇也。"陈八郎本、正德本及奎章阁本、明州本"刘良曰"并作"向曰"。诸刻本"丹"作"燕丹",当是臆增,非五臣注旧貌。而集注本较之诸刻本"秦始皇"前脱漏"秦王"二字。

61. 同上篇,"高渐离击筑,荆轲歌,宋如意和之",吕向曰:"高渐离、宋如意,皆壮士,而轲之友也。筑,乐器名。"陈八郎本、正德本及奎章阁本、明州本"吕向曰"并作"良曰"。

62. 卷五十六刘邦《歌一首》"高祖还过沛,留,置酒(诸刻本皆脱'酒'字)沛宫",刘良曰:"击黥布还也。沛,高祖之里,故以置宫。"陈八郎本、正德本及奎章阁本、明州本"刘良曰"并作"铣曰"。

63. 卷五十六刘越石《扶风歌一首》篇题下,吕延济曰:"扶风,地名。盖古曲也,琨拟而自喻也。"陈八郎本、正德本及奎章阁本、明州本"吕延济曰"并作"良曰"。注文较之集注本多出"《集》云:《扶风歌》九首,以两韵为一首。今合而为一者,误也。"案:此许文字乃五家袭取李善注而成,故遭《集注》编者删减。

64. 同上篇,"朝发广莫门,暮宿丹水山",刘良曰:"广莫门,洛阳城门名。谓首发晋都。丹水,出葛谷,故因言山也。"陈八郎本、正德本及奎章阁本、明州本"刘良曰"并作"铣曰"。

65. 同上篇,"左手弯繁弱,右手挥龙渊",张(脱"铣"字)曰:"繁弱,弓名。龙泉(正德本作"渊"字),剑名。谓晋被胡虏所逼,意欲扫灭之。"陈八郎本、正德本及奎章阁本、明州本"张铣曰"并作"良曰"。

66. 同上篇,"烈烈悲风起,泠泠涧水流",吕延济曰:"烈烈,风声。泠泠,水声也。"陈八郎本、正德本及奎章阁本、明州本"吕延济曰"并作"向曰"。

67. 同上篇,"挥手长相谢,哽咽不能言",刘良曰:"谓晋都也。哽咽,哀声未出也。"陈八郎本、正德本及奎章阁本、明州本"刘良曰"并作"济曰"。"谓晋都也"诸刻本皆作"谓别晋都也",以文义审之,当是集注本脱漏"别"字。

68. 同上篇,"我欲竟此曲,此曲悲且长",吕向曰:"此曲,则此歌也。悲且长,言其心不可述也。"陈八郎本、正德本及奎章阁本、明州本"吕向曰"并作"良曰"。

69. 同上篇,"弃置勿重陈,重陈令心伤",吕向曰:"弃置之事不可重陈,(诸刻本多"重陈"二字)徒令人心伤也。"陈八郎本、正德本及奎章阁本、明州本"吕向曰"并作"良曰"。案:诸刻本第68、第69为一条。

70. 卷五十六陆韩卿《中山王孺子妾歌一首》"洪波陪饮帐,林光宴秦余",刘良曰:"林光,秦之殿名。汉因之,故曰余。言相与饮宴于宫观也。"陈八郎本、正德本及奎章阁本、明州本"刘良曰"并作"铣曰"。注文较之集注本多出"洪波,赵简子台也"。案:李善注征引《韩诗外传》曰:"赵简子与诸侯大夫饮于洪波之台。"故《集注》编者删减了五家注中"洪波,赵简子台也"的内容。

71. 同上篇,"岁暮寒飙及,秋水落扶蕖",张铣曰:"岁暮飙及,喻年岁催其老也。扶蕖,喻人之美色。秋衰而色(诸刻本无"色"字)落也。"陈八郎本、正德本及奎章阁本、明州本"张铣曰"并作"向曰"。注文较之集注本"扶蕖"后多出"芙蓉也"三字。案:李善注:"《尔雅》曰:'荷,芙蕖。'郭璞曰:'别名芙蓉。'"五家注无出其右,故遭删减。

72. 卷五十九陶渊明《杂诗二首》"秋菊有佳色,裛露掇其英",吕延济曰:"掇,采;英,花也。"正德本及奎章阁本、明州本"吕延济曰"并作"良曰"。唯陈八郎本与集注本同,作"济曰"。

73. 同上篇,"泛此忘忧物,远我达世情",吕延济曰:"菊有佳色,故乘裛露而采之。……忘忧物,谓酒也。"正德本及奎章阁本、明州本"吕延济曰"并作"良曰"。唯陈八郎本与集注本同,作"济曰"。案:诸刻本第 72、第 73 为一条,而集注本在拆分五家注以按配李善本施注处时,"菊有佳色,故乘裛露而采之"本应属上句"秋菊有佳色,裛露掇其英"之注解,却将之抄配到下句,致使注文与正文不相匹配。

74. 卷五十九谢灵运《石门新营所住四面高山回溪石濑修竹茂林一首》"袅袅秋风过,萋萋春草繁",刘良曰:"萋萋,草盛貌。"陈八郎本、正德本及奎章阁本、明州本"刘良曰"并作"翰曰"。诸刻本注文较之集注本多出"袅袅,风吹貌"五字。案:李善注引王逸《楚辞注》有"袅袅,秋风摇木貌也",五家注无出其右,故遭《集注》编者删减。

75. 同上篇,"结念属霄汉,孤景莫与谖",吕延济曰:"结念近于高远,故云属霄汉。(脱"汉"字)天也;……谖,言也。"陈八郎本、正德本及奎章阁本、明州本"吕延济"并作"铣曰"。

76. 卷五十九鲍明远《数诗一首》"十载学无就,善宦一朝通",张铣曰:"学十年曰大成。言无就者,谦也。十者,小数之极,故数诗至此而止也。"此处淆乱情况较为复杂,正德本"张铣曰"作"良曰";奎章阁本与明州本"张铣曰"作"向曰";唯陈八郎本与集注本同,作"铣曰"。诸刻本注文较之集注本多出"善犹良也"四字,唯陈八郎本"良"作"巧"。案:《钞》有"善宦,犹巧宦也"的注解。

77. 卷五十九谢玄晖《直中书省一首》"风动万年枝,日华承露掌",(依集注本编辑体例,当脱一"刘"字)良曰:"承露掌,谓起高台为仙人形,以掌承盘,盘承甘露也。日华,谓日光照也。"正德本及奎章阁本、明州本与集注本同,皆作"良曰"。独陈八郎本"良曰"作

"向曰"。诸刻本注文较之集注本均多出"万年,木名",脱漏"曰"字。案:《钞》有"万年,树名也",故《集注》编者删减五家注与之重复处。

78. 卷五十九谢玄晖《观朝雨一首》"耳目暨无扰,怀古信悠哉",刘良曰:"未理事也。扰,烦也。思古人荣衰之理,信远哉也。"陈八郎本、正德本及奎章阁本、明州本"刘良曰"并作"向曰"。

79. 同上篇,"戢翼希骧首,乘流畏暴鳃",李周翰曰:"戢,敛;希,望;骧,举也。曝,露也。朓自喻欲敛翼而退,复望举首以求贵盛,又畏失势,如乘流曝鳃也。"正德本及奎章阁本、明州本"李周翰曰"作"向曰"。惟陈八郎本与集注本同,作"翰曰"。诸刻本注文较之集注本均无"骧举也"三字,当是后出刻本遗漏,此乃千年遗珍,尤为珍贵。又诸刻本并脱漏"欲"字,"畏"字作"思"字。以文义审之,集注本更为贴合作者心绪,于义为胜,可藉此复原唐时五家本旧貌。同时,也可知刻本中的五臣注错谬亦多,不可尽信。《集注》编者因李善注征引《三秦记》中有"河津,一名龙门,去长安九百里。两傍有山,水陆不通,龟鱼莫能上,江海大鱼薄集龙门下,上则为龙,不得上,曝鳃水次也。"故将五家注中"龙门之水,鱼上者则为龙,不得上者,曝鳃于水次"删却。

80. 卷五十九谢玄晖《郡内登望一首》"结发倦为旅,平生早事边",刘良曰:"旅,客也。平生早事于边疆戎马之事。"陈八郎本、正德本及奎章阁本、明州本"刘良曰"并作"向曰"。注文较之集注本多出"结发谓弱冠时也"七字。案:《钞》有"结发谓始冠,二十成人时也",故《集注》编者删减五家注中相同之注解。

81. 同上篇,"谁规鼎食盛,宁要狐白鲜",吕向曰:"规,犹取也。宁,无也。要,犹取也。鲜,丽也。"陈八郎本、正德本及奎章阁本、明州本"吕向曰"并作"良曰"。又因李善注及《钞》中均有"狐白裘"之语,故而删却五家注文中"狐白,裘也"的内容。值得注意的是,陈八郎本校之他本缺"宁,无也"的注解,相同位置处却多出"室,光也"的注解,正文中不见有"室"字,不知何据,殊是令人费解。

82. 卷五十九谢玄晖《和伏武昌登孙权故城一首》"幸藉芳音多,承风采余绚",吕向曰:"芳音,谓曼容诗(诸刻本"诗"作"言")也。言承其雅风,采咏余美。绚,美也。"陈八郎本、正德本及奎章阁本、明州本"吕向曰"并作"良曰"。

83. 卷五十九沈休文《和谢宣城一首》"将随渤澥去,刷羽泛清源",张铣曰:"愿如鸟游渤澥之水,薄刷羽毛,泛弄清波,以自取性也。"正德本及奎章阁本、明州本"张铣曰"并作"向曰"。唯陈八郎本与集注本同,作"铣曰"。

84. 卷六十一刘休玄《拟古二首·拟明月何皎皎》"落宿半遥城,浮云蔼曾阙",刘良曰:"宿,谓星也。浮云,薄云也。蔼,盖也。"正德本及奎章阁本、明州本"刘良曰"并作"向曰"。唯陈八郎本与集注本同,作"良曰"。诸刻本注文较之集注本多出"层阙,高阙也"五字。

85. 卷六十一鲍明远《拟古三首》"两说穷舌端,五车摧笔锋",张铣曰:"两说,谓本末之说。言其博闻,(正德本多"舌端"二字)能摧折文士(正德本多"之")笔锋(正德本作"端")也。"陈八郎本、正德本及奎章阁本、明州本"张铣曰"并作"良曰"。注文多出"舌端,君子有三端,舌端一也。惠子多方,其书五车。"

86. 卷六十一江文通《杂体诗三十首·陆平原羁宦机》"服义追上烈(正德本作"列"),矫迹厕宫臣",吕向曰:"服义,服古人义道(正德本作"道义")也。上烈(正德本作"列"),谓枚乘、相如、刘桢、应场等。言我举迹厕于数人之间也。"陈八郎本、正德本及奎章阁本、明州本"吕向曰"并作"良曰"。

87. 卷六十二江文通《杂体诗三十首·许征君自序询》"张子暗内机,单生蔽外像(正德本作"象")",张铣曰:"象,法也。张毅行年四十,而患内热病死,是暗内理之几微。……此皆偏而不广也。"陈八郎本、正德本及奎章阁本、明州本"张铣曰"并作"向曰"。又,"理"作"治"。依李匡乂《资暇录》"李氏依旧本,不避国朝庙讳,五臣易而避之,宜矣"之说,此处避唐高宗名讳,当以集注本为是。另,"张毅行年四十",诸刻本并作"行年三十",不知孰是孰非。

88. 卷六十六宋玉《招魂一首》"赤蚁若象,玄蜂若壶些",吕向曰:"壶,器也(正德本"也"作"名")。"陈八郎本、正德本及奎章阁本、明州本"吕向"并作"翰曰"。注文多出"言蚁与蜂有大如此"。

89. 同上篇,"光风转蕙,泛崇兰些",李周翰曰:"言日光风气转,泛薄于兰蕙之丛也。崇,言("高"之讹)也。"陈八郎本、正德本及奎章阁本、明州本"李周翰曰"并作"济曰"。

90. 同上篇,"独秀先些",吕延济曰:"言郑、卫妖女工于服饰,其髻形能感从(刻本无"从"字)楚人之心,故秀异而先进于前。"陈八郎本、正德本及奎章阁本、明州本"吕延济曰"并作"良曰"。

91. 卷六十六刘安《招隐士一首》"溪谷崭岩兮水曾波",刘良曰:"崭岩,险貌也。"陈八郎本、正德本及奎章阁本、明州本"刘良曰"并作"铣曰"。又,"险貌"作"险峻貌"。以文义审之,当系集注本脱漏。

92. 同上篇,"状貌崟崟兮峨峨,凄凄兮漇漇",张铣曰:"崟崟峨峨,头角高貌。凄凄漇漇,毛衣润也。"陈八郎本、正德本及奎章阁本、明州本"张铣"并作"向曰"。

93. 卷六十八曹子建《七启八首》"镜机子曰:芳菰精粺,霜蓄露葵",李周翰曰:"菰、粺,草名。……蓄,菜名。此物与葵宜于霜露之时。"陈八郎本、正德本及奎章阁本、明州本"李周翰曰"并作"铣曰"。

94. 同上篇,"獠徒云布,武骑雾散",李周翰曰:"徒,卒也。云布雾散,言多也。"陈八郎本、正德本及奎章阁本、明州本"李周翰曰"并作"良曰"。注文多出"獠,猎也"三字。

95. 同上篇,"丹旗燿(正德本作"曜")野,戈殳晧盱",李周翰曰:"曜,照也。戈、殳,皆兵器。"陈八郎本、正德本及奎章阁本、明州本"李周翰曰"并作"良曰"。注文多出"晧盱,白色"四字。案:正德本第94、第95为一条。

96. 同上篇,"佩兰蕙兮为谁修? 宴(正德本作"嬿")婉绝兮我心愁",吕向曰:"修,谓修饰也。嬿婉,美貌也。言远望灵仙,欲与之(正德本无"之"字)为匹,无由致之,佩服香草,将为(正德本作"谓")谁修饰也。美貌隔绝,故使心忧之也。"陈八郎本、正德本及奎章阁本、明州本"吕向曰"并作"良曰"。注文多出"兰蕙,香草也"五字。

97. 同上篇,"玄微子曰:予亮愿焉。然方于大道有累,如何?"吕延济曰:"言以势利相倾,于大道有累也。如何者,复问之词也。"陈八郎本、正德本及奎章阁本、明州本"吕延济曰"并作"良曰"。注文多出"亮,信也"三字。

98. 卷七十一任彦昇《宣德皇后令一首》"辒轩萃止",吕向曰:"辒轩,轻车也。萃,聚也。"陈八郎本、正德本及奎章阁本、明州本"吕向曰"并作"铣曰"。

99. 卷七十一傅季友《为宋公修楚元王墓教一首》"夫褒贤崇

德,千载弥光",李周翰曰:"弥,益也。"陈八郎本、正德本及奎章阁本、明州本"李周翰曰"并作"向曰"。

100. 卷七十一王元长《永明九年策秀才文三首》"朕闻神灵文思之君,聪明圣德之后",张铣曰:"后,君也。此述古之圣君至理者也。"陈八郎本、正德本及奎章阁本、明州本"张铣曰"并作"良曰"。又,"理"作"治",此乃宋刻本回改唐时避讳字所致。但亦可从反方面印证《集注》当系唐钞本。

101. 卷七十三诸葛孔明《出师表一首》"庶竭驽钝,攘除奸凶",张铣曰:"竭,尽也。驽钝,马。亮自比也。"正德本与集注本同。陈八郎本、奎章阁本"张铣曰"并作"良曰"。注文多出"攘,却也。奸凶,谓曹丕也"。

102. 同上篇,"兴复汉室,还于旧都。此臣之所以报先帝,而忠陛下之职分也",张铣曰:"备,中山王后。……而亮兼之,故云职分也。"正德本与集注本同。陈八郎本、奎章阁本"张铣曰"并作"良曰"。

103. 卷七十三曹子建《求通亲亲表一首》"亲亲之义,寔在敦固",(依集注本五家注均称其全名例,此处当阙"吕"字)向曰:"亲亲骨肉之义,是在厚固也。"奎章阁本、正德本与集注本同。独陈八郎本"吕向曰"并作"翰曰"。

104. 同上篇,"然天寔(正德本作"实")为之,谓之何哉",李周翰曰:"言此实天子为之也。"陈八郎本、正德本及奎章阁本、明州本"李周翰曰"并作"济曰"。

105. 同上篇,"驸马奉车,趣得一号",吕延济曰:"趣,疾也。言将立功绩,疾取一勋号也。"奎章阁本、正德本与集注本同。独陈八郎本"吕延济曰"作"铣曰"。诸刻本注文均多出"驸马,谓都尉也。

奉车,掌御之官"。

106. 同上篇,"每四节之会,块然独处,……未尝不闻乐而拊心,临觞而叹息也",吕向曰:"仆隶,下士。言所对非贤,难可与陈说申展,故拊心叹息也。"陈八郎本、正德本及奎章阁本、明州本"吕向曰"并作"翰曰"。

107. 卷七十九任彦昇《奏弹刘整一首》"实教义所不容,绅冕所共弃",吕延济曰:"绅冕,衣冠。"陈八郎本、正德本及奎章阁本、明州本"吕延济曰"并作"向曰"。又,陈八郎本"衣冠"作"衣冕"。

108. 卷七十九沈休文《奏弹王源一首》"虽除旧布新,而斯风未殄",张铣曰:"殄,灭也。"陈八郎本、正德本及奎章阁本、明州本"张铣曰"并作"向曰"。

109. 卷七十九繁休伯《与魏文帝笺一首》"金曰诡异,未之闻也",吕向曰:"诡,奇也。"陈八郎本、正德本及奎章阁本、明州本"吕向曰"并作"翰曰"。

110. 卷八十五孙子荆《为石仲容与孙皓书一首》"然后远迹疆场,列郡大荒",吕向曰:"疆场,边畔也。言魏斩公孙泉,乃远开边疆,置郡邑于大荒也。"陈八郎本、正德本及奎章阁本、明州本"吕向曰"并作"良曰"。又,诸刻本"公孙泉"并作"公孙渊",当是宋明五臣刻本改正唐时避讳字所致。但在一定程度上也损毁了唐时五臣注的旧貌。

111. 卷八十五赵景真《与嵇茂齐书一首》"至若兰芷倾顿,桂林移植,……斯所以怵惕于长衢也(正德本无"也"字)",吕向曰:"兰芷,香草。桂林,香木。……此喻谗邪为忠正之风弩(正德本无"弩"字)也。怵惕,惧貌。衢,道也。"陈八郎本、正德本及奎章阁本、明州本"吕向曰"并作"铣曰"。又,"兰芷"作"兰茝",依《文选》

正文来看，当以集注本为是。此外，"怵惕，惧貌"作"怵惕，惊貌"，两通。刻本中注文多出"牙，弩牙"三字。

112. 同上篇，"去矣荪生，永离隔矣！茕茕飘寄，临沙漠矣"，张铣曰："茕茕，犹单独也。"陈八郎本、正德本及奎章阁本、明州本"张铣曰"并作"向曰"。

113. 卷八十八陈孔璋《檄吴将校部曲文一首》"非国家钟福于彼，降祸于此也，逆顺之分不得不然"，吕向曰："钟，聚也。逆，反；顺，从也。"陈八郎本、正德本及奎章阁本、明州本"吕向曰"并作"良曰"。注文多出"彼，谓鲁等。此，谓建、约等"。

114. 卷八十八钟士季《檄蜀文一首》"古之行军，以仁为本，以义治之"，刘良曰："以仁，谓不尚残杀也。动不为己曰义也。"陈八郎本、正德本及奎章阁本、明州本"刘良曰"并作"翰曰"。

115. 同上篇，"王者之师，有征无战"，刘良曰："有征无战，谓能以势化导而来之也。"陈八郎本、正德本及奎章阁本、明州本"刘良曰"并作"翰曰"，只无"之"字。案：正德本第114、第115为一条。

116. 同上篇，"周武有散财发廪表闾之义"，张铣曰："武王伐殷，发廪粟府财以赈贫乏，表饰贤人闾里以存其义也。"陈八郎本、正德本及奎章阁本、明州本"张铣曰"并作"翰曰"。

117. 卷八十八司马长卿《难蜀父老一首》"是以六合之内，八方之外，浸淫（正德本"淫"作"谣"）衍溢"，刘良曰："浸淫（正德本"淫"作"谣"）衍溢，言理化远也。"陈八郎本、正德本及奎章阁本、明州本"刘良曰"并作"翰曰"。

118. 同上篇，"怀生之物有不浸润于泽者，贤君耻之"，刘良曰："怀生之物，谓动植之类也。言如此等有不需德泽者，则我君耻之也。"陈八郎本、正德本及奎章阁本、明州本"刘良曰"并作"翰曰"。

案：正德本第117、第118并为一条。

119. 卷九十一王元长《三月三日曲水诗序一首》"葆俋陈阶（正德本作"階"），金鉋在席，戚奏翘舞，籥动邠诗"，吕延济曰："葆，所（正德本多"以"）障舞人也。……邠诗，所（正德本多"以"）迎暑节也。谓将至于夏。"陈八郎本、正德本及奎章阁本、明州本"吕延济曰"并作"向曰"。注文多出"金、鉋，皆乐器也"。

120. 卷九十三杨子云《赵充国颂一首》"有守矜功，谓之弗克"，李周翰曰："有守，谓酒泉太守辛武贤也。奏宣帝请击罕、开，帝使与充国共讨之。充国欲喻之使降，贤谓充国曰：喻其使降，不胜击之。故云谓不（刻本作"弗"）克也。克，胜也。矜功，自说有能也。"陈八郎本、正德本及奎章阁本、明州本"李周翰曰"并作"铣曰"。注文"充国欲喻之使降"，后出刻本均脱"欲"字，以文义审之，当以集注本为是。

121. 卷九十三史孝山《出师颂一首》"西零不顺，东夷遘逆"，李周翰曰："西零，西羌也。"陈八郎本、正德本及奎章阁本、明州本"李周翰曰"并作"济曰"。注文多出"遘，作也"三字。

122. 同上篇，"宪章百揆，为世作楷"，吕延济曰："楷，则也。"陈八郎本、正德本及奎章阁本、明州本"吕延济曰"并作"向曰"。注文多出"揆，度"二字。

123. 同上篇，"薄伐猃狁，至于太原"，吕延济曰："猃狁，北狄也。薄伐，言不杀戮，逐之于边而已。太原，地也。"陈八郎本、正德本及奎章阁本、明州本"吕延济曰"并作"向曰"。

124. 卷九十三刘伯伦《酒德颂一首》"俯观万物，扰扰焉如江汉之载浮（正德本无"浮"字）萍"，李周翰曰："言见万物扰扰于代，如水中萍草随其风波。"陈八郎本、正德本及奎章阁本、明州本"李周翰曰"并作"向曰"。注文较之集注本均脱漏"扰扰于代"四字,此乃形容世间万物纷扰繁复之意,只有加上此许字样,才得与下文相接。此处独赖集注本存其真。

125. 卷九十三陆士衡《汉高祖功臣颂一首》"奇谋六奋,嘉虑(奎章阁本、正德本作"声")四回",李周翰曰:"奋,出也。四回,谓回转于天下四方也。"陈八郎本、正德本及奎章阁本、明州本"李周翰曰"并作"向曰"。其注文陈八郎本与集注本同。正德本、奎章阁本较之集注本则多出"平自定天下,凡六出奇计"十字。

126. 同上篇,"京索既扼,引师北讨",李周翰曰:"京、索,二水名。扼,谓扼楚军也。"奎章阁本、正德本与集注本同,只是注文多出"高祖与项羽战,汉兵败散,信复发兵与高祖会于荥阳,破楚军于京、索之间。""北讨,谓伐魏也。"尤为值得注意的是,此处陈八郎本并无李周翰注,而存吕延济的一条注解:"济曰:《汉书》曰:汉击楚彭城,汉兵败散而还,信复发兵与汉王会荥阳,复击破楚京、索间。齐、赵、魏皆反,与楚和。以信为左丞相,击魏"。与集注本所参据的唐时五家旧抄本、奎章阁所参据之平昌孟氏五臣注均不相类,由此可推测陈八郎本所采五臣底本很可能别有所据,并非同一系统。

127. 同上篇,"袁生秀朗,沈心善照。汉斾南振,楚威自扰"(正德本此处分为二节),吕延济曰:"袁生谓高祖曰:分诸将引入楚地,而使自分兵相救,而楚威权自然挠也。斾,旗也。南振,谓南入楚也。挠,乱。"陈八郎本、正德本及奎章阁本、明州本"吕延济曰"并作"向曰"。又,"斾"字前均衍出一"大"字,依正文看,当以集注本为是。

128. 同上篇,"文武四充,汉祚克广",吕延济曰:"众贤文武之道,四方充满,故汉祚能广也。克,能。"陈八郎本、正德本及奎章阁本、明州本"吕延济曰"并作"向曰"。

129. 卷九十四夏侯孝若《东方朔画赞一首》"苟出不可以直道也,故颉颃以傲世",吕延济曰:"苟出,谓苟且随其事势,亦不可以直道。……颉颃,自纵貌。"陈八郎本、正德本及奎章阁本、明州本"吕延济曰"并作"向曰"。注文多出"傲,慢也"。又,诸刻本皆脱漏下"苟"字。

130. 同上篇,"弛张而不为邪,进退而不离群",吕延济曰:"弛张,犹衰荣也。群,道也。"陈八郎本、正德本及奎章阁本、明州本"吕延济曰"并作"向曰"。

131. 同上篇,"跨世凌(正德本作"陵")时,远蹈独游",李周翰曰:"跨,越。陷("蹈"之讹),步也。"陈八郎本、正德本及奎章阁本、明州本"李周翰曰"并作"向曰"。

132. 同上篇,"染迹(奎章阁本、正德本作"跡")朝隐,和而不同",李周翰曰:"染近于俗,隐迹于朝,与俗和光而不同其道也。"陈八郎本、正德本及奎章阁本、明州本"李周翰曰"并作"良曰"。

133. 卷九十四袁彦伯《三国名臣序赞一首》"元首经略而股肱肆力",吕延济曰:"经略,经营也。肆,陈也。"陈八郎本、正德本及奎章阁本、明州本"吕延济曰"并作"向曰"。注文多"元首,君也","股肱,臣也"四字。

134. 同上篇,"柳下以之三黜",吕延济曰:"柳下惠为士师,三黜而无愠色,知其时不可也。黜,退也。"奎章阁本、正德本与集注本同。独陈八郎本"吕延济曰"作"铣曰",盖此句上"故蘧宁以之卷舒"句,乃张铣作的疏解,很可能陈八郎本将之合并时,未加详辨,致此讹误。

135. 同上篇,"则燕昭、乐毅,古之流也",李周翰曰:"燕昭王与乐毅相得,上下不疑,故立大功。"陈八郎本、正德本及奎章阁本、明州本"李周翰曰"并作"向曰"。

136. 同上篇,"高祖虽不以道胜御物,群下得尽其忠",吕延济曰:"道胜,谓以道御物,胜征伐也。群下得尽忠,谓言必用,计必从。"陈八郎本、正德本及奎章阁本、明州本"吕延济曰"并作"向曰"。又,诸刻本均脱漏"得"字。

137. 同上篇,"万物思治,则默不如语",李周翰曰:"理万物当作法教,垂(正德本多"其"字)礼制,故尚语不尚默也。"陈八郎本、正德本及奎章阁本、明州本"李周翰曰"并作"向曰"。

138. 同上篇,"文若怀独见之明,而有救世之心",李周翰曰:"魏臣荀彧,字文若也。"陈八郎本、正德本及奎章阁本、明州本"李周翰曰"并作"向曰"。

139. 同上篇,"虽亡身明顺,识亦高矣",李周翰曰:"或有直言于太祖,太祖恨之,饮药而死。是亡身也。志欲匡汉,故云明顺。"陈八郎本、正德本及奎章阁本、明州本"李周翰曰"并作"向曰"。又,诸刻本均脱漏"志"字,以文义审之,当以集注本为是。

140. 同上篇,"相与弘道,岂不远哉",李周翰曰:"言二荀相与广此臣道,岂不深远哉! 弘,广也。"陈八郎本、正德本及奎章阁本、明州本"李周翰曰"并作"良曰"。

141. 同上篇,"况沉迹沟壑,遇与不遇者乎",李周翰曰:"初,昭之用也,……况沉弃于沟壑,遇时与不遇者也。"陈八郎本、正德本及奎章阁本、明州本"李周翰曰"并作"向曰"。

142. 同上篇,"虬虎虽惊,风云未和",吕延济曰:"言未和者,群臣未相应合也。言惊者,动而(正德本多"求"字)应之也。"陈八郎本、正德本及奎章阁本、明州本"吕延济曰"并作"向曰"。注文多出

"虬，龙也。云从龙，风从虎"。

143. 同上篇，"英英文若，灵鉴洞照。应变知微，探赜（奎章阁本、正德本作"赜奇"）赏要"，吕延济曰："洞，通；照，明也。"陈八郎本、正德本及奎章阁本、明州本"吕延济曰"并作"向曰"。注文多出"此谓荀彧也。文若，字（陈八郎本作"序"，形近致误）也。英英，鲜明貌。"

144. 同上篇，"智能拯物，愚足全生"，李周翰曰："言其内智笭（正德本多"能"字）极于物，而外貌似愚，能远害全身矣。则其智可及，其愚不可之（正德本作"及"）也。"陈八郎本、正德本及奎章阁本、明州本"李周翰曰"并作"向曰"。

145. 同上篇，"景山恢诞，韵与道合"，张铣曰："恢诞，（正德本多出"大也"二字）言其思如音韵和理与道相合也。"陈八郎本、正德本及奎章阁本、明州本"张铣曰"并作"良曰"。正德本注文多出"此谓徐邈也。景山，字也。"

146. 同上篇，"堂堂孔明，基宇宏邈"，李周翰曰："基宇，犹器度也。宏，大；邈，远也。"陈八郎本、正德本及奎章阁本、明州本"李周翰曰"并作"济曰"。注文多出"此谓诸葛亮也。孔明，字也。堂堂，盛貌"。

147. 同上篇，"仰挹玄流，俯弘时务"，张铣曰："玄，天也。臣仰君之泽流也。俯，下也。弘，时（当为衍字）安也。"陈八郎本、正德本及奎章阁本、明州本"张铣曰"并作"向曰"。

148. 同上篇，"名节殊涂，雅致同趣"，吕延济曰："人之名节，虽则殊道，事君之义，亦同趣理也。"陈八郎本、正德本及奎章阁本、明州本"吕延济曰"并作"铣曰"。

149. 卷九十八干令昇《晋纪总论一首》"惟此文王，小心翼翼，昭事上帝，聿怀多福”，吕延济曰：“翼，恭敬貌。……言能恭敬，遂来此多福也。”陈八郎本、正德本及奎章阁本、明州本“吕延济曰”并作“向曰”。注文多出“昭，明也”。

150. 同上篇，“谈者（正德本多“以”字）虚薄为辩而贱名检”，李周翰曰：“名检，法度也。”陈八郎本、正德本及奎章阁本、明州本“李周翰曰”并作“铣曰”。注文多出“虚薄，虚谈也”。

151. 同上篇，“行身者以放浊为通而狭节信”，张铣曰：“时以放情浊行者为通，而以节信为褊狭也。”陈八郎本、正德本及奎章阁本、明州本“张铣曰”并作“翰曰”。

152. 卷百二王子渊《四子讲德论一首》“精练（正德本作“炼”）藏于矿朴，庸人视之忽焉”，吕延济曰：“矿朴，谓金石相和未理者也。忽焉，不识貌。”陈八郎本、正德本及奎章阁本、明州本“吕延济曰”并作“翰曰”。注文多出“精练（正德本作“炼”），金也。百练（正德本作“炼”）不耗，故曰精练（正德本作“炼”）也。”

153. 同上篇，“巧冶铸之，然后知其干也”，吕延济曰：“巧冶，理金之工也。干，体也。”陈八郎本、正德本及奎章阁本、明州本“吕延济曰”并作“翰曰”。案：正德本第 152、第 153 为一条，中间未截分。

154. 卷百十三潘安仁《夏侯常侍诔一首》“居吾语尔（正德本作“汝”），众实胜寡。人恶隽异，世疵文雅”，李周翰曰：“疵，病也。言小人众，贤者少，是众胜少也。时俗憎病俊异文雅之人也。”陈八郎本、正德本及奎章阁本、明州本“李周翰曰”并作“良曰”。注文多出“寡，少；恶，憎”。

155. 卷百十三潘安仁《汧马督诔一首》“精贯白日，猛烈秋霜”，李周翰曰：“白日，喻精诚明皎也。秋霜，喻威严肃物也。”陈八郎本、正德本及奎章阁本、明州本"李周翰曰"并作"向曰"。

156. 卷百十三潘安仁《汧马督诔一首》"忘尔大劳,猜尔小利。苟莫开怀,于何不至",李周翰曰:"劳,功也。大功,谓存汧也。小利,谓谷数十斛也。开怀,恕小过也。言有司不苟恕小过,而深劾(正德本多"其"字)罪状,于何不至有也。"陈八郎本、正德本及奎章阁本、明州本"李周翰曰"并作"向曰"。

157. 卷百十三潘安仁《汧马督诔一首》"剔子双规(正德本作"龟"),贯以三木",张铣曰:"剔,夺也;贯,穿也。三木,谓杻、械、枷也矣。"奎章阁本、正德本与集注本同,注文多出"龟,印也。汧督及关中侯,故双龟也。"独陈八郎本"张铣曰"作"向曰"。此处集注本校之诸五臣刻本多出"贯,穿也"等注解文字,尤为珍贵。

158. 卷百十三颜延年《阳给事诔一首》"路无归辖,野有委骸",吕向曰:"辖,小棺也。言道路之上无有以棺盛枢而归者,田野之内多委弃之骨也。"陈八郎本、正德本及奎章阁本、明州本"吕向曰"并作"翰曰"。

159. 卷百十六王仲宝《褚渊碑文一首》"丹杨(正德本作"阳")京辅,远近攸则",张铣曰:"丹阳,郡名。京辅,言近帝都也。攸,所也。"陈八郎本、正德本及奎章阁本、明州本"张铣曰"并作"济曰"。

160. 同上篇,"既而齐德龙兴,顺皇高禅",张铣曰:"齐太祖姓萧讳道成,受宋禅,即皇帝位也。"陈八郎本、正德本及奎章阁本、明州本"张铣曰"并作"向曰"。又,诸刻本均脱漏"姓"字。注文多出"顺皇,宋顺帝。禅,谓让位与齐也"等内容。

而对于这些淆乱情况,仅凭现有文献尚难以判断孰是孰非,但集注本作为唐代写钞本,相较于诸宋明刻本而言,从理论上讲当最近其原貌,可信度要更高一些,其价值不容小觑。且《集注》中五家

姓名多称全名:"吕延济曰"、"李周翰曰"、"张铣曰"、"吕向曰"、"刘
良曰",而诸宋明刻本则多简称之:"济曰"、"翰曰"、"铣曰"、"向
曰"、"良曰",像这种情况下,刻本弄错搞混的概率就更大一些。通
过这些淆乱情况的系统梳理,可知陈八郎本与正德本有时是五臣
的姓名不同,有时是分节施注的位置不同,有时是注解不同,可藉
此考证五臣注的流传情况,有助于追溯五臣本系统的版本流变。

第五章　《文选集注》之陆善经注研究

陆善经，《旧唐书》和《新唐书》无传，生活时代、爵里、仕履、生卒年未详，主要活动于唐玄宗开元、天宝年间。马国翰《玉函山房辑佚书》辑陆善经《孟子注》佚说，已称"不详何人"。上世纪三十年代，向宗鲁《书陆善经事——题〈文选集注〉后》一文虽甚简短，却钩稽出陆善经的著述及其注释《文选》的事略，为研究陆善经其人及陆善经《文选注》提供了珍贵的线索。又，新美宽《陆善经事迹》①、汶讷《补唐书陆善经传》②等亦对陆善经的生平、职官、行状事迹等分别作了精彩的考订，此后虞万里、藤井守、森野繁夫等中外学者又踵事增华③，使陆善经生平事迹大体可考。

据日本平安朝藤原佐世《日本国见在书目录》记载，陆善经著述计有：《周易注》八卷，《古文尚书注》十卷，《周诗注》十卷，《三礼

---

① 新美宽：《陆善经事迹》，载《支那学》第九卷第 1 号，1937 年。

② 载《说文月刊》第二卷合订本，1940 年。

③ 见虞万里《唐写文选集注残本中陆善经行事考略》，载《文献》1994 年第 1 期。虞氏此文后改题为《唐陆善经行历索隐》，载《中华文史论丛》第六十四辑，2000 年。后又收入其著《榆枋斋学术论集》，江苏古籍出版社，2001 年；藤井守《〈文选集注〉中所见的陆善经注》，载《广岛大学文学部纪要》第 37 卷，1977 年；森野繁夫《论陆善经〈文选注〉》，载《中国中世文学研究》第 21 号，1991 年。

注》三十卷,《春秋三传注》三十卷,《论语注》六卷,《孟子注》七卷,《列子注》八卷。由此著述可看出陆善经深厚的儒学素养。其《文选注》好引儒家经典,特别是《周礼》、《礼记》等。而此诸多著述,两《唐志》均未著录,多见于日本古钞经疏栏格上及背面所引,枫山官库所藏卷子《左传》尤多引之。《四库全书总目》类书类著录《永乐大典》本《函海》中收录有陆善经《续梁元帝古今同姓名录》,卷数不详。此外,陆善经所著《新字林》,《广韵》亦多引录。清儒任大椿《字林考逸》(任大椿《字林考逸》多将陆善经《新字林》附于每部之末,书尾载丁小山签记云:"《广韵·十虞》'幮'下引作陆该。《字林》黄辑本'幮'下注云:疑该是名,善经其字也。")及黄奭《汉学堂经解》皆有辑佚。另日本学者水泽利忠蒐集日本古钞、古刊本《史记》中的陆善经注,共辑其佚文一百余条,著成《陆善经史记注佚文拾遗》一书,附于《史记会注考证校补》之后,可知陆善经还曾注《史记》,有《史记决疑》若干卷。李善征引《汉书》处,陆善经往往援引《史记》。其著述之宏富,由此可见一斑。惜其著作多已亡佚,除《续梁元帝古今同姓名录》外,其他仅有零篇断句传世。

日藏古钞《集注》残卷的发现,使人们得知唐人《文选》注,除了李善本和五臣本传世以外,尚有陆善经注本行世,为研究唐时《文选》注释学及"选学"发展史提供了全新而又珍贵的文献资料。斯波六郎曾指出:"至于陆善经注,两国书目均不见著录,为中国人不知久矣,更是弥足珍贵。"①而目前学界对陆善经《文选》注的研究还不充分和全面,很多课题尚待进一步的深入探讨。今拟通过对

---

① [日]斯波六郎:《对〈文选〉各种版本的研究》,俞绍初、许逸民主编《中外学者文选学论集》,北京:中华书局,1998年,第937—938页。

《集注》中陆善经注和编者案语中间接透露的陆善经本《文选》的全面分析，来研究陆善经《文选注》的旧貌、特色、价值以及与李善等诸家注的关系。

第一节 陆善经注非其原貌考

陆善经《文选注》，不见两《唐志》，《日本国见在书目录》亦未著录。关于陆善经注《文选》事，宋王应麟《玉海》卷五四引唐韦述《集贤注记》称："开元十九年三月，萧嵩奏王智明、李玄成、陈居注《文选》。先是，冯光震奉敕入院校《文选》，上疏以李善旧注不精，请改注。从之，光震自注得数卷。嵩以先代旧业，欲就其功，奏智明等助之。明年五月，令智明、玄成、陆善经专注《文选》，事竟不就。"①刘肃《大唐新语·著述》亦有类似记载。王智明、冯光震辈学寡识陋，素无修撰之艺，其解"蹲鸱"为"今之芋子，即是着毛萝卜"，见讥于学人，刘肃已著其事②。萧嵩终未竟功。可知，陆善经曾于开元二十年(732)参与萧嵩等人注《文选》，后转事他纂。两《唐书》均无陆善经传，各史志及官私书目亦皆未著录其《文选注》。(森立之《经籍访古志》卷六云："陆善经注《文选》事，遍检史志，不载其目。")但今遗存于《集注》中的陆善经注，注释虽甚为简略，但各篇

① 〔宋〕王应麟：《玉海》，影印文渊阁《四库全书》本，第 944 页，第 437—438 页。又见向宗鲁《书陆善经事》，《斯文半月刊》1943 年第二期引。

② 〔唐〕刘肃《大唐新语》记载："开元中，中书令萧嵩以《文选》是先代旧业，欲注释之，奏请左补阙王智明、金吾卫佐李玄成、进士陈居等注《文选》。先是，东宫卫佐冯光震入院校《文选》，兼复注释，解'蹲鸱'云'今之芋子，即是着毛萝卜'，院中学士向挺之、萧嵩抚掌大笑。智明等学术非深，素无修撰之艺，其后或迁，功竟不就。"北京：中华书局，1984 年，第 134 页。

均有注文,是一个首尾皆注的完整注本,编者案语亦动辄称"陆善经本某作某",且温故堂所藏"文选零本一卷旧钞卷子本"(乃古钞卷子无注三十卷本《文选》之遗存,今为上野精一氏所藏),据森立之《经籍访古志》卷六"总类"记载,"现存第一卷一轴,首有显庆三年李善《上文选注表》,梁昭明太子撰《文选序》。序后接本文,题'《文选》卷一赋甲',此行'京都上班孟坚《两都赋》二首并序','张平子《西京赋》一首',界长七寸五分,幅一寸,每行十三字,卷末隔一行题'《文选》卷第一',不记抄写年月,卷中朱墨点校颇密,标记、旁注及背记所引,有陆善经本、五臣本、《音决》本、《钞》、《集注》诸书及'今案'云云语"①。今所见"《文选》残一卷存卷一景照上野氏藏旧抄本",即当系森立之所谓温故堂藏残一卷本,日本学者通常称之为"上野本",其栏外屡引陆善经本,如《文选序》"遂放湘南"下,注云"陆本'湘'作'江'";又,"退傅有在邹之作"句之背记:"在邹,《汉书》曰:'韦孟本彭,为楚元王傅,及孙王戊荒淫不遂,孟作诗讽,去位徙家于邹。'陆";又,"降将著河梁之篇"句之背记:"降将谓李陵降匈奴,苏武别梁上作,五言自此始也。陆曰:李陵步卒五千出居延,兵败降匈奴。陵诗云:'携手上河梁,游子暮何之。'""又少则三字"句之背记:"三字,陆云:任昉《文章始》云:'三字咏。'"又,"多则九言"句之背记:"九君,陆云:魏高贵乡公九言《诗》云:'嗟余薄德从役至他乡,筋力疲颓无意人长极。'""则卷盈乎缃帙"句之标记:"陆云:缃,桑初生之色也,近于黄。"此外,《西都赋》中亦存数条陆善经注,如"西都赋一首"之旁注:"陆作'宾',《决》作'赋'。"案:

---

① [日]澁江全善、森立之:《经籍访古志》卷六,《解题丛书》本,图书刊行会,1916年,第112页。

陆即陆善经本《文选》，决即《文选音决》。又，"建京城之万雉"句之标记："陆云：《周礼》注云：雉长三丈，高一丈也。"又，"公侯列女"之"女"字旁注："肆，陆曰：'肆'或作'女'。五同。"案：旧钞无注本之标记、背记、旁注等多为简称，如陆（陆善经本）、《决》（《文选音决》）、五（五臣本）、《钞》（《文选钞》）。又，"平原赤土，勇士奋厉"句之标记："土、奋，此二字陆有之，又鹿本有之。师说无奋字。五臣无此二字。"另《西京赋》"于是量径轮"句之标记："轮，陆善经：轮，回旋也。今案：《钞》'轮'为'纶'，五臣本为'纶'也。"又，"蚩眩边鄙"句之"蚩"字旁注："尺之反，侮也。陆。"又，"振天维，衍地络"句之标记："桁，陆云：臣君曰以善反。申布也。"又，"忘蟋蟀之谓何"句之旁注："陆曰：唐诗也。"等等。此外，杨守敬《日本访书志》所谓"古钞《文选》残本二十卷"，即日本学界所谓的"九条本"，现存二十余卷[1]，其首卷的栏格、标记和旁注也均引用有陆善经的注语。吉光片羽，犹存于世，至足矜贵，为今治"选学"者之重要参考资料，却多不为世人所知。但从其中透露的信息，再结合《集注》中的陆善经注来看，虽然萧嵩主持的注《文选》班子没有完成任务，但陆善经毫无疑问应该是注完全书了的，且其手稿在一定范围内有所流传。新美宽云："于集贤院作为共同事业加注未竟，后陆善经以独立续修之。《集注》所引，或其续修而成者。"[2]向宗鲁推测"陆氏固有成书，岂善经初受命与王（智明）、李（玄成）同注，事旋中辍，善经卒发愤独成之耶？"[3]周勋初亦云："或许他（陆善经）在参与集体注《选》

---

① 据《京都大学文学部汉籍分类目录·第一》著录，存 24 卷，京都大学文学部编纂，1959 年排印版，第 116 页。

② ［日］新美宽：《陆善经事迹》，《支那学》第九卷第 1 号。

③ 向宗鲁：《书陆善经事》，见俞绍初、许逸民主编《中外学者文选学论集》，北京：中华书局，1998 年，第 74 页。

时家有存稿,后且注完全书,并传播在外,所以《文选集注》的编者才有可能将之采入。"①傅刚也认为:"《文选集注》不仅引陆善经注,而且注明陆善经本与诸本的异同,这说明陆善经是有一个完整的注本的。大概是陆善经从萧嵩班子退出后独立完成的作品。"②盖当时或未及公之于世,故与陆善经同在史馆之韦述③《集贤注记》乃云"事竟不就",复不言陆善经别有《文选注》。而终有唐一代,亦未见《选》注引陆善经说。且《集注》亦早佚于我国,遂使陆善经注无由见知于世。而从理论上讲,陆善经注《文选》时当已看到李善注、《文选钞》、《文选音决》、五臣注的成果,其自行立说应该说是有些新见的。屈守元称:"陆善经《注》远非五臣《注》之比,甚至于有时超越公孙罗《钞》,应当是李善《注》以外值得注意的一个注本。"④周勋初亦称其"体例谨严"⑤。

　　集注本中的陆善经注文不多,散见于不同的篇章有 1 175 条,颇为简约精粹,多简明扼要,一语破的。其训解字句诗意,从不衍生枝蔓,借题发挥。其名物训诂,亦是意达而已,少见长篇大论的述说。据王书才统计,"现存的 24 卷《文选集注》中,共保存陆善经注文 26 529 字;仅相当于李善注一卷所加注文"⑥。认为陆善经注"还不是一部完整的《文选》注,仍只是一部对于李善注进行补注的作品,这一特点主要表现在凡是李善注得详细的篇章,陆注便很少

---

① 周勋初:《唐钞文选集注汇存·前言》,上海:上海古籍出版社,2011 年,第 8 页。

② 傅刚:《文选版本研究》,北京:北京大学出版社,2000 年,第 138 页。

③ 陆善经曾佐助韦述编修国史,先后参与编修《开元礼》、《唐六典》等,见《新唐书·职官志》及《大唐新语》卷九。

④ 屈守元:《文选导读》,成都:巴蜀书社,1993 年,第 79 页。

⑤ 周勋初:《魏晋南北朝文学论丛》,上海:上海古籍出版社,1999 年,第 210 页。

⑥ 王书才:《〈昭明文选〉研究发展史》,北京:学习出版社,2008 年,第 69 页。

置喙；而李善注文较少处，陆注便较为繁多些……陆注性质上属于李善注的补注，内容大体上有补和正两个方面"①。此观点是在认同《集注》残卷中所存留的陆善经注乃为完帙，即是陆善经注的原貌的前提下得出的，但如前文所分析，《集注》作为一部集大成性质的汇抄本，编者并非单纯汇录五种注释，而是去同存异，有删省后出重复注解的习惯，以免叠床架屋之繁。陆善经注成书最晚，排在诸家注释最后，前有李善注、《钞》、《音决》和五家注，无论是引典实、训字义、注音读、解名物典章，还是串释文意，疏解创作缘由等，不可能全出前四家之外，故难免如五臣注一样被删减（《钞》亦当经过删截，只无传本行世，故阙而不论），不复是陆善经注本原貌，很可能省略了其注释中与前四家相同的注解，所以直观地表现为补前人旧注、李善、《钞》及五臣等诸家注之阙失，注释文字由此而呈现简略短小的特点，注释风格亦显得颇为简约。

　　陆善经注各条目之间详略虽然有较大差异，但大体来看均较为简略，只卷六十三屈平《离骚经一首》（上）、卷六十六宋玉《招魂一首》与刘安《招隐士一首》中陆善经注较为详细，疏解条目甚多，而这些篇章恰恰是李善未加注处，且据屈平《离骚经一首》篇题下编者案语"此篇至《招隐》篇，《钞》脱也。五家有目无书"，可知在编纂《集注》之时，编者所参据的《钞》及五家本中《离骚》、《九歌》、《九章》、《卜居》、《渔父》、《九辩》、《招魂》、《招隐士》等篇章皆无注解留存，故陆善经注得以保存较多。从反面印证了《集注》中的陆善经注当已经过编者删截的这一观点。同理，卷六十一江文通《杂体诗三十首》篇题下，编者案语称"《音决》、陆善经本有序，因以载之

<hr>

① 王书才：《〈昭明文选〉研究发展史》，北京：学习出版社，2008年，第69—70页。

也",可知,唐时李善本、《钞》、五家本均未载录江文通《杂体诗序》,当然也就不可能会有其注解,陆善经注也就不存在与前注重复而遭删减的情况了,故此处存留陆善经注文颇多。又,江文通《杂体诗三十首》篇题下,陆善经多有题解文字,但若李善、《钞》或五家有题解和作者注的,则相应的无陆善经注或陆善经注甚为简略,所以直观地表现为补前注之阙失,注释文字从而呈现出简略短小的特点,注释风格亦显得颇为简约。此亦可以从反面印证《集注》中的陆善经注当经过编者删截。

并且,今存《集注》中的陆善经注的内容多与前四家不同,表现出补充和是正李善注的特点,于李善注有互补功,就是对旧注、《钞》、五家注亦有很明显的补充或者再阐释,有些条目明显有与前注对话的意味。这亦可从反面印证《集注》中的陆善经注是经过编者删减。如卷九左太冲《吴都赋一首》"双则比目,片则王余"下,刘逵曰:"王余鱼,其身半也。俗云越王脍鱼未尽,因以其半身为鱼,遂无其一面,故曰王余也。"陆善经曰:"王余鱼,俗云越王脍鱼未尽,因以其半身为鱼,长数寸,为鲊,甚美。今江东呼为吴王脍残也。"陆善经注前云越王,后云吴王,前后不相接,难以自圆其说,殊是难解。但结合《钞》及集注本的编纂体例来看,就比较容易理解了。《钞》曰:"今水中所在有之,江东呼为王余也。王余,比目之半身也,吴王济江,将鱼鲙之,余半,弃之,故生目,名王余也。"可知,关于王余鱼有刘逵"越王脍残"和《钞》"吴王鲙余"两说,陆善经很可能两引其说,以便读者择善而从。却因与前注多有重复,而遭《集注》编者删减,从而导致此处出现前言不搭后语的矛盾。

再者,集注本残存的陆善经注中只有二条音释,见卷九左太冲《吴都赋一首》"其上则猿父哀吟,狖子长啸"下,陆善经曰:"狖,音浑。"又，卷六十六宋玉《招魂一首》"芐瑟狂会，填鸣鼓些"下，陆善经曰："填音戛。"唐人颇重音义之学，兼之陆善经小学训诂功力深湛，其注《文选》不可能不重音读，如卷八左太冲《蜀都赋一首》"神农是尝，卢附是料"下，陆善经曰："卢附，盖俞附也。卢、俞，声相近也。"又卷六十三屈平《离骚经一首》"谣诼谓余以善淫"下，陆善经曰："《方言》云：楚以南谓诉为诼，音渌。"就是其辨明音读例，而陆善经注中几乎无音释留存，亦是陆善经注遭删减之佐证。

最后，由集注本编者案语动辄称"陆善经本某作某"，可证陆善经《文选注》是独立成书的，并非依傍李善注本而存世，故其作注目的不可能只是简单为了补充和是正李善注。因此，基本上可以认定《集注》所援引的陆善经注当是经过编者删略而成，而并非是陆善经注本身就如此简略。

第二节　陆善经注的性质和价值

清人余萧客《文选音义·自序》云："《文选》自陈、隋后，《注》则有公孙罗、李善、李邕、吕延济、刘良、吕向、张铣、李周翰；《音》则有萧该、许淹；《音义》则有公孙罗、僧道淹、曹宪。"可谓注家并起，详略俱陈，优劣互见。陆善经《文选注》因国内无存，故未提及，但可推知，其注《文选》时，李善注、《钞》、《音决》及五臣注应当已经行世，其间或训音读，或解字义，或征典实，或释名物，已足称伟观，给后人再注《文选》留下的余地甚少，那么其注的侧重点只能是在前注的基础上拾遗补阙了，兼之对其是正和整理①。当然也不排除

---

① 刘群栋《〈文选〉陆善经注简论》（《中州学刊》2011 年第 6 期）与刘纪华《〈文选集注〉陆善经注研究》（2011 年郑州大学硕士学位论文）对此问题多有阐释，可参看。

因《集注》编者删略，所以直观地体现出这个特点。这也是存留下来的陆善经注所体现出的最主要的性质和特点。

就《集注》中残存的陆善经注来看，大多简约如白话，明白易晓。其内容以疏通文意为主，注重文本的探求，亦重言外之意的阐发，也有字义训诂及引典。陆善经曾著有《新字林》，小学训诂功力非同一般，但其释词不像李善注那样举其出处，而是直接训释，同于五臣，多有疏解释义准确及独出己意有创见者，如卷八左太冲《蜀都赋一首》"鳣鲔鳟鲂"，陆善经曰："鳢与鲔并今之黄鱼，方俗异名耳。鳟鱼目赤而体圆，一名鮠鳏点也。"卷六十八曹子建《七启八首》"芳菰精粺，霜蓄露葵"，陆善经曰："菰，菰蒋也，其实为彫胡。粺，细米也。《九章》粟米法有粝米、粺米、凿米，从鹿之细也。"等等，较之前注更为丰富、详明。其注释体例兼取李善注和五臣注之长，如卷八左太冲《蜀都赋一首》"凉风厉，白露凝，微霜结"，陆善经曰："《礼·月令》：孟秋白露降。凝，谓结为霜也。"卷九左太冲《吴都赋一首》"握龊而筹，固亦曲士之所叹也"，陆善经曰："握龊，狭促之貌，言曲士犹嫌其小。《庄子》云：曲士不可以语以道者，束于教也。"卷五十九谢玄晖《和徐都曹一首》"东都已俶载，言归望绿畴"，陆善经曰："皆言物色之美也。《国语》云：田畴荒芜。"又同卷谢惠连《捣衣诗一首》"衡纪无淹度，晷运倏如催"，陆善经曰："言时运之速也。《汉书》云：日月初躔，星之纪也。"就兼"释义"和"引典"，此种情况凡三十余条，不赘述。由例证可知，其体例有先释义后释事者，有先释事后释义者，有文外推意者。

但相对而言，因李善注征引典实的成就过于突出，《钞》亦颇重引典，故《集注》中的陆善经注征引条目不多。当然不排除陆善经注也多征引典实，因大多与李善注、《钞》相合而难逃被《集注》编者

删减的命运，所以其留存下来的引典条目多表现为补李善注和
《钞》之阙，或者是与前此二者不同。而陆善经注对《文选》研究的
价值和意义，也主要是从陆善经注对李善注、《钞》及五家注的补注
性质入手，包括补注李善注、《钞》及五家注等缺漏的解题以及事
典、语典等，引书多有可供参酌者，如卷九十三陆士衡《汉高祖功臣
颂一首》"恢恢广野，诞节令图"下，集注本李善注对此无所注，《钞》
引《汉书》以注广野君之得名，五臣此亦无注。而陆善经则补注《史
记·郦生陆贾列传》中郦食其的家境和陈留献计一段①，可以和李
善注、《钞》、五家注互相补充。又如江文通《杂体诗三十首》中，陆
善经补加了许多相关资料，多有引典及题解文字，可补李善注、
《钞》、五家注之阙，如《陈思王赠友曹植》"辞义丽金膴"，陆善经曰：
"《书》云：若作梓材，既勤朴斫，惟其敷丹膴。"又，《王侍中怀德粲》
篇题下，陆善经曰："《魏志》曰：魏国建，拜粲侍中也。"又，《陆平原
羁宦机》篇题下，陆善经曰："《晋书》云：成都王表机起为平原内
史。"又，《左记室咏史思》篇题下，陆善经曰："《晋书》云：齐王冏命
为记室，辞疾不就也。"又，《张黄门苦雨协》篇题下，陆善经曰："《晋
书》云：永嘉初，征为黄门郎，托疾不就。"又，《郭弘农游仙璞》篇题
下，陆善经曰："《晋书》云：璞卒后赠弘农太守也。"如此等等，阐明
了题中各位作者职称的来历和缘由，均有利于理解诗意大旨，同时
也对李善注、《钞》所缺漏的作者注及事典进行了补充。若陆善经
认为李善或《钞》征引不确，或是溯源不古时，则加以自己的征引，
存其别解异说以便于读者参考和择善而从，收博观约取之功，同时

---

① 陆善经曰："《史记》云：郦食其好读书，家贫落魄，无以为衣食业，为里监门吏。
沛公至高阳，食其曰：'陈留，天下之冲，今其城多积粟，足下举兵攻之，臣为内应。'沛公
引兵随之，遂下陈留也。"

也使短长互见。如卷八左太冲《三都赋序》"盖诗有六义焉,其二曰赋",李善曰:"子夏《诗序》文也。"陆善经曰:"《周官》文也。""李善注所本是《诗·大序》的'故诗有六义焉:一曰风,二曰赋,三曰比,四曰兴,五曰雅,六曰颂'。陆善经注所本是《周礼·春官·大师》的'教六诗:曰风,曰赋,曰比,曰兴,曰雅,曰颂'。按照中国古代通常的看法,《周礼》是周公所作,《诗·大序》是子夏所作,自然《周礼》早于《诗·大序》。"①陆善经注所引典籍较之李善注为古,注出了原始出处,但李善注的特点不在"述古"而是"求切",陆善经注与之相较,难免有胶柱之嫌。又,卷五十六鲍明远《乐府八首·苦热行》"伏波赏亦微",李善曰:"范晔《后汉书》曰:交阯女子征侧反,拜马援为伏波将军,击交阯,斩征侧。"释伏波将军为马援。陆善经曰:"《汉书》南越王相吕嘉反,遣伏波将军路博德出桂阳,下湟水也。"意指伏波将军为路博德。可备两说,以广见闻。路博德和马援皆官拜"伏波将军",二人也都曾南下平定过交阯之乱,诗意此处何指,已不得而知,但陆善经注引《汉书》较之李善注引《后汉书》年代为早,此处在"语必溯源"上无疑较李善为长。案:《史记》元鼎五年,封南越路博德为伏波将军。故伏波南征不自马援始也。且《后汉书·马援传》亦有"孟翼曰:昔伏波将军路博德"之语,可证此陆善经注较之李善注更为准确。又,同篇"君轻②君尚惜,士重安可命"下,陆善经曰:"《韩诗外传》曰:宋燕相齐,《说苑》为宋燕相齐(案:此七字当为衍文)《说苑》为宋卫也。"陆善经注指明了异文,提供了两说,并将互异之本,各依其说而留之。又,卷六十一鲍明远

① 刘群栋:《〈文选〉陆善经注简论》,《中州学刊》2011 年第 6 期。
② 尤本、《四部丛刊》影宋本"君"作"财"(校语称"五臣作爵"),明州本、《乐府诗集》卷六一、《四部丛刊》初编影毛斧季校宋本《鲍氏集》卷三"君"作"爵"。

《代君子有所思一首》"蚁壤漏山河"下,李善曰:"傅玄《口铭》曰:勿谓不然,变出无间,蚁孔溃河,溜穴倾山。"陆善经曰:"《淮南子》云:千里之堤,以蝼蚁之穴漏。"以文义审之,显然陆善经注更为切当,且在溯古方面亦为长。又,卷七十九任彦昇《奏弹刘整一首》"直以前代外戚,仕因纨绔",陆善经曰:"《齐书》云:高昭刘皇后,广陵人。祖玄之,父寿之。明敬刘皇后,彭城人,光禄大夫道弘孙。未详刘整的为谁族也。"案:李善注此处只注出了"纨绔"典出《汉书》,未及其具体确指,而《钞》则径直认为刘整系"前代外戚"齐明帝刘皇后之族,相较前注而言,陆善经注则更为精准,注释态度也更谨慎、更合理。

尤其值得关注的是,有时陆善经注虽与李善注征引典籍出处相同,但所引内容互有详略,陆善经注因引书节段删截、文字处理方式不同等亦得以留存。而与李善注"释事而忘义"不同,陆善经注往往于所引典籍前后加以简单疏释,注重创作背景和文意的推源、阐释,或者增加这一出处的其他相关资料,更便于理解文意。其征引多遵原书,少有节略。如卷五十六鲍明远《乐府八首·白头吟》"食苗实硕鼠,点白信苍蝇",李善曰:"《毛诗》曰:硕鼠硕鼠,无食我苗。"陆善经曰:"《诗》云:硕鼠硕鼠,无食我苗。逝将去汝,适彼乐郊。意言不见收恤,欲自绝也反。"案:唯多此"逝将去汝,适彼乐郊"二句,"自绝"之意始明。又,卷七十一王元长《永明九年策秀才文三首》"懋陈三道之要,以光四科之首",李善曰:"《汉书》诏策,晁错曰:大夫之行当此三道。张晏曰:国体、人事、直言也。"陆善经曰:"《汉书》文帝制举贤良策曰:明于国家之大体,通于人事之终始,及直言极谏者,将以匡朕之不逮,二三大夫当此三道,朕甚嘉之。"案:所引见《汉书》卷四十九,陆善经注少有节略,更为切合原书。"三道"之意见于引文中,但显然李善注更为醒豁、简洁。同理,若李善注仅仅只是征引旧注,陆善经注则相应的表现为对旧注的整理和补充,如卷六十三屈平《离骚经一首》"吾令丰隆乘云兮",王逸曰:"丰隆,云师也。"陆善经曰:"丰隆,雷师也。"而《楚辞章句》中,王逸注:"丰隆,云师。一曰雷师。"①说明汉时已有两说,不知何故各本《文选》均脱漏"一曰雷师"四字。刻本卷十五张平子《思玄赋》"丰隆轩其震霆兮",旧注②曰:"丰隆,雷公也。"又,"云师謇以交集兮",旧注曰:"云师,雨师也。"李善曰:"诸家之说,丰隆皆曰云师,此赋别言云师,明丰隆为雷也,故留旧说以广异闻。"由此可知陆善经当从旧注,其对旧注的继承和是正是明显的。

陆善经注亦可补正前注失误不妥之处,如卷八左太冲《蜀都赋一首》"日往菲薇,月来扶疏",张铣曰:"菲薇扶疏,果木茂密貌。"陆善经曰:"菲薇扶疏,自小之大也。"由李善注引《周易》"日往而月来",再结合具体语境来看,"菲薇扶疏"乃形容果木枝条随着时间缓慢滋长,自小而大的过程,陆善经注显然要比张铣注更为允当。又,卷四十八陆士衡《与承明作于士龙一首》"婉娈居人思,纡郁游子情",刘良曰:"婉娈,深思貌。"陆善经曰:"婉娈,眷恋之意也。"二者相较,陆善经注显然更贴合兄弟作别眷念难舍之情意。同卷潘正叔《赠陆机出为吴王郎中令一首》"祁祁大邦,惟桑与梓",李善曰:"《毛诗》曰:采繁祁祁。毛苌曰:祁祁,众多也。"陆善经曰:"祁祁,安和貌。"以文义及语境审之,陆善经注释义较之李善所引先儒

---

① 〔宋〕洪兴祖著,白化文、许德楠、李如鸾、方进点校,《楚辞补注》,北京:中华书局,1983年,第31页。
② 李善曰:"未详注者姓名。挚虞《流别》题云衡注。详其义训,其多疏略,而注又称愚以为疑,辞非衡明矣。但行来既久,故不去焉。"

注解者更为妥帖切合。卷五十九谢惠连《七月七日夜咏牛女一首》"沃若灵驾旋,寂寥云幄空",李善注但征引《毛诗》以明典出,未及具体字义。李周翰曰:"沃若,龙行貌。"不知何据,义亦难明。陆善经曰:"沃若,光泽貌也。"较为贴切允当。又,卷六十三屈平《离骚经一首》"曾歔欷余郁悒兮",王逸注"歔欷"为"惧貌",未免失当。陆善经曰:"歔欷,悲泣之声。"卷六十六宋玉《招魂一首》"稻粢穱麦",王逸注:"穱,稷也。穱,择也,择麦中先熟者也。"歧义两举,混淆不明,又释"穱"为"择",于义有乖。陆善经曰:"穱,麦之早熟者。"很是贴切。又,卷九十四夏侯孝若《东方朔画赞一首》"徘徊路寝,见先生之遗像",吕延济曰:"路寝,谓庙也。"陆善经曰:"路寝,郡之廨舍也。"案:"路寝"始见于《诗·鲁颂·閟宫》:"路寝孔硕。"《毛传》:"路寝,正寝也。"《礼记·玉藻》:"君日出而视之,退适路寝以听政。"如此看来,显然陆善经注要比五家吕延济注更贴合文意。陆善经的小学训诂功力,由此可见一斑。

此外,陆善经亦援引旧注为释,如卷八左太冲《蜀都赋一首》"龙池濛瀑溃其隈,漏江伏流溃其阿",陆善经曰:"刘逵曰:龙池在朱提南,建宁有水伏流数里复出,故曰漏江。蜀以朱提为郡,今在越巂东蛮中,改益州郡曰建宁。"其注引于李善注有相补功。又,卷五十九陶渊明《杂诗二首》"日入群动息",陆善经曰:"李善曰:群动谓鳞羽等众物也。"可知,陆善经注确曾参考和引录过李善注。又,卷六十三屈平《离骚经一首》"纫秋兰以为佩",陆善经曰:"王逸曰:佩者所以象德,故仁明者佩玉……屈原即以行清贞,故佩芳兰以为兴也。"同篇"折琼枝以继佩",陆善经曰:"王逸曰:言我游行奄然至青帝之舍……申己志之所守也。"同篇"朝濯发乎洧盘",陆善经曰:"王逸曰:寒修既通诚言于宓妃,……朝沐洧盘之水而不肯相从。"

同篇"虽信美而无礼兮,来违弃而改求",陆善经曰:"王逸曰:虽则信美,无有事君之意,故归违弃之而更求贤也。"又,卷九十一王元长《三月三日曲水诗序一首》"文铖碧砮之琛,奇幹善芳之赋",陆善经曰:"《蜀都赋》云:碧砮芒清。刘达(疑为'刘逵')曰:碧石生越,隽可作箭镞也。"其所注引对《文选》旧注的整理和辑佚具有重要参考价值。

陆善经注的性质还突出表现在多依据文本的探析,阐释具体字义和串讲句意文旨,以期"洞见文心"。同时侧重写作缘由和义理的疏释,有助于读者更为深入地体会作者的创作意图,与五臣注更为接近,却少有五臣注断章取义、牵强附会之弊。如卷四十八陆士衡《赠尚书郎顾彦先二首》"凄风迕时序,苦雨遂成霖",陆善经曰:"诗意言夏积炎旱,则成秋霖也矣。"同卷潘安仁《为贾谧作赠陆机一首》"况乃海隅,播名上京",陆善经曰:"言鹤鸣膏泽,犹载声于诗人,况乃海隅之土,能播名于上京,则其声问自然高远也。"卷五十九谢灵运《斋中读书一首》"万事难并欢,达生幸可托",陆善经曰:"言隐与仕俱未得中,惟达生之理,幸可托寄。"同卷谢灵运《田南树园激流植楥一首》"寡欲不期劳,即事罕人功",陆善经曰:"言寡欲者不期于烦劳,所以即事希用人功。"同卷谢灵运《石门新营所住四面高山回溪石濑修竹茂林一首》"洞庭空波澜,桂枝徒攀翻",陆善经曰:"言游洞庭者,空睹波澜。结桂枝者,徒然攀翻,不知旋此以相赏慰。"同卷谢惠连《七月七日夜咏牛女一首》"留情顾华寝,遥心逐奔龙",陆善经曰:"顾华寝,牵牛之情;逐奔龙,织女之思。皆谓别后相思也。"卷五十六鲍明远《乐府八首·白头吟》"何惭宿昔意,猜恨坐相仍",陆善经曰:"自言志节清直,无愧旧日,而苦君意。遗恨坐相仍,言意变也反。"卷五十九谢玄晖《和王主簿怨情诗一首》"故人心尚尔,故心人不见",陆善经注:"故人心失宠者自谓尚尔,言犹待千金之顾也。己之故心前人则不见,所以怨怨(疑为衍字)深。"卷百十三潘安仁《汧马督诔一首》"然洁士之闻秽,其庸致思乎",陆善经曰:"言洁白之士闻有玷秽于己者,愤而自死,岂复用心致思,求自免乎?"同卷颜延年《阳给事诔一首》"贞不常佑,义有必甄。处父勤君,怨在登贤",陆善经曰:"言为忠贞者,不必常蒙佑福。有行义者,必见甄表,处父登贤见是贞不常佑也敬是。"等等,皆是此类。其中有些条目与五臣注极为接近,如卷九左太冲《吴都赋一首》"行乎东极之外",李周翰曰:"东极,极天地之东,言广远也。"陆善经曰:"东极,东方极远之所也。"卷四十八陆士衡《赠贾长渊一首》"如彼坠景,曾不可振",吕向曰:"言汉室衰微,如落日之景,则不可振而起之也。"陆善经曰:"言天下皆乱也,如日西落,不可复振起也。"可知,陆善经注如五臣注一样,皆侧重对文本的探求,概括主题及其对诗句语义的阐释和创作缘由的探究。总而言之,是对文本基本内容的揭示。提倡文简理约,寡而制众。

陆善经注亦注重结合作者的生平经历和写作背景来探讨具体诗文意旨,如卷五十六鲍明远《乐府八首·放歌行》"今君有何疾,临路独迟徊",陆善经注:"照生于宋之季,而仕不遇,亦以自兴也。"结合鲍照"才秀人微,故湮没当代"的历史背景下,写出了其怀才不遇,以及对门阀制度的愤怨之情。

又,陆善经注多坐实,尤其擅长对史实、名物、地理、人物、典章制度等的考证和确认,如钉钉铆,与李善、五臣之注多泛指不同,具有明显的唐人经学注释风格。如卷八左太冲《蜀都赋一首》"朱樱夏熟",陆善经曰:"朱樱,今呼为樱桃。江东犹名朱樱也。"卷九左太冲《吴都赋一首》"霸王之所根柢,开国之所基趾",陆善经曰:"霸王根柢,谓太伯也。"卷四十八陆士衡《答贾长渊一首》"庸岷稽颡,三江改献",陆善经曰:"稽颡、改献,谓刘禅、孙昭降。"同卷陆士衡《赠冯文罴一首》"良讯伐(当为'代'之讹)兼金",陆善经曰:"良讯即此诗也。"卷五十六谢玄晖《鼓吹曲一首》"逶迤带绿水",陆善经曰:"绿水,谓秦淮也。"卷五十九谢玄晖《和王著作八公山诗一首》"平生仰令图,于嗟命不淑",陆善经曰:"不淑,言玄之早世也。"卷九十一颜延年《三月三日曲水诗序一首》"正体毓德于少阳,王宰宣哲于元辅",陆善经曰:"王宰,谓彭城王义□为冢宰。元辅,上公也。《宋书》云:□皇子邵为太子。"卷九十三史孝山《出师颂一首》"西零不顺,东夷构逆",陆善经曰:"东夷,夷(当为衍字),高驹丽。"同卷陆士衡《汉高祖功臣颂一首》"拔奇夷难",陆善经曰:"夷难,谓信谋反,吕后用何计而诛之。"卷九十四袁彦伯《三国名臣序赞一首》"媚兹一人,临难不惑",陆善经曰:"此一人指刘璋也。"卷九十八干令昇《晋纪总论一首》"树立失权,托付非才",陆善经曰:"托付非才,谓惠帝也。"卷百十三潘安仁《沔马督诔一首》"蠢蠢犬羊,阻众凌寡",陆善经曰:"犬羊,谓氐羌也。"同卷颜延年《阳给事诔一首》"值国祸荐臻",陆善经曰:"国祸,谓高祖崩也。"以上诸例,前注或不注,或注而未加落实,唯陆善经具体坐实某人某事,使其更为明确和清晰。若实在难以坐实,则阙而不论,不强作解事,并且在注文中详加注明,由此亦可见陆善经作注的谨慎态度。如卷五十六鲍明远《乐府八首·升天行》"冠霞登彩阁,解玉饮椒庭",陆善经曰:"彩阁椒庭,谓仙居也。事则未详也。"又,卷六十一袁阳源《效曹子建乐府白马篇一首》"交欢池阳下,留宴汾阴西",陆善经曰:"交欢、留宴,其事未闻。"同卷袁阳源《效古一首》"讯此倦游士,本家自辽东",陆善经曰:"未详其人,盖假言耳。"其对地理方位的训释,与《钞》注一样,多点明"今"之所在,以便读者有更为直观、明晰的认识,如卷九左太冲《吴都赋一首》"造姑苏之高台,临四远而特建",陆善经曰:"《越绝》曰:吴王起姑苏之台,因山为之。今在吴县西南三十里也。"同篇"起寝庙于武昌,作离宫于建业",陆善经曰:"武昌属江夏,建业今江宁。"卷四十八陆士衡《于承明作于士龙一首》篇题下,陆善经曰:"此亭今在崑山县南百五十里,与华亭相延也。"卷五十九谢玄晖《郡内登望一首》"山积陵阳阻,溪流春谷泉",陆善经曰:"陵阳子明得仙于广阳县山,今在泾县西也。"卷六十一袁阳源《效曹子建乐府白马篇一首》"交欢池阳下,留宴汾阴西",陆善经曰:"池阳省并泾阳。汾阴,今为宝鼎。"等等,为研究地理职官的沿革及陆善经作注的时间提供了重要的线索和依据。日本学者新美宽就依据卷九左太冲《吴都赋一首》"起寝庙于武昌"下,陆善经注:"武昌属江夏。"以及卷百十六王仲宝《褚渊碑文一首》"封零都县开国伯,食邑五伯户",陆善经注:"零都,今属南安也矣。"并参稽《旧唐书·地理志》关于二地之改名,推定陆善经《文选注》当作于天宝元年(742)至乾元元年(758)之间[①]。

又,陆善经注亦注重揭示写作手法和文学语言的特点,多揭修辞格。如卷四十七曹子建《赠徐幹一首》"良田无晚岁,膏泽多丰年",陆善经曰:"良田无晚岁,喻才高不惮仕之迟。膏泽多丰年,喻有道之时则仕者易遇也,无以晚岁为志也矣。"卷五十六鲍明远《乐府八首·东门行》"伤禽恶弦惊,倦客恶离声",陆善经曰:"喻离人易感也。"交待了作者写作中运用了比喻手法,便于读者有针对性

<hr>

① 转引自虞万里《唐陆善经行历索隐·后记》,文载《中华文史论丛》第六十四辑(2000年)。汪习波《隋唐文选学研究》,亦有载录。

地学习。卷六十一鲍明远《学刘公幹体一首》"胡风吹朔雪,千里度龙山",陆善经曰:"以兴士自远而至,在君侧得尽才用。"明确点出此处运用了比兴写法,并且此篇还有多处运用了这种写作手法,如"艳阳桃李节,皎洁不成妍",陆善经曰:"艳阳以兴谄媚之人,皎洁以比真素之士。桃李节,春之暮。"为后人文本的写作提供了范式,可资来学以津梁。此种例子尚多,不烦列举。

陆善经注还有助于考察萧统《文选》白文原貌和各家注本旧貌。如卷七十九任彦昇《奏弹刘整一首》"分前奴教子、当伯"下,陆善经曰:"本状云'奴教子、当伯'已下,并昭明所略。"可知,萧统在编录《文选》时,此文已经过删减,其正文相对于集注本,还缺少本状"寅第二庶息师利,……整便打息逡"81字。又因萧统删此文太略,陆善经在注文中曾两处引"本状"以注弹文,与李善本直接将弹文羼入正文而失萧统《文选》旧貌的处理方式不同,可见其多遵用萧统原本,注释态度非常谨慎。卷六十一江文通《杂体诗三十首》篇题下,编者案语称"《音决》、陆善经本有序,因以载之也",据此可知,唐时李善本并无此序文,《集注》编者特据《音决》、陆善经本以增补。考今传诸刻本,可能受此影响亦多将此序作正文载入。胡氏《考异》云:"其(《杂体诗》)以下全载序作正文,乃五臣从《文通集》取之添入耳。"实则根据《集注》编者案语看,收序文的乃是《音决》和陆善经本,五臣原未措手其间。卷八左太冲《蜀都赋一首》"刘渊林注"下,陆善经曰:"臧荣绪《晋书》云:刘逵注《吴》、《蜀》,张载注《魏都》。綦毋邃序注本及《集》题云:张载注《蜀都赋》,刘逵注《吴》、《魏》。今虽列其异同,且以臧为定。"说明当时旧注作者已有所淆乱,存在异同之说。卷九左太冲《吴都赋一首》篇题下,陆善经曰:"刘逵旧注,今所存者,损益亦多也。"为我们研究旧注在唐时的流传情况提供了相关信息。又,《集注》编者案语动辄称"陆善经作某",其正文用字多有于义为佳者。陆善经本之异文,亦多有方便读者,有助理解者。今通过《集注》编者案语所间接渗透出的陆善经本与诸刻本正文的比勘研究,发现如同李善本和五臣本多有羼乱的情况一样,后世刻本亦多有从陆善经本用字的现象,如卷六十三屈平《离骚经一首》"周论道既莫差",编者案语称"陆善经本'既'为'而'",而尤本、胡刻本已参同陆善经本,并作"而"字,不复唐时李善本之旧。同篇"继之以日夜",编者案语称"陆善经本'继'上有'又'字",诸李善刻本皆已参同陆善经本,并有"又"字。关于诸刻本正文用字混同于陆善经本的详细情况,可参见本文第六章"'今案'的校勘价值"。再者,通过集注本陆善经注与诸刻本李善注的系统比勘,可以发现原本为陆善经注的内容在诸刻本中却混入了李善注,此种情况共计 13 条,其具体内容在本文第二章探讨李善注的"增注"来源时已详细探讨过,此处从略。由此可见,陆善经本对研究写抄本时代《文选》白文和李善注本的旧形原貌有着非常重要的参考价值。

　　《旧唐书·经籍志》曰:"禄山之乱,两都覆没,乾元旧籍,亡散殆尽。"有可能陆善经《文选注》也未能逃此劫难,故历代书志目录皆无著录。而幸在东邻日本所藏《集注》中留存有部分注释条目,实为学界之大幸事。

第六章 《文选集注》之编纂研究

　　《文选集注》一书编排有序、体例严谨。各卷卷首题署"文选卷第×,梁昭明太子撰,集注"字样。次行列当卷类目,类目有编次,如:"乐府三"、"骚四"、"史论二"等。自第三行起列当卷卷目,即当卷所收篇目,由三部分构成:作者姓名(一般称字不称名)、篇题、诗文数目,如"曹子建七启八首"、"江文通杂体诗三十首"、"刘伯伦酒德颂一首"等。每篇各占一行,平行排列。正文先列篇题,篇题下亦有"一首"或"几首"字样,诗歌有小字注"×言"字样。次行列作者,若有单人旧注(包括双人作注之篇章),则在作者下标注作注者姓名。卷末复称"文选卷第×"。前后俱列卷次,这是写卷的常见特征,敦煌写卷即如此。字大一点五公分见方,行间约九分。每页约十二行,一行十至十四字不等,楷体字大苍润,注文小字双行,行十四至二十五字不等。

　　《集注》凡一百二十卷(目前所见残存二十五卷)。这样一部皇皇巨著,其编纂和汇抄,绝非一人一时所能完成。众所周知,写抄本出现讹衍误倒等现象本不足为奇,但一般的抄本大多没有复覈和补写①。

---

　　① 对此现象金少华《〈文选集注〉残卷的来源与编纂体例》(《文学遗产》2012年第4期)与王立群《〈文选集注〉研究——以李善注为中心的一个考察》(《汉语言文学研究》2011年第3期)已先揭之,可参看。

而《集注》却常常出现以小字补注、旁注,当系初步抄毕后的复覈补写文字。并且从其抄写笔迹来看,卷八、卷九与其他诸卷明显不同,行列字数差异亦很大(超出后写残卷近乎一半),其末尾均有"校了 源有宗"字样,卷八有"嘉历元年(1326)仲夏下旬加一见了",卷九有"嘉历改元之岁仲夏下弦之候灯下一见毕"等识语,学界多认为系平安后期源有宗抄本的转抄本①。抄写过程中若注文最后一行字数较少,难以到达尾边,致使留白过多时,则多以"矣"、"也"、"焉"、"耳"、"哉"等语助词加以填充,有时亦用"反"字补白,偶或见及摘取注文末尾数字加以重复来适应写卷补白之需要。抄错的文字并不加以涂抹,而是在其右方或上方(偶有在字左边进行标示)直接加以更正,或是画两点以示当删,或是在字右画○,有时亦不作任何标识,只将正确文字径直写于下方。对于衍出的文字,也同样在字右画两点或画○,以作标识。同样,为求简便,抄写者有时也会不作任何处理。若不明《集注》编者这种对待衍字、误字的种种处理方法,读者就有可能会导致误读或误判。如台湾学者邱棨鐊据卷七十一王元长《永明九年策秀才文三首》"歌《鸡鸣》于阙下,称仁汉牒"下注文"《钞》曰《音决》牒大禄反"而认定《钞》中尚采摭有《音决》音注,就是因不明《集注》的这种惯例而导致的误判,此由卷七十三曹子建《求通亲亲表一首》"如此则古人之所叹,《风》、《雅》之所咏,复存于圣世矣"下注文"《钞》曰刘良曰:古人叹,谓大哉尧之为君,以[亲九族。《风》](漫漶难辨,据奎章阁本补)《雅》,谓《鹿鸣》、《棠[棣]之诗](漫漶难辨,据奎章阁本补)也。"及

---

① 邱棨鐊《文选集注写本年代续考》一文认为今存卷八、卷九题记,乃校读之意,系校读自注,与抄写卷之事无涉。其批注不可误以为抄写者所为,所谓"校了"题记,亦不足为重抄之证据。

卷九十三陆士衡《汉高祖功臣颂一首》"武关是辟,鸿门是宁"下注文"《钞》曰李周翰曰:辟,开也;宁,安也安也('安也'为补白而重复)"可佐证,依《钞》和五家注的成书时代及《集注》的编纂体例来看,《钞》绝不可能引及刘良和李周翰注,"《钞》曰"二字显系衍文无疑,且"《钞》曰刘良曰"之"《钞》曰"二字字左画有〇删节符号,此系衍文之确证。另外,《音决》上误衍"钞曰"二字的情况亦见于卷七十三曹子建《求通亲亲表一首》"终怀《蓼莪》罔极之哀"下注文"《钞》曰:《音决》:蓼,音六;莪,鱼何反",盖因《集注》编者习惯性的在李善注下援录《钞》曰云云,待写定后方发觉此处《钞》无注,或是其注文与李善注重复,没必要繁复征引,故径直下接《音决》所致。由上可知《钞》不可能引及《音决》。若二字互乙,则在其右上角画一"√"标记。若抄写时脱漏了某字,则在两字中间加以补写,如果脱漏较多时,则在起始位置画小〇,以小字补在两行注文之间。对于重复的字词,则在字词下用小"二"标示,大体可分为两种情形:一是单字重复,如"洋洋"作"洋二","轰轰"作"轰二"之类;二是词句重复,如卷五十六刘越石《扶风歌一首》"我欲竟此二曲二悲且长","此二曲二"则为"此曲此曲"之重复。他如"死二罪二"即"死罪死罪"之重复,"弥二子二"即"弥子弥子"之重复等等。由此可知,诵读时 A 二 B 二要采用跳跃读法,读作:ABAB,非 AABB。以上所举仅是其大略,明白了《集注》的这些抄写惯例,在阅读过程中就会少走些弯路,起到事半功倍的效果。

第一节 《文选集注》的编纂体例

《文选集注》汇录唐时诸家注解为一书,使其互为补充、发明,利益读者。于正文分节或分句施注，注文依次援引有李善、《钞》、《音决》、五家和陆善经等诸家唐人注解①，间或附有编者自己的案语，主要是标明诸家注本正文与《集注》所参据的李善注底本的异文。对于李善注引旧注内容，则直接系于旧注者名下。从集注本援引诸家注的次序及其注文繁简程度可以看出，其编者或虑及文字之太繁，览者或没溺而失其要也，故有综合参稽整理诸家注本的意图，为使其注解更为简洁明了，对众家注并非是一味地过录，而是取精用宏，以裁断为首义，对注解中文意重叠相同者，辄省去，留一家。为尊重前人的创造性，大体采取去同存异的方法，多按时间先后，取其始见者，故诸家注释愈靠后者愈简单。所以直观来看，《钞》、五家及陆善经注均附属于李善注，大多弥补李善未加注或注释不详处，表现为对李善注的补苴纠谬性质（唯音释部分除外，主要以《音决》为主，删却李善音注中与之同者）。或是别为分疏，存其异说，以广见闻，与李善注互为补充，使其得失相参，以便读者择善而从，以期对《文选》中的众多篇章求得正解。这样既免叠床架屋之繁，亦无喧宾夺主之弊。而对于诸家注无详略，文意稍不同者，皆备录无遗。当然对于这样一部浩浩巨著，其在具体的抄写过程中，难免有疏漏、缺失以及重文现象的发生。

所谓"集注"，固非一家之言，而是汇录诸家注解，以资对勘考正，也使其互为补充、发明，利益读者。其征引不厌其详，一切皆以原始出处为据，浩繁博洽，又备载异说，都为一百二十卷。《集注》

---

① 李善注成书于高宗显庆三年(658)，五臣注成书于玄宗开元六年(718)，陆善经注大约在天宝元年(742)至乾元元年(758)，学界一般认为集注本中众家注释大体是依年代的先后顺序进行排列的。且集注中案语从未言及"李善本作某"，因此学界一般认为其正文采用的是李善本。

的编排顺序、文体分类以及诗赋类型等次文类(《文选序》称"诗赋体既不一,又以类分",这里所说的"类",系各类文体之下的二级分类,即次文类。次文类的分类标准,不同于文体类目的划分,自有其特点)、篇章次序(所谓"类分之中,略以时代相次",即在各体各类之下所选录的篇章,一般按照作者时代先后加以排序,以便历时地观察此体此类篇章写作的演变轨迹)等皆依李善本文选,如卷五十九谢灵运《田南树园激流殖援一首》篇题下,编者案语称"《钞》、《音决》、五家本以此诗次《斋中读书》之后",然则今之次第殆依李善本也。

鉴于《集注》总目不存,其卷次重分体例(《集注》将李善注六十卷本《文选》复析为二,凡一百二十卷)只能基于每卷的卷内小目即子目录而言。遍检残存的二十五卷,卷次完整的有卷八、卷九、卷五十六、卷六十三、卷六十六、卷六十八、卷九十四,共计七卷,另卷首、卷目完整者还有卷六十二和卷百十六,其余还有少数几卷亦大半可辨。根据诸刻本卷一"赋甲"下李善注:"赋甲者,旧题甲乙,所以纪卷先后。今卷第既改,故甲乙并除。存其首题,以明旧式。"再结合五臣注三十卷本《文选》,大体可探知萧统《文选》旧式,其分卷样式及分类模式如下:赋分十卷,以甲乙丙丁戊己庚辛壬癸十天干纪卷次先后;诗分七卷,同赋类一样,分别以甲乙丙丁戊己庚等标识。细类中若篇目过多,则用"上"、"下"或者"上"、"中"、"下"标注。因为李善注本将萧统原书三十卷析分为六十卷,每个卷次都相应分为两卷,故原来萧统赋类、诗类、文类中有些未再细分的类目在李善注本中又分为了上、下,甚至一、二、三、四、五等,或者由原来的"上"、"下"又细分为"上"、"中"、"下",如赋类中的"畋猎上"、"畋猎下"分为"畋猎上"、"畋猎中"、"畋猎下";"纪行"分为"纪行上"、"纪行下";"鸟兽"分为"鸟兽上"、"鸟兽下";"志上"、"志下"分为"志上"、"志中"、"志下";"音乐"分为"音乐上"、"音乐下"。诗类中"赠答上"、"赠答下"分为"赠答一"、"赠答二"、"赠答三"、"赠答四";"乐府"分为"乐府上"、"乐府下";"杂诗"分为"杂诗上"、"杂诗下";"杂拟"分为"杂拟上"、"杂拟下"。文类中的"表"分为"表上"、"表下";"书上"、"书下"分为"书上"、"书中"、"书下";"序"分为"序上"、"序下";"史论"分为"史论上"、"史论下";"论"本来分为上、中、下三个细目,但在李善本中被分为"论一"、"论二"、"论三"、"论四"、"论五";"哀策文"分为"哀上"、"哀下"等等。

据中日学者研究,《集注》大抵是以李善注六十卷本《文选》为底本,盖以内容繁夥,将李善本每卷复析为二,凡一百二十卷。《文选》百二十卷注本,唯此而已。罗振玉《唐写文选集注残本·序》亦称:"其析善注本一卷为二。盖昭明原本为三十卷,善注析为六十卷,此又析为百二十卷,卷第固可知矣。"如萧统《文选》赋类中的"京都"原为上、中、下三卷,李善注本中将之分为六卷,但仍然分属京都上、中、下三个细目,每个细目统辖两卷。《集注》赋类存卷七张平子《南都赋》、卷八左太冲《蜀都赋》、卷九左太冲《吴都赋》三篇,皆为京都赋,其中卷八、卷九首尾完整,其卷目分别称"京都八"、"京都九",可知,集注本将李善本"京都上"、"京都中"、"京都下"所分属六卷,再析为"京都一"、"京都二"、"京都三"、"京都四"、"京都五"、"京都六"、"京都七"、"京都八"、"京都九"、"京都十"、"京都十一"、"京都十二",共计十二卷。因赋类大多为长篇宏制,若李善本中一卷仅容含一篇者,《集注》编者则将之析分为两卷,由卷九左太冲《吴都赋一首》篇题下编者案语所称"自'吴王乃巾玉辂'以后分为第十卷"可知。诗类中存其卷目的有"乐府三",可知

《集注》编者将李善本中的"乐府上"、"乐府下"析分为"乐府一"、
"乐府二"、"乐府三"。同理,由集注本诗类中尚存目"杂拟三",
可推知其将李善本"杂拟上"、"杂拟下"析分为"杂拟一"、"杂拟
二"、"杂拟三"。他如李善本的"骚上"、"骚下"析分为"骚一"、
"骚二"、"骚三"、"骚四","七上"析分为"七一"、"七二","史论
上"析分为"史论一"、"史论二","碑文上"析分为"碑一"、"碑二"
等等。

　　从《集注》编者标注于篇题下的案语来分析,其在重分卷次将
李善本一析为二时所采用的方法较为简单,主要采用算术平均法,
或均分页面,或均分篇目,使划分后的两卷长度大体相当。基于李
善本中每卷所收篇目的多寡不同,可分为两类:

　　(一)李善本单篇独卷者,《集注》分卷体例为:"自××以后分
为第×卷"。即李善本一卷仅容含一篇者,《集注》则将之析分为两
卷。此种情况主要集中在《文选》中的赋类,因赋文多长篇,如上举
之左太冲《吴都赋一首》,分属两卷。又,李善本单篇独卷的还有卷
一、卷二、卷三、卷六和卷十,虽《集注》不存,但可推知其分卷体例
亦当如此。而这种简单的划分,不可避免地出现同一篇诗文分属
两卷的问题。

　　(二)李善本一卷包含二篇(含两篇)以上者,《集注》分卷体例
为:"自××以后为下卷×。"或径直进行均分,不作任何说明。如
《集注》卷六十三屈平《离骚经一首》篇题下,编者案:"自'时溷浊而
嫉贤兮'以后为下卷(六)十四。"

　　若不存在必须将同一篇诗文分作两卷的情况,《集注》编者则
大多不作任何说明,径直将其篇目大体均分(主要以诗文长度为依
据),其卷次有:

集注本	卷次	47	48	55	56	59	60	67	68	79	80
	篇数	16	15	18	18	25	25	8	8	6	7
李善本	篇数	31		36		50		16		13	
	卷次	24		28		30		34		40	
集注本	卷次	85	86	97	98	113	114	115	116		
	篇数	3	4	2	2	3	3	3	2		
李善本	篇数	7		4		6		5			
	卷次	43		49		57		58			

另,集注本卷六十一和卷六十二虽篇目总数差别较大,但其页面大体相当,各占李善本卷三十一的一半(据中华书局影印清嘉庆十四年胡刻本《文选》),类似情况尚有卷六十五和卷六十六等。

值得关注的是,在《集注》出现之前,《文选》中已出现单篇诗文"集注"的现象。如卷七《甘泉赋》"杨子云"下李善注曰:"然旧有集注者并篇内具列其姓名,亦称'臣善'以相别。他皆类此。"因同一篇诗文有多人作注解,后又有人加以汇注,即为"集注"者,于篇题下无法将作注者逐一列出,故篇首下不再题注者姓名,而是在注文中随文列其注释者姓名。《文选》一书中,出现这种情况的篇章不在少数,如卷七杨子云《甘泉赋》有文颖注、应劭注、服虔注、晋灼注、张宴注、孟康注、李奇注、韦昭注、苏林注、如淳注,司马长卿《子虚赋》有张揖注、司马彪注、晋灼注、郭璞注、韦昭注、苏林注、如淳注、服虔注、李奇注、文颖注、应劭注,卷八司马长卿《上林赋》有张揖注、司马彪注、韦昭注、郭璞注、晋灼注、文颖注、应劭注、服虔注、苏林注、邓展注、李奇注、如淳注、孟康注,杨子云《羽猎赋》有服虔注、应劭注、晋灼注、韦昭注、孟康注、张宴注、张揖注,卷九杨子云《长杨赋》有服虔注、韦昭注、颜师古注、孟康注、苏林注、张宴注、李

奇注、晋灼注，卷十三贾谊《鵩鸟赋》有晋灼注、韦昭注、徐广注、李
奇注、如淳注、苏林注、颜师古注、应劭注、孟康注、张宴注、邓展注，
卷十九韦孟《讽谏诗》有应劭注、杜预注、颜师古注、刘兆注、臣瓒
注、如淳注、晋灼注，卷三十五汉武帝《诏》有晋灼注、应劭注、如淳
注，又汉武帝《贤良诏》有应劭注、晋灼注、如淳注，卷三十九邹阳
《上书吴王》有应劭注、如淳注、苏林注、孟康注、张宴注、服虔注、臣
瓒注、晋灼注，又邹阳《狱中上书自明》有如淳注、苏林注、张宴注、
无名氏《汉书音义》①、文颖注、孟康注、服虔注、应劭注、晋灼注，枚
叔《上书谏吴王濞》有苏林注、颜师古注、无名氏《汉书音义》、服虔
注、晋灼注，卷四十一司马子长《报任少卿书》有如淳注、苏林注、服
虔注、孟康注、晋灼注、文颖注、李奇注、应劭注、臣瓒注、张揖注、韦
昭注、张宴注、孔安国注，卷四十四司马长卿《喻巴蜀檄》有文颖注、
颜师古注、张揖注、如淳注，又司马长卿《难蜀父老》有韦昭注、张揖
注、服虔注、应劭注、文颖注、苏林注、颜师古注、张宴注、孟康注，卷
四十五东方曼倩《答客难》有如淳注、苏林注、张宴注、应劭注、服虔
注、文颖注，杨子云《解嘲》有无名氏《汉书音义》、服虔注、应劭注、
晋灼注、张宴注、苏林注、如淳注、李奇注、韦昭注、孟康注，班孟坚
《答宾戏》有项岱注、如淳注、韦昭注、刘德注、颜师古注、孟康注、苏
林注、应劭注、晋灼注、李奇注、服虔注、郑玄注，卷四十七王子渊
《圣主得贤臣颂》有应劭注、服虔注、胡广注、如淳注、晋灼注、张宴
注、臣瓒注，杨子云《赵充国颂》有应劭注、韦昭注、苏林注，卷五十
二班叔皮《王命论》有韦昭注、应劭注、张宴注、晋灼注，卷六十贾谊

① 《文选》卷一《西都赋》"金釭衔璧，是为列钱"下，李善注曰："引《汉书》注云《音
义》者，皆失其姓名，故云《音义》而已。"

《吊屈原文》有韦昭注、张晏注、胡广注、服虔注、李奇注、无名氏《汉书音义》、应劭注、臣瓒注、邓展注、如淳注、苏林注、郑玄注、晋灼注，凡22个篇题。其中绝大多数篇目为《史记》、《汉书》所收录，载于《汉书》的尤多。据清人汪师韩统计，李善注中所征引的《汉书音义》标明作者有胡广、韦昭、郑德、张晏、应劭、刘兆、如淳、司马彪、郭璞、蔡邕、徐广、文颖、顾野王等十余家，此外尚引有多家未明作者的《汉书音义》（如卷一班孟坚《西都赋》"金钉衔璧，是为列钱"下，李善注："引《汉书》注云《音义》者，皆失其姓名，故云《音义》而已"）。《汉书》注释如此兴盛，与唐时"汉书学"的兴旺密切相关。清人赵翼《廿二史札记》卷二〇"唐初三《礼》《汉书》《文选》之学"条称：

六朝人最重三《礼》之学，唐初犹然……次则《汉书》之学，亦唐初人所竞尚。自隋时萧该精《汉书》，尝撰《汉书音义》，为当时所贵。（《该传》）包恺亦精《汉书》。世之为《汉书》学者，以萧、包二家为宗。（《恺传》）刘臻精于两《汉书》，人称为"汉圣"。（《臻传》）又有张冲撰《汉书音义》十二卷，于仲文撰《汉书刊繁》三十卷。是《汉书》之学，隋人已究心，及唐而益以考究为业。颜师古为太子承乾注《汉书》，解释详明，承乾表上之，太宗命编之秘阁。时人谓杜征南、颜秘书为左丘明、班孟坚忠臣……当时《汉书》之学大行……至梁昭明太子《文选》之学，亦自萧该撰《音义》始。入唐则曹宪撰《文选音义》，最为世所重，江、淮间为"选学"者悉本之。又有许淹、李善、公孙罗，相继以《文选》教授，由是其学大行。淹、罗各撰《文选音义》行世，善撰《文选注解》六十卷，表上之，赐绢一百二十四。至今言《文选》者,以善本为定。①

饶宗颐先生认为《文选》学的兴起与《汉书》学的繁荣是分不开的②,治"选学"者,其先大多以"《汉书》学"名家,谙熟《汉书》之学,如"尤精《汉书》"的萧该有《汉书音义》、李善有《汉书辨惑》等等。又,《史记》、《汉书》并载之文,李善注引亦多舍《史记》而征引《汉书》,文章亦多采自《汉书》。许逸民先生在此基础上进一步论证"选学"导源于《汉书》学,云:"如若从学术发展的历史层面作一回望,则'《汉书》学'与'选学'之递进关系,谓之如父如子,谅非戏言。正如饶(宗颐)先生所说:'是时《汉书》已成热门之显学,《文选》初露头角,尚未正式成学,萧该、曹宪、李善均是先行之人,萧、李兼以《汉书》名家,不特《汉书音注》有益于《文选》所收录之汉代文章,且由'汉书学'起带头作用,从而有'《文选》学'之诞生。'"③可以说"《汉书》学"为"选学"开创了注释路径。据《隋书·经籍志》著录,《汉书》已出现有多部"集注"类著作(又称"集解"、"集释"、"汇注"等),如应劭《汉书集解》、《汉书集解音义》,晋灼《汉书集注》,姚察《汉书集解》等,《文选》学很可能受其影响,向此"集注"类学问方式靠拢。并且隋、初唐时期,《文选》作为一门显学,出现了大量阐释性著作群,如萧该《文选音》、曹宪《文选音义》、许淹《文选音义》、李善《文选注》、《文选辨惑》及《文选音义》、公孙罗《文选注》及《文选

---

① 〔清〕赵翼著,王树民校证:《廿二史札记校证》,北京:中华书局,1984年,第440—441页。许逸民先生《论隋唐"〈文选〉学"兴起之原因》已先揭之。

② 详见饶宗颐:《敦煌吐鲁番本文选·唐代文选学略述(代前言)》,北京:中华书局,2000年,第5页。

③ 详见许逸民:《论隋唐"〈文选〉学"兴起之原因》,《文学遗产》2006年第2期,第31—32页。

音义》、康国安注《驳文选异义》、五臣注《文选》等,也为后来《集注》
的出现奠定了基础。

而前面所提及的《文选》中 22 个"集注"篇目只是"单篇"汇注,
多零散、细碎,不成系统。即如《楚辞》,虽然存有大量汉晋旧注及
"旧音"(音、音义)系统的注释性著作,亦未发展到"集注"类层面。
直至《文选集注》出现,才真正融会诸家注释为一体,成就"集部"集
注体例之大成。大体而言,《集注》编纂体例主要有:

一、以李善本为底本①,将诸家本正文中的不同之处,以"今案"的形式标注于诸家注解之后

《集注》以李善本为底本②,参合诸家疏释,汇成"集注"。而将
李善注置于众家注之首,除了基于众家注解的成书时间等因素的
考虑外,亦代表着编者对李善注的充分认可。《集注》类目及次文
类的设立与划分、篇目序次、篇题、正文等皆依李善本《文选》,其正
文注释群的划分、分节施注的位置亦多存李善本之旧。如卷五十
六陆士衡《挽歌诗三首》"重阜何崔嵬,玄庐窜其间"下,编者案语称

---

① 斯波六郎《文选诸本研究》云:"此本(《文选集注》)的案语,校其正文与《钞》本、
《音决》本、五家本、陆善经本之异同,而无一引李善本者。案语不据李善本而采他本时,
则校记其要旨,比如卷六十一上《江文通杂体诗三十首》之前,载江序全文,乃因'《音
决》、陆善经本有序,因以载之'。故其正文系据李善本无疑。"见《文选索引》(第一
册),上海:上海古籍出版社,1997 年,第 116 页。

② 值得注意的是:卷九左太冲《吴都赋》"尔其山泽,则嵬嶷嶤兀,崚嶒巇崥"句,集
注本李善注曰:"《字指》曰:兀,秃山也。崚嶒,幽昧貌也。巇崥,特起貌也。"而据《音决》
"崚,一冷反;嶒,觅冷反"及陆善经注"崚嶒巇崥,气色貌",可知,集注本正文"崚嶒"用字
与《音决》及陆善经本相合,与李善本有异,不知是抄者误写,还是因李善作注"各依所据
本"之义例所致。

"《音决》、五家、陆善经本以此篇为第三也",然则今之篇目叙次编排,存李善本之旧矣。卷五十九谢玄晖《始出尚书一首》篇题下,"今案:《音决》、五家、陆善经本'书'下有'省'字"。无"省"字者,李善本矣。集注本分节施注的位置亦大多以李善本为准,将《钞》、《音决》、五家及陆善经本的夹注位置进行相应的变更和调整,或拆散或合并,以就合李善本。而众家注本原有注释群的拆分与合并必然亦导致相应注释的整合,这是一项相当繁杂的工作,难免会有所疏漏。如五臣本及六家本《文选》系统中,鲍明远《结客少年场行》"骢马金络头,锦带佩吴钩。失意杯酒间,白刃起相仇",中间并无截断,有李周翰(集注本作"吕向")注,曰:"以锦为带,吴钩,钩类,头少曲。白刃,剑之属,此皆言豪侠之士。"而在诸李善本中,此诗皆以两句为断,中间加以注解。《集注》科段截分多依循李善本,遂不得不将五臣注分化为两条:"骢马金络头,锦带佩吴钩"下,吕向曰:"以锦为带,吴钩,钩类,头少曲也。"下句"失意杯酒间,白刃起相仇",吕向曰:"吴钩,(阙"钩"字)类,头少曲。白刃,剑之属,此皆言豪侠之士矣也。"许是编者疏略,未将原本疏解上句"吴钩"的注文"吴钩,(阙"钩"字)类,头少曲"删除汰净,造成五臣注一定程度上的重复。但从反方面讲,确实可以印证《集注》编者在合并众家注时,是将众家注文拆分以移往李善注分节之处的。又,卷九十四袁彦伯《三国名臣序赞一首》"王略威夷,吴魏同宝。遂献宏谟,匡此霸道"下,存有两处《钞》曰"字样,称"《钞》曰:王略,谓汉家经略也。……《钞》曰:宏,大也。谟,谋也。但为俱同一宝,遂即赞佐宏大之谋,匡辅吴之霸道也。"可知,《钞》原本将之分为"王略威夷,吴魏同宝"和"遂献宏谟,匡此霸道"两节施注,《集注》编者在将《钞》注分拆移往李善本夹注处时,由于疏漏,未将后一"《钞》曰"

删却。

　　若李善本《文选》科段过长，《集注》编者亦会权宜处理，将之截断，因《钞》、《音决》、陆善经本后世无单本流传，故只能以李善单注本系统、五臣单注本系统及二者合注本系统来参照。如左太冲《蜀都赋》"百药灌丛，寒卉冬馥。……敷蕊葳蕤，落英飘飘"，无论是李善本系统的监本、尤本、胡刻本，还是五臣本系统的陈八郎本、正德本，抑或是合注本系统之奎章阁本、明州本、赣州本，中间皆未截断，而《集注》编者却于"于何不育"后进行分节夹注。可知，《集注》编者对李善底本的处理，并不拘泥守旧，将自己画地为牢，遇有特殊情况时，亦权宜灵活处之，渗透有编者自身的识见，如卷六十一江文通《杂体诗三十首序》，从集注本编者案语来看，李善本正文并未载录江文通《杂体诗·序》，因"《音决》、陆善经有序，因亦载之也"，故其序文科段夹注之处，则依《音决》为准，自是无疑。综上所述，集注本夹注位置，多以李善本为准，将《钞》、《音决》、五家及陆善经注本割裂（诸家注本夹注位置与李善本必然有所不同）以贴合李善注。但其所汇录唐人注解甚多，其间不乏有个别处存在李善无注而《钞》、《音决》、五家本、陆善经本存有注说的情况，是集注本分节夹注之处乃视诸本情形而定，其句、节下注亦多有《钞》、《音决》、五家注、陆善经居首引领或单有的情况。

二、删削重复注解，取其始见者

　　《集注》编者以汇集唐时众家注释为主，将李善本《文选》逐段诠次，并依次编入李善注（音释有删削，去其与《音决》合同者）、《文选钞》注、《文选音决》音注、五家注（先音注后释义）、陆善经注等众

家唐人注解，对诸家注解文意重叠相同者，进行删减或是整改，主
要采用去同存异的方法，按时间先后，取其始见者（唯音释以《音
决》为主，于李善音及他家音注删却与《音决》同者而存其异者），为
的是尊重前人的创造性。这样既可笼贯诸家注文，以综合参稽，使
其相互映衬、发明，又互为发挥、补充；亦可避免无谓的重复，节省
笔墨，以防其部帙过重，劳游学之负箧。其删省繁冗最突出的表现
在五家注上。当然，我们所看到的《钞》、《音决》和陆善经注，亦极
有可能都是经过《集注》编者取舍删略而成的，其原初形态并非如
此，故而才多表现为对李善注的补充和是正，否则我们很难解释为
什么集注本中很少见到前后注释完全重复的地方。如凡是诸家本
（即《钞》、《音决》、五家和陆善经本，下同）注释繁富之处，多无李善
注；或是李善注曰"未详"；或是李善注甚是简略、不够确切；抑或是
《钞》、五家及陆善经注别出异解他说，其征引及注释与李善本不同
者。如卷八十八陈孔璋《檄吴将校部曲文一首》"吕布作乱，师临下
邳，张辽、侯成率众出降"下，李善注："《魏志》曰：张辽字文远，雁门
人也，以兵属吕布。太祖破吕布于下邳，辽将众降，拜中郎将，爵关
内侯也。"陆善经曰："《魏志》曰：太祖自征布，堑围之，其将侯成将
其众降。"李善注"辽将众降"，陆善经注称"侯成将其众降"。案：李
善乃节略而引《三国志·魏书·张乐于张徐传第十七》"张辽字文
远，雁门马邑人也。……卓败，以兵属吕布，迁骑都尉。……太祖
破吕布于下邳，辽将其众降，拜中郎将，赐爵关内侯。"[1]而陆善经
注乃引自《三国志·魏书·吕布（张邈）臧洪传第七》"太祖堑围之

---

[1] 〔晋〕陈寿撰、〔宋〕裴松之注：《三国志》，北京：中华书局，2006 年，第 517 页。

三月,上下离心,其将侯成、宋宪、魏续缚陈宫,将其众降。"①知乃侯成等率众降,未及张辽事。又卢弼《三国志集解》所引《九州春秋》将此事疏解甚详,称"《九州春秋》曰:初,布骑将侯成遣客牧马十五匹,客悉驱马去,向沛城,欲归刘备。成自将驱逐之,悉得马还。诸将合礼贺成,成酿五六斛酒,猎得十余头猪,未饮食,先持半猪五斗酒自入诣布前,跪言:'间蒙将军恩,逐得所失马,诸将来相贺,自酿少酒,猎得猪,未敢饮食,先奉上微意。'布大怒曰:'布禁酒,卿酿酒,诸将共饮食作兄弟,共谋杀布邪?'成大惧而去,弃所酿酒,还诸将礼,由是自疑。会太祖围下邳,成遂领众降。"②由此可知,是陆善经将李善未察《魏志》讹误处加以是正,不至于谬误流传。

　　《集注》中李善注与《钞》最为详尽、繁复,而后面的五家注与陆善经注则甚是简约,盖因遭到《集注》编者的大力删减,故而才显得如此凝练精粹,也少有与旧注、前注完全重复相同处。而对其删略之处,《集注》编者亦不作任何交待和说明,很具隐蔽性。其删减方式有注文全部删除例,有部分删除例,以后者居多。若不参校其他版本,很难做出判定。此外,还有一种值得注意的节略方法,如卷九十四袁彦伯《三国名臣序赞一首》"三略既陈,霸业已基"下,吕向曰:"先主与刘璋会,与统袭璋,统说上中下计,先主用中计,果执二将,还定城都。此所谓三略陈而霸业成也。"案:"统说上中下计"之注解,陈八郎本、正德本以及六家本之奎章阁本、明州本皆作"统曰:阴选精兵,昼夜兼道,径袭成都,一举便定。此上计也。……将

　　① 〔晋〕陈寿撰、〔宋〕裴松之注:《三国志》,北京:中华书局,2006 年,第 227 页。
　　② 卢弼:《三国志集解》,北京:中华书局,1982 年,第 238 页。

军因此执之,进取其兵,乃向成都。此中计也。退还白帝,连引荆
州,徐还图之。此下计也。"与前李善注引《三国志·蜀书·庞统
传》大略无异,故遭《集注》编者删减,但若径行将之略去,则"先主
用中计"前无所承,遂以臆括略为"统说上中下计"。此以臆概括之
节略法,在五家注中最为常见。但是,从根本上讲,任何形式的删
截,都是对其古本旧貌的一种改变和损坏,因为众家注中阐释语言
完全相同的情况非常少见,多数情况是,尽管所述内容大体一致,
但在具体的文字表述上还是存有一定的差异的,所以,删却重复注
解的体例在一定程度上讲,对于"存异同"是不利的。就此而言,可
以说《集注》编者的出发点并非是为了存古、汲古而简单地汇集收
录诸家注释,而是综合参稽,互相补充印证,以疏通原文,帮助读者
理解作品为首义。

三、众家注无详略,文意稍不同者,皆备录无遗

《集注》所汇录之众家注中,李善注重在征引,《音决》重在注
音,《钞》、五家及陆善经注重在释义,兼及引典,后四家之注正好作
为李善注之疏释和补充,使得正文文本训义日益宣明,可谓颇得唐
人《五经正义》注疏体例之要。众家注侧重点虽有所不同,但无详
略,文意稍不同者,皆备录无遗。如卷八左太冲《蜀都赋一首》"酌
醴酏,割芳鲜"下,李善曰:"毛苌曰:酏,酒也。"《钞》曰:"毛苌曰:
酏,一宿酒也。"卷九左太冲《吴都赋一首》"硍硍磈磈,㶁㶁汧汧"
下,李善曰:"硍硍磈磈,不平貌也。……㶁㶁汧汧,流迅貌也。"
《钞》曰:"硍硍磈磈,山石不平之貌也。㶁㶁,流也。汧汧,疾也。"
卷四十八陆士衡《赠弟士龙一首》"我若西流水,子为东跱岳"下,李

周翰曰："言西入帝京,如西流水行不止。弟在家不游,如东止之山岳也。"陆善经曰："士衡赴洛,故若西流。士龙留吴,故为东峙。"卷五十六陆士衡《挽歌诗三首》"殉没身易亡,救子非所能"下,张铣曰："欲以身殉子,亡殁甚易,独恕救子,不能致焉。"陆善经曰:"言殒殁从子,身则易亡,以此救子,终非所能也。"卷八十八钟士季《檄蜀文一首》"陈平背项,立功于汉"下,李善曰:"《史记》曰:陈平惧项王诛,遂至修武降汉,拜平为都尉。"陆善经曰:"《史记》云:陈平降汉,拜平为都尉,后为丞相。"卷九十三杨子云《赵充国颂一首》"先零猖狂,侵汉西疆"下,李善曰:"《汉书》曰:诸羌背畔犯塞,攻城邑。"陆善经曰:"《汉书》云:神爵元年,先零羌杨玉及诸羌背畔犯塞,攻城邑。"……由此可知,众家注解有时虽典引出处相同,但因科段删截、征引文字多寡、概略臆括而引、文字处理方式等有所不同而导致注文有详略之异,只要文意或文字稍有不同,皆备录无疑。在不影响文意疏释的基础上,只删略其间文意完全重叠相同者。或者是前此注家但有引典,后注则除此之外,又有串说句义之疏解,故有时与前此注家中涉嫌重复之引典亦未能删除汰尽,得以存留。抑或是众家注疏解字句文意大体无异,阐释话语多涉嫌重复,但只要注解文字稍有不同,亦皆为《集注》编者所留存,尽可能保留各家注本的原貌。总的来说,《集注》集诸家注释于一体,互相发明更能发现问题,促生新的学术生长点,开"文选学"研究新境。

四、只存异文异说,不论是非

《集注》编者并存其说,存其异文别解,但有应明其是者,惜未能加以详辨,少有编者自己的案断。段玉裁谓校书有"底本之是非"与"义理之是非"二者,而《集注》编者旨在前者,而不问"义理"也。如卷五十六缪熙伯《挽歌诗一首》篇题下,李善曰:"谯周《法训》曰:挽歌者,高帝召田横,至尸乡自毙,从者不敢哭,而不胜哀,故作此歌,以寄哀音焉。"说明挽歌乃田横门人所始作。其说由来有征,晋人崔豹《古今注》亦云乃"本出田横门人"(《乐府诗集》卷二十七《相和歌辞》引)①。陆善经对此有所质疑,认为挽歌的起源当始于先秦,其据《左传》及杜预注加以批驳,曰:"《左传》云:公孙夏命其徒歌《虞殡》。注曰:'奠歌曲也。'则古已有其事,非起田横也。"案:"贾逵云:《虞殡》,遣殡歌曲。杜云:送葬歌曲。并不解'虞殡'之名,礼启殡而葬,葬则下棺,反日中而虞,盖以启殡将虞之歌,谓之虞殡歌乐也。丧者,哀也,送葬得有歌者,盖挽引之人为歌声以助哀,今之挽歌是也,旧说挽歌,汉初田横之臣为之,据此挽歌之有久矣。"②说明"挽歌"由来已久,非起自田横门人,陆善经注正承此而来。《颜氏家训·文章篇》亦曾提此两说,云:"挽歌辞者,或云古者虞嫔之歌,或云出自田横之客,皆为生者悼往苦哀之意。"

又,众家注解中的训诂文字,如卷五十九谢惠连《捣衣诗一首》"烈烈寒螀啼"下,李善曰:"许慎《淮南子注》曰:寒螀,蝉属也。"而《钞》则注称:"寒螀,丘蚓也。"于义大谬,蚯蚓缘何能"啼"?惜乎《集注》编者对于此种情况亦未加以详查和考辨。对于一般的读者而言,难免启人疑窦,徒滋混淆,不及有明晰判断者为宜。

---

① 《乐府诗集》卷二十七《相和歌辞》引晋人崔豹《古今注》曰:"《薤露》、《蒿里》,泣丧歌也。本出田横门人,横自杀,门人伤之,为作悲歌。言人命奄忽,如薤上之露易□灭也。亦谓人死魂魄归于蒿里。至汉武帝时,李延年乃分为二曲,《薤露》送王公贵人,《蒿里》送士大夫庶人。使挽柩者歌之,亦谓之挽歌。"

② 〔清〕阮元校刻:《十三经注疏》,北京:中华书局,1980 年,第 2166 页。

五、精其雠校,详列诸本异文,其校语皆据所见,同字异体亦校,案语科学、严谨、简明扼要

《集注》编者蒐集汇录唐时之李善本、《钞》、《音决》、五家本、陆善经本等众家注本,并以李善本为底本,精其雠校(以对校为主),详列诸本校李善本之正文异文,同字异体亦校,其校语皆据所见,较为准确、科学、精简。为我们认知唐时诸家注本正文旧貌,订正后出刻本的淆乱错讹,提供了坚实的版本依据。特别是《文选钞》、《文选音决》与陆善经本,亦可藉此得窥一斑,得以与众家《文选》注文相互辉映、珠联璧合,尤为珍贵。其"今案"纂例详见第六章第二节《〈文选集注〉编者案语》,兹不赘述。

六、音释存于注中,云"反"不云"切"

上文已提及《集注》注音以《音决》为主,删略诸家注中与《音决》相同者,留存其与《音决》相异者,当然也包括《音决》无该字注音者。集注本音释存于注中,注音云"反"不云"切",与敦煌写本相同,而与诸宋刻本异。傅刚据此断定《集注》编纂于唐朝,云:"《文选集注》反切注音均用'某某反',而非如宋刻的全用'某某切'。因为从中唐大历起,始讳'反'字,故后世刻本均不再用'反'名(案:多以"翻""切"等字取代),这也证明《集注》并非产生于南宋时。"[1]范志新对此提出异议,曰:"唐讳'反'字在玄宗天宝间,孙愐《唐韵》改

---

① 傅刚:《文选版本研究》,北京:北京大学出版社,2000年,第137页。

'反'用'切',避时禁也;代宗大历后,则不再避'反',故有大历十一年序的张参《五经文字》已不讳'反',此说见顾炎武《音学五书》。"①二说均对判定《集注》的成书时间提供了重要参考价值。

第二节　《文选集注》的编者案语

《文选集注》中除了保留有诸家注,还有大量的编者案语(遍检《集注》残卷,存"今案"凡 504 条),大体可分为两类:一是提示卷次的划分,一般置于篇题下;二是以"今案"引领,写于注末,多考校唐时诸家注本异文。其"今案"为研究唐时诸家《文选》注本正文的差异及《文选》版本递变、流传与接受情况,提供了很好的实例。同时也为探求李善本和五臣本的旧貌,厘清二者相互间的淆乱关系,订正后出刻本讹误等提供了重要的版本依据。另,在校勘过程中亦发现后世《文选》刻本对《钞》、《音决》和陆善经本也有所吸纳和羼混,这对研究《文选》版本的发展流变意义重大。长期以来,学界对《集注》编者案语的关注甚少,全面、深细的考察仍付阙如。今通过对《集注》中编者案语的分类解读,尤其是对一些重要案语的深入研究,一是有助于更为精准、全面地把握《集注》的编纂体例和编辑原则;二是以此为依据,追溯唐时诸家《文选》注本的旧貌,以便于考察《文选》的异文及其流传与接受情况和诸家注本相互间的传承、补苴、吸纳关系。更可藉以考察李善本和五臣本正文自唐代晚期至宋代中期这一时间段内,《文选》抄写者和刊刻者对各家本子

---

①　见范志新《关于〈文选集注〉编纂流传若干问题的思考》之注 14,载《文选版本论稿》,南昌:江西人民出版社,2003 年,第 256 页。

的吸纳和参鉴情况；三是将可发显《集注》编者案语在比勘研究《文选》多种精良、珍稀版本中的重要校勘价值，藉此纠正诸宋明刻本的讹误①。

一、"今案"纂例

《集注》编者案语之所以称为"今案"（"今案"又或写作"今安""今按"），是为区别于《钞》中"案""察案"及《音决》中的"案"语。"今案"动辄称"钞作某"、"音决作某"、"五家本作某"、"陆善经本作某"，却从未言及"李善本作某"，因此学界一般据之认为《集注》正文采用的是李善本。大体看来，"今案"是只校而不勘不笺，对于他本异文不作评论、不辨是非，唯一例外的是卷九十三刘伯伦《酒德颂一首》中的编者案语，详见下文。今将残存编者案语钩稽掇拾，以类相从；并抉择审当，摘出其通例若干，发现《集注》大体遵循李善本正文，但并不胶柱鼓瑟，对李善本亦有所增补或删减。鉴于《集注》正文与其参据的李善本之间的关系，今将《集注》中的"今案"纂例简要归纳如下：

（一）《文选集注》底本以李善本为准

《集注》既以李善本为底本，其正文及篇目次序大体以李善本为准，故"今案"只标明诸本正文与李善本的异文，具体可分为以下五种：

1. 以诸本校李善本而揭橥异字（词）

此类案语在"今案"中占绝大多数，其纂例为"今案：[钞][音

决][五家本][陆善经本]×为×"。如卷八左太冲《蜀都赋一首》"日往菲薇,月来扶疏"下,"今案:《音决》、五家、陆善经本'薇'为'薇'。"卷九左太冲《吴都赋一首》"潮波汩起,回復万里"下,"今案:《钞》、《音决》'復'为'澓',陆善经本为'伏'。"卷五十六鲍明远《乐府八首·升天行》"翩翩类回掌"下,"今案:五家、陆善经本'翩翩'为'翩(疑脱翻字)'也。"

若注解的正文科段中有两处用字同,且并有异文的话,则称"今案:[钞][音决][五家本][陆善经本]×并为×",如卷九左太冲《吴都赋一首》"挥袖风飘而红尘昼昏,流汗霡霂而中逵泥泞"下,"今案:《钞》'而'并为'则'。"若仅有一处出现异文,则用"上"、"下"以示区别,如卷七十三曹子建《求自试表一首》"故慈父不能爱无益(之子,仁)君不能畜无益之臣"下,"今案:五家、陆善经本下'益'为'用'。"卷九十四夏侯孝若《东方朔画赞一首》"经目而讽于口,过耳而暗于心"下,"今案:陆善经本上'于'为'其'。"

2. 以诸本校李善本而揭橥增字(词或句)

此类案语相对较少,其纂例为"今案:[钞][音决][五家本][陆善经本]×[此]上[下]有×字[句]"或"[钞][音决][五家本][陆善经本]发首有×字"。如卷七十三曹子建《求自试表一首》"臣闻士之生世,入则事父,出则事君"下,"今案:《钞》(字迹漫漶难辨,以集注本编纂体例来看,当为《钞》无疑)、五家(本)发首有'臣植言'三字。"卷九十三史孝山《出师颂一首》"五曜宵映,素灵夜叹"下,"今案:陆善经本此下有'皇运来授,万宝增焕'二句。"卷九十四袁彦伯《三国名臣序赞一首》"遭离不同,迹有优劣"下,"今案:《钞》'遭'上有'虽复'二子(当为'字'误写)。"卷百二王子渊《四子讲德论一首》"偃息于诗书之门"下,"今案:《钞》、《音决》、五家本'偃息'下有'甿匋'二字也。"

若诸本正文较之李善本差异很大,衍出文字较多,《集注》编者多将之以注文形式写于正文后,其纂例为"今案:[钞][音决][五家本][陆善经本]此下云:×××"。如卷七十九任彦昇《奏弹刘整一首》"分前奴教子、当伯"下,"今案:《钞》、五家本此下云:'并已入众,以钱婢姊妹弟温,仍留奴自使。又夺寅息逡婢绿草,私货得钱,并不分逡。'"

3. 以诸本校李善本而揭橥缺字(词或句)

此类案语较之增字例更少,其纂例为"今案:[钞][音决][五家本][陆善经本]无×字[句]"或"[钞][音决][五家本][陆善经本]省却此下至×××"。如:卷八左太冲《三都赋序》"而论者莫不诋讦其研精"下,"今案:《钞》、陆善经本无'不'字。"卷四十八陆士衡《赠冯文羆一首》"分索古所悲,志士多苦心"下,"今案:五家本无此二句也"。卷六十八曹子建《七启八首》"芳饵沉水,轻缴弋飞"下,"今案:陆善经本无'水缴'二字也。"卷七十九任彦昇《奏弹刘整一首》"分前奴教子、当伯"下,"今案:陆善经本省却此下至息逡"。

另,同揭橥异字之纂例一样,若注解的正文科段中有两处用字同,而其中一处有异文的话,则用"上"、"下"以示区别,如卷百二王子渊《四子讲德论一首》"文学、夫子曰:天符既闻命矣,敢问人瑞。先生、夫子曰:夫凶奴者,百蛮之最强者也"下,"今案:五家、陆善经本无下'夫子'"。

4. 以诸本校李善本而揭橥乙文

此类案语《集注》残卷中仅存一例,其纂例为"今案:[钞][音决][五家本][陆善经本] 此×××在×××之上[下]"。如卷六十六宋玉《招魂一首》"豺狼从目,往来侁侁些"下,"今案:陆善经曰

（衍字）本此二句在'一夫九首'之上"。

5.以诸本校李善本而揭橥篇目序次差异

此类体例在"今案"中所占比例较小，仅存两例，其纂例为"今案：［钞］［音决］［五家本］［陆善经本］以此诗［篇］×××"。如卷五十六陆士衡《挽歌诗三首》"重阜何崔嵬，玄庐窜其间"下，"今案：《音决》、五家、陆善经本以此篇为第三也"。卷五十九谢灵运《田南树园激流殖（当为"植"字误写）楥一首》篇题下，"今案：《钞》、《音决》、五家本以此诗次《斋中读书》之后"。

值得注意的是，《集注》诗类残卷中有一种特例，对于较长诗作如陆士衡《答贾长渊一首》、潘安仁《为贾谧作赠陆机一首》等，五家、陆善经本注意分节，以八句为断，于每节末句下标注"其一"、"其二"、"其三"、"其四"、"其五"、"其六"……，使人读来豁然。而《集注》编者亦作如是处理，其标注方法同于五家、陆善经本，并在"今案"中加以注明。其纂例为"今案：［钞］［五家本］［陆善经本］有其×"。如卷四十八陆士衡《答贾长渊一首》，此篇"今案"中有11条分别注明"五家、陆善经本有'其一'也矣"；"五家、陆善经本有'其二'"……"五家、陆善经本有'其十一'"。

（二）《文选集注》增补李善底本

《集注》虽以李善本为底本，又不乏灵活机变之处，亦有参据他本增补李善本之例，并在案语中详加注明。其纂例为"今案：［钞］［音决］［五家本］［陆善经本］×××，因以载之"。如卷六十一江文通《杂体诗三十首》篇题下，李善曰："《杂体诗·序》曰：关西邺下，即已罕同；河外江南，颇亦异法。今作三十首诗，学其文体，虽不足品藻泉流，庶无乖商榷。"其后"今案"称："以后十三首《钞》脱，又《音决》、陆善经本有序，因以载之也。"据此可知，唐时李善本和五臣本并不载此序文(李善只是在其注中征引有数句),《音决》和陆善经本载有此序,而《钞》因脱落《杂体诗三十首》中前十三首,故是否存有此序已不可得知。诸李善刻本如监本、尤本、胡刻本等皆无江文通《杂体诗·序》,其题下李善注亦与《集注》相同,可证,李善本正文确实没有江文通《杂体诗·序》,而《集注》却将此序作正文载入,盖其编者特据《音决》、陆善经本以增补。今传诸六臣注《文选》皆将此序作正文载入。考此序共有二百三十余字,却无一字注解,故亦很有可能是从《音决》、陆善经本羼入,当然也不能完全排除是据《江文通集》录入的可能性。

(三)《文选集注》删减李善底本

此类案语《集注》残卷中仅存一处,其纂例为"今案:×××,皆当除之"。如卷九十三刘伯伦《酒德颂一首》"无思无虑,其乐陶陶"下:

> 今案:《音决》此下有"兀然而醉"四字。自此一句已下至"感情",言词鄙缓,皆衍字也。非刘公所为,皆当除之,宜从"陶陶"即次"俯观"。陆善经本有"静听不闻雷霆之声,熟视不见太山之形"两句。注云:"思虑既无,所以视听亦泯。《礼记》云:意不在焉,视之而不见,听之而不闻"。①

该案语对研究《集注》的编纂体例、编辑原则至为重要,而学界目前对此条集注本删减李善本的案语并未多加关注。斯波六郎对

① 周勋初辑:《唐钞文选集注汇存》(第三册),上海:上海古籍出版社,2011年,第69页。

此案语存疑,云:"是其所据之本,'陶陶'与'俯观'之间,尚有若干字,被集注编者删去了呢,还是从其旧存若干字,只是在案语中谈到应当删去,而后人据其案语而删去了呢? 不得而知。"①常思春认为李善本、五臣本皆无"兀然而醉"至"利欲之感情"一节,是宋刻李善本、五臣本妄增②。其推定可能有所偏误。此条"今案"当是《集注》编者删减李善底本正文之佐证,依据有三:

其一,《集注》编者所参据的李善底本中当含有"豁尔而醒,静听不闻雷霆之声,熟视不睹泰山之形,不觉寒暑之切肌,利欲之感情"三十二字。若《集注》编者所参据的李善底本中无此文字,则依据"今案"交代诸家注本顺序之惯例,知《钞》亦无此三十二字,而《音决》较之于李善本此下多出"兀然而醉"四字。但对"自此一句已下至'感情',言词鄙缓,皆衍字也。非刘公所为,皆当除之,宜从'陶陶'即次'俯观'"作何理解? 其考辨对象是《音决》还是五家本?尚需仔细推究。若仅就《音决》而言,则"今案"不应分开叙述,当作"《音决》此下有'兀然而醉……'",分开叙述,从逻辑上讲不通;若是就五家本而言,依据"今案"纂例此句首当有"五家本"引领;若是针对《音决》和五家本,"自此一句"前也当有"《音决》、五家本"引领。因此,《集注》所参据的李善底本中当含有此三十二字,《钞》与李善本同,《音决》比李善本多出"兀然而醉"四字,至于五家本是否有此三十二字,仅凭现有材料,还难以作出判断。案:P.2833《文选音》残卷有"悦吁往"、"醒呈"、"霆大□"、"肌饥"四条,是所据本与

---

① 〔日〕斯波六郎编、李庆译:《文选索引》之《文选诸本研究》,上海:上海古籍出版社,1997年,第137页。

② 常思春:《〈文选集注〉残卷于〈文选〉正文校勘价值例证》,见《中国文选学》(第六届文选学国际学术研讨会论文集),北京:学苑出版社,2007年,第472页。

《晋书》《世说新语》刘义庆注引相合，只《世说》"悦"作"慌"。

其二，《集注》编者有改动其所参据的李善本正文之先例。如卷六十一江文通《杂体诗三十首》篇题下，"今案：以后十三首《钞》脱。又，《音决》、陆善经本有序，因以载之也"，《集注》编者把《音决》、陆善经本所载入的序文全部作正文录入，而非注文形式，这就是对所参据的李善底本正文改动的明证。既然可以增加正文，那么也就不能排除其删减正文的可能性。

其三，"自此一句……皆当除之，宜从'陶陶'即次'俯观'"，从《集注》编者的意旨及考辨惯例来看，当是就李善本而言。遍检残存"今案"条目，仅交待诸本正文与李善本之异文，从未辨其是非及是否当删，对诸本正文所多出的文字亦从未省却，而是以注文形式逐字录入。如卷七十九任彦昇《奏弹刘整》一文，五家本较之于李善本多出八百余字，且一一引入，无一字省略。如果该案语不是针对李善本，那么"言词鄙缓，皆衍字也。非刘公所为，皆当除之，宜从'陶陶'即次'俯观'"，则显得多余，与"今案"纂例不合。而《集注》正文的行文正是"陶陶"即次"俯观"的，与编者的评点和处理结果相合。况且，《集注》编者亦非妄加删改，而是给出了相当充足的理由，认为其"言词鄙缓，皆衍字也。非刘公所为"，故当删。

因此，此"今案"当是编者删减李善底本的案语无疑。由此可知，《集注》虽以李善本为底本，但亦渗透有编者的案断和识见，其在编写时对其底本即李善本的处理较为机变灵活。

二、"今案"异文之成因

《集注》中的"今案"，乃其编者所作的简单的校记，如实地记载了唐时诸家注本相较于李善本正文所出现的异文。萧统在编纂《文选》时，由于所收诗文大多历时久远，这些作品在长期的传抄流传过程中本身就已衍生出不少异文。其选录作品或采自别集，或录自史传，或是据前贤总集再选编，而史志中所载录文学作品更难免经过剪裁和加工①，文字歧异早已有之，如《史记·司马相如列传》称"无是公言天子上林广大，山谷水泉万物，及子虚言楚云梦所有甚众，侈靡过其实，且非义理所尚，故删取其要"②，西汉录赋已删截如此。《文选》选录作品多有采自《史记》、《汉书》、《后汉书》、《三国志》、《宋书》者，故沿其删截亦属难免。大体看来，其异文出现的成因主要有以下几种：

（一）选家有甄别增删之惯例

"古人选本之精审者，亦每改削篇什"③，选家往往会对所选作品进行删节、分并等，如任彦昇《奏弹刘整》"如法所称，整即主"下，李善曰："昭明删此文大略，故详引之，令与弹相应也。"（案：集注本无此条注文）他如曹子建《与吴季重书》文末，李善曰："植《集》此书别题云：'夫为君子而不知音乐，古之达论，谓之通而蔽。墨翟自不好伎，何谓过朝歌而回车乎？足下好伎，而正值墨氏回车之县，想足下助我张目也。'今本以'墨翟之好伎'置'和氏无贵矣'之下，盖

---

① 如班固《西都赋》视《汉书》多"众流之隈汧涌其西"八字；司马迁《报任少卿书》视《汉书》多"太史公牛马走司马迁再拜言"十二字；东方朔《答客难》视《汉书》多"传曰天下无灾灾虽有圣人无所施才上下"十七字，盖萧统据他本补入者。又，屈原《九章·涉江》"乱曰"以下删五十三字；钟会《檄蜀文》校《魏志》少"其详择利害自求多福"九字，等等，不繁举。

② 〔汉〕司马迁撰，〔宋〕裴骃集解，〔唐〕司马贞索隐，〔唐〕张守节正义：《史记》，北京：中华书局，2008年，第3043页。

③ 钱钟书：《管锥编》（第三册），北京：中华书局，1979年，第1067页。

昭明移之,与季重之书相映耳。"①等等,诸如此类,不一而足。

《钞》亦曾言及萧统改削篇什之处,如谢玄晖《直中书省》"兹言翔凤池,鸣珮多清响"下,《钞》曰:"翔,集也。古本作'集',此恐昭明改之。"

(二)《文选》选录作品多有和作家别集相异者

如任彦昇《为褚谘议蓁让代兄袭封表》篇题下,李善曰:"此表与《集》详略不同,疑是稿本,辞多冗长。"曹子建《七启》"戴金摇之熠燿,扬翠羽之双翘"下,《钞》曰:"《集》本及此者,多有作'摇'者。又见一《集》复作'瑶'。"丘希范《侍宴乐游苑送张徐州应诏诗》"风迟山尚响,雨息云犹积"下,李善曰:"《集》本作'渍'。"陆士衡《赠从兄车骑》"感彼归途艰,使我怨慕深"下,李善曰:"《集》本云'归途顺'也。"曹子建《王仲宣诔》"振冠南岳,濯缨清川"下,李善曰:"《集》本'清'或为'渍',误也。"另,江文通《别赋》"君结绶兮千里,惜瑶草之徒芳"下,李善注引宋玉《高唐赋》曰:"我帝之季女,名曰瑶姬,未行而亡,封于巫山之台,精魂为草,寔曰灵芝。"以及江文通《杂体诗三十首·潘黄门述哀岳》"我惭北海术,尔无帝女灵"下,李善注引《宋玉集》云:"楚襄王与宋玉游于云梦之野,望朝云之馆,有气焉,须臾之间,变化无穷。王问此是何气?玉对曰:昔先王游于高堂(当为'唐'之讹),怠而昼寝,梦见一妇人,自云我帝之季女,名曰瑶姬,未行而亡,封于巫山之台。闻王来游,愿荐枕席。王因幸之。去,乃言妾在巫山之阳,高丘之阻,旦为朝云,暮为行雨,朝朝

---

① 胡克家《文选考异》曰:"详篇末善注,今本以'墨翟不好伎'置'和氏无贵矣'之下云云,是其本无此三句。恐是后来取善引植《集》此书别题言者而添之耳。"又,丁晏《曹集铨评》曰:"据李注,则'夫君子'以下八句,古本别为一通,字句亦稍异。唐本或据《文选》增之。"

暮暮,阳台之下。且而视之,果如其言。为之立馆,名曰朝云。"①
皆与《文选》中宋玉《高唐赋》稍异。案:嵇叔夜《琴赋》"绍陵阳,度
巴人"下,李善注引宋玉《对问》,谓《集》所载与《文选》不同,各随所
引而用之,即此类也。

又,《文选》选录作品与作家别集之篇题有相异者,如陆士衡
《于承明作与士龙》,李善曰:"《集》云:'与士龙于承明亭作诗。'"嵇
叔夜《赠秀才入军》,李善曰:"《集》云:'兄秀才公穆入军赠诗。'"鲍明
远《还都道中作》,李善曰:"《集》曰:'上浔阳还都道中作。'"范彦龙
《古意赠王中书》,李善曰:"《集》曰:'览古赠王中书融。'"谢玄晖《鼓
吹曲》,李善曰:"《集》云:'奉隋王教作古入朝曲。'"谢玄晖《和徐都
曹》,李善曰:"《集》云:'和徐都曹勉昧旦出新渚。'"等等,皆属此类。

又,李善曾据作家别集以辨《文选》之误,如曹子建《赠丁仪》篇
题下,李善曰:"《集》云:'与都亭侯丁翼。'今云'仪',误也。"曹子建
《又赠丁仪王粲》篇题下,李善曰:"《集》云:'答丁敬礼、王仲宣。'
翼,字敬礼,今云'仪',误也。"陆士衡《为顾彦先赠妇二首》篇题下,
李善曰:"《集》云:'为全彦先作。'今云'顾彦先',误也。且此上篇
赠妇,下篇答,而俱云'赠妇',又误也。"后人难免会以李善注及前
人校勘成果为依据,改正《文选》正文的讹误之处。兼之《文选》编
刻者也有可能据作家别集以改《文选》,故其异文愈行愈多。

(三)《文选》版本众多,互有交叉影响

《文选》成书既久,又屡为士人登科的要津,故传播甚广、镂版
甚多,版本繁富复杂,有白文无注本系统、李善本系统、五臣本系

统、六家本系统、六臣本系统及集注本系统等等,各个版本之间难免交叉影响。至于编辑校订文本方面,因《文选》各个版本互有优劣,难免又互相渗透,在校勘过程中亦难免会出现循环互证甚至前后矛盾的地方。可以说历代传抄翻刻的情况千头万绪、至为复杂。以往研究者在分析文本变迁时,大都侧重于抄本阶段、刻本阶段,而对其间的过渡阶段的分析探讨则显得不够重视。在文本的历史递变过程中,这三个阶段并非独立进行,而是相互交织、交叉影响的。《文选》在长期的传抄过程中,除了因抄写者疏忽而出现的讹脱衍倒等现象外,还有一个非常重要的因素:抄写者或阅读者本人为便于阅读、更好地理解文意等所添加的注文,或别据他本而增的文字,或不明本义,妄为窜改之文字。但是,这些补注或旁记与因抄写失误而在旁边进行的校改补抄(目的是为补充底本或订正讹误)文字,若没有特别说明,表现在抄本上的样貌应该是没有区别的。然而,这样两种完全不同的行为目的将会对第三方抄写者产生同样的影响——无法辨知注本的本来面貌。抄写者自己所增益的旁记、眉上行间所作的补注则往往被误认为原有的注文而传承了下来。兼之多种抄本的交叉影响,距离原貌愈来愈远。如果《文选》的编刻者所参据之底本是这样的一种抄本的话,其所产生的影响将更为深远、巨大,因为刻本的传播更加快速、便易和广泛。所以抄本中的错误,如果编刻者没有发现,或未对其及时纠正的话,无疑会陷后人于迷雾。而今人所见的诸《文选》刻本,可以说是由注家与编刻者共同完成的,是经过编刻者再加工、再创造的,如奎章阁本所附前进士沈严后序所称"今平昌孟氏好事者也,访精当之本,命博洽之士,极加考覈,弥用刊正",下双行小字云"旧本或遗一联,或差一句。若成公绥《啸赋》云:'走胡马之长嘶,回寒风乎壮朔.'又,屈原《渔夫》云:'新沐者必弹冠.'如此之类,及文注中或脱误一二字者,不可备举。咸较史传以续之,字有讹错不协今用者,皆考《五经》、《宋韵》以正之"①。又如秀州州学所称"今将监本《文选》逐段诠次,编入李善并五臣注。其引用经史及五家之书,并检元本出处,对勘写入。凡改正舛错脱剩约二万余处。"②后世刊本叙其校改之处甚多,割裂既时有之,删削殊复不少,进一步导致《文选》异文的增加和版本的复杂化,同时也对古本原貌造成了更大的损坏。

但抄本与抄本之间、抄本与刻本之间、刻本与刻本之间的传承演变关系是相当复杂的,自唐以降,众多《文选》的抄写者、校书者、编刻者也不可避免地对当时流行传世的其他注本有所参考和借鉴、吸纳,择善而从,往往会对《文选》正文和注文进行改动,如尤袤为求"该洽"、"精详",参校群籍,对李善本修改綦多,或误据注文改正文,或别据他本校改,亦有知尤校改而未详所据例,胡氏《考异》"此尤校改"、"此尤据他本"等校语可证,得失互陈,非尽李善本之旧,致使复沓歧互,不相比次。亦有不少原为《钞》、《音决》和陆善经本的用字在刻本中已混为李善或五臣了,距离其原貌愈来愈远。今幸集注本残存,可以覆案,可据之考覈是非,分辨真疑,复其旧貌。

(四) 李善本和五臣本互为参校及合刊,进一步滋生《文选》异文

据现有文献记载,李善注最早进行刊刻似在北宋真宗景德四

---

① 　见韩国奎章阁藏韩国李氏王朝世宗十年(1428)活字翻北宋元祐年间秀州州学编刻六家注《文选》,首尔:正文社影印奎章阁本,1983 年,第 1461 页。

② 　韩国奎章阁藏韩国李氏王朝世宗十年(1428)活字翻北宋元祐年间秀州州学编刻六家注《文选》,首尔:正文社影印奎章阁本,1983 年,第 1462 页。

年,而是时五代孟蜀毋昭裔五臣注《文选》刊板,已由其孙毋克勤上奉朝廷①,国子监编刻者必曾参考是书。又,绍兴辛巳建阳崇化书坊陈八郎本五臣注《文选》,其木记之二为龟山江琪记,内云"琪谨将监本与古本参校考正,的无舛错"②,知亦曾以监本李善注参校③。可知,自宋以降李善本与五臣本刊刻时往往互为参校,难免有淆乱之处。现存诸刻本如监本、尤本、赣州本、明州本、陈八郎本、正德本等多有二者相淆乱的情况可证。对于其间的羼乱情况,大体看来或是形近致讹,或是李善本用字讹为五臣本用字,抑或是五臣本用字讹为李善本用字。自《集注》影印行世以来,方知也有与《钞》、《音决》、陆善经本相淆乱处,纯正的单家注本可能已不存在,要想将诸家注本的原初形态完全恢复,实不太可能。且刊刻时又经各自校改,故异文愈来愈多。大体看来,五臣乱善的情况最为多见,胡氏《考异》亦多言此,意谓因其改窜,致多舛失。如据唐写永隆本残卷和集注本看,李善注本并无正文夹音注的体例形式,而尤本、汲古阁本、胡刻本正文中却保存有大量的音注,其位置几全同于五臣本相应夹注处,可知,所夹音注应是五臣音掺入,不复唐时李善本之旧。并且李善本在唐时传本非一,故其异文资料比较

---

① 《宋史·毋守素传》:"父昭裔,伪蜀丞相。……昭裔性好藏书,在成都令门人勾中正、孙逢吉书《文选》、《初学记》、《白氏六帖》镂板。守素赍至中朝,行于世。大中祥符九年,子克勤上其板,补三班奉职。"见〔元〕脱脱《宋史·世家二·西蜀孟氏》,北京:中华书局,1983 年,第 13894 页。

② 木记全文为:"凡物久则弊,弊则新。《文选》之行尚矣。转相摹刻,不知几家。字经三写,误谬滋多。所谓久则弊也。琪谨将监本与古本参校考证,的无舛错,其亦弊则新与。收书君子请将见行板本比对,便可概见。绍兴辛巳龟山江琪咨闻。"

③ 北宋国子监曾兼有《李善注文选》与《五臣注文选》。至于陈八郎本究竟源自宋监本《五臣注文选》还是宋监本《李善注文选》,学界迄今尚无定论,但多数学人认为其当参据过《李善注文选》,今从之。

复杂。

兼之北宋以降,多取李善注与五臣注合刻,其间遂不免割裂删削,踳驳糅杂,学者亦习焉不察。其校语称李善作某,五臣作某者,类即所见以为标分,非必旧貌果真若是,往往与事实有出入,乖谬不可信从。盖其所见李善本、五臣本后人附益处颇多,已非唐本之旧,极不精审,讹谬多在。否则,徒引现存已经删节窜乱之六臣本与六家本,谓善本即如此,五臣即如此者,究非征实之道。现以卷七十九任彦昇《奏弹刘整》为例,略举如下:如"叔郎整恒欲伤害侵夺"句,六家本校语称"善本作'常'字",而据集注本可知其所参据的李善本就作"恒"字,与五臣本原无不同。"忽至户前,隔箔攘拳大骂,突进屋中"句,六家本校语称"善本无'隔箔'字"、"善本作'房'字",而据集注本可知李善本原有"隔箔"二字无疑,且唐时李善本亦作"屋"字,并无异文,"房"乃后出异字,非李善本旧貌。"整母并奴婢等六人来……分财,以奴教子乞大息寅"句,六家本校记称"善本有'及'字"、"善本作'赋'字",而据集注本"今案:五家本此下云:整及整母并奴婢等六人来……分赋,以奴教子乞大息寅",可知唐时五臣本亦有"及"字,与李善本无异,此乃后出五臣刻本及二家合注本脱漏所致。且"财"亦作"赋"字,与李善本同,"财"字当是后人以臆刊改所致。"刘兄弟二息师利"句,六家本校记称"善本有'整'字",集注本"今案:五家本此下云……刘整兄第二息师利……",可知唐时五臣本此处亦有"整"字,其旧貌与李善本无异,此乃后出刻本脱漏所致。"诸所连逮继应洗之源"句,六家本校记称"善本作'绯'",而据集注本"今案:五家本此下云……诸所连逮绯应洗之源",知唐时五臣本亦作"绯"字,与李善本同。"继"乃后出异字,当为传抄误写。"薛包分财,取其老弱"句,六家本校记称

"善本作'苞'字"。集注本果作"苞"字,无编者校语,知唐时五家本应与李善本同,并无异文。当然此处也不能排除《集注》编者漏校的可能性。"臣等参议,请以见事免整新除官"句,六家本有校语称"善本作'所'字",而据集注本可知,唐时李善本亦作"新"字,不知"所"字何来?"婢采音不款偷车栏龙牵,请付狱测实。宗长及地界职司"句,六家本校记称"善本无'栏'字"、"善本有'其'字",而据集注本"今案:五家本此下云:婢采音不款偷车牵,请付狱测实。其宗长及地界职司",可知唐时五家本亦无"栏"字,有"其"字,与李善本同,只是到了刻本中才衍生出了诸许差异,其间盘错疑互,辗转讹混,由此可窥一斑。且《文选》在五代以前只有抄本流传,在传抄过程中,正如古谚所云"书三写,鲁成鱼,帝成虎",难免有抄错、增益、删节等现象的发生,距离《文选》原初形态愈来愈远。

《集注》中"今案"所标明的各家正文异文当是唐时《钞》、《音决》、五家本及陆善经本的如实呈现。其异文包括异字(词)、增字(词或句)和少字(词或句)三种情况。检《集注》残卷504条"今案",各家注本与李善本的异文及其相互间的异文统计情况分见下表1、2。

表1 诸本与李善本的异文统计表

	《钞》	《音决》	五家本	陆善经本
少字(词或句)	7	0	18	18
增字(词或句)	29	5	40	50
异字(词)	185	146	159	152
总　计	221	151	217	220

表 2　诸本之间异文统计表

	《钞》《音决》	《钞》五家本	《钞》陆善经本	《音决》五家本	《音决》陆善经本	五家本陆善经本
共少字（词或句）	0	2	3	0	0	2
共增字（词或句）	2	9	12	3	3	24
共异字（词）	54	49	43	36	27	51
（共同性）总计	56	60	58	39	30	77

从表 1 看，《钞》、五家、陆善经本与李善本分别有 221 处、217
处、220 处不同，而《音决》则明显少得多，表明《音决》之正文较之
于《钞》、五家本、陆善经本更趋合于李善本，二者撰作时间从理论
上讲应该最为相近，这也与《音决》乃公孙罗所作的推论相符。

从表 2 看，五家与陆善经本最为接近，最为趋同；其次是《钞》
和五家、陆善经本较为趋合；而《音决》与五家、陆善经本差别最大。

结合表 1、表 2 来看，《音决》的撰作时间应该在《钞》之前，与
李善本最为接近，而距离五家本、陆善经本时间较远，故其间所出
现的异文情况最多。出现这种情况，不外乎两种可能：一是《集注》
编者虽大体上依时间先后汇录诸家注本，但并不胶柱鼓瑟，亦有根
据实际需要作权衡机变处，《音决》为《文选》音释集大成者，汇录有
初唐时萧该、曹宪、许淹等诸家音注成果，而当时流行的五家本又
多注音，为免《集注》音注部分过分割裂，故而将《音决》与五家本相
次，且为保持与"书音"体裁的《音决》以类相从、体例统一，五家注
亦先音注，后疏解；二是依据现有史料，不能完全排除《钞》与《音
决》同为公孙罗所作的可能性，故孰先孰后并未依其成书时间严格
标分。而学界对《音决》乃公孙罗所作并无异议，公孙罗与李善生
活时代最为接近，故《音决》与李善本的异文最少，这一点从上文的

统计数据亦可得以佐证。

依据"今案"亦可将诸家注本之间的正文两两对照,其相互间的异文情况如表3所示。

表3 诸家注本之间的异文统计表①

	《钞》《音决》	《钞》五家本	《钞》陆善经本	《音决》五家本	《音决》陆善经本	五家本陆善经本
互少字(词或句)	7	23	23	18	18	34
互增字(词或句)	32	60	67	42	52	66
互异字(词)	277	295	294	269	271	437
(互异性)总计	316	378	384	329	341	386
异文异式/相同例	5.6	6.3	6.6	8.4	11.4	5.0

从表3可以看出,《音决》与陆善经本之间的差异性最大,五家本次之,与《钞》最为趋同。《钞》与《音决》、五家、陆善经本间的差异性悬殊不大。五家、陆善经本间差别最小。

三、"今案"的校勘价值

《集注》因其所参据底本系唐人钞本,相较于诸宋明刻本而言,当最接近《文选》众家注本旧貌,最存李善、五臣之古本旧式,对校勘《文选》白文及注释皆有着无与伦比的重要价值,尤足采据。《集注》编者亲见唐时诸家善本,在编纂过程中颇多考校唐时诸家注本异文,足以发唐宋以来"选学"之秘,亦可藉此研究唐时诸家《文选》写本的差异及其相互间的关系,并在此基础上正本清源。可据之

---

① 统计互异性时应减去二者相对李善本共少字(词或句)、共增字(词或句)、共异字(词)之处。

细绎考求,刊谬理纷,使得各本文字正误豁然彰明。①

现蒐集今见重要版本资料,就《集注》编者"今案"中所出现的异文,博综审谛,字栉句梳,钩稽探索,考信存真,引群书作考证,并将正文与注文互相参考以定其是非取舍,兼探明致误之由,详其所出,使存原本之真,并校勘诸家,一一胪列,纠正其原有的不该有的错误。这样一来,既可避免因各种版本卷帙浩繁、珍稀版本难见以及各种典籍、论著之校勘成果不便检寻所导致的是正正文文字之难,又避免积习为常、坐视各种正文文字讹误流传之弊。从而尽可能地将因李善本、五臣本合刊所导致的增删改易的现象加以纠正。

1. 正五臣本混同李善本而失其旧貌例

(1) 左太冲《三都赋序》"故能居然而辩八方"下,"今案:五家本无'能'字"。而陈八郎本及正德本皆参同李善本,有"能"字,不复唐时五臣本旧貌。且主要依据五臣本正文的奎章阁本,亦有"能"字,无校语。是《集注》所参据的五家本底本有讹误,或是后世刻本皆参同李善本而致,难有定论。但《集注》编者所参据的当为唐人善本,且其校语皆据所见,故后者的可能性最大。

(2) 左太冲《蜀都赋一首》"崤函有帝皇之宅"下,"今案:五家本'有'为'为'"。而陈八郎本及正德本已参同李善本,皆作"有",不复唐时五臣本旧貌。奎章阁本同,无校语。又,"于是乎金城石郭"下,"今案:五家本无'乎'字"。同样,陈八郎本及正德本已参同李善本,皆有"乎",不复唐时五臣本旧貌。奎章阁本、明州本亦有"乎",无校语。又,"觞以醇清,鲜以紫鳞"下,"今案:《音决》'醇'为

---

① 可参常思春《〈文选集注〉残卷于〈文选〉正文校勘价值例证》,见《中国文选学》(第六届文选学国际学术研讨会论文集),北京:学苑出版社,2007 年。

'缥'"。不云他本有异,知唐时五家本应与李善本同,而陈八郎本、正德本及奎章阁本、明州本等"醽清"皆乙为"清醽",案:集注本李善曰:"醽,酒之碧色者。"(诸宋刻本均脱此注)"清"即清酒。"醽清"与"紫鳞"对文,集注本是,诸宋明刻本皆以臆改。

(3)左太冲《吴都赋一首》"而吾子言蜀都之富"下,"今案:五家本'吾'为'公'。"知唐时五家本"吾子"作"公子"。正德本参同李善本作"吾子",失其旧貌。陈八郎本改窜更甚,将"吾子"之"吾"讹为"吴"字,盖形近致讹。在勘校过程中发现,有多处诸本无误独陈八郎本有讹的情况出现,如"草则藿蒳豆蔻"下,"今案:《音决》'豆'为'荳'"。不云五家本有异,正德本及奎章阁本、明州本等皆保持了唐时五家本旧貌,独陈八郎本参同《音决》,作"荳"字。可知陈八郎本作为坊间刻本仍有值得商榷、不足为据的地方。另,陈八郎本配补部分乃主要依据六臣本中的校语"五臣同善注"而作的复原,小不同处均略而不提,错漏情况更是比比皆是,如陆士衡《汉高祖功臣颂一首》"销印慧废,推齐劝立"下,陈八郎本"良曰:推齐销印,驱致越信",此乃抄自李善注"班固《汉书》述张良曰:推齐销印,驱致越信。"却将"张良"误为五家之"刘良",很是滑稽不类。其抄配质量由此可见一斑。

(4)左太冲《吴都赋一首》"异荂蓲蕣"下,"今案:五家本'蕣'为'菁'。"而陈八郎本、正德本及奎章阁本、明州本等皆混同李善本,作"蕣"字,不复唐时五家本旧貌。值得注意的是,检集注本张铣注:"异荂蓲蕣,言育植草木多也。"亦作"蕣"字无异,故此乃《集注》编者误校,抑或是抄者误写,不得而知。又,"狖鼯果然,腾趠飞超"下,"今案:五家本'趠'为'逴'。"而陈八郎本、正德本及奎章阁本、明州本等皆参同李善本,作"趠"字,不复唐时五家本旧貌。又,

"其竹则筼筜林于"下,"今案:五家本无'其'字"。而存世诸五臣刻本及六臣本出五臣本之奎章阁本、明州本等,皆已混同李善本,有"其"字,不复唐时旧貌。

（5）左太冲《吴都赋一首》"梢云无以踰,解谷弗能连"下,"今案:五家本'踰'为'喻'"。而陈八郎本、正德本及奎章阁本、明州本等皆混同李善本,作"踰"字,不复其旧。又,"所以跨跱焕炳万里也"下,"今案:五家本无'也'字"。而诸五臣刻本及六臣本出五臣本,皆有语助词"也",亦非唐时五臣本旧貌。

（6）陆士衡《赠冯文黑一首》"分索古所悲,志士多苦心"下,"今案:五家本无此二句也"。而陈八郎本、正德本等五臣单注本及以五臣本为底本的奎章阁本、明州本等并参同李善本,均将此二句添入正文,不复唐时五臣本旧貌。依五臣本注此诗之惯例:每二句诗后,均有五臣注文,唯此两句各本均无一字注解,颇为可疑,亦从反面印证了《集注》编者案语正确无误。陈八郎本木记之二龟山江琪记云:"琪谨将监本与古本参校考正,的无舛错。"知曾以监本李善注参校,可能因此发生淆乱。此处唯赖《集注》得窥五家本之旧貌,尤为珍贵。

（7）谢灵运《南楼中望所迟客一首》"即事怨睽携,感物方悽戚"下,"今案:《钞》、五家、陆善经本'戚'为'感'"。而陈八郎本、正德本及六臣本出五臣本之奎章阁本、明州本等皆已参同李善本,并作"戚"字,不复唐时五臣本之旧貌。值得注意的是,古钞无注三十卷本《文选》作"感"字,与唐时五家、陆善经本相合。

（8）谢灵运《石门新营所住四面高山回溪石濑修竹茂林一首》"萋萋春草繁"下,"（脱"今"字）案:五家本'春'为'青'"。而陈八郎本及正德本已参同李善本,并作"春"字,不复唐时五臣本旧貌。

又，"庶持乘日用"下，"今案：五家本'持'为'恃'"。不云《钞》、《音决》、陆善经本有异。可知，此字唐时应只存在李善本作"持"、五臣本作"恃"两种情况。而后出诸本发生了很大变化：监本、汲古阁本作"特"；奎章阁本作"持"，校记称"善本作'特'字"；《四部丛刊》影宋本亦作"特"，称"五臣作'持'"。可知，宋时李善本和五臣本系统已经淆乱：原本是李善本的"持"误为五臣本，而后出李善本中出现的"特"字盖为"持"之误，二字形近致讹。尤本、胡刻本得其真，作"持"，盖尤袤校改是矣（但尤本却将"日用"讹为"日车"）。陈八郎本和正德本并作"持"，不作"恃"，不复唐时五臣本旧貌。

（9）谢玄晖《直中书省一首》"兹言翔凤池"下，"今案：《钞》、五家本'兹'为'丝'"。而陈八郎本及正德本已与李善本无异。又"聊恣山泉赏"下，"今案：五家本'赏'为'响'"。而陈八郎本及正德本已参同李善本，并作"赏"字，已不同于唐时五臣本。

（10）谢玄晖《和王著作八公山诗一首》"仟眠起杂树"下，"今案：《音决》、五家、陆善经本'仟'为'阡'"。陈八郎本及明州本存唐写五臣本旧貌。而奎章阁本曾以监本参校，当以李善本改，正德本承其讹。案：集注本李善注"《楚词》曰：远望兮仟眠。"《楚辞·九怀》正作"仟"字，当以李善本为是。

（11）鲍明远《代君子有所思一首》"西出登雀台"下，"今案：《钞》、《音决》、五家本'出'为'上'也"。可见，唐时"上"字流传范围要较"出"字为广。二字皆通，以对仗看，"上"为胜。而陈八郎本、正德本及奎章阁本、明州本皆参同李善本，作"出"字。此条藉《集注》得知五臣本之旧。

（12）江文通《杂体诗三十首·张黄门苦雨协》"燮燮凉叶夺"下，"今案：《音决》、五家本'夺'为'脱'也。"而陈八郎本、正德本及奎章阁本、明州本等皆参同李善本,作"夺"字,不复唐时五臣本旧貌。

（13）宋玉《招魂一首》"经堂入奥,朱尘筵些"下,"今案:五家本无此上两句。"而陈八郎本、正德本及奎章阁本、明州本等皆有此二句,不复唐时之旧貌。值得注意的是,以上诸本若仅是因参据李善本而增此二句的话,不当有五臣对此二句所作的注解,那么到底是《集注》编者所参据的五家本与今传五臣刻本并非同一系统,还是诸五臣刻本参考李善本所作的权变,现在还难下定论,但据现有文献资料校勘,后者的可能性更大一些。又"竽瑟狂会"下,"今案:五家本'狂'为'并'"。而诸五臣刻本及六家本皆混同李善本,并作"狂"字,不复唐时五臣旧貌。据尤本注称"狂,犹并也"。

（14）曹子建《七启八首》"于是盛以翠樽,酌以雕觞"下,"今案:五家本'以'为'此'"。而陈八郎本、正德本及奎章阁本、明州本等皆已参同李善本,并作"以"字,不复五臣旧貌。又,"符采照烂"下,"今案:五家本'采'为'彩'"。而诸五臣刻本及六家本亦皆参同李善本,作"采"字。又,"辞未及终"下,"今案:五家本无'及'字"。而诸五臣刻本及以五臣为底本之奎章阁本、明州本等皆有"及"字,不复唐时五家旧貌。盖秀州本将二者合并时,此处行文采用李善本而未加说明所致,他本承其讹。

（15）曹子建《求自试表一首》"言不以贼遗于君父"下,"今案:五家本'以'为'能'"。而陈八郎本、正德本及奎章阁本、明州本等皆已混同李善本,并作"以"字。案:以文义审之,作"以"胜。又,"臣窃感先帝早崩"下,"今案:《钞》、五家本无'臣'字"。而陈八郎本、正德本及奎章阁本、明州本等皆已混同李善本,并有"臣"字。

（16）沈休文《奏弹王源一首》"满奋身殒西朝,胤嗣殄没,武秋之后,无闻（东）晋"下,"今案:五家本'闻'为'声'"。而陈八郎本、正德本及奎章阁本、明州本等皆混同李善本，并作"声"字，不复唐时五家旧貌。

（17）孙子荆《为石仲容与孙皓书》"稜威奋代，罙入其阻"下，"今案：五家本'稜'为'积'；'罙'为'弥'"。古钞无注三十卷本、陈八郎本、正德本"罙"（陆善经曰："罙，古深字也。"）果作"弥"。（陈八郎本"代"作"伐"，盖形近致误）且奎章阁本、明州本亦作"弥"字。《四部丛刊》影宋本校记亦称"五臣作弥"，皆无误。只是集注本编者案语所指出的"五家本'稜'为'积'"，而诸五臣刻本及六家本皆已混同李善本，并作"稜"字，不复唐时五家本旧貌。

（18）赵景真《与嵇茂齐书一首》"犹怀恋恨"下，"今案：《钞》、《音决》、五家本'恨'为'恨'"。而陈八郎本、正德本及奎章阁本、明州本等并作"恨"字，混同李善本，不复唐时五家旧貌。

（19）范蔚宗《后汉书皇后纪论一首》"八十一女御，以备内职焉"下，"今案：五家本无'内'字也"。而陈八郎本、正德本及奎章阁本、明州本等并混同李善本，有"内"字，不复唐时五家旧貌。以文义审之，有"内"字为是。又，诸刻本"女御"皆互乙。

2. 正李善本混同五臣而失其旧貌例

（1）左太冲《吴都赋一首》"旁魄而论，抑非大人之所壮观也"下，"今案：五家本'论'下有'都'字"。监本、尤本、胡刻本皆参同五家本，"论"下有"都"字，不复唐时李善本原貌。案：胡氏《考异》曰："何校称潘稼堂末云：'都'字衍，涉下'论都'而误。今案，所说是也。旁魄而论，与上'握龊而筭'偶句，各四字，不当偏赘一字。"[1]

_____

[1] 〔南朝梁〕萧统编，〔唐〕李善注：《文选》（附《文选考异》十卷），北京：中华书局（影印清嘉庆十四年胡克家刻本），1977 年，第 854 页。

当从胡氏之说。此句上有"握龊而筭,顾亦曲士之所叹也"①,以对偶句式论,当无"都"字为是。盖监本以五臣乱善,他本承之。王念孙《读书杂志·余编下》认为此句当有"都"字,且据刘逵注"言筭量蜀地,亦是曲僻之士"(汲古阁本、胡刻本有此句),认为上句"握龊而筭"之下,当有"地"字。以文义审之,此说欠当,"筭"非"筭地","论"非"论都"之意甚明。且王氏所据之刘逵注,亦并非刘逵原注,不过是后人行间所记之语,不足为据。而陈八郎本、正德本及奎章阁本、明州本、《四部丛刊》影宋本等,"都"下皆衍出"邑"字,不复唐时五家本旧貌。

(2)左太冲《吴都赋一首》"安可以丽王公而著风烈也"下,"今案:五家本'丽'为'俪'"。监本与集注本同,作"丽"字。而尤本以五臣乱善。胡刻本承其误。案:"风烈",集注本李善曰:"《春秋考异邮》曰:后虽殊世,风烈犹合于持方。宋均曰:持方,受命者姓名也。"而监本、尤本、胡刻本皆作"风烈,已见《南都赋》"。可知,李善注不重见体例如"其异篇再见者,并云已见某篇",在早期写本中并未严格执行,只是在刻本中才逐渐完备起来。又,"独未闻大吴之巨丽乎"下,"今案:五家家(衍字)、陆善经本'独'上有'子'字"。而监本、尤本、胡刻本皆参同五臣本,不复唐时李善本旧貌。盖监本以五臣乱善,他本承之。又,"刷盪猗澜"下,"今案:《钞》、《音决》、五家本'猗'为'漪'"。而监本、尤本、胡刻本皆参同五臣本,均作"漪"字,不复唐时李善本旧貌。

(3)左太冲《吴都赋一首》"光色炫晃,芬馥肸响"下,"今案:五

---

① 《集注》编者案语称:"五家本'顾'为'固'。"尤本保持李善本旧貌,而监本则已参同五臣本,作"固"字。此种情况笔者在勘校过程中多有所见,可知尤本虽曾参鉴过监本,但亦应有所本,有古本为据。

家本'响'为'響'"。监本、尤本、胡刻本皆参同五臣本,均作"響"字,不复唐时李善本旧貌。盖监本以五臣乱善,他本承之。又,"此之自兴"下,"今案:诸本'兴'为'与'"。诸李善刻本亦皆混同五臣本,并作"与"字,不复其旧。

(4) 陆士衡《答贾长渊一首》(陈八郎本、奎章阁本、明州本作《答贾谧一首》)"今案"中有 11 条分别注明五家、陆善经本有"其一"、"其二"、"其三"、"其四"、"其五"、"其六"、"其七"、"其八"、"其九"、"其十"、"其十一"等标识。将此诗划分为十一部分,今陈八郎本、奎章阁本、明州本确有此标记。由集注本编者案语可知,其所参据的李善本并无此类标识,而今传李善刻本如尤本、胡刻本等皆混同五臣本,有此许字样。值得注意的是,《集注》编者亦作如是处理,其标注方法同于五家、陆善经本。据此可知,《集注》虽以李善本为底本,但并不胶柱鼓瑟,若他本有可采之处,则便宜行事。但凡有违李善本之处,皆加以注明。

(5) 潘安仁《为贾谧作赠陆机一首》,集注本残,缺后十六句。残卷中共存"今案"三条,分别为:"《钞》、五家、陆善经有其一";"五家、陆善经有其二也矣";"《钞》、五家、陆善经有其五"。知五家、陆善经本此诗的处理方法同陆士衡《答贾长渊一首》一样,以八句为科段,残卷共存九个部分,除"其九"后的注文缺略,《集注》编者明确指出的只有三处,缺漏三处,且第一和第三条均有《钞》,独第二条无,很可能是漏录,"今案"之粗略由此可见一斑。《集注》编者将"其一"、"其二"、"其三"、"其四"、"其五"、"其六"、"其七"、"其八"、"其九"直接标注于诗句正文下方,其处理方法合于五家、陆善经本。而尤本、胡刻本已参同五臣本,均有此标识,已与唐写李善本不同。这种情况还有潘正叔《赠陆机出为吴王郎中令一首》,可参看。

　　(6) 鲍明远《乐府八首·苦热行》"生躯陷死地"下,"今案:五家、陆善经本'陷'为'蹈'也"。敦煌写卷法藏 P.2554 与集注本同。五臣刻本存其旧貌,如陈八郎本及奎章阁本、明州本皆作"蹈"字可证。而尤本、胡刻本却已混同五臣本,作"蹈"字,不复唐时李善本之旧。另外,《四部丛刊》影宋本、《乐府诗集》卷六一、《太平御览》卷三四、《四部丛刊》初编影毛斧季校宋本《鲍氏集》卷三所录亦与五臣本合,并作"蹈"字。自宋以降,李善本与五臣本刊刻时往往互为参校,难免有淆乱之处。此条赖集注本得正其讹。同样,《乐府八首·升天行》"翩翩类回掌","今案"云:"五家、陆善经本'翩翩'为'翩(疑脱翻字)'也"。尤本、胡刻本亦作"翩翩",以五臣乱善。李匡乂《资暇录》"非五臣"条讥五臣妄为改窜,云:"其改字也,至有'翩翻'对'恍惚',则独改'翩翻'为'翩翩',与下句不相收。"由集注本知,是李匡乂张冠李戴,所讥非人了。

　　(7) 陆士衡《挽歌诗三首》"揔辔顿重基"下,"今案:五家、陆善经本'揔'为'结'"。而尤本、胡刻本却皆参同五臣本,作"结"字,不复"揔"字之旧。可见刻本中五臣乱善的情况绝不在少数。《集注》相较于诸宋刻本来说,当最近李善本旧貌,其版本及校勘价值很高。又,"重阜何崔嵬,玄庐窀其间"下,"今案:《音决》、五家、陆善经本以此篇为第三也"。可知唐时《文选》诸本,除李善本和《钞》外,皆将此篇视作第三篇。尤本存李善本之旧,仍将其作第二篇,但胡刻本已将其置换。胡氏《考异》云:"流离亲友思。袁本、茶陵本此一首在'重阜何崔嵬'一首之前。案:尤所见不同,以文义订之,当倒在上。且此句与第一首末句相承接,尤非,二本是也。"①

---

　　① 〔南朝梁〕萧统编,〔唐〕李善注:《文选》(附《文选考异》十卷),北京:中华书局(影印清嘉庆十四年胡克家刻本),1977 年,第 924 页。

胡氏虽以文义将之序次颠倒以订正之，却非李善本的旧貌。

（8）谢惠连《捣衣诗一首》"栏高砧响发"下，"今案：诸本'栏'为'槛'"。监本、尤本、胡刻本亦作"槛"字，不复唐写李善本旧貌。盖监本以五臣乱善，他本承之。日本古钞无注三十卷本亦作"槛"字，与唐时五家本同。

（9）谢灵运《田南树园激流殖（应为"植"误写）楥一首》"养痾亦园中"下，"今案：五家、陆善经本'亦'为'丘'"。陈八郎本、正德本及奎章阁本、明州本等果作"丘"字，古钞无注三十卷本与之同。而尤本已参同五臣本，作"丘"字，但监本、胡刻本并作"亦"字，胡氏《考异》亦未注明缘由。而逯钦立《先秦汉魏晋南北朝诗》、吴淇《六朝选诗定论》和黄节《谢灵运诗注》皆作"亦"字，与集注本同。以诗意看，作"亦"为是。

（10）谢玄晖《始出尚书一首》篇题下，"今案：《音决》、五家、陆善经本'书'下有'省'字"。而监本、尤本、胡刻本皆混同五臣本衍出"省"字，不复唐时李善本旧貌。古钞无注三十卷本亦有"省"字，与五家本合。

（11）江文通《杂体诗三十首·王侍中怀德粲》"严风吹苦茎"下，"今案：五家、陆善经本'苦'为'枯'"。诸五臣刻本如《集注》编者所言，皆作"枯"字，存其旧貌。古钞无注三十卷本与唐时五家、陆善经本相合，作"枯"字。而监本、尤本、胡刻本皆讹作"若"。案：集注本李善注引贾逵《国语注》曰："苦，木脆也。"（诸宋刻本皆讹作"若，木晚也"）"若"盖为"苦"之误，二字形近致讹。集注本独得其真。

（12）江文通《杂体诗三十首·左记室咏史思》"王侯贵片义"下，"今案：五家、陆善经本'义'为'议'也"。而监本、尤本、胡刻本均合于五臣本,皆作"议"字。盖监本以五臣乱善,他本承之。又《刘太尉伤乱琨》"饮马出城豪"下,"今案:诸家本'豪'为'濠'"。而监本、尤本、胡刻本皆已参同五臣本,作"濠"不作"豪"。同样,《殷东阳兴瞩仲文》"蕙色出乔树"下,"今案:《钞》、五家、陆善经本'蕙'为'惠'"。而监本、尤本、胡刻本皆作"惠"字,盖监本以五臣乱善,他本承之。又古钞无注三十卷本作"蕙"字,与集注本同。

(13)宋玉《招魂一首》"离谢修幕"下,"今案:五家、陆善经本'谢'为'榭'。"奎章阁本作"榭"字,无校语,是所采监本与五臣本同,尤本、胡刻本等当承监本而来,皆已混同五臣本,作"榭"字,不复唐时旧貌。案:《说文·言部》"谢"篆段玉裁注云:"经典无'榭'字,只作'谢'。《释宫》:'无室曰榭。'转写俗字也,木部不录。"依段氏说,则集注本独存李善注之旧。且陆德明《经典释文》"榭"字多有"谢"字之或本①。又,"兰膏明烛,华雕错些"下,"今案:《音决》、五家本'雕'为'镫'"。奎章阁本作"雕"作"镫"字,无校语,是所采监本与五臣本同。尤本、胡刻本亦作"镫"字,不复其旧。盖监本以五臣乱善,他本承之。

(14)曹子建《七启八首》"倚峻岑而嬉游"下,"今案:诸本'岑'为'岩'"。奎章阁本作"岩"字,无校语,是所采监本与五臣本同。《四部丛刊》影宋本校记称"五臣作岩"。尤本、胡刻本亦混同五臣本,"岑"作"崖"(岩、崖同),盖监本以五臣乱善,他本承之。又,"玄微子曰:吾子倦世,探隐拯沉,不远遐路,行见光临"下,"今案:诸本'子'下有'整身'二字"。奎章阁本"子"下有"整身"二字,无校语,

---

① 如《春秋经·宣公十六年》"成周宣榭灾",陆氏所据本《公羊传》及《左氏传》皆作"谢"字,《谷梁传》虽作"榭"字,亦有作"谢"字之或本。

是所采监本与五臣本同。尤本、胡刻本均有"整身"二字,盖承监本而来,以五臣乱善。抑或是抄本误加。据《钞》注"古本无此'整身'两字",可证《集注》编者所据正是李善注古本,故只有集注本存其旧,得其真。又,"九流之冕,散曜垂文"下,"今案:《钞》、《音决》、五家本'流'为'旒'也"。奎章阁本作"旒"字,无校语,是所采监本与五臣本同。尤本、胡刻本亦作"旒"字,不复唐时李善本旧貌。盖监本以五臣乱善,他本承之。

（15）任彦昇《宣德皇后令一首》"辩折天口,而似不能言"下,"今案:五家'折'为'析'"。知唐时只有五家本作"析"字。而监本却以五臣乱善,尤本、胡刻本承其讹。

（16）王元长《永明九年策秀才文三首》"水旱有待其无迁"下,"今案:五家、陆善经本'其'为'而'"。监本、尤本、胡刻本"其"皆作"而",盖监本以五臣乱善,他本承之。又,"朕式昭前经"下,亦是此种情况,"今案:《钞》、五家、陆善经本'昭'为'照'"。而诸李善刻本亦皆参同五臣本,作"照"字,不复唐时李善本旧貌。

（17）曹子建《求自试表一首》"臣闻士之生世"下,"今案:《钞》、五家本发首有'臣植言'三字"。而监本、尤本、胡刻本等发首皆有"臣植言"三字,不复唐时旧貌。又,"故慈父不能爱无益之子,仁君不能畜无益之臣"下,"今案:五家、陆善经本下'益'为'用'"。监本、尤本、胡刻本已混同五臣本,并作"用"字。盖监本以五臣乱善,他本承之。当然也不排除此乃后人据《三国志》曹植本传所作的校改。案:《三国志》与《艺文类聚》卷五十三《治政部下》所引皆同于五家、陆善经本。又,"终军以妙年使越,占缨其王,羁致北阙"下,"今案:五家本'越'下有'欲得'二字;'缨'下有'缨'字。陆善经本'越'下有'欲'字。又两本'占'为'长'"。而监本、尤本、胡刻本等皆混同五臣本,作"欲得长缨占其王",有"欲得"二字。《四部丛刊》影宋本同,其校记称"五臣占作缨"。正德本及以五臣为底本的奎章阁本、明州本皆作"欲得长缨缨其王",保持了唐时五家本旧貌。值得注意的是,陈八郎本却与监本相合,下"缨"作"占"字。据李善注"占,谓自隐度也","占缨其王"简约而义顺,当为正,古钞无注三十卷本与集注本同。"欲得长缨占其王","占"已含"欲"字之义,使得字义冗复,"占其王"似不辞。又,"此二臣岂好为本主而燿俗哉"下,"今案:五家本'俗'上有'世'字。而监本、尤本、胡刻本等皆已参同五家本,"俗"上有"世"字,不复其旧。又,"今臣居非不厚也"下,"今案:五家本'居'下有'外'字"。古钞无注三十卷本与集注本同。而监本、尤本、胡刻本等"居"下皆有"外"字,盖监本以五臣乱善,他本承之。又,"熒烛末光"下,"今案:五家本'熒'为'螢'"。诸李善刻本皆混同五臣本,并作"螢"字。又,"是以敢冒其愧而献其忠"下,"今案:《钞》、五家本'愧'为'醜'"。诸李善刻本亦皆混同五臣本,非唐时旧貌。古钞无注三十卷本与集注本同,作"愧"字。

　　(18)曹子建《求通亲亲表一首》"伏自惟省,无锥刀之用"下,"今案:《钞》、五家、陆善经本'伏'上有'臣'字之也"。古钞无注三十卷本、监本、尤本、胡刻本等"伏"上皆有"臣"字,不复唐时李善本旧貌。盖监本以五臣乱善,他本承之。当然也不排除此乃后人据《三国志》曹植本传所作的校改。又,尤本、胡刻本"惟省"二字讹作"思惟",或据《群书治要》卷二十六《魏志下》所录曹植《求通亲亲表》"臣伏自思惟"而校改。又,"无"前衍出"岂"字,有可能是尤袤所据李善古本与监本不同而致,当然也不排除尤袤本人臆改的可能性。

（19）任彦昇《奏弹曹景宗一首》"使猬结蚁聚，水草有依"下，"今案：《钞》'使'上有'致'字。五家、陆善经本为'故'"。而尤本、胡刻本已参同五臣本"使"作"故"字，不复唐时李善本旧貌。奎章阁本无校语，是所采监本与五臣本同。盖监本以五臣乱善，他本承之。又"而退师延头，自贻亏衄"下，"今案：《钞》、五家本'头'为'颈'"。而尤本、胡刻本已参同五臣本作"颈"字，不复唐时李善本旧貌。

（20）任彦昇《奏弹刘整一首》"谨案齐故西阳内史刘寅妻范诣台诉……侵夺分前奴教子当伯"下，"今案：《钞》、五家本此下云：'并已入众。以钱婢姊妹弟温，仍留奴自使。又夺寅息逿婢绿草，私货得钱，并不分逿。'陆善经本省却此下至'息逿'"。由此条案语可知，唐时只有《钞》和五臣本将"并已入众……并不分逿"等 32 字羼入正文，今存陈八郎本、正德本及以五臣本为底本的奎章阁本、明州本等的确将之作正文处理，但是三条家藏旧钞本五臣注《文选》（据《东方文化丛书》影印本）对此 32 字加上"⌐"，以示异本所无。值得注意的是，《四部丛刊》影宋本、尤本、胡刻本等亦将此许文字阑入正文，当是编刻者参据五臣本以致淆乱。

（21）任彦昇《奏弹刘整一首》"寅第二庶息师利……整便打息逿"下，"今案：五家本此下云：整及整母并奴婢等六人来，……如法所称，整即主"。由编者案语可知五臣本正文多此 688 字，不云他本有异。李善本、陆善经本等多在注文中或多或少地援引本状文字加以疏释，以与弹文相应。今存陈八郎本、正德本及以五臣为底本之奎章阁本、明州本等果作正文处理。但《四部丛刊》影宋本、尤本、胡刻本等亦将此许文字阑入正文（此处 668 字，李善无一字注解），致使其文体例乖谬不伦。更为奇怪的是，奎章阁本、明州本、

《四部丛刊》影宋本、尤本、胡刻本等此后均有"善曰：昭明删此文太略，故详引之，令与弹相应也"一条注文，而集注本无，当为后人所加，非李善原注。古钞无注三十卷本与集注本同，亦无"五家本此下云"等内容。明州本在"整便打息遶"之"遶"字右下旁，朱笔书曰"已下家本无之"；"如法所称整即主"之"主"字右下旁，朱笔书曰"已下家本有之"，以示其所据校之家本中亦无此 688 字，与集注本合。可知，集注本当最得李善本旧貌。据日人佐竹保子考察，从"并已入众"至"整即主"之 811 字皆为萧统所删而李善补回者，即今人所见到的《奏弹刘整》一文已不复是萧统《文选》原貌，亦非任昉别集之原作，而集注本所采正文当最接近萧统《文选》的原貌。

（22）繁休伯《与魏文帝笺一首》"能喉转引声"下，"今案：五家本'转'为'啭'"。而尤本、胡刻本已参同五臣本"转"作"啭"字，不复唐时李善本旧貌。奎章阁本亦作"啭"字，无校语，是所采监本与五臣本同。盖监本以五臣乱善，他本承之。

（23）陈孔璋《答东阿王笺一首》"然《东野》《巴人》蚩鄙益着"下，"今案：《钞》、五家、陆善经本'然'下有'后'字"。古钞无注三十卷本与《钞》、五家、陆善经本相同。尤本、胡刻本等已混同五臣本"然"下皆有"后"字，不复唐时李善本旧貌。奎章阁本亦有"后"字，无校语，是所采监本与五臣本同。盖监本以五臣乱善，他本承之。

（24）嵇叔夜《与山巨源绝交书一首》"阮嗣宗口不论人，吾每师之"下，"今案：五家本'吾'上有'过'字"。古钞无注三十卷本与五家本同。尤本、胡刻本等已混同五臣本"吾"上皆有"过"字，不复唐时李善本旧貌。奎章阁本亦有"过"字，无校语，是所采监本与五臣本同。盖监本以五臣乱善，他本承之。"口不论人"，言不论人善恶是非，以文义审之，无"过"字胜。又，"万机缠其心"下，"今案：五家本'万机'为'机务'"。古钞无注三十卷本与五家本同。尤本、胡刻本等已混同五臣本"万机"作"机务",不复唐时李善本旧貌。奎章阁本亦作"机务",无校语,是所采监本与五臣本同。盖监本以五臣乱善,他本承之。又,"若吾多困,欲离事自全"下,"今案:五家本'困'上有'病'字"。古钞无注三十卷本与五家本同。尤本、胡刻本等已混同五臣本"困"上有"病"字,奎章阁本亦有"病"字,无校语,是所采监本当与五臣本同。盖监本以五臣乱善,他本承之。

(25)孙子荆《为石仲容与孙皓书一首》"小战江由,成都自溃"下,"今案:五家本'由'为'介'字"。知唐时只有五家本"江由"作"江介"。而古钞无注三十卷本与五家本同。尤本、胡刻本等已混同五臣本"由"作"介"字,不复唐时李善本旧貌。奎章阁本亦作"介"字,无校语,是所采监本与五臣本同。盖监本以五臣乱善。案:集注本李善注引"《魏志》曰:景元四年,使征西将军邓艾、镇西将军钟会伐蜀。艾自阴平先登,至江由,蜀卫将军诸葛瞻列阵待艾,艾遣子惠、唐亭侯忠等大破之,斩瞻,进军到洛"。对"小战江由"疏释甚详。且《钞》曰:"江由,地名也。"可知诸刻本作"江介"误。又尤本、胡刻本又改李善注引《魏志》"至江由"为"至江介西"(今《魏志》作"至江由"),奎章阁本亦如是,无校语,盖监本亦同,使得正文、注文皆讹,此条唯集注本得其正。又,"夫虢灭虞亡,韩并魏从"下,"今案:《钞》、五家、陆善经本'从'为'徙'"。古钞无注三十卷本与集注本同。而尤本、胡刻本已皆混同五臣本作"徙"字,不复唐时李善本旧貌。奎章阁本亦作"徙"字,无校语,是所采监本与五臣本同。盖监本以五臣乱善,他本承之。当然也不排除此乃据《晋书·孙楚传》"夫韩并魏徙,虢灭虞亡"而作的改动,只"虢灭虞亡"置之于后,似非孙文原貌。又,"崇城遂卑,文王退舍"下,"今

案:五家本'遂'为'自'"。古钞无注三十卷本与集注本同。而尤
本、胡刻本已混同五臣本"遂"作"自"字。奎章阁本作"自",其校记
称"善本作'遂'字",知监本与尤本不同,仍作"遂"字。《四部丛刊》
影宋本亦作"遂"字,校记称"五臣作'自'字",盖此又是监本与尤本
所据李善古本不同之明证。

　　(26) 陈孔璋《檄吴将校部曲文一首》"则洞庭无三苗之虚"下,
"今案:五家、陆善经本'虚'为'墟'"。而尤本、胡刻本已混同五臣
本作"墟"字,不复唐时旧貌。奎章阁本亦作"墟"字,无校语,是所
采监本与五臣本同。盖监本以五臣乱善,他本承之。又,"唱祸始
乱"下,"今案:《音决》、五家本'唱祸'为'猖(阙,依奎章阁本添)獗'
也"。古钞无注三十卷本"唱祸"作"猖祸"。尤本、胡刻本皆与五臣
本同,作"猖獗"二字。奎章阁本亦作"猖獗",无校语,是所采监本
与五臣本同。盖自监本以五臣乱善。又,"气高志远,似若无前"
下,"今案:五家本'前'为'敌'"。古钞无注三十卷本与集注本同。
尤本、胡刻本皆已混同五臣本,作"敌"字。奎章阁本亦作"敌"字,
无校语,是所采监本亦与五臣本相同。案:集注本李善注中有"《汉
书》元后诏曰:运独见之明,奋无前之威"之注解,则正文当为"无
前"无疑。盖监本以五臣乱善,他本承之。

　　(27) 陈孔璋《檄吴将校部曲文一首》"悉与丞相参图策画,折
冲诸难,芟敌褰旗"下,"今案:诸本'策画'为'画策';'褰'为'搴'。
又,五家本'诸'为'讨'"。古钞无注三十卷本正文与集注本同。尤
本、胡刻本皆已混同五臣本,"策画"作"画策","褰"作"搴","诸"作
"讨",而与唐时李善本相违。奎章阁本无校语,是所采监本与五臣
本同,盖监本以五臣乱善,他本承之。

　　(28) 司马长卿《难蜀父老一首》"非常之先,黎民惧焉"下,"今

案：五家本‘先’为‘原’”。尤本、胡刻本皆与五臣本相淆乱，作“原”字。奎章阁本亦作“原”，无校语，是所采监本与五臣本同。盖监本以五臣乱善，他本承之。古钞无注三十卷本亦作“原”，与唐时五臣本相合。

（29）王元长《三月三日曲水诗序一首》“纲帷宿置，帟幕宵悬”下，“今案：《钞》、五家本‘纲’为‘缇’也”。敦煌写卷法藏 P.2543 与集注本同。古钞无注三十卷本与《钞》、五家本同。监本、尤本、胡刻本及《四部丛刊》影宋本皆与五臣本相混并作“缇”字，不复唐时李善本旧貌。盖监本以五臣乱善，他本承之。

（30）王子渊《圣主得贤臣颂一首》“以是呕喻受之”下，“今案：《钞》、五家本‘以是’为‘是以’”。古钞无注三十卷本与《钞》、五家本同。监本、尤本、胡刻本及《四部丛刊》影宋本皆与五臣本相混，将二字互乙，不复唐时李善本旧貌。盖监本以五臣乱善，他本承之。又，“昔周公躬吐捉之劳”下，“今案：五家本‘捉’为‘握’”。古钞无注三十卷本与集注本相同。而诸李善刻本亦皆参同五臣本“捉”并作“握”字。

（31）陆士衡《汉高祖功臣颂一首》“马樊辔殆，不释拥树”下，“今案：诸本‘樊’为‘烦’”。而监本、尤本、胡刻本及《四部丛刊》影宋本皆作“烦”，与五臣本相混。

（32）夏侯孝若《东方朔画赞一首》“乐在必行，处俭罔忧”下，“今案：诸本‘俭’为‘沦’”。敦煌写卷法藏 P.2833《文选音》作“伦”字。古钞无注三十卷本、监本同集注本。而尤本、胡刻本并作“沦”字，以五臣乱善。

（33）袁彦伯《三国名臣序赞一首》“故人之而后显”下，“今案：《钞》、五家本‘人’为‘久’”。而监本、尤本、胡刻本“人”并作“久”，混同五家本。盖监本以五臣乱善，他本承之。

（34）干令昇《晋纪总论》"至于公刘，遭夏人之乱"下，"今案：五家本'夏'为'狄'也"。《毛诗·大雅·公刘篇》毛传、郑笺及《晋书·孝愍帝纪》引此文均作"夏"。古钞无注三十卷本与集注本同。监本、尤本、胡刻本及赣州本并参同五臣本，作"狄"字，不复唐时李善本之旧。今藉集注本非只可据正诸宋刻李善本之误谬，兼可明其误之由来也。

（35）干令昇《晋纪总论》"功列于百王"下，"今案：五家、陆善经本'列'为'烈'也"。而监本、尤本、胡刻本及赣州本等皆参同五臣本，作"烈"字，不复唐时李善本之旧。

（36）范蔚宗《后汉书皇后纪论一首》"宫备七国，爵列八品"下，"今案：诸本'宫'为'官'"。监本、尤本、胡刻本及《四部丛刊》影宋本并作"官"字，皆已混同五臣本，不复唐时李善本之旧。古钞无注三十卷本亦作"官"字。案："官备七国"与"爵列八品"相对，当为"官"，集注本所用李善注本误。

（37）王子渊《四子讲德论一首》"苟有至道，何必介绍？夫子曰：咨！夫特达而相知者，千载之一遇也；绍贤而处友者，众士之常路也"下，"今案：五家本下'绍'为'招'也"。古钞无注三十卷本正文与集注本同。监本、尤本、胡刻本及《四部丛刊》影宋本并以五臣乱善，作"招"字。又，"今子执分寸而罔意度"下，"今案：《钞》、五家本'意'为'億'也"。古钞无注三十卷本与集注本同。而诸李善刻本皆与五臣本相淆乱，作"億"字，非唐时李善之旧。又，"愿三生亦勿疑"下，"今案：五家本'三'为'二'"。古钞无注三十卷本与五家本同。监本、尤本、胡刻本及《四部丛刊》影宋本并以五臣乱善，"三"作"二"，非李善本旧貌。"三生"即上文所指微斯文学、浮游先生、陈丘子，作"二生"非是。又，"悷怆子弟之累首"下，"今案：五家本'累'为'缧'也"。《钞》曰："累，系也，谓边远之子弟为人累系其首而为奴婢也。又作累匿。"诸刻本并作"缧匿"，监本、尤本、胡刻本及《四部丛刊》影宋本并以五臣乱善，作"缧"字，非李善本旧貌。古钞无注三十卷本同集注本。又，"上下无怨，民用和澳"下，"今案：五家本'澳'为'睦'也"。而监本、尤本、胡刻本及《四部丛刊》影宋本皆作"睦"字，盖监本以五臣乱善，他本承之。又，"收秋于奔狐驰兔"下，"今案：五家本'于'为'则'"。古钞无注三十卷本与集注本同。而诸李善刻本皆混同于五臣本，作"则"字。又，"敬遵所闻，未赳单焉"下，"今案：《钞》、《音决》、五家本'单'为'殚'也"。同样，古钞无注三十卷本与集注本同。而诸李善刻本皆与五臣本相淆乱，"单"并作"殚"。盖监本以五臣乱善，他本承之。

　　(38)潘安仁《汧马督诔一首》"全数百万之积"下，"今案：五家、陆善经本'万'下有'石'字"。古钞无注三十卷本与集注本同。而监本、尤本、胡刻本及《四部丛刊》影宋本"万"下皆有"石"字，盖监本以五臣乱善，他本承之。又，"妒之期善"下，"今案：五家、陆善经本'期'为'欺'"。而诸李善刻本皆与五臣本相屦乱作"欺"字，不复唐时之旧。又，"贪娄群狄，豺虎竞逐"下，"今案：《钞》、五家、陆善经本'贪娄'为'娄娄'"。古钞无注三十卷本亦作"娄娄"。同样，诸李善刻本皆与五臣本相混，"贪娄"并作"娄娄"。又，"木石匮竭，萁芊空虚"下，"今案：《钞》、《音决》、五家本'芊'为'稈'"。此处诸李善刻本亦与五臣本相混，盖监本以五臣乱善，他本承之。

　　(39)颜延年《阳给事诔一首》"卒无半叔，马实拑秣"下，"今案：诸本'叔'为'菽'"。敦煌写卷法藏 P.3778 此处与唐时诸本相同，不与集注本相合。而监本、尤本、胡刻本及《四部丛刊》影宋本

"叔"皆作"菽"字,盖监本以五臣乱善,他本承之。

(40) 蔡伯喈《陈太丘碑文一首》"含光醇德,为士作呈"下,"今案:《钞》、五家本'呈'为'程'"。而监本、尤本、胡刻本及《四部丛刊》影宋本"呈"皆作"程"字,盖监本以五臣乱善,他本承之。

另范蔚宗《后汉书·皇后纪论一首》"闺房肃雍,险诐不行者也"句,古钞无注三十卷本与集注本同。而据《集注》编者案语称"诸本'诐'为'谒'也",知唐时只有李善本作"诐"字,五家本同他本一样同作"谒"字,而诸李善刻本如监本、尤本、胡刻本等皆混同于唐时五家本,作"谒"字,非李善本之旧。值得注意的是,诸五臣刻本如陈八郎本、正德本以及以五臣本为底本之奎章阁本、明州本并作"诐"字,皆合于唐时李善本,非五家本之旧。奎章阁本校记称"善本作险谒字",明州本亦称"善本作谒字",而《四部丛刊》影宋本校记称"五臣作险诐",由《集注》编者案语可知宋刻本完全将李善本与五臣本弄颠倒了。同样,李善本与五臣本互为颠倒的情况还有王子渊《四子讲德论一首》"偃息乎《诗》、《书》之门"句,"今案:《钞》、《音决》、五家本'偃息'下有'匍匐'二字也"。而监本、尤本、胡刻本与唐时五家本一样,"偃息"下皆有"匍匐"二字,奎章阁本、明州本、《四部丛刊》影宋本校记亦皆称"善本有匍匐二字",非李善本之旧。而正德本及以五臣本为底本之奎章阁本、明州本皆与唐时李善本同,并无"匍匐"二字。恰与《集注》编者所见唐时李善、五臣二本相反。独陈八郎本"偃息"下有"匍匐"二字,保持了五臣旧貌。考胡绍煐《文选笺证》"何氏焯曰:或以上'怠者欲罢不能偃息'分句;一本无'匍匐'字,'偃息'连下读,与'游观'句对。王氏念孙曰:'匍匐'二字后人所加;'偃息乎诗书之门'、'游观乎道德之域'皆以七字为句,五臣本无'匍匐'二字。绍煐按:'匍匐'二字后人无缘以加,且与‘门’字义贯。细玩此节语意,当是‘匍匐乎诗书之门’句,而‘偃息’属上。[1]”其说当可信从。

3. 正诸刻本混同《钞》、《音决》、陆善经本例

(1) 左太冲《蜀都赋一首》“俶傥罔已”下,“今案:《音决》‘俶’为‘倜’”。不云他本有异,而监本、尤本、胡刻本及奎章阁本等皆混同《音决》,并作“倜”字。

(2) 左太冲《吴都赋一首》“玮其区域”下,“今案:《钞》、《音决》‘玮’为‘伟’”。不云他本有异,知唐时五臣本与李善本同,俱作“玮”字。尤本、胡刻本皆作“玮”字,无误。独监本和《四部丛刊》影宋本参同《钞》、《音决》作“伟”字,《四部丛刊》影宋本校记称“五臣本作玮”,是。胡氏《考异》称尤本作“玮”字乃“此以五臣乱善”,据集注本编者案语可知此乃胡氏误判。诸宋刻五臣本及六家本皆保持了唐时原貌。

(3) 左太冲《吴都赋一首》“王鲔侯鲐”下,“今案:《音决》‘侯’为‘鯸’”。后世刻本无论是李善本系统的监本、尤本、胡刻本,还是五家本系统之陈八郎本、正德本,抑或是合注本系统之奎章阁本、明州本、《四部丛刊》影宋本皆参同《音决》,作“鯸”字,不复唐时李善本及五家本旧貌。案:集注本刘逵曰:“鯸鲐鱼,状似科斗虫,大者长尺余,腹下白,背上青黑,有黄文,性有毒,虽小獭及大鱼不敢啖也。蒸煮啖之,肥美。豫章人珍之。”王鲔、侯鲐等皆水族,故诸刻本皆参据刘逵注而改正文。又,“狖鼯果然,腾趠飞超”下,“今案:《钞》、《音决》‘果’为‘猓’。”后世刻本中无论是李善本系统的监本、尤本、胡刻本,还是五家本系统之陈八郎本、正德本,抑或是合

[1] 〔清〕胡绍煐:《文选笺证》,合肥:黄山书社,2007年,第854页。

注本系统之奎章阁本、明州本、《四部丛刊》影宋本，皆混同《钞》及《音决》，不复唐时旧貌。

（4）左太冲《吴都赋一首》"其竹则篔当林于"下，"今案：《钞》'当林于'从（疑为作）'竹篍䈽'"。诸李善刻本如监本、尤本、胡刻本后两字皆与《钞》相合，作"篍䈽"，不复其旧。集注本编者案语又称"《音决》'当'为'筜'"，后世李善刻本及五臣刻本皆与《音决》相合，作"筜"字。

（5）左太冲《吴都赋一首》"梻叶无荫"，"今案：《钞》、陆善经本'荫'为'阴'。"后世诸李善刻本如监本、尤本、胡刻本皆混同《钞》与陆善经本，并作"阴"字，不复唐时李善本旧貌。又，"临青壁，係紫房"下，"今案：《钞》、《音决》'係'为'系'"。诸李善刻本亦皆作"系"字，混同《钞》与《音决》。又，"渊客慷慨而泣珠"下，"今案：《音决》'慷'为'忼'"。不云五家本有异，知唐时五家本当与李善本同，作"慷"字，而后世诸五臣刻本如陈八郎本、正德本及六臣本出五臣之奎章阁本、明州本等皆作"忼"字，《四部丛刊》影宋本校记亦称"五臣本作忼"，知诸宋刻五臣本已皆参同《音决》正文，不复其旧貌。

（6）左太冲《吴都赋一首》"卞射壶博"下，"今案：《音决》'卞'为'抃'"。后世刻本则异字迭出，淆乱不堪，诸李善刻本如监本、尤本、胡刻本皆讹作"拚"字，诸五臣刻本及六家本皆混同《音决》，作"抃"字，二者皆不复唐时旧貌。又，"拔揄属镂"下，"今案：五家本'揄'为'投'"。果然，诸五臣刻本及奎章阁本、明州本等皆作"投"字无异，而诸李善刻本则讹误多出，监本讹作"抚"，尤本、胡刻本讹作"扶"。而《四部丛刊》影宋本则作"扶"，校记称"五臣本作拔投"。

（7）曹子建《赠徐幹一首》"积久德俞宣"下，"今案：《钞》'俞'为'愈'"。不云他本有异，而后出各本则淆乱不堪，异字迭出。尤本、胡刻本及《四部丛刊》影宋本（校记称“五臣作愈”）皆讹为“逾”；陈八郎本、奎章阁本、明州本、正德本等已参同《钞》，并作“愈”字。《小尔雅·广诂》：“愈，益也。”《淮南子·原道训》高诱注曰：“逾，益也。”三字皆通，“愈”、“逾”后出，《集注》存其旧。

　　（8）陆士衡《为顾彦先赠妇二首》“翻飞游江汜”下，“今案：《钞》、《音决》、陆善经本‘浙’（当为‘游’字误写）为‘浙’”。不云五家本有异，知应与《集注》所参据之李善本同，现存陈八郎本及正德本皆作“游”字可证。而奎章阁本、明州本、《四部丛刊》影宋本校记却称“善本作浙”，尤本、胡刻本果作“浙”字。是唐时某李善钞本已参同《钞》、《音决》或陆善经本发生异变。当然也不能排除监本、尤本所参据的李善本与集注本的底本不同的可能性。胡氏《考异》云：“袁本、茶陵本有校语云‘游’善作‘浙’。今案：各本所见皆非也。详善但引‘江有汜’为注，而不注‘浙江’，是‘江汜’联文，非‘浙江’联文。盖亦作‘游’，与五臣无异，传写误也。”[1]其说与集注本暗合。今由集注本可知，唐时李善本原作“游”字无疑。

　　（9）谢灵运《田南树园激流植援一首》“园中屏氛杂”下，“今案：《钞》、陆善经本‘园中’为‘中国’（‘国’当为‘园’字之误）也”。知五臣本当与李善本同，并无异文。今存陈八郎本、正德本及奎章阁本、明州本等并作“园中”可证。逯钦立《先秦汉魏晋南北朝诗》、吴淇《六朝选诗定论》及黄节《谢灵运诗注》皆与之同。而古钞无注三十卷本、监本、尤本、胡刻本却作“中园”，不合于集注本。是李善本刊行时参录《钞》、陆善经本而致讹，抑或《集注》编者虽以李善本

---

　　① 〔南朝梁〕萧统编，〔唐〕李善注：《文选》（附《文选考异》十卷），北京：中华书局（影印清嘉庆十四年胡克家刻本），1977 年，第 916 页。

为底本,但亦有自己裁断,若李善本正文不及他人注本用字妥帖
(此诗多用顶真格,"园中"显然要胜于"中园"),即采他本正文,但
并不注明李善本异文所致,现在还难以骤下结论。又,"靡迤趋下
田"下,"今案:《钞》'曰'(曰当为田字,形近致讹)作'岫'"。可知,
唐时只有《钞》有异文,其他注本皆与李善本同,作"田"字,以和篇
题相照应,且"岫"字于诗意也解不通。古钞无注三十卷本、逯钦立
《先秦汉魏晋南北朝诗》、吴淇《六朝选诗定论》及黄节《谢灵运诗
注》皆与集注本同。而陈八郎本、正德本及以五臣本为底本的奎章
阁本、明州本等却并作"岫",知五臣本在长期传抄过程中除了和李
善本相淆乱的情况,亦曾参考他本,和《钞》相羼乱。

(10)谢玄晖《和伏武昌登孙权故城一首》"歌梁想遗转"下,
"今案:《音决》'转'为'啭'也"。可知唐时五家本应与李善本无异,
并作"转"字,而陈八郎本、正德本及奎章阁本、明州本等皆作"啭",
不复唐写五臣本旧貌。可知,五臣刻本不仅和李善本相淆乱,同时
对他本如《音决》等也有所吸纳。

(11)谢玄晖《和徐都曹一首》"桑榆阴道周"下,"今案:陆善经
本'阴'为'荫'"。而以五臣本为底本的奎章阁本却讹从陆善经本
作"荫"字,陈八郎本从五臣古本,作"阴"。可知奎章阁本所据之
平昌孟氏本有可能与陈八郎本所参据之五臣底本不同。

(12)江文通《杂体诗三十首》篇题下,"今案:以后十三首《钞》
脱。又《音决》、陆善经本有序,因以载之也"。可知,《集注》所参据
之李善本原无此序文,李善不收,原是萧统《文选》旧式。而《集注》
编者并不严格依循李善本之旧,而是综合参稽,形成一个互补的完
整体系,故以他本添入正文。监本、尤本、胡刻本存李善本旧貌,并
未将此序阑入正文。而陈八郎本及正德本皆参同《音决》和陆善经

本,亦不复唐时五臣本旧貌。值得注意的是,古钞无注三十卷本亦录序全文。他如奎章阁本、明州本等亦载此序文,与《音决》及陆善经本相合,但二本皆在序下用小字注"善本序与此同,仍简略更不录",不知何据。又明州本此序置于"古别离"①之后,更是不伦。《四部丛刊》影宋本引有序文但无注语,与奎章阁本、明州本不同。

（13）屈平《离骚经一首》篇题下,"今案:此篇至《招隐》篇,《钞》脱也。五家有目而无书。陆善经本载序曰:《离骚经》者,屈原之所作也。……此序及《九歌》、《九章》等序并王逸所作"。可知,《集注》编者当时未能见到《钞》及五家本《文选》中《离骚》一文的具体行文情况,但在"今案"之前,尚有《音决》作者所下的"案"语,称"序不入或并录后序者皆非",据此可推知,《音决》亦当将此序文（当为王逸《楚辞章句序》）阑入正文,为何编者只提到陆善经本载有此序文,殊是难解。李善本中将此序节略而引,在其注文中提到"序曰:《离骚经》者,屈原之所作也。屈原与楚同姓,仕于怀王,为三间（此二字字右标有两点,以示当删）大夫。同列大夫上官、靳尚妬害其能,共谮毁之,王乃流屈原,屈原乃作《离骚经》,不忍以清白久屈浊世,遂赴汨渊自沉而死"。尤本、胡刻本此序的处理方法与集注本同。而奎章阁本、明州本皆将"序曰"前的"李善曰"三字删去,并将之置于篇题下所标注的"王逸注"之下。此序乃王逸所作无疑,但是是李善将之节略而引于注文之中的,六家本的这种处理方法,很容易陷后人于迷雾,使人误以为此序仅此几句而已,此藉集注本而得清其源、正其本。又,据《集注》编者称此篇"五家有目

① 北宋监本、尤刻本、胡刻本、《四部丛刊》影宋本篇题作"古离别";奎章阁本、明州本作"古别离",其校记称"善本作'古离别'",《四部丛刊》影宋本称"五臣作'古别离'"。

而无书",其"今案"亦确不曾提及五家本行文用字情况,无法与后世诸五臣刻本相勘校,故避而不论。

（14）屈平《离骚经一首》"周论道既莫差"下,"今案:陆善经本'既'为'而'"。而尤本、胡刻本已参同陆善经本,并作"而"字,不复唐时李善本之旧。又,"继之以日夜"下,"今案:陆善经本'继'上有'又'字"。而尤本、胡刻本已参同陆善经本,皆有"又"字,不同于唐时旧貌。

（15）宋玉《招魂一首》"致命于帝,然后得眠些"下,"今案:《音决》、陆善经本'眠'为'瞑'"。而尤本、胡刻本已参同《音决》与陆善经本,并作"瞑"字,不复唐时李善本之旧。奎章阁本、明州本校记称"逸本作瞑字",故亦不排除此乃尤袤参据王逸本《楚辞章句》而作勘改的可能性。又,"溪谷径复"下,"今案:陆善经本'溪'为'川'"。诸五臣刻本及六家本均保持唐时旧貌,作"溪"字,而诸李善刻本如尤本、胡刻本等皆参同陆善经本,并作"川"字,不复其旧貌。又,"有六博些"下,"今案:《音决》'博'为'簙'也"。而尤本、胡刻本则已混同《音决》,作"簙"字。奎章阁本、明州本校记称"逸本作簙字",《四部丛刊》影宋本校记称"五臣作博"。同前两处的分析一样,或是《音决》中所采录的《楚辞》篇章与王逸本较为相近,或是尤袤参据王逸本《楚辞》而作的勘改。

（16）曹子建《七启八首》"背洞溪,对芳林"下,"今案:《钞》、《音决》、陆善经本'溪'为'壑'"。而陈八郎本、正德本及奎章阁本、明州本等皆已参同《钞》、《音决》及陆善经本,并作"壑"字,不复唐时旧貌。明州本校记称"善本作溪",故诸李善刻本皆保持其旧貌,但奎章阁本校记却称"善本作泆字",不知何据,很有可能是二字形近致讹,因监本此部分残缺,故无以印证。又,"金墀玉箱"下,"今案:《钞》、《音决》、陆善经本'箱'为'廂'"。后世留存的诸五臣刻本仅陈八郎本保持了古本旧貌,而奎章阁本作"廂"字,已混同《钞》、《音决》与陆善经本,正德本承之。《四部丛刊》影宋本校记亦称"五臣作廂"。又,"载金摇之熠燿"下,"今案:《音决》'燿'为'烁'"。不云他本有异。而诸五臣刻本及奎章阁本、明州本等六家本已皆混同《音决》,不复唐时五家旧貌。《四部丛刊》影宋本校记称"五臣燿作烁",实际上唐时"燿"作"烁"字的仅《音决》一家,此乃后世五臣刻本与他本相淆乱而致。

(17)王元长《永明九年策秀才文三首》"自萌俗浇弛"下,"今案:《钞》、《音决》'萌'为'氓'"。由此可知唐时五家本当与李善本同作"萌"字。陈八郎本保持古本旧貌,而奎章阁本则作"氓"字,盖秀州本所据五臣古本已参同《钞》与《音决》,正德本承其讹。

(18)诸葛亮《出师表一首》"愿陛下托臣以讨贼兴复之效;不效,则治臣之罪,以告先帝之灵。责攸之、祎、允等之咎,以章其慢",此处语句于义有阙,颇为难解。集注本"今案:陆善经本'等'下曰'以补阙,兴德之言不言则戮允等'"。由此句义豁然开朗,畅然可解。监本、尤本、胡刻本正文除"等"下无"之"字外,全同集注本。皆有李善注"《蜀志》载亮《表》云:若无兴德之言,则戮允等以章其慢。今此无上六字,于义有阙,误矣(监本无'矣'字)"。(集注本无此条李善注)奎章阁本亦有此条李善注,其校记称"善本等下无之字,彰作章",明州本、正德本正文与奎章阁本一样全同集注本。而陈八郎本却作"……先帝之灵,若无兴德之言则戮允等以章其彰(应为'慢'字误写)",很可能其参据的五臣古本与秀州本不属一个系统,二者有所偏差。但也不排除是因参据监本李善注而作出的修改。《四部丛刊》影宋本正文亦作"……先帝之灵,若无兴德之言则戮允等以章其慢",校记称"五臣作'责攸之、祎、允等咎,以彰其慢'",与监本、尤本、胡刻本等皆不同,应是参据李善注而改正文。

(19)曹子建《求自试表一首》"将挂风人彼记之讥"下,"今案:《音决》'记'为'己'"。而后世无论是李善刻本如监本、尤本、胡刻本,还是五臣刻本如陈八郎本、正德本,抑或是合注本如奎章阁本、明州本、《四部丛刊》影宋本等皆已混同《音决》,"记"并作"己",不复唐时李善本和五家本旧貌。

(20)任彦昇《奏弹刘整一首》"臣等参议……悉以法制从事"下,"今案:《钞》、陆善经本'罚'为'治'。五家本此下云:婢采音不款偷车牵,请付狱测实。其宗长及地界职司,初无纠举,及诸连逮,请不足申尽"。由此案语可知,唐时只有《钞》和陆善经本"罚"为"治"字,李善本及五臣本"罚"字无异,古钞无注三十卷本亦与集注本同。而今明州本、赣州本、奎章阁本、尤本、陈八郎本、胡刻本等皆作"治"字,已非李善本和五臣本旧貌。且只有五家本正文多出的这35字,在后出李善注刻本中亦皆阑入正文,失其旧貌。

(21)杨德祖《答临淄侯笺一首》"修死罪"下,"今案:《钞》、陆善经本'死罪'下又有'死罪'两字"。而尤本、胡刻本已参同《钞》与陆善经本,"死罪"二字重复,知李善本除和五臣本相淆乱外,对他本如《钞》、陆善经本等亦有所参鉴吸纳。

(22)繁休伯《与魏文帝笺一首》"謇姐名唱"下,"今案:《钞》、《音决》'唱'为'倡'"。而后世无论是李善本系统之尤本、胡刻本,还是五臣本系统之陈八郎本、正德本,抑或是合注本系统之奎章阁本、明州本、《四部丛刊》影宋本等皆已混同《钞》与《音决》,并作"倡",不复唐时李善本和五家本旧貌。

(23)嵇叔夜《与山巨源绝交书一首》"而人间多事,推案盈机"

下，"今案:《钞》'推'为'堆'也"。而后世无论是李善本系统之尤本、胡刻本，还是五臣本系统之陈八郎本、正德本，抑或是合注本系统之奎章阁本、明州本、《四部丛刊》影宋本等皆已混同《钞》，皆作"堆"，不复唐时李善和五家旧貌。

（24）赵景真《与嵇茂齐书一首》"若乃顾景中原"下，"今案:《钞》、陆善经本'景'为'影'"。而监本（奎章阁本作"景"字，校记称"称善本作影字"）、尤本、胡刻本皆作"影"字，与《钞》、陆善经本相合。又，"岂能与吾同丈夫之忧乐者哉"下，"今案:《钞》'丈'上有'大'字"。而后世无论是李善本系统之尤本、胡刻本，还是五臣本系统之陈八郎本、正德本，抑或是合注本系统之奎章阁本、明州本、《四部丛刊》影宋本等皆已混同《钞》，"丈"上有"大"字，不复唐时李善和五家旧貌。古钞无注三十卷本亦有"大"字。

（25）陈孔璋《檄吴将校部曲文一首》"皇中羌僰"下，"今案:《钞》、《音决》'皇'为'湟'"。而后世无论是李善本系统之尤本、胡刻本，还是五臣本系统之陈八郎本、正德本，抑或是合注本系统之奎章阁本、明州本、《四部丛刊》影宋本等皆已混同《钞》与《音决》，作"湟"字，不复唐时李善本和五家本旧貌。

（26）王元长《三月三日曲水诗序一首》"令问令望"下，"今案:《钞》、《音决》'问'为'闻'"。监本此处漫漶难辨，奎章阁本无校语，盖所采监本与五臣本同作"问"字，《四部丛刊》影宋本亦如是。但尤本、胡刻本已与《钞》、《音决》相混，作"闻"字，不复唐时旧貌。又，"序伦正俗"下，"今案:陆善经本'序'为'厚'"。敦煌写卷法藏P.2543、古钞无注三十卷本与集注本同。监本、尤本、胡刻本"序"作"厚"字，与陆善经本相混。

（27）王子渊《圣主得贤臣颂一首》"龙兴而致云"下，"今案:陆善经本'云'下有'气'字。古钞无注三十卷本与集注本同。而监本、尤本、胡刻本及《四部丛刊》影宋本"云"下皆有"气"字,混同于陆善经本,不复唐时李善本旧貌。

(28)史孝山《出师颂一首》"五曜宵映,素灵夜叹"下,"今案:陆善经本此下有'皇运来授,万宝增焕'二句"。知唐时李善本与五臣本皆无此二句。古钞无注三十卷本、奎章阁本(其校记称"善本有皇运来授,万宝增焕二句")皆无此二句,与集注本同。正德本亦保持唐时五家本旧貌,无此二句。《四部丛刊》影宋本校记亦称"五臣无此二句"。陈八郎本此处为抄补,不足为据。而监本、尤本、胡刻本皆混同陆善经本,皆有"皇运来授,万宝增焕"八字,但均无李善注文,盖监本妄增,他本承之。

(29)陆士衡《汉高祖功臣颂一首》"舒汉披楚,唯生之绩"下,"今案:《音决》'舒'为'纾'"。敦煌写卷法藏 P.2833《文选音》中亦作"纾"字。奎章阁本、明州本校记皆称"善本作纾字",已非唐时旧貌,果然监本、尤本、胡刻本及《四部丛刊》影宋本皆作"纾",与《音决》相混。

(30)夏侯孝若《东方朔画赞一首》"游方之外者已"下,"今案:《钞》、陆善经本为'已'(案:二字互乙)'也'"。古钞无注三十卷本亦作"也"字,与《钞》、陆善经本相同。而正德本及以五臣为底本的奎章阁本、明州本皆混同《钞》、陆善经本作"也"字,《四部丛刊》影宋本校记亦称"五臣已作也"。只有陈八郎本保持了唐时五家旧貌,作"已"字。

(31)袁彦伯《三国名臣序赞一首》"不患弘道难,遭时难;遭时不难,遇君难"下,"今案:陆善经本下'不'为'匪'"。案:《晋书·文苑·袁宏传》亦作"匪难",与陆善经本相合。而监本、尤本、胡刻本皆已混同陆善经本下"不"作"匪"字,非唐时李善本旧貌。胡氏《考异》云:"袁本、茶陵本'匪'作'不'。案:此所见不同也。"又,"夫仁义不可不明"下,"今案:《钞》'可'下有'以'字"。知唐时五家本应与李善本相同,无"以"字为是。而诸五臣刻本皆混同《钞》,《四部丛刊》影宋本校记亦称"五臣有以字",不复唐时五家本旧貌。又,"刘后授之无疑心,武侯受之无惧色"下,"今案:《钞》、陆善经本'受'为'处'"。古钞无注三十卷本与集注本同。而监本、尤本、胡刻本及《四部丛刊》影宋本皆与《钞》、陆善经本相同"受"作"处"字,奎章阁本、明州本校记亦皆云"善本作处字",不复唐时李善本旧貌。又,"夫一人之身,所昭未异"下,"今案:陆善经本'昭'为'照'"。而监本、尤本、胡刻本及《四部丛刊》影宋本皆作"照"字,与陆善经本相混。甚至于五臣刻本之陈八郎本亦作"照"字,当是受监本影响。又,"仲翔高亮,性不和物"下,"今案:《钞》'高'为'贞'"。而陈八郎本、正德本及六家本之奎章阁本、明州本,皆作"贞"。《四部丛刊》影宋本校记亦称"五臣作贞",混同于《钞》,不复唐时五家本旧貌。

(32)干令昇《晋纪总论一首》"而天命昭显,文武之功,起于后稷"下,"今案:《钞》、陆善经本'下'为'命'也(案:疑当作'命'为'下')"。而陈八郎本、正德本及六家本之奎章阁本、明州本"命"皆作"下",《四部丛刊》影宋本校记亦称"五臣作下",混同于《钞》与陆善经本,不复唐时五家本旧貌。又,"于天下三分有二,犹以服事殷"下,"今案:陆善经本'于'下有'是'字也"。知唐时只有陆善经本"于"下有"是"字,李善本无,古钞无注三十卷本与集注本同。而监本、尤本、胡刻本均有"是"字,且奎章阁本、明州本校记亦皆称"善本有是字",知诸李善刻本已皆混同于陆善经本,不复唐时李善本旧貌。而五臣所校，乃见已误之本，非李善本原如是。又，"察庾纯、贾充之事"下，"今案：陆善经本'事'为'争'"。不云他本有异，知唐时五家本应作"事"字，与李善本同，而诸五臣刻本如陈八郎本、正德本及六家本之奎章阁本、明州本"事"并作"争"，《四部丛刊》影宋本校记亦称"五臣作争"，皆混同于陆善经本，不复唐时五家旧貌。当然也不排除后人据《晋书》校改的可能性，如胡氏《考异》称："何校'事'改'争'。茶陵本云'五臣作争'，袁本云'善作事'。案：《晋书》所载作'争'。"茶陵本校者云"五臣作争"实大谬不然，袁本袭其误。又邱棨鐊《唐写卷子本〈文选集注〉第九十八卷校勘记》云："以善注引干《纪》文度之，亦当以'事'字为胜，今本作'争'，是宋以后刊者依《晋书》改。"①

（33）王子渊《四子讲德论一首》"是以每歌之，不知老之至也"下，"今案：《钞》、陆善经本'至'上有'将'字也"。而后世无论是李善本系之监本、尤本、胡刻本，还是五臣本系之陈八郎本、正德本，抑或是合注本系之奎章阁本、明州本、《四部丛刊》影宋本等皆已混同《钞》与陆善经本，"至"上有"将"字，不复唐时李善本和五家本旧貌。又，"江海不为多"下，"今案：《钞》、陆善经本'不'下有'以'字也"。诸刻本中无论是李善单注本系统，还是五臣单注本系统，抑或是二家合注本系统，皆与《钞》、陆善经本相淆乱，"不"下有"以"字，非唐时李善本和五家本之旧。又，"鲧鳣并逃，九罭不以虚"下，"今案：陆善经本'以'下有'为'字"。古钞无注三十卷本与集注本同，诸宋明刻本无论是李善本、五臣本，还是二家合注本等皆混同陆善经本，"以"下有"为"字。

---

① 邱棨鐊：《文选集注研究》，台北："文选学"研究会，1978 年，第 85 页。

（34）潘安仁《夏侯常侍诔一首》"贤良方正，征为太子舍人"下，"今案：《钞》、陆善经本'征'下有'仍'字"。古钞无注三十卷本有"仍"字。监本与集注本同。尤本、胡刻本皆与《钞》与陆善经本相合，"征"下有"仍"字，非李善本旧貌。

（35）蔡伯喈《陈太丘碑文一首》"会遭党事，禁固二十年"下，"今案：《钞》、《音决》'固'为'锢'"。陈八郎本保持唐时五家本旧貌，作"固"字。而正德本及六家本之奎章阁本、明州本皆作"锢"字，且《四部丛刊》影宋本校记亦称"五臣本作锢字"，可知诸五臣刻本已混同于《钞》、《音决》。又，"将军吊祠，锡以嘉谥"下，"今案：《钞》、陆善经本'将'上有'大'字"。古钞无注三十卷本与集注本同。而监本、尤本、胡刻本"将"上皆有"大"字，奎章阁本、明州本校记亦可证此，与《钞》、陆善经本相淆乱，非唐时李善本之旧。

（36）王仲宝《褚渊碑文一首》"可谓婉而章，志而晦者矣"下，"今案：陆善经本'章'上有'成'字"。古钞无注三十卷本与集注本同。而监本、尤本、胡刻本皆与陆善经本相淆乱，有"成"字。明州本校记亦称"善本有成字"，非唐时李善本之旧。"成"字当是据李善注引《左氏传》"婉而成章"而增。

此外，集注本编者案语疏漏、阙校之处亦多在，兹举数例如下：

（1）卷八左太冲《三都赋序》"而论者莫不诋讦其研精，作者大底举为宪章"下，"今案：《钞》、陆善经本无'不'字"。不云他本有异，而《音决》："许，如字。或为'讦'，居谒反者，非也。"可知《音决》正文"讦"作"许"字，且明言"讦"字非。盖《集注》编者漏校。

（2）卷八左太冲《蜀都赋一首》"中流相忘"下，无校语。而《音决》："望，协韵，音忘。或作'忘'，非。"可知《音决》明言作"忘"者非，盖其正文"忘"当作"望"字，盖《集注》编者漏校。

（3）同上篇"市廛所会，万商之渊"下，无校语。而《钞》曰："廛，市物廓舍也。所放邸者皆来会合也。郑司农曰：廛，市中空地也。"可知，《钞》作"廛"字，与李善本不合，盖《集注》编者漏校。

（4）同上篇"列隧百重，罗肆巨千"下，无校语。《音决》："队，音遂。"以及李周翰注"队，市中道也"之注解，可知《音决》及五家本正文当作"队"字，盖《集注》编者漏校。

（5）同上篇"蹑五岘之寒产"下，无校语。而《音决》："岘，武江反。陈武作岘，音厖。或作岘，音兀，非。"《音决》既明言作"岘"为非，盖其正文不作"岘"无疑，《集注》编者漏校。

（6）卷九左太冲《吴都赋一首》"握龌而筭，顾亦曲士之所叹也"下，"今案：五家本'顾'为'固'"。未及其他异文，而据《音决》"龌，于角反；龊，楚角反"及张铣注"龌龊，局小貌"，可知《音决》与五家本正文并作"龌龊"，与李善本用字不同，盖《集注》编者漏校。

（7）同上篇，"芒芒甐甐，慌罔奄欻。神化翕忽，函幽育明"下，"今案：《音决》'芒'为'茫'"。未云他本有异，而据《钞》"茫茫甐甐，慌惘奄欻，言自然翕忽，不可为形像也。又云：茫茫，海气也。翕忽，急疾之貌。含幽，谓内暗也"之注解，可知，《钞》正文与《音决》一样"芒"作"茫"。此外，"罔"作"惘"，"函"作"含"，盖《集注》编者漏校。

（8）同上篇，"岛屿绵邈，洲渚凭隆"下，无校语。而据《音决》："凭，皮冰反。或为'凭'，非也。"可知，《集注》编者脱漏"今案：《音决》'凭'为'凭'"之校语。

（9）同上篇，"杂插幽屏"下，无校语，而据《钞》曰："臿者，居贮也。"另，《音决》："属，之欲反。或作'屏'，必静反，非。"知《钞》正文"插"似当为"臿"者，即便此点稍嫌牵强，《音决》"屏"为"属"字当属无疑,盖《集注》编者漏校。

(10) 同上篇,"都辇毂而四奥来暨"下,"今案:《音决》'奥'为'隩'"。不云他本有异。案:《钞》曰:"四隩,四方之远居也。"可知,《钞》亦似作"隩"字,盖《集注》编者漏校。

(11) 同上篇,"果布辐凑而常然,致远流离与珂珬"下,"今案:《决音》(二字互乙)'凑'为'辏'"。不云他本有异,而据《钞》注"琉璃,珠名,青色,鲜明洞彻"可知,其正文"琉璃"二字与李善本"流离"不同,盖《集注》编者漏校。

(12) 卷四十八陆士衡《答贾长渊一首》"及子栖迟,同林异条"下,无校语。而据《钞》注"毛公云:栖迟,犹息也,谓就鲁国也",可知《钞》正文当作"栖迟",与李善本不同,盖《集注》编者漏校。

(13) 卷四十八潘正叔《赠陆机出为吴王郎中令一首》"乃渐上京,乃仪储宫"下,"今案:五家、陆善经本'乃'为'羽'"。不云他本有异,而据《钞》注"言为羽仪于太子宫也",似亦当作"羽"字,盖《集注》编者漏校。

(14) 卷五十九谢玄晖《和王著作八公山诗一首》"东限琅琊台,西距孟诸陆"下,无校语,而据《音决》"瑘,音郎"可知,其正文作"瑘琊",与李善本不同,盖《集注》编者漏校。

(15) 卷五十九谢玄晖《和王主簿怨情诗一首》"掖庭聘绝国,长门失欢宴"下,无校语,而据《音决》"娉,匹政反"可知,其正文与李善本"聘"字不同,作"娉"字,盖《集注》编者漏校。

(16) 卷六十一刘休玄《拟古二首·拟行行重行行》"卧觉明灯晦,坐见轻纨缁"下,无校语,而据《音决》"镫,或作灯,同,音登"可知,其正文与李善本"灯"字不同,作"镫"字,盖《集注》编者漏校。

(17) 卷六十一范彦龙《效古一首》"迟留法未轻"下,无校语。

案:李善曰:"迟或作逗,音豆。"《钞》曰:"《汉书音议》:逗,曲行避敌也。"《音决》:"逗,音豆。又音迟。"由诸家注解可知,《钞》《音决》"迟"当作"逗"者,盖《集注》编者漏校。

(18) 卷六十二江文通《杂体诗三十首·殷东阳兴瞩仲文》"莹情无余滓,拂衣释尘务"下,无校语。而《音决》(集注本此处脱漏'决'字,据意补)"鎣,乌瞑反。或为'莹',同。"可知其正文"鎣"与李善本"莹"不同,盖《集注》编者漏校。

(19) 卷六十二江文通《杂体诗三十首·谢仆射游览混》"卷舒虽万绪,动复归有静"下,无校语。而据《钞》注"动,有情之类;植,含生之类也"及《音决》"植,音食;或为'复',非",知《钞》与《音决》"复"字当为"植"字,且《音决》明言作"复"者非,盖《集注》编者漏校。

(20) 卷六十三屈平《离骚经一首》"长减淹亦何伤"下,无校语。案:《音决》:"顑,口感反。《玉篇》呼感反。颔,胡感反。曹,减滛二音。"陆善经曰:"顑颔,亦为减滛。"知《音决》与陆善经本"减滛"皆作"顑颔",且今《文选》各本及洪兴祖《楚辞补注》均与《音决》、陆善经本相合,而《集注》编者却无一点出。

(21) 卷六十八曹子建《七启八首》"芒芒元气,谁知其终"下,无校语,而据《钞》"茫茫,旷远之貌"之注,可知其正文当作"茫茫"者,与李善本用字不同,盖《集注》编者漏校。

(22) 同上篇,"寒芳苓之巢龟"下,"今案:《钞》'苓'为'灵';陆善经本'寒'为'搴'"。不及其他。案:《钞》曰:"搴,取也。"《音决》:"寒,如字。或作'搴',居辇反。非。"可知"寒"字除陆善经本有异文外,《钞》亦不同于李善本,作"搴"字,盖《集注》编者漏校耳。而自晚唐李匡乂以来,学界一直以为是五臣改"寒"为"搴",说见《资暇集》"非五臣"条,云:"又子建《七启》云'寒芳莲之巢龟,鲙西海之飞鳞。'五臣亦改'寒'为'搴'。'搴',取也。何以对下句之'脍'耶?况此篇全说修事之意,独入此'搴'字,于理甚不安。上句既改'寒'为'搴',即下句亦宜改'脍'为'取'。纵一联稍通,亦与诸句不相承接。以此言之,明子建故用'寒'字,岂可改为'炮'、'搴'耶。"①今由《钞》、《音决》可知,"寒"作"搴"并非五臣擅改,《钞》所用底本"寒"即作"搴",而《音决》则认为作"搴"字者非,与李匡乂之说相符,"搴"盖"寒"之形讹字。②陆善经本则作"宰",与李善本、《钞》、五臣本皆不同。

(23)同上篇,"于是盛以翠樽,酌以彤觞,浮蚁鼎沸,酷烈馨香"下,编者案语称"五家本'以'为'此'",未及其他,而据《音决》"珃,音彤"可知,其正文作"珃"字,与李善本"彤"用字不同,盖《集注》编者漏校耳。

(24)同上篇,"动触飞锋,举挂轻罾"下,无校语。案:《音决》:"罾,音增。或为'罾',非。"可知,《音决》正文"罾"为"罾"者,且明言作"罾"字者非,盖《集注》编者漏校。

(25)同上篇,"彤轩紫柱,文楯华梁"下,无校语。案:《钞》曰:"李本'楯'作'柱',非。楯,轩兰下板,以朱涂饰之。"《音决》:"楯,时尹反。"可知,依集注本编纂体例,诸家注后当有"今案:《钞》、《音决》'柱'为'楯'"之校语,盖《集注》编者漏校。

(26)卷七十三曹子建《求自试表一首》"此徒圈牢之养物,非

① 〔唐〕李匡乂:《资暇集》,《丛书集成初编》本,第5页。
② 《北堂书钞·酒食部四》及《文馆词林·七四》所引录曹子建《七启》并作"寒"字。又《北堂书钞·酒食部四·寒篇》引作"寒",校语云:"《文选》同。本钞《酒食·总篇》、《脍篇》引'寒'作'搴',非是。当据此条订正。"

臣之所志也"下,无校语。案:《音决》:"豢,音患。或为'养',非。"
可知,《音决》正文"养"为"豢"者,且明言作"养"者非,盖《集注》编
者漏校。

(27)卷七十九杨德祖《答临淄侯笺一首》"然而弟子拑口"下,
无校语。案:《钞》曰:"钳口,谓《春秋》也。"《音决》:"钳,巨炎反。
或为'拑',通。"依集注本编纂体例,可知诸家注后当有"今案:
《钞》、《音决》'拑'为'钳'"之校语,盖《集注》编者漏校。

(28)同上篇,"若此仲山、周旦为皆有僭耶"下,无校语。案:
《钞》曰:"僭,过也。"可知《钞》正文与李善本"僭"字不同,当作"僭"
字,盖《集注》编者漏校。

(29)卷七十九繁休伯《与魏文帝笺一首》"唯所发音,无不响
应"下,无校语。案:《音决》:"喉,音候。"与李善本"唯"字不同,盖
《集注》编者漏校。但是此条亦不排除抄者将李善本"喉"字讹为
"唯"字的可能性,二字盖形近之讹。

(30)卷七十九陈孔璋《答东阿王笺一首》"拂钟无声,应机立
断"下,无校语。案:《音决》:"刜,芳勿反。或为'拂',非。"可知《音
决》正文与李善本"拂"字不同,当作"刜"者,且明言作"拂"者非。
依集注本编纂体例,可知诸家注后当有"今案:《音决》'拂'为'刜'"
之校语,盖《集注》编者漏校。

(31)卷八十五嵇叔夜《与山巨源绝交书一首》"阮嗣宗口不论
人,吾每师之,而未能及。至性过人,与物无伤,唯饮酒过差耳"下,
"今案:五家本'吾'上有'过'字"。不云他本有异,而据《音决》"上
'过'音戈;下'过',古卧反",可知《音决》"吾"上亦有"过"字,《集
注》编者漏校。

(32)卷八十五孙子荆《为石仲容与孙皓书一首》"刘备震惧,

亦逃巴岷。遂依丘陵,积石之固"下,无校语。案:《音决》:"岷,亡巾反。"依集注本编纂体例,可知诸家注后当有"今案:《音决》'岷'为'嶓'"之校语,盖《集注》编者漏校耳。

(33)同上篇,"羽檄烛日,旌旗星流"下,无校语。案:李善曰:"……檄或为校也"。《钞》曰:"言羽校旌旗之多,照烛于日,如星之流布也。"《音决》:"校,胡孝反。或为'檄',何的反,非也。"李周翰曰:"校,队也。"依集注本编纂体例,可知,诸家注后当有"今案:《钞》、《音决》、五家本'檄'为'校'也"之校语,盖《集注》编者漏校。

(34)卷八十八陈孔璋《檄吴将校部曲文一首》"与匈奴南单于呼泉厨及六郡乌桓、丁令、屠各、皇中、羌、僰"下,编者案语称"《钞》、《音决》'皇'为'湟'",未及其他,而据《音决》"完,音丸"可知,其正文与李善本"乌桓"不同,当作"乌丸"者,盖《集注》编者漏校。

(35)卷八十八司马长卿《难蜀父老一首》"非常之先,黎民惧焉"下,"今案:五家本'先'为'原'"。不云他本有异,而据《钞》"元,始也"及《音决》"元,或为'先',非",可知《钞》《音决》"先"作"元"字,盖《集注》编者漏校。

(36)同上篇,"决江疏河,漉沉澹灾。东归之于海,而天下永宁"下,无校语。案:陆善经曰:"洒,分也,谓分其流。字亦作'漉',又作'漉'。"可知,陆善经本作"洒"字,与古本《汉书》所引同,而与李善本及《音决》(《音决》:"漉,或为洒,同。所宜反。")不合。而五家本据吕延济注"漉,尽也。谓尽除沉没摇动之灾也"可知,其正文与李善本"漉"字不同,当作"漉"字,与今本《汉书》所引相合。如此多的异文,《集注》编者皆未言及,盖漏校耳。

（37）同上篇，"且夫贤君之践位也，岂特委璩喔踖"下，无校语。《钞》曰："颜师古：握龊，局陋也。"可知《钞》正文与李善本"喔龊"不同，当作"握龊"。《集注》编者漏校。

（38）卷九十一王元长《三月三日曲水诗序一首》"四方无拂，五戎不距"下，无校语。《钞》有"拒，谓逆命也"之注解，可知其正文与李善本"距"字不同，当作"拒"字。依集注本编纂惯例，当有"今案：《钞》'距'为'拒'"之校语，盖《集注》编者漏校。

（39）同上篇，"建旗拂蜺，扬葭振木"下，无校语。案：《音决》有"霓，鱼兮反"之注解，依集注本编纂惯例，当有"今案：《音决》'蜺'为'霓'"之校语，盖《集注》编者漏校。

（40）卷九十三王子渊《圣主得贤臣颂一首》"及至驾啮膝，骖乘旦"下，无校语。案：《钞》曰："良马马头口著膝，故曰齧膝。"又，《音决》："齧，鱼结反。"依集注本编纂惯例，当有"今案：《钞》、《音决》'啮'为'齧'"之校语，盖《集注》编者漏校。

（41）同上篇，"及其遇明君、遭圣主也，运筹合上意，谏诤则见听"下，无校语。案：《音决》有"争，音诤"之注解，可知其正文当作"争"字，与李善本不同。依集注本编纂惯例，当有"今案：《音决》'诤'为'争'"之校语，盖《集注》编者漏校。

（42）同上篇，"去卑辱奥流而升本朝，离蔬释跻而享膏粱"下，无校语。案：《钞》有"蔽奥流汗不章显也。服虔曰：蔽，不见用之貌也"之注解。而《音决》则有"渫，思列反"之注解。依集注本编纂惯例，当有"今案：《钞》'卑'为'蔽'，《音决》'流'为'渫'"之校语，盖《集注》编者漏校。

（43）卷九十三史孝山《出师颂一首》"鼓无停响，旗不暂褰。泽沾遐荒，功铭鼎铉"下，无校语。案：由《音决》"霓，陟廉反"之注解可知其正文与李善本"沾"字不同。依集注本编纂惯例,当有"今案:《音决》'沾'为'霑'"之校语,盖《集注》编者漏校。

（44）同上篇,"天子饯我,路车乘黄。言念伯舅,恩深渭阳"下,无校语。案:《音决》有"辂,音路"之注解,可知其正文与李善本"路"字不同,当作"辂"字,盖《集注》编者漏校。

（45）卷九十三刘伯伦《酒德颂一首》"有贵介公子,缙绅处士"下,无校语。案:《钞》曰:"《礼记》郑玄注曰:搢,插也。搢笏于绅也。"《音决》:"搢,音晋。"依其注解可知《钞》、《音决》"缙"似当作"搢"字,盖《集注》编者漏校。

（46）卷九十四夏侯孝若《东方朔画赞一首》"陵轹卿相,嘲咍豪杰"下,无校语。案:《钞》有"嘲,调也"之注解。又,《音决》:"嘲,竹交反。"及五家吕向曰:"嘲咍,谓戏弄也。"依集注本编纂惯例,当有"今案:《钞》《音决》五家本'謿'为'嘲'"之校语,盖《集注》编者漏校。

（47）同上篇,"戏万乘若寮友,视俦列如草芥"下,无校语。案:由《钞》"畴列,谓同列位畴匹之人,即郭舍人等是也"之注解可知,其正文与李善本"俦"字不同,当作"畴"字,盖《集注》编者漏校耳。

（48）卷九十四袁彦伯《三国名臣序赞一首》"故璩宁以之卷舒,柳下以之三黜"下,无校语。案:由《音决》"蘧,音渠"可知,《音决》正文与李善本"璩"字不同,当作"蘧"字,盖《集注》编者漏校。

（49）同上篇,"继体纳之无贰情,百姓信之无异辞。君臣之际,良可咏矣"下,无校语。案:《钞》有"倚,或为纳"之注解。又,《音决》:"倚,于绮反。"可知《钞》与《音决》与李善本"纳"字不同,当作"倚"字无疑。依集注本编纂惯例,当有"今案:《钞》《音决》'纳'

为'倚'"之校语,盖《集注》编者漏校。

(50)同上篇,"神情所涉,岂徒塞愕而已哉"下,无校语。案:《音决》:"谔,五各反。或为'愕'者,非。"可知《音决》正文当作"谔"字无疑,且明言作"愕"字者非,与李善本不合,《集注》编者漏校。

(51)同上篇,"元叹穆远,神和形检。如彼白珪,质无尘玷"下,编者案语称"《钞》'穆远'为'棲凝'",未及其他。而由《音决》"棲,音西"之注解,可知其正文当作"棲"字,与李善本"穆"字不合,盖《集注》编者漏校耳。

(52)卷九十八干令昇《晋纪总论一首》"国政迭移于乱人,禁兵外散于四方,兵(当为衍字)方岳无钧石之镇,关门无结草之固"下,无校语。案:《音决》有"逆,大帝反"之注解,疑其正文与李善本"迭"字不同,盖作"逆"字者。当然此条也不能排除是抄者将"迭"字错抄成"逆"字的可能性,二字盖形近致讹,且由"大帝反"之注音来看,后者的可能性更大。

(53)同上篇,"廿余年而河洛为墟,戎羯称制,二帝失尊,山陵无所"下,无校语。而由《音决》"虚,音墟"之注解可知,其正文当与李善本"墟"字不合,盖作"虚"字者,《集注》编者漏校。

(54)同上篇,"于天下三分有二,犹以服事殷;诸侯不期而会者八百,犹曰天命未至"下,编者案语称"陆善经本'于'下有'是'字也",未及其他。而由《音决》"参,音三"之注解,可知其正文与李善本"三"字不同,盖作"参"字者,《集注》编者漏校。

(55)同上篇,"盖共嗤点,以为灰尘而相诟病矣"下,编者案语称"五家本'点'为'黜'也",未及其他。而由《音决》"蚩,尺之反"之注解,可知其正文与李善本"嗤"字不同,盖作"蚩"字者,《集注》编者漏校。

（56）卷九十八范蔚宗《后汉书·皇后纪论一首》"恩隆好合，遂忘淊矗。自古虽主幼时艰，王家多疊，委成冢宰，简求忠贞，未有专任妇人，断割重器"下，编者案语称"《钞》'贞'为'贤'也"，未及其他。而由《音决》"缁，侧疑反"之注解，可知其正文与李善本"濇"字不同，盖作"缁"字者，《集注》编者漏校。

（57）卷百二王子渊《四子讲德论一首》"鳍鳟并逃，九罭不以虚"下，编者案语称"陆善经本'以'下有'为'字"，未及其他。而由《音决》"鳟，音秋"之注解，可知其正文与李善本"鳍"字不同，盖作"鳟"字者，《集注》编者漏校。

（58）同上篇，"神光燿晖，洪洞朗天"下，无校语。而据《音决》"辉，许归反"之注解，可知其正文与李善本"晖"字不同，《集注》编者漏校。

（59）同上篇，"是以刺史感瀷舒音而咏至德"下，无校语。案：《钞》曰："感满，前云'积而后满'是也。今□所感既满，则作诗咏也。"《音决》："满，亡管反，谓积满。或作'瀷'，亡本反，非。"依集注本编纂惯例，可知诸家注后当有"今案：《钞》、《音决》'瀷'为'满'"之校语，盖《集注》编者漏校。

（60）卷百十三潘安仁《汧马督诔一首》"用能薪刍不匮，人畜取给，青烟傍起，历马长鸣"下，无校语。案：《音决》有"枥，力的反"之注解，可知其正文与李善本"历"字不同，盖作"枥"字，《集注》编者漏校。

（61）同上篇，"守不乏械，历有鸣驹"下，无校语。案：《钞》有"枥，皁也，谓养马之处"之注解，可知其正文与李善本"历"字不同，盖作"枥"字，《集注》编者漏校。

（62）卷百十三颜延年《阳给事诔一首》"值国祸荐臻，王略中否。薰虏闲夐,劙剥司兖"下,无校语。案:《钞》曰:"獯,獯育,谓元家也。"《音决》:"獯,许云反。"又五家吕向曰:"獯虏,索虏嗣也。"只有陆善经本与李善本合,其注解云:"薰,谓薰粥,匈奴之别名。"依《集注》编纂体例,当有"今案:《钞》、《音决》、五家本'薰'为'獯'"之校语,盖《集注》编者漏校。

　　《集注》编者案语残存 504 条,其漏校部分已多达 60 余条,其粗疏由此可见一斑。并且,其校语大多校而不勘,只存异文,不论是非,有应明其是者,惜亦未能加以详辨,并非尽善。

余　　论

　　日藏古钞《文选集注》自其流散零卷被发现及残本印行以来，极受学界重视，成为近年来国际"文选学"界研究的热点和前沿课题。但由于资料的匮乏，投入力量的不足，总体来看其研究尚处于发轫阶段。

　　本文在整合学界现有研究成果的基础上，从宏观（历史的脉络）和微观（文本的解读）两个方面，力求对《文选集注》及其所汇录的诸家唐人注解（如李善注、《钞》、《音决》、五家注和陆善经注）作出客观、科学、完善的研究与评价。特别是对《文选集注》编纂体例、编者案语、李善注"增注"来源、集注本所参据李善注本与宋刻李善注单行本之间的关系、《文选集注》所汇录《钞》之底本来源、《钞》注释体例等方面的探讨和研究，皆力求有所新见，发前人所未发。希望有助于改变《文选集注》纂集底本本系唐人钞本，研究却由日本学者长期主导的局面，同时有助于改变以宋版《文选》为主要参照物的"文选学"研究格局。

　　因时间和学力所限，笔者未能对《文选集注》进行拓展式研究。如《文选集注》出现的时代学术背景，其与唐代注释群如唐时史注、经注的关系等等。众所周知，《文选》选录作品多采自《史记》、《汉

书》、《后汉书》、《三国志》、《晋书》、《宋书》等史书,并且李善注与
《钞》所征引史籍更是繁富,除了上揭诸书外,尚征引有王隐《晋
书》、臧荣绪《晋书》、谢灵运《晋书》、沈约《宋书》以及《越绝书》、《南
裔志》、《吴地记》、《三十国春秋》等等。其中,尤其值得关注的就是
《汉书》注。据《隋书·经籍志》著录,《汉书》已出现有多部"集注"
类(又称"集解"、"集释"、"汇注"等)著作,如应劭《汉书集解》、《汉
书集解音义》,晋灼《汉书集注》,姚察《汉书集解》等,《文选》学很可
能受其影响,向此"集注"类学问方式靠拢。《文选集注》编者肯定
会对《汉书集注》、《汉书集解》等有所参考。又,唐时经学注释昌
盛,出现了《五经正义》等集大成之作。据《隋书·经籍志》著录,经
部"集注类"典籍主要有:

> 《侍中朱异集注周易》、姚规《周易集注》、佚名《周易集注
> 系辞》、李颙《集解尚书》、姜道盛《集释尚书》、崔灵恩《集注毛
> 诗》及《集注周官礼》、孔伦《集注丧服经传》、裴松之《集注丧服
> 经传》、蔡超《集注丧服经传》、田僧绍《集解丧服经传》、刘寔等
> 《集解春秋序》、谢万《集解孝经》、荀昶《集议孝经》、袁敬仲《集
> 议孝经》、何晏《集解论语》、卫瓘《集注论语》、沈璇《集注尔
> 雅》、《江都集礼》、佚名《韵集》、吕静《韵集》。①

唐时经注所提倡的"信而有征,文简理约,寡而制众,变而能通",以
及强调义疏之学,主张义理精审、紧扣文本等等,这些均有助于推

---

① 参见童岭《隋唐时代"中层学问世界"研究序说——以京都大学影印旧钞本〈文
选集注〉为中心》,载《古典文献研究》(第十四辑《文选》学专辑),南京大学古典文献研究
所主办,凤凰出版社,2011年,第120页。

动《文选集注》的研究。而《文选》李善注、《钞》对经传注疏、先儒注解等多有征引。汪师韩在《文选理学权舆》卷二《注引群书目录》中列举了李善作注时所引用的书目,云:"其中四部之录,诸经传训且一百余。"①骆鸿凯《文选学》统计李善注《文选》引书"凡经传十八种,经类十八种,经总训三种。"②而《文选集注》这种以一本为基准而综合诸家的"集注"类学问方式,很可能受到当时经史著述的影响,日人小尾郊一博士就认为,"该书和《五经正义》的编撰目的相同。由于当时有各种各样的《文选》李善注,又有五臣注、《钞》、陆善经注等,为了使真正的《文选》传世,站在把正统的李善注(最终的李善注)当作经注的立场,以其它的注作为正义(疏)而附着于经注,以此来统一《文选》学。故《文选集注》的编撰,盖与经书的注疏本相同吧"。周勋初亦认为《文选集注》就是唐代某一《文选》研究者参照经史著述中的"合本子注"③体例汇编而成的。故我们可以参综利用唐时经史注疏的研究成果来推动《文选集注》的相关研究。反过来讲,《文选集注》研究也可促进唐时史注、经注研究的发展,二者相互生发。

　　此外,研究《文选集注》也最好能与先唐文学相接轨。归根结底,《文选》毕竟是一部诗文总集,不能忽视其与先唐文学的关系,甚且,还必须将其文献价值落实到先唐文学研究中去。因为就文献研究而言,若不涉及文学层面,其所取得的研究成果是不全面、

---

　　①　〔清〕汪师韩:《文选理学权舆》,续修《四库全书》本,第1581册,第3页。
　　②　骆鸿凯:《文选学》,北京:中华书局,1989年,第63页。
　　③　陈寅恪《支愍度学说考》一文称"合本子注"亦称"母子注",其正文大字为"母",其夹注双行小字乃"子"也。然后取别本之义同文异者,列入小注中,与大字互相配拟。陈寅恪先生认为这种注经方式,大约在六朝时期就波及了经史子集各部,如刘孝标《世说新语》注、裴松之《三国志》注等,皆为合本子注的体例。

不充分、不理想的。而利用《文选集注》，从校勘、是正文字出发，进而为六朝文学研究提供新的史料依据，亦应为当今"文选学"研究的重要途径。《文选集注》中发现的新材料为研究先唐文学，诸如总集、别集的校笺、整理与研究，作家生平、行历考证，文学作品系年，文体分类等方面提供了坚实的史料依据，同时也为认知先唐文学的风貌提供了重要文本材料。并且，《文选集注》所援引的唐人注解，因距作品成年、作者年代不远，对当时的社会、政治、历史更为了解和熟悉，其注解自然更接近作品本意，从而可纠正当下因历史久远多主观臆测而产生的对作品理解偏颇及错误的文学研究。故将《文选集注》与先唐文学研究相接轨，对以"溯源反本"双重视角系统反思并矫正当代忽视或割裂"文选学"与先唐文学两大研究系统的关系之思维模式及其方法偏误，具有重要意义①。如能将《文选集注》与先唐文学结合起来进行系统、深入研究，一定会别开生面，开拓一片新的研究领域和研究方向。刘志伟师主持国家社会科学基金重点项目"《文选》李善注校理"(14AZD074)适于此方面开拓创新，嘉惠学林，功莫大焉。

---

① 目前刘志伟师正在从事《文选集注》与六朝文学相关方面的研究，特别选取"建安"、"正始"、"太康"、"元嘉"、"永明"等几个在六朝文学史上有重要地位的时间段，将《文选集注》所收六朝作品分期汇总研究，以期有助于探讨六朝各阶段文学的风貌和发展线索。在刘志伟师指导下，刘纪华《唐钞〈文选集注〉陆机诗注的价值》、刘莉莉《唐钞〈文选集注〉与元嘉诗歌》、赵培波《古钞本〈文选集注〉残存太康诗文研究》、魏晓帅《古钞〈文选集注〉残存永明诗文研究》、訾丹洁《古钞〈文选集注〉残存建安诗文研究》等硕士学位论文业已完成。

参 考 文 献

一、《文选》版本及研究书目

《唐钞文选集注汇存》,佚名编,周勋初辑,上海古籍出版社,2011 年。

《唐写文选集注残本》,罗振玉编,嘉草轩丛书,1918 年影印本。

《文选》,南朝梁萧统编,唐李善注,北宋天圣年间国子监刻本。

《文选》,南朝梁萧统编,唐五臣、李善注,朝鲜活字翻刻北宋元祐年间秀州州学刊刻本,韩国奎章阁藏,韩国正文社 1983 年影印出版。

《文选》,南朝梁萧统编,唐五臣、李善注,南宋绍兴二十八年(1158)明州刻本,日本足利学校遗迹图书馆后援会 1975 年影印本。

《文选》,南朝梁萧统编,唐五臣注,南宋绍兴三十一年(1161)建阳崇化书坊陈八郎刻本,台湾中央图书馆 1981 年影印线装本。

《文选》,南朝梁萧统编,唐李善注,南宋淳熙八年(1181)尤袤刻本,中华书局,1974 年影印本。

《文选》，南朝梁萧统编，唐李善、五臣注，宋绍兴间（1131—1162）赣州州学刊宋元明递修本。

《文选》，南朝梁萧统编，唐李善注，清嘉庆十年（1805）胡克家刻本，中华书局，1977 年影印本。

《文选》，南朝梁萧统编，唐李善、五臣注，《四部丛刊》本，中华书局，1987 年影印本。

《敦煌吐鲁番本文选》，饶宗颐编，中华书局，2000 年。

《敦煌本文选残卷》，罗振玉辑，《鸣沙石室古籍丛残》影印本第六册。

《义门读书记》（第四十五卷至第四十九卷是评《文选》），清何焯撰，中华书局，1987 年。

《文选考异》，清胡克家撰，清顾广圻、彭兆荪订，中华书局影印清嘉庆十四年胡克家刻本，1977 年。

《文选纪闻》，清余萧客撰，《碧琳琅馆丛书》本。

《文选理学权舆》，清汪师韩撰，《丛书集成初编》本。

《文选理学权舆补》，清孙志祖撰，《丛书集成初编》本。

《文选考异》，清孙志祖撰，《丛书集成初编》本。

《文选李注补正》，清孙志祖撰，《丛书集成初编》本。

《选学胶言》，清张云璈撰，台北广文书局，1966 年。

《文选旁证》，清梁章钜撰，穆克宏点校，福建人民出版社，2000 年。

《文选集释》，清朱珔撰，受古书店、中一书局，民国十七年合作印刊本。

《昭明文选笺证》，清胡绍煐撰，《聚学轩丛书》本。江苏广陵古籍刻印社 1990 年影印贵池刘世珩校刊本。

《重订文选集评》，清于光华撰，乾隆四十六年启秀堂刻本。

《昭明文选大成》，清方廷珪撰，民国间上海碧梧山庄书局据清乾隆间碧梧山庄原刻本影印本。

《文选笔记》，清徐攀行撰，台湾广文书局，1976 年。

《文选补注》，清叶树藩撰，见于光华《文选集评》附载。

《昭明文选六臣汇注疏解》，清顾施祯辑，台北"中央"研究院傅斯年图书馆善本室馆藏。

《文选类诂》，丁福保撰，上海译学书局，1925 年。

《文选拾沈》，李详撰，载《李审言文集》，江苏古籍出版社，1989 年排印本。

《文选李注义疏》，高步瀛撰，曹道衡、沈玉成点校，中华书局，1986 年。

《文选学》，骆鸿凯撰，中华书局，1989 年。

《文选平点》，黄侃撰，上海古籍出版社，1998 年。

《黄氏文选学》，黄侃撰，台湾文史哲出版社，1977 年。

《文选导读》，屈守元撰，巴蜀书社，1993 年。

《文选旧注辑存》，刘跃进著，徐华校，凤凰出版社，2017 年。

《昭明文选研究》，穆克宏撰，人民文学出版社，1998 年。

《敦煌本〈文选注〉笺证》，罗国威笺证，巴蜀书社，2000 年。

《中外学者文选学论集》，许逸民、俞绍初主编，中华书局，1998 年。

《中外学者文选学论著索引》，俞绍初、许逸民主编，中华书局，1998 年。

《昭明文选研究论文集》，赵福海、陈宏天、陈复兴等主编，吉林文史出版社，1988 年。

《中外昭明文选研究论著索引》，魏淑琴等编，吉林文史出版社,1988年。

《文选学新论》,郑州大学古籍整理研究所编,中州古籍出版社,1999年。

《昭明文选研究》,傅刚撰,中国社会科学出版社,2000年。

《文选版本研究》,傅刚撰,北京大学出版社,2000年。

《萧统评传》,曹道衡、傅刚撰,南京大学出版社,2001年。

《文选版本论稿》,范志新撰,贵州人民出版社,2004年。

《文选版本撷英》,范志新撰,贵州人民出版社,2004年。

《清水凯夫〈诗品〉〈文选〉论文集》,日清水凯夫撰,首都师范大学出版社,1995年。

《文选注引书引得》,哈佛燕京引得编纂处编,上海古籍出版社,1990年。

《〈昭明文选〉与中国传统文化》,第四届"《文选》学"国际学术研讨会论文集,吉林文史出版社,2001年。

《文选与文选学》,第五届"《文选》学"国际学术研讨会论文集,中国《文选》学研究会编,学苑出版社,2003年。

《现代〈文选〉学史》,王立群撰,中国社会科学出版社,2003年。

《〈文选〉成书研究》,王立群撰,商务印书馆,2005年。

《明清文选学述评》,王书才撰,上海古籍出版社,2008年。

《昭明文选研究发展史》,王书才撰,学习出版社,2008年。

《文选之研究》,日冈村繁撰,上海古籍出版社,2002年。

《〈文选〉李善注研究》,日富永一登撰,研文出版,1999年。

《昭明文选论文集》,陈新雄、于大成编,台湾木铎出版社,1980年。

《昭明文选研究初稿》,林聪明撰,台湾文史哲出版社,

1986 年。

《昭明文选斠读》，游志诚、徐正英撰，台湾骆驼出版社，1995 年。

《文选学论集》，赵福海主编，时代文艺出版社，1992 年。

《文选诗研究》，胡大雷撰，广西师范大学出版社，2000 年。

《文选编辑及作品系年考证》，韩晖撰，群言出版社，2005 年。

《文选论丛》，顾农撰，广陵书社，2007 年。

《隋唐文选学研究》，汪习波撰，上海古籍出版社，2005 年。

《古抄本〈文选集注〉研究》，金少华撰，浙江大学出版社，2015 年。

二、古籍书目

《史记》，汉司马迁撰，中华书局，2008 年排印本。

《汉书》，汉班固撰，中华书局，2009 年排印本。

《后汉书》，南朝宋范晔撰，中华书局，2006 年排印本。

《三国志》，晋陈寿撰，中华书局，1982 年排印本。

《晋书》，唐房玄龄等撰，中华书局，1982 年排印本。

《宋书》，南朝梁沈约撰，中华书局，1987 年排印本。

《南齐书》，南朝梁萧子显撰，中华书局，1983 年排印本。

《梁书》，唐姚思廉撰，中华书局，1987 年排印本。

《南史》，唐李延寿撰，中华书局，1987 年排印本。

《北史》，唐李延寿撰，中华书局，1987 年排印本。

《隋书》，唐魏徵等撰，中华书局，1973 年。

《旧唐书》，后晋刘昫等撰，中华书局，1975 年。

《新唐书》，宋欧阳修、宋祁撰，中华书局，1975 年。

《通志》，宋郑樵撰，上海古籍出版社，1990 年。

《文献通考》,宋马端临撰,台湾新兴书局,1965 年。

《汉书补注》,清王先谦撰,中华书局,1983 年。

《后汉书集解》,南朝宋范晔撰,王先谦集解,中华书局,1984 年。

《三国志集解》,晋陈寿撰,卢弼集解,中华书局,1982 年。

《隋书经籍志考证》,清姚振宗撰,《二十五史补编》本,中华书局,1955 年。

《十七史商榷》,清王鸣盛撰,中国书店,1987 年。

《二十二史札记》,清赵翼撰,中国书店,1987 年。

《十三经注疏》,清阮元校刻,中华书局,1980 年。

《郡斋读书志校证》,宋晁公武撰,孙猛校证,上海古籍出版社,1990 年。

《直斋书录解题》,宋陈振孙撰,徐小蛮、顾美华点校,上海古籍出版社,1987 年。

《四库全书总目》,清永瑢、纪昀等撰,中华书局,1965 年。

《续修四库全书提要》,王云五主持,商务印书馆 1972 年。

《四库提要辨证》,余嘉锡撰,中华书局,2007 年。

《书目答问补正》,清张之洞撰,范希曾补正,上海古籍出版社,2001 年。

《初学记》,唐徐坚等撰,中华书局,1985 年。

《艺文类聚》,唐欧阳询等撰,上海古籍出版社,1999 年。

《北堂书钞》,唐虞世南编,中国书店,1989 年影印本。

《太平御览》,宋李昉等编,中华书局,1985 年影印本。

《乐府诗集》,宋郭茂倩编,中华书局,1979 年。

《文苑英华》,宋李昉编,中华书局,1966 年影印本。

《古文苑》,宋章樵注,《四库全书》本。

《汉魏六朝百三家集》,明张溥撰,吉林出版社,2005年。

《汉魏六朝百三家集题辞注》,明张溥撰,殷孟伦注,人民文学出版社,1960年。

《历代诗话》,清何文焕辑,中华书局,1981年。

《全上古三代秦汉三国六朝文》,清严可均辑,中华书局,1958年。

《先秦汉魏晋南北朝诗》,逯钦立辑校,中华书局,1983年。

《玉函山房辑佚书》,清马国翰辑,上海古籍出版社,1990年。

《说文解字注》,汉许慎撰,清段玉裁注,上海古籍出版社,1981年。

《干禄字书》,唐颜元孙撰,《丛书集成初编》本。

《宋本广韵》,宋陈彭年等编,江苏教育出版社,2008年。

《龙龛手鉴》,辽释行均撰,《丛书集成初编》本。

《广雅疏证》,魏张揖撰,清王念孙疏证,江苏古籍出版社影印家刻本,1984年。

《文体明辨》,明徐师曾撰,中文出版社,1988年。

《楚辞补注》,宋洪兴祖补注,中华书局,2002年。

《文心雕龙注》,南朝梁刘勰撰,范文澜注,人民文学出版社,1958年。

《世说新语笺疏》,南朝宋刘义庆撰,南朝梁刘孝标注,余嘉锡笺疏,中华书局,1983年。

《诗品集注》,南朝梁钟嵘撰,曹旭集注,上海古籍出版社,1994年。

《大唐新语》,唐刘肃撰,《丛书集成初编本》,1965年。

《资暇录》,唐李济翁撰,《丛书集成新编》本第279本,中华书局,1985 年。

《兼明书》,五代丘光庭撰,《丛书集成新编》本。

《唐语林校证》,宋王谠撰,周勋初校证,中华书局,2008 年。

《玉海》,宋王应麟编,上海古籍出版社,1992 年。

《宋会要辑稿》,清徐松纂辑,台北新文丰出版公司,1976 年。

《汉魏乐府风笺》,黄节撰,人民文学出版社,1958 年。

《司马相如集校注》,汉司马相如撰,金国永校注,上海古籍出版社,1993 年。

《扬雄集校注》,汉扬雄撰,张震泽校注,上海古籍出版社,1993 年。

《曹植集校注》,三国魏曹植撰,赵幼文校注,人民文学出版社,1984 年。

《嵇康集校注》,三国魏嵇康撰,戴明扬校注,人民文学出版社,1962 年。

《陆机集》,晋陆机撰,金涛声点校,中华书局,1982 年。

《陶渊明集》,晋陶渊明撰,逯钦立校注,中华书局,1982 年。

《谢康乐诗注》,南朝宋谢灵运撰,黄节注,人民文学出版社,1958 年。

《鲍参军诗注》,南朝宋鲍照撰,黄节注,人民文学出版社,1957 年。

《鲍参军集注》,南朝宋鲍照撰,钱仲联校注,上海古籍出版社,1980 年。

《谢宣城集校注》,南朝齐谢朓撰,曹融南校注,上海古籍出版社,1991 年。

《江文通集汇注》,南朝梁江淹撰,明胡之骥注,中华书局,1984

年排印本。

《庾子山集注》，北周庾信撰，清倪璠注，中华书局，1980 年。

《颜氏家训集解》，北齐颜之推撰，王利器集解，上海古籍出版社，1982 年。

三、其他研究著作

《汉魏六朝文学论集》，逯钦立撰，吴云整理，陕西人民出版社，1984 年。

《中古文学系年》，陆侃如撰，人民文学出版社，1985 年。

《中古文学史论》，王瑶撰，北京大学出版社，1986 年。

《魏晋南北朝史讲演录》，陈寅恪撰，黄山书社，1987 年。

《八代诗史》，葛晓音撰，陕西人民出版社，1989 年。

《南北朝文学史》，曹道衡、沈玉成撰，人民文学出版社，1991 年。

《魏晋南北朝诗歌史论》，傅刚撰，吉林教育出版社，1995 年。

《魏晋南北朝文学思想史》，罗宗强撰，中华书局，1996 年。

《南朝文学与北朝文学研究》，曹道衡撰，江苏古籍出版社，1998 年。

《南北朝文学编年史》，曹道衡、刘跃进撰，人民文学出版社，2000 年。

《魏晋文化与文学论考》，刘志伟撰，甘肃人民出版社，2002 年。

《汉魏六朝文史论衡》，刘志伟撰，上海古籍出版社，2012 年。

《中古文学史论文集》，曹道衡撰，中华书局，2002 年。

《中古文学史料丛考》，曹道衡、沈玉成撰，中华书局，2003 年。

《魏晋南北朝诗歌史述》，钱志熙撰，北京大学出版社，2005 年。

《中古文学文献学》,刘跃进撰,江苏古籍出版社,1997 年。

《中国文学批评史》,罗根泽撰,中华书局,1961 年。

《魏晋南北朝文学研究》,吴云主编,徐公持等撰,北京出版社,2001 年。

《中国古文献学史简编》,孙钦善撰,高等教育出版社,2001 年。

《敦煌古籍叙录》,王重民撰,中华书局,1979 年。

《敦煌俗字谱》,潘重规撰,台湾石门出版社,1978 年。

《敦煌俗字研究》,张涌泉撰,上海教育出版社,1996 年。

《日本国见在书目录》,日藤原佐世撰,《古逸丛书》本。

《经籍访古志》,日澁江全善、森立之撰,《解题丛书》本,图书刊行会,1916 年。

《汉籍在日本的流布研究》,严绍璗撰,凤凰出版社,1992 年。

《日本藏汉籍珍本追踪纪实——严绍璗海外访书志》,严绍璗撰,上海古籍出版社,2005 年。

《日本访书志》,清杨守敬撰,清光绪二十三年(1897)宜都杨氏邻苏园刊本。

四、《文选》研究论文

《〈文选〉篇题考误》,刘盼遂,《国学论丛》第 1 卷第 4 号,1928 年 10 月。

《唐钞本〈文选〉残篇跋》,日狩野直喜,《支那学》第 5 卷第 1 号,1929 年 3 月。

《书陆善经事——题〈文选集注〉后》,向宗鲁,《斯文半月刊》第 3 卷第 2 期,1943 年。

《日本古钞〈文选〉五臣注残卷》,饶宗颐,《东方文化》第 3 卷第 2 期,1956 年。

《敦煌本文选斠证(一)》,饶宗颐,《新亚学报》第 3 卷第 1 期,1957 年 8 月。

《敦煌本文选斠证(二)》,饶宗颐,《新亚学报》第 3 卷第 2 期,1958 年 2 月。

《〈文选〉六臣注订伪》,祝廉先,《文史》第 1 辑,中华书局,1962 年。

《略谈李善注文选的尤刻本》,程毅中、白化文,《文物》1976 年第 11 号。

《关于北宋刻印李善注文选的问题》,屈守元,《文物》1977 年 7 月。

《文选集注研究》,邱棨鐫,文选研究会(单行本),1978 年 10 月。

《宋刊文选李善单注本考》,张月云,《故宫学术季刊》第 2 卷第 4 期,1985 年。

《从文学角度看〈文选〉所收齐梁应用文》,曹道衡,《文学遗产》1993 年第 3 期。

《关于萧统和〈文选〉的几个问题》,曹道衡,《社会科学战线》1995 年第 5 期。

《论〈文选〉的李善注和五臣注》,曹道衡,《江海学刊》1996 年第 2 期。

《读〈资暇录〉兼论〈文选〉李善注与五臣注异同》,曹道衡,《国家图书馆馆刊》1998 年第 1 期。

《萧统的文学观和〈文选〉》,曹道衡,《文学遗产》2004 年第

4 期。

《〈唐写文选集注残本〉中陆善经行事考略》,虞万里,《文献》1994 年第 1 期。

《唐陆善经行历索隐》,虞万里,《中华文史论丛》第 64 辑,上海古籍出版社,2000 年。

《〈文选〉所载〈奏弹刘整〉一文诸注本之分析》,周勋初,《文学遗产》1996 年第 2 期。

《〈文选集注〉上的印章考》,周勋初,见赵福海、刘琦、吴晓峰主编《昭明文选〉与中国传统文化》,吉林文史出版社,2001 年。

《从〈洛神赋〉李善注看尤刻〈文选〉的版本系统》,刘跃进,《文学遗产》1994 年第 3 期。

《〈文选〉成书过程拟测》,俞绍初,《文学遗产》1998 年第 1 期。

《昭明太子萧统年谱》,俞绍初,《郑州大学学报》2000 年第 2 期。

《文选学上的一座里程碑——推介〈唐钞文选集注汇存〉》,许逸民,《古籍整理出版情况简报》2003 年第 4 期。

《论隋唐"〈文选〉学"兴起之原因》,许逸民,《文学遗产》2006 年第 2 期。

《〈文选〉与文学理论批评》,穆克宏,《文学遗产》1998 年第 4 期。

《〈文选六臣注〉跋》,屈守元,《文学遗产》2000 年第 1 期。

《敦煌古抄本〈文选〉五臣注研究》,游志诚,台湾敦煌学研讨会论文,1995 年。

《文选诸本研究》,日斯波六郎,李庆译,见斯波六郎等编《文选索引》(第 1 册),上海古籍出版社,1997 年。

《旧钞本文选集注卷第八校勘记》,日斯波六郎,李庆译,见斯波六郎等编《文选索引》(第 3 册),上海古籍出版社,1997 年。

《〈文选集注〉与宋明版本的李善注》,日冈村繁,见赵福海主编《文选学论集》,时代文艺出版社,1992 年。

《宋代刊本〈李善注文选〉盗用了〈五臣注〉》,日冈村繁,见赵福海、刘琦、吴晓峰主编《〈昭明文选〉与中国传统文化》,吉林文史出版社,2001 年。

《〈文选〉李善注的编修过程——以引用纬书的情形为例》,日冈村繁,见赵福海等编《昭明文选研究论文集》,吉林文史出版社,1988 年。

《关于〈文选〉李善注——集注本李善注和刊本李善注的关系》,日森野繁夫,见俞绍初、许逸民主编《中外学者文选学论集》,中华书局,1998 年。

《关于〈文选集注〉所引〈钞〉》,日森野繁夫、富永一登,载《日本中国学会报》第 29 集,1977 年。

《俄藏敦煌写本 Φ242 号〈文选注〉与李善五臣陆善经诸家注的关系——兼论写本的成书年代》,范志新,《敦煌研究》2003 年第 4 期。

《左思〈三都赋〉綦毋邃注发覆——〈文选〉旧注新探之一》,罗国威,《古籍整理研究学刊》1994 年第 6 期。

《李善生平事迹考辨》,罗国威,《文献》1999 年第 3 期。

《〈文选集注〉传存管见》,罗国威,《书品》2000 年第 6 期。

《日本新出古钞〈文选集注·南都赋〉残卷考》,罗国威,《文史》2006 年第 1 辑。

《〈文选集注〉的发现与整理》,傅刚,见陈晓兰编《经典与理论——上海大学中文系学术演讲录,复旦大学出版社,2009年。

《〈文选集注〉的发现、流传与整理》,傅刚,《文学遗产》2011年第5期。

《日本猿投神社藏〈文选〉古写本研究》,傅刚,见张伯伟编《域外汉籍研究集刊》第3辑,中华书局,2007年。

《〈文选〉李善注原貌考论》,傅刚,《文史》2000年第2辑。

《永隆本〈西京赋〉非尽出李善本说》,傅刚,《中华文史论丛》第60辑,上海古籍出版社,1999年。

《从綦毋邃注看唐写本至宋刻本〈文选〉注释的演变——〈文选〉注释研究之一》,王立群,《文献》2004年第3期。

《从左思〈三都赋〉刘逵注看北宋监本对唐抄本〈文选〉旧注的整理》,王立群,《河南大学学报》2007年第1期。

《北宋监本〈文选〉与尤刻本〈文选〉的承传》,王立群,《文学遗产》2007年第1期。

《尤刻本〈文选〉李善注增注研究》,王立群,见《中国古代文学文献学国际学术研讨会论文集》,凤凰出版社,2006年。

《尤刻本〈文选〉增注研究——以〈吴都赋〉为例的一个考察》,王立群,《河南大学学报》2011年第5期。

《〈文选集注〉研究——以李善注为中心的一个考察》,王立群,《汉语言文学研究》2011年第2卷第3期。

《读〈文选集注〉管见三则》,常思春,《河南大学学报》2005年第3期。

《〈文选集注〉所引〈钞〉的作者信息》,常思春,《四川师范大学学报》2005年第4期。

《〈文选集注〉残卷于〈文选〉正文校勘价值例证》,常思春,《中国文选学》(中国文选学研究会编),学苑出版社,2007 年。

《尤刻本李善注〈文选〉阑入五臣注的缘由及尤刻本的来历探索》,常思春,《四川师范大学学报》2003 年第 1 期。

《左思〈三都赋〉校勘补证》,常思春,《四川师范大学学报》2005 年第 3 期。

《〈文选集注〉之编撰者及其成书年代考》,陈翀,见张伯伟编《域外汉籍研究集刊》第 6 辑,中华书局,2010 年。

《旧钞本〈文选集注〉传存(流传)概略》,日横山弘,见赵福海、刘琦、吴晓峰主编《〈昭明文选〉与中国传统文化》,吉林文史出版社,2001 年。

《〈文选集注〉研究论著目录》,日横山弘,附见《唐钞文选集注汇存》,上海古籍出版社,2011 年。

《〈文选集注〉残卷的来源与编纂体例》,金少华,《文学遗产》2012 年第 4 期。

《读〈文选集注〉札记二则》,杨明,《文选与文选学》(第五届文选学国际学术研讨会论文集),学苑出版社,2003 年。

《读〈唐钞文选集注汇存〉中之〈文选钞〉》,胡大雷,《中国典籍与文化》2007 年第 2 期。

《〈唐钞文选集注〉陆机诗注的价值》,刘志伟,《中国典籍与文化》2009 年第 2 期。

《〈文选集注〉成书众说平议》,刘志伟,《文学遗产》2012 年第 4 期。

《日本的〈昭明文选〉研究》,李庆,《文选与文选学》(中国文选学研究会编),学苑出版社,2003 年。

《王逸〈招魂章句〉考辨——日本钞本〈文选集注〉和洪兴祖〈补

注〉本的文献研究》,李庆,见章培恒主编《中国中世文学研究论集》,上海古籍出版社,2006 年。

《〈文选集注〉骚类残卷在〈楚辞〉研究中的价值》,熊良智,《四川师范大学学报》1995 年第 4 期。

《日本金泽文库〈文选集注〉骚类残卷〈离骚经·小序〉解辨》,王德华,《文献》1999 年第 4 期。

《李善〈文选〉注体例管窥》,王德华,《文选与文选学》,中国文选学研究会编,学苑出版社,2003 年。

《〈选〉注释例》,王礼卿,载俞绍初、许逸民主编《中外学者文选学论集》,中华书局,1998 年。

《旧钞本〈文选集注〉诸注考——以其中所载陆机〈答贾长渊〉为例》,童岭,见张伯伟、蒋寅主编《中国诗学》第 14 辑,人民文学出版社,2010 年。

《隋唐时代"中层学问世界"研究序说——以京都大学影印旧钞本〈文选集注〉为中心》,童岭,见《古典文献研究》(第十四辑·《文选》学专辑),南京大学古典文献研究所主办,凤凰出版社,2011 年。

《佚名〈唐钞文选集注勸存〉》,汪习波,《敦煌吐鲁番研究》第 6 卷,北京大学出版社,2002 年。

《顾炎武与"文选学"——以〈日知录〉为例》,徐正英,《郑州大学学报》2001 年第 5 期。

《文选学的文类评点方法》,游志诚,见赵福海主编《文选学论集》,长春时代文艺出版社,1992 年。

《古抄本〈文选集注〉残卷研究》,邹明军,四川师范大学 2004 年硕士学位论文。

《古抄本〈文选集注〉残卷的文献价值》,邹明军,《福州大学学报》2011 年第 4 期。

《论公孙罗〈文选钞〉的价值与阙失》,王书才,《中州学刊》2005 年第 3 期。

《从〈唐钞文选集注汇存〉论陆善经〈文选〉注的特色与得失》,王书才,《殷都学刊》2005 年第 2 期。

《〈唐钞文选集注汇存〉称引〈礼记〉考异》,常相波,《文艺理论》2009 年第 4 期。

《〈唐钞文选集注〉中〈文选钞〉撰作年代考》,丁红旗,《四川图书馆学报》2012 年第 4 期。

《〈唐钞文选集注〉中〈文选钞〉作者及性质考》,范志鹏,丁红旗,《图书馆理论与实践》2012 年第 10 期。

《〈文选〉陆善经注简论》,刘群栋,《中州学刊》2011 年第 6 期。